Brilhante
A história de Belle

O Arqueiro

GERALDO JORDÃO PEREIRA (1938-2008) começou sua carreira aos 17 anos, quando foi trabalhar com seu pai, o célebre editor José Olympio, publicando obras marcantes como *O menino do dedo verde*, de Maurice Druon, e *Minha vida*, de Charles Chaplin.

Em 1976, fundou a Editora Salamandra com o propósito de formar uma nova geração de leitores e acabou criando um dos catálogos infantis mais premiados do Brasil. Em 1992, fugindo de sua linha editorial, lançou *Muitas vidas, muitos mestres*, de Brian Weiss, livro que deu origem à Editora Sextante.

Fã de histórias de suspense, Geraldo descobriu *O Código Da Vinci* antes mesmo de ele ser lançado nos Estados Unidos. A aposta em ficção, que não era o foco da Sextante, foi certeira: o título se transformou em um dos maiores fenômenos editoriais de todos os tempos.

Mas não foi só aos livros que se dedicou. Com seu desejo de ajudar o próximo, Geraldo desenvolveu diversos projetos sociais que se tornaram sua grande paixão.

Com a missão de publicar histórias empolgantes, tornar os livros cada vez mais acessíveis e despertar o amor pela leitura, a Editora Arqueiro é uma homenagem a esta figura extraordinária, capaz de enxergar mais além, mirar nas coisas verdadeiramente importantes e não perder o idealismo e a esperança diante dos desafios e contratempos da vida.

Título original: *Dancing at Midnight*

Copyright © 1995 por Julie Cotler Pottinger
Copyright da tradução © 2021 por Editora Arqueiro Ltda.

Todos os direitos reservados. Nenhuma parte deste livro pode ser utilizada ou reproduzida sob quaisquer meios existentes sem autorização por escrito dos editores.

Publicado mediante acordo com Harper Collins Publishers.

tradução: Ana Rodrigues
preparo de originais: Sheila Til
revisão: Camila Figueiredo e Tereza da Rocha
diagramação: Abreu's System
capa: Renata Vidal
imagem de capa: © Ildiko Neer / Trevillion Images
impressão e acabamento: Lis Gráfica e Editora Ltda.

CIP-BRASIL. CATALOGAÇÃO NA PUBLICAÇÃO
SINDICATO NACIONAL DOS EDITORES DE LIVROS, RJ

Q64b

Quinn, Julia, 1970-
    Brilhante / Julia Quinn ; [tradução Ana Rodrigues]. – 1. ed. – São Paulo : Arqueiro, 2021.
    320 p. ; 23 cm.   (Damas rebeldes ; 2)

    Tradução de: Dancing at midnight
    Sequência de: Esplêndida
    Continua com: Indomável
    ISBN 978-65-5565-168-3

    1. Ficção americana. I. Rodrigues, Ana. II. Título. III. Série.

21-70654   CDD: 813
    CDU: 82-3(73)

Camila Donis Hartmann – Bibliotecária – CRB-7/6472

Todos os direitos reservados, no Brasil, por
Editora Arqueiro Ltda.
Rua Artur de Azevedo, 1.767 – Conj. 177 – Pinheiros
05404-014 – São Paulo – SP
Tel.: (11) 2894-4987
E-mail: atendimento@editoraarqueiro.com.br
www.editoraarqueiro.com.br

Para meu pai, que nunca se esquece de me dizer quanto se orgulha de mim. Também tenho muito orgulho de você.

E para Paul, embora ele ache que esta história ficaria melhor se fosse ambientada em uma floresta tropical.

CAPÍTULO 1

Oxfordshire, Inglaterra
1816

*S*e *desossásseis todas as mulheres do mundo, uma por uma...*

Arabella Blydon piscou. Aquilo não podia estar certo. Não havia nenhum açougueiro louco em *O conto do inverno*. Ela afastou o livro do rosto. Piorava. Voltou a aproximá-lo. Aos poucos, as letras entraram em foco.

Se desposásseis *todas as mulheres do mundo, uma por uma...*

Belle suspirou e se recostou no tronco de uma árvore. Aquilo fazia muito mais sentido. Ela piscou mais algumas vezes, na tentativa de fazer os olhos de um azul muito vivo focarem as palavras na página à sua frente. Eles se recusaram a obedecer, mas Belle não estava disposta a ler com o rosto colado ao papel, por isso estreitou os olhos e, mesmo com dificuldade, continuou.

Um vento frio a atingiu e ela levantou os olhos para o céu pesado. Ia chover, sem dúvida, mas com sorte ainda teria mais uma hora até que as primeiras gotas começassem a cair. Seria tempo suficiente para terminar *O conto do inverno*. E aquilo marcaria o fim do Grande Desafio de Leitura de Shakespeare, a empreitada semiacadêmica que ocupara o tempo livre de Belle por quase seis meses. Ela começara com *Tudo está bem quando termina bem* e prosseguira, passando por *Hamlet*, por todos os *Henriques*, por *Romeu e Julieta* e por uma série de outras peças de que nunca sequer ouvira falar. Belle não saberia dizer ao certo o que a motivara além do simples fato de gostar de ler, mas, agora que estava quase no fim, não permitiria que algumas malditas gotas de chuva a atrapalhassem.

Engoliu em seco e olhou ao redor, como se temesse que alguém a tivesse ouvido praguejar em pensamento. Então voltou a levantar os olhos para o céu. Um raio de sol atravessou um espaço minúsculo entre as nuvens, o que ela interpretou como um sinal para que fosse otimista. Pegou um sanduíche de frango que levara para seu piquenique. Deu uma mordida com gosto e retornou ao livro. As palavras pareceram tão pouco dispostas a entrar em foco quanto antes, por isso ela as aproximou do rosto, contorcendo-o das mais diversas maneiras até encontrar a forma certa de estreitar os olhos para conseguir ler direito.

– Muito bem, Arabella – resmungou para si mesma. – Se conseguir manter esta posição extremamente desconfortável por mais 45 minutos, você deve conseguir terminar o livro.

– É claro que até lá seus músculos faciais já estarão um pouco doloridos – disse alguém atrás dela.

Belle deixou cair o livro e virou a cabeça depressa. Um cavalheiro de traje casual, embora elegante, estava de pé a poucos metros de distância. Seu cabelo era de um castanho escuro como chocolate e os olhos tinham a mesma cor. Ele fitava Belle e seu piquenique solitário com uma expressão divertida e sua pose descontraída indicava que já a vinha observando havia algum tempo. Incapaz de pensar em algo para dizer e torcendo para que seu olhar de desdém colocasse o homem em seu devido lugar, Belle o encarou com uma expressão irritada.

Não adiantou. Na verdade, ele pareceu se divertir ainda mais às custas dela.

– A senhorita precisa de óculos – disse o homem com tranquilidade.

– E *o senhor* está invadindo uma propriedade particular – retrucou Belle.

– Estou? Pensei que a invasora fosse a senhorita.

– Não mesmo. Esta terra pertence ao duque de Ashbourne. Meu primo – acrescentou ela, para enfatizar.

O estranho apontou para o oeste.

– *Aquelas* terras pertencem ao duque de Ashbourne. O limite entre as propriedades são aquelas montanhas ali. Portanto, a invasora é a senhorita.

Belle estreitou os olhos e prendeu uma mecha dos cabelos louros ondulados atrás da orelha.

– Tem certeza?

– Absoluta. As terras de Ashbourne são vastas, mas não infinitas.

Ela ajeitou o corpo, sentindo-se desconfortável.

– Ah. Bem, nesse caso, sinto muito por perturbá-lo – falou Belle em um tom altivo. – Vou só pegar meu cavalo e sairei daqui.

– Deixe de bobagem – apressou-se em dizer o homem. – Espero não ser tão intratável a ponto de não permitir que uma dama leia sob uma das minhas árvores. Por favor, fique pelo tempo que quiser.

Belle considerou a ideia de ir embora mesmo assim, mas a comodidade venceu o orgulho.

– Obrigada. Cheguei há horas e estou bem instalada aqui.

– Estou vendo.

Ele sorriu, mas não foi um sorriso largo, e Belle teve a impressão de que o homem à sua frente não sorria com frequência.

– Talvez – voltou a falar ele –, já que vai passar o resto do dia nas minhas terras, a senhorita pudesse se apresentar.

Belle hesitou, incapaz de discernir se ele estava sendo condescendente ou educado.

– Perdão. Sou lady Arabella Blydon.

– Encantado em conhecê-la, milady. E eu sou John, lorde Blackwood.

– Como vai?

– Bem, mas insisto que a senhorita precisa de óculos.

Belle sentou-se mais ereta. Emma e Alex haviam passado o mês anterior insistindo que ela fosse a um médico para examinar os olhos, mas os dois eram da família. Aquele John Blackwood era um estranho, não tinha o menor direito de lhe dar uma sugestão daquelas.

– Pode ter certeza de que levarei seu conselho em consideração – murmurou ela em um tom não muito simpático.

John inclinou a cabeça e um sorriso irônico curvou seus lábios.

– O que está lendo?

– *O conto do inverno*.

Belle se recostou e esperou pelos comentários condescendentes de sempre sobre mulheres e leitura.

– Uma excelente peça, mas não acho que seja uma das melhores de Shakespeare – comentou John. – Da minha parte, tenho um fraco por *Coriolano*. Não é muito conhecida, mas eu gostei bastante. Talvez se interesse em lê-la em algum momento.

Belle se esqueceu de ficar contente por ter encontrado um homem que a encorajasse a ler e disse:

– Obrigada pela sugestão, mas já li.

– Estou impressionado – comentou John. – E *Otelo*?

Ela assentiu.

– *A tempestade*?

– Sim.

John buscou mentalmente a obra mais obscura de Shakespeare de que pudesse se lembrar.

– E *O peregrino apaixonado*?

9

– Não é a minha favorita, mas consegui chegar ao fim.

Belle até tentou, mas não conseguiu conter um sorriso. Ele riu.

– Meus cumprimentos, lady Arabella. Acho que nunca *vi* uma cópia de *O peregrino apaixonado*.

Belle alargou o sorriso, aceitando com elegância o elogio enquanto sentia seu antagonismo em relação ao homem se dissolver.

– Não quer se juntar a mim por alguns minutos? – perguntou, indicando com um gesto o espaço vazio na manta onde estava sentada. – Ainda tenho quase toda a comida que trouxe para o piquenique. Ficaria feliz em compartilhá-la.

Por um momento ele pareceu inclinado a aceitar. Abriu a boca para dizer algo, então soltou um leve suspiro e voltou a fechá-la. Quando voltou a falar, foi em um tom muito rígido e formal, apenas para dizer:

– Não, obrigado.

John Blackwood se afastou alguns passos e virou a cabeça, deixando que o olhar vagasse pelos campos.

Belle inclinou a cabeça e estava prestes a dizer algo quando percebeu, com surpresa, que lorde Blackwood mancava. Ela se perguntou se ele teria se ferido na Guerra Peninsular. Era intrigante, aquele John. Não se importaria de passar algum tempo na companhia dele. E, tinha que admitir, o homem era muito bonito, com feições marcadas e simétricas e um corpo esguio e forte. Seus olhos, de um castanho aveludado, mostravam inteligência evidente, mas também pareciam nublados pela dor e pelo ceticismo. Belle começava a achá-lo bastante misterioso, na verdade.

– Tem certeza? – perguntou ela.

– Certeza de quê? – retrucou John, sem se virar.

Belle ficou aborrecida com a indelicadeza.

– Certeza de que não quer se juntar a mim para o almoço.

– Absoluta.

Aquilo chamou a atenção dela. Ninguém jamais lhe dissera que tinha certeza *absoluta* de não desejar sua companhia.

Belle permaneceu sentada na manta, sentindo-se desconfortável novamente, *O conto do inverno* esquecido no colo. Não parecia haver nada que ela pudesse dizer a um homem que já se virara, preparando-se para se afastar. E teria sido uma grave falta de educação voltar a ler.

John se voltou de repente e pigarreou.

– Foi bastante desagradável da sua parte dizer que preciso de óculos – reclamou Belle, de forma abrupta, só para falar antes dele.

– Peço perdão. Nunca fui muito bom em ter conversas educadas.

– Talvez devesse conversar mais – retrucou ela.

– Se usasse um tom de voz diferente, milady, alguém poderia suspeitar que a senhorita está flertando comigo.

Belle fechou o livro com força e se levantou.

– Vejo que o senhor não estava mentindo. É mesmo péssimo em manter uma conversa meramente educada. Não tem a menor noção de como fazê-lo.

Ele deu de ombros.

– É uma das minhas muitas qualidades.

Ela o encarou boquiaberta.

– Vejo que a senhorita não compartilha do meu humor peculiar.

– Duvido que existam muitas pessoas que compartilhem.

Houve uma pausa e um brilho estranho e triste cintilou por um instante nos olhos de John. Mas ele logo endureceu a expressão do rosto e o tom de voz.

– Não venha até aqui sozinha de novo – alertou.

Belle enfiou seus pertences na bolsa.

– Não se preocupe. Não vou mais invadir sua propriedade.

– Eu não disse que não pode entrar na minha propriedade. Só não faça isso sozinha.

Belle não tinha a menor ideia de como responder àquilo, por isso disse apenas:

– Vou voltar para casa.

Ele levantou os olhos para o céu.

– Sim, é melhor mesmo. Logo vai chover. Eu mesmo tenho uns três quilômetros de caminhada pela frente. Com certeza vou ficar encharcado.

Ela olhou ao redor.

– Não trouxe um cavalo?

– Às vezes, milady, é melhor usarmos os pés – disse ele, e inclinou a cabeça em um cumprimento. – Foi um prazer.

– Para o senhor, talvez – murmurou Belle de forma que ele não escutasse.

Ficou observando-o se afastar. O claudicar era bastante pronunciado, embora lorde Blackwood se movimentasse com muito mais rapidez do que ela teria achado possível. Belle manteve o olhar fixo até ele desaparecer no

11

horizonte. No entanto, quando montou na égua que a levara até ali, algo curioso lhe ocorreu.

Ele mancava. E preferia caminhar. Que tipo de homem era aquele?

⁓

John Blackwood ouviu o som dos cascos da montaria de lady Arabella enquanto ela partia. Suspirou. Agira como um cretino.

Suspirou de novo, dessa vez deixando escapar um som alto, carregado de tristeza, de desprezo por si mesmo e da mais pura e simples irritação. Maldição. Não sabia mais como agir com as mulheres.

⁓

Belle seguiu de volta para Westonbirt, a casa dos parentes. Prima Emma, nascida nos Estados Unidos da América, havia se casado com o duque de Ashbourne fazia poucos meses. Os recém-casados preferiram a privacidade da vida no campo à agitação de Londres e, desde o matrimônio, haviam passado quase todo o tempo em Westonbirt. De qualquer modo, a temporada de eventos sociais terminara, de forma que ninguém mais estava em Londres. Ainda assim, Belle tinha a impressão de que Emma e o marido evitariam a sociedade londrina mesmo quando a temporada estivesse no auge.

Ela suspirou. Não tinha dúvida de que estaria de volta a Londres para a temporada social seguinte. De volta ao mercado de casamentos, em busca de um marido. Já estava ficando exausta de todo aquele processo. Passara por duas temporadas sociais e acumulara mais de uma dezena de pedidos, mas rejeitara todos. Alguns dos homens que a cortejaram eram totalmente inadequados, mas a maior parte eram cavalheiros decentes, bem-relacionados e bastante agradáveis. Belle só não conseguia aceitar um homem por quem não estivesse de fato interessada. E, agora que tivera um relance de como a prima estava feliz no casamento, sabia que seria muito difícil se conformar com qualquer outra coisa que não fosse a realização de seus sonhos mais loucos.

Belle colocou o cavalo a meio-galope quando sentiu a chuva apertar. Eram quase três da tarde, e ela sabia que Emma a esperaria com o chá pronto. Belle estava hospedada havia três semanas com ela e o marido, Alex.

Alguns meses depois do casamento de Emma, os pais de Belle decidiram tirar férias na Itália. Ned, irmão dela, voltara a Oxford para seu último ano de universidade, por isso não precisava de atenção. Emma estava casada e bem. Restara apenas Belle. Como Emma agora era uma dama casada, era também uma acompanhante aceitável, por isso Belle se hospedara com a prima.

Belle não conseguia imaginar um arranjo mais satisfatório. Emma era sua melhor amiga e, depois de todos os apuros em que haviam se metido juntas, era um tanto surpreendente tê-la como "acompanhante aceitável".

Deixou escapar um suspiro de alívio quando subiu a colina e viu Westonbirt erguendo-se no horizonte. A enorme mansão era mesmo muito bonita, com sequências de janelas longas e estreitas distribuídas pela fachada. Belle já começava a pensar nela como um lar.

Seguiu na direção dos estábulos, entregou a égua ao cavalariço e correu até a casa, rindo enquanto tentava driblar as gotas da chuva que começara a cair a uma velocidade furiosa. Subiu de forma desajeitada os degraus da frente, mas, antes que pudesse empurrar a porta pesada, o mordomo a abriu com um floreio.

– Obrigada, Norwood – falou Belle. – Estava me observando, não é?

Ele meneou a cabeça.

– Norwood, Belle já voltou?

A voz feminina pairou no ar enquanto Belle ouvia os passos da prima vindo pelo corredor que levava ao saguão de entrada.

– A chuva está apertando – falou Emma ao aparecer em um canto do saguão. – Ah, que bom! Você voltou.

– Um pouco molhada, mas nada de mais – disse Belle, animada.

– Eu avisei que ia chover.

– Você se sente responsável por mim, agora que é uma velha matrona casada?

A expressão de Emma deixou bem claro o que ela pensava daquilo.

– Você está parecendo um rato molhado – declarou Emma, sem rodeios.

A feição de Belle ficou semelhante à da prima.

– Vou trocar de roupa e descerei para o chá em seguida.

– Vamos tomá-lo no escritório de Alex – avisou Emma. – Ele se juntará a nós hoje.

– Ah, que ótimo. Descerei em um instante.

Belle subiu a escada e seguiu pelo labirinto de corredores que levava ao seu quarto. Tirou logo o traje de montaria encharcado, colocou um vestido azul-claro e desceu. A porta do escritório de Alex estava fechada e, como ouviu risinhos lá dentro, Belle teve o bom senso de bater à porta antes de entrar. Houve um momento de silêncio, então Emma falou:

– Entre!

Belle sorriu para si mesma. A cada minuto aprendia algo novo sobre aquela história de casamento por amor. Que bela acompanhante Emma estava se saindo... Ela e Alex não conseguiam manter as mãos longe um do outro sempre que achavam que ninguém estava olhando. O sorriso de Belle se alargou. Ela não conhecia detalhes sobre como os bebês eram feitos, mas tinha a intuição de que aquelas carícias todas tinham algo a ver com o fato de Emma já estar grávida. Belle abriu a porta e entrou no escritório muito grande e muito masculino de Alex.

– Boa tarde, Alex – falou. – Como está sendo o seu dia?

– Mais seco do que o seu, pelo que percebo – comentou ele, servindo-se de leite e ignorando o chá. – Seus cabelos ainda estão molhados.

Belle abaixou os olhos para os ombros. O vestido recém-colocado já estava úmido por causa dos cabelos. Ela deu de ombros.

– Ah, bem, não há nada a fazer sobre isso, eu acho – falou, e se acomodou no sofá, servindo-se de uma xícara de chá. – E como foi o seu dia, Emma?

– Sem grandes acontecimentos. Examinei vários livros contábeis e relatórios de algumas das nossas terras no País de Gales. Parece que temos um problema. Estou pensando em ir até lá investigar.

– Você não vai – grunhiu Alex.

– É mesmo? – retrucou Emma.

– Você não vai a lugar nenhum pelos próximos seis meses – acrescentou ele, lançando um olhar carinhoso para a esposa de cabelos flamejantes e olhos violeta. – E provavelmente por mais seis meses depois disso.

– Se acha que vou ficar acamada até o bebê nascer, você não está bem da cabeça.

– E *você* tem que aprender quem está no comando aqui.

– Muito bem então, você...

– Parem, parem – falou Belle, rindo. – Basta.

Ela balançou a cabeça. Aqueles dois eram as pessoas mais teimosas do universo. Eram perfeitos um para o outro.

– Que tal eu lhes contar sobre o *meu* dia?

Emma e Alex se voltaram para ela, interessados.

Belle tomou mais um gole de chá, deixando o líquido quente aquecê-la.

– Encontrei um homem bastante incomum, na verdade.

– É mesmo? – disse Emma, inclinando-se para a frente.

Alex se recostou na cadeira com uma expressão entediada.

– Sim. Ele mora aqui perto. Acho que as terras dele fazem divisa com as de vocês. Lorde John Blackwood. Você o conhece?

Alex se inclinou na direção dela de imediato.

– Você disse John Blackwood?

– É John, lorde Blackwood, eu acho. Por quê? Você o conhece? John Blackwood deve ser um nome bastante comum.

– Cabelo castanho?

Belle assentiu.

– Olhos castanhos?

Ela voltou a assentir.

– Mais ou menos da minha altura, nem gordo, nem magro?

– Imagino que sim. Ele não tinha os ombros tão largos quanto os seus, mas acho que era quase da mesma altura.

– *Ele mancava?*

– Sim! – exclamou Belle.

– John Blackwood. Quem diria... – comentou Alex, balançando a cabeça, incrédulo. – E um nobre, agora. Deve ter conseguido o título por mérito no serviço militar.

– Lorde Blackwood lutou na guerra com você? – perguntou Emma.

Quando Alex respondeu, seus olhos verdes estavam distantes.

– Sim. Ele comandava outro grupamento, mas nos víamos com frequência. Eu sempre me perguntei o que teria acontecido com Blackwood. Não sei por que não tentei descobrir o paradeiro dele. Acho que tive medo de descobrir que havia morrido.

Aquilo sem dúvida chamou a atenção de Belle.

– O que quer dizer?

– Foi estranho – disse Alex devagar. – Blackwood era um excelente soldado. Alguém em quem se podia confiar de olhos fechados. Era totalmente abnegado e estava sempre se colocando em perigo para salvar outros.

15

– Por que isso é estranho? – perguntou Emma. – Ele me parece um homem muito honrado.

Alex virou a cabeça para as duas damas, a expressão agora desanuviada.

– O estranho foi que, para um homem que parecia tão pouco interessado no próprio bem-estar, ele agiu de modo muito peculiar quando foi ferido.

– O que aconteceu? – perguntou Belle, ansiosa.

– O médico falou que teria que amputar a perna dele. E devo dizer que foi bastante insensível. John ainda estava consciente e o médico nem se deu ao trabalho de avisá-lo. Simplesmente se virou para o assistente e disse "Traga-me a serra".

Uma dor surpreendente, causada pela imagem de John Blackwood sendo maltratado, fez Belle estremecer.

– Blackwood ficou furioso – continuou Alex. – Nunca vi nada parecido. Ele agarrou o médico pela camisa e o puxou até quase encostar o nariz no dele. E, pela quantidade de sangue que havia perdido, Blackwood ainda tinha uma força espantosa. Eu estava prestes a intervir, mas, quando ouvi o tom da voz dele, recuei.

– O que ele disse? – perguntou Belle, na beira do assento.

– Jamais me esquecerei. Blackwood disse: "Se cortar a minha perna, juro por Deus que vou caçá-lo e serrar a sua também." Então o médico saiu. Disse que o deixaria morrer, se era isso que ele queria.

– Mas ele não morreu – afirmou Belle.

– Não. Mas tenho certeza de que aquele foi o fim de seus dias de batalhas. O que provavelmente foi bom. Blackwood era um soldado sensacional, mas sempre tive a impressão de que abominava violência.

– Que estranho – murmurou Emma.

– Sim. Bem, era um homem interessante. Eu gostava muito dele. Tinha um excelente senso de humor quando resolvia usá-lo. Mas na maior parte do tempo, se mantinha em silêncio. E tinha o código de honra mais rígido que já vi.

– Ah, por favor, Alex – brincou Emma. – Ninguém poderia ser mais honrado do que você.

– Ah, minha esposa adorável e leal...

Ele se esticou para dar um beijo na testa dela.

Belle se recostou no assento. Queria saber mais sobre John Blackwood, mas não parecia haver uma forma educada de pedir a Alex que falasse mais a respeito dele. Era irritante admitir, mas estava bastante interessada naquele homem tão fora do comum.

Belle sempre fora muito prática e objetiva e nunca tentava se enganar. John Blackwood a intrigara naquela tarde, mas, agora que sabia mais sobre a história dele, o homem a fascinava. De repente, cada pequeno detalhe a respeito dele – da inclinação da sobrancelha ao modo como o vento desalinhava os cabelos ligeiramente ondulados – ganhou um novo significado. E a insistência dele em caminhar fazia muito mais sentido. Depois de lutar com tanta determinação para salvar a perna, era mais do que natural que ele quisesse usá-la. Belle tinha a impressão de que John Blackwood era um homem de princípios. Um homem em quem se podia confiar. Um homem de paixões profundas.

Ela ficou surpresa com o rumo que seus pensamentos tomavam e chegou a balançar de leve a cabeça. Emma reparou.

– Está tudo bem, Belle?

– O quê? Ah, é só uma dorzinha de cabeça. Mais uma pontada, na verdade. Já passou.

– Ah.

– Provavelmente é o resultado de ler tanto – continuou Belle, embora Emma parecesse satisfeita em abandonar o assunto. – Tenho que me esforçar muito para conseguir enxergar direito as palavras agora. Talvez precise procurar um médico para que examine meus olhos.

Se Emma ficou surpresa com a súbita admissão da prima de que sua visão não era mais como antes, não comentou nada a respeito.

– Excelente. Há um ótimo médico no vilarejo. Vamos ver o que ele pode fazer.

Belle sorriu e pegou a xícara de chá, que já esfriava. Então Emma sugeriu algo maravilhoso.

– Sabe o que deveríamos fazer? – disse a duquesa, dirigindo-se ao marido. – Convidar esse John Blake...

– John Blackwood – apressou-se a corrigir Belle.

– Desculpe. Deveríamos convidar esse John Blackwood para jantar. Com Belle aqui, o número de pessoas ficará equilibrado e não vamos precisar buscar uma mulher para completar a mesa.

Alex baixou a xícara.

– Que excelente ideia, meu amor. Acho que eu gostaria muito de retomar minha amizade com Blackwood.

– Está decidido, então – disse Emma. – Devo mandar um bilhete convidando-o ou você prefere fazer isso pessoalmente?

– Acho que irei até a casa dele. Estou ansioso para revê-lo. Além disso, seria rude da minha parte não levar em consideração que Blackwood salvou minha vida.

Emma empalideceu.

– O quê?

Alex deu um sorriso envergonhado.

– Só uma vez, meu amor, e não há motivo para você ficar aflita com isso agora.

Naquele momento, o casal trocou um olhar tão terno que foi quase doloroso para Belle. Ela pediu licença baixinho, saiu do escritório e foi para o quarto, onde as últimas páginas de *O conto do inverno* a aguardavam.

John Blackwood havia salvado a vida de Alex? Ela mal conseguia imaginar aquilo. Parecia haver mais sobre o novo vizinho deles do que seus modos um tanto rudes indicavam.

O homem tinha segredos. Belle estava certa disso. E poderia apostar que a história da vida dele faria Shakespeare se envergonhar. Tudo o que precisava fazer era investigar um pouco. Aquela viagem ao campo talvez se provasse muito mais interessante do que ela imaginara.

É claro que não conseguiria desencavar nenhum segredo do homem antes de ficar amiga dele. E lorde Blackwood havia deixado bem claro que não gostara muito dela.

Aquilo era profundamente irritante.

CAPÍTULO 2

Belle acordou na manhã seguinte com o som nada agradável de Emma vomitando. Ela se virou na cama, abriu os olhos e viu a prima debruçada sobre um urinol. Belle fez uma careta diante da cena.

– Que maneira deliciosa de despertar – resmungou.

– Bom dia para você também – retrucou Emma.

Ela se levantou, foi até a jarra de água deixada sobre uma mesa próxima, serviu-se de um copo e tomou um gole.

Belle se sentou e ficou olhando a prima bochechar a água.

– Imagino que você não tenha como fazer esse tipo de coisa no seu quarto – comentou por fim.

Emma lhe lançou um olhar zangado enquanto gargarejava.

– Enjoo matinal é algo comum na gravidez, sabia? – continuou Belle em um tom prático. – Não acho que Alex ficaria aborrecido se você vomitasse no *seu* quarto.

A expressão de Emma se tornou definitivamente furiosa enquanto ela cuspia a água no urinol.

– Não vim até aqui para evitar meu marido. Pode acreditar que ele já me viu vomitando muitas vezes nas últimas semanas – contou ela, depois suspirou. – Acho que vomitei no pé dele outro dia.

Belle enrubesceu em solidariedade ao constrangimento da prima.

– Que horror – murmurou.

– Pois é, mas o fato é que vim até aqui para ver se você já havia acordado e acabei ficando enjoada.

Emma ficou um pouco pálida e teve que se sentar. Belle se levantou depressa e vestiu um roupão.

– Quer que eu vá buscar alguma coisa para você?

Emma balançou a cabeça e respirou fundo, tentando bravamente manter o que ainda lhe restava no estômago.

– O panorama que você está me mostrando do que devo esperar do casamento não é nada bom – brincou Belle.

19

Emma deu um sorriso fraco.

– É melhor do que isso na maior parte do tempo.

– Espero sinceramente que sim.

– Achei que conseguiria manter no estômago o chá com biscoitos do café da manhã – comentou Emma com um suspiro. – Mas estava errada.

– É fácil esquecer que você está grávida – comentou Belle com carinho. – Ainda está tão esguia.

Emma a brindou com um sorriso.

– É muito gentil da sua parte dizer isso. Esta experiência é nova para mim, e é tudo muito estranho.

– Você está nervosa? Não mencionou nada a respeito.

– Não estou exatamente nervosa, é mais... hum... não sei bem como descrever. Mas a irmã de Alex deve ter um bebê dentro de três semanas, e estamos planejando visitá-la daqui a duas semanas. Espero estar lá para o parto. Sophie me garantiu que somos bem-vindos. Tenho certeza de que não vou me sentir tão nervosa depois que souber o que me espera.

A voz de Emma carregava mais esperança do que certeza.

A experiência de Belle com partos se limitava aos cachorrinhos que ela vira o irmão ajudar a trazer ao mundo quando tinha 12 anos. Ainda assim, não tinha certeza de que, depois de assistir ao parto de Sophie, Emma se sentiria mais calma sobre o que a aguardava. Belle deu um sorrisinho sem jeito para a prima, murmurou algumas palavras ininteligíveis para demonstrar que concordava e se calou.

Depois de alguns segundos, a pele de Emma recuperou seu tom normal e ela suspirou.

– Pronto. Me sinto muito melhor agora. É impressionante como passa rápido. Isso é a única coisa que torna os enjoos suportáveis.

Naquele instante, uma criada entrou carregando uma bandeja com chocolate quente e pãezinhos. A mulher pousou a bandeja na cama e as duas damas se posicionaram uma de cada lado.

Belle viu Emma tomar, hesitante, um gole do chocolate.

– Emma, posso lhe fazer uma pergunta?

– É claro.

– Vai me responder com franqueza?

Emma ergueu um dos cantos da boca.

– Quando me viu não ser franca?

– É difícil as pessoas gostarem de mim?

Emma conseguiu pegar o guardanapo bem a tempo de evitar cuspir todo o chocolate nos lençóis da cama de Belle.

– O que foi que disse?

– Não me acho uma pessoa desagradável. Quer dizer, acho que a maior parte das pessoas gosta de mim.

– Sim – garantiu Emma. – A maior parte. Todo mundo gosta. Acho que nunca conheci ninguém que *não* gostasse de você.

– Isso mesmo – concordou Belle. – Provavelmente há pessoas que não se interessam muito por mim, mas acho difícil que alguém *não* goste de mim.

– Quem não gostou de você, Belle?

– Seu novo vizinho. John Blackwood.

– Ah, por favor. Você não conversou nem cinco minutos com o homem, conversou?

– Não, mas...

– Então ele não pode ter desgostado de você tão depressa.

– Não sei. Acho que foi o modo como tudo aconteceu.

– Tenho certeza de que está enganada.

Belle balançou a cabeça com uma expressão perplexa.

– Acho que não.

– Seria assim tão terrível se ele não gostasse de você?

– Só não me agrada a ideia de alguém não gostar de mim. Isso me torna terrivelmente egocêntrica?

– Não, mas...

– Costumo ser considerada uma pessoa agradável.

– Sim, você é, mas...

Belle endireitou os ombros.

– Isso é inaceitável.

Emma conteve uma risada.

– O que planeja fazer?

– Acho que preciso fazer com que ele goste de mim.

– Escute, Belle, você está *interessada* nesse John Blackwood?

– Não, é claro que não – respondeu Belle, um pouco rápido demais. – Só não compreendo por que ele me acha tão repulsiva.

Emma balançou a cabeça, sem conseguir acreditar no rumo bizarro que a conversa havia tomado.

21

– Ora, você logo vai ter a chance de mudar a opinião dele. Depois de todos os homens que se apaixonaram por você em Londres sem qualquer incentivo da sua parte, não consigo imaginar que você não consiga fazer com que esse Blackwood ao menos *goste* de você.

– Hum... – murmurou Belle, e levantou a cabeça. – Quando você disse que ele viria jantar?

Era verdade que lorde Blackwood não nascera um lorde, mas vinha de uma família aristocrática, embora empobrecida. O problema era que tivera a falta de sorte de ser o caçula de sete filhos, uma posição em que era quase garantido que nenhum dos favores da vida o alcançasse. Seus pais, os sétimos conde e condessa de Westborough, com certeza não tiveram a intenção de negligenciar o caçula, mas é que havia muitos outros à frente dele.

Damien era o primogênito e, por ser herdeiro do título, era paparicado e recebia todas as vantagens com que os pais podiam arcar. Um ano depois nasceu Sebastian, que, sendo muito próximo de Damien em idade, pôde compartilhar da maior parte dos privilégios garantidos ao herdeiro de um condado. O conde e a condessa eram muito práticos e, dada a alta taxa de mortalidade infantil, tinham consciência de que havia uma boa chance de Sebastian se tornar o oitavo conde de Westborough. Logo depois vieram em rápida sucessão Julianna, Christina e Ariana e, como ficou claro quando ainda eram muito jovens que as três se tornariam beldades, elas também receberam muita atenção. Bons arranjos matrimoniais poderiam favorecer os cofres da família.

Alguns anos depois, a condessa deu à luz um natimorto. Ninguém ficou contente com a perda, mas também não houve um grande luto. Ter cinco filhos belos e razoavelmente inteligentes parecia uma abundância de bênçãos e, para dizer a verdade, outro bebê teria sido apenas mais uma boca para alimentar. Os Blackwoods viviam, sim, em uma magnífica casa antiga, mas pagar as contas todo mês era um desafio. E nunca, jamais lhes ocorrera a possibilidade de o conde tentar ganhar a vida trabalhando.

Foi então que a tragédia se abateu sobre a família: o conde morreu quando sua carruagem tombou em uma tempestade. Na tenra idade de 10 anos, Damien se viu com um título. A família mal teve tempo de prantear o conde quando, para a surpresa de todos, lady Westborough descobriu que estava grávida de novo. Assim, na primavera de 1787, ela deu à luz o último filho. O parto foi exaustivo e a condessa viúva nunca mais recuperou as forças por completo. Naquele dia, cansada e irritadiça, para não mencionar bastante preocupada com as finanças da família, ela olhou para o sétimo filho, suspirou e disse: "Acho que vamos chamá-lo simplesmente de John. Estou cansada demais para pensar em um nome melhor."

Depois dessa entrada pouco auspiciosa no mundo, John foi – na ausência de uma palavra melhor – esquecido.

A família tinha pouca paciência com ele, que acabava passando mais tempo na companhia dos tutores do que com a mãe e os irmãos. John foi mandado para estudar em Eton, depois em Oxford, não por se preocuparem com sua educação, apenas porque era isso que as famílias faziam com os filhos homens, mesmo os mais novos – e, por consequência, irrelevantes para a linhagem da dinastia.

Em 1808, no entanto, quando John estava em seu último ano em Oxford, surgiu uma oportunidade. A Inglaterra se viu envolvida nas questões políticas e militares da península Ibérica, e homens de todas as origens correram para se juntar ao exército. John viu a carreira militar como uma possibilidade de garantir seu futuro e apresentou a ideia ao irmão. Damien concordou, percebendo que seria um modo honrado de tirar o destino do caçula dos próprios ombros, e comprou uma patente para John.

Tinha sido fácil se adaptar à vida no Exército. John era um excelente cavaleiro e muito hábil com espadas e armas de fogo. Corria alguns riscos que sabia que deveria evitar, mas, em meio ao horror da guerra, ficou claro que não havia chance de ele sobreviver à carnificina. E se, por algum capricho do destino, conseguisse atravessar o conflito com o corpo intacto, sabia que sua alma não teria tanta sorte.

Quatro anos se passaram e John continuou a surpreender a si mesmo ao escapar da morte. Então levou um tiro no joelho e se viu em um barco de volta à Inglaterra. À doce, verde e tranquila Inglaterra. De alguma forma aquilo não pareceu real. O tempo correu enquanto sua perna se curava, mas – verdade seja dita – John se lembrava muito pouco de seu período de convalescença. Passou a maior parte do tempo bêbado, incapaz de lidar com a ideia de ser um aleijado.

Então, para sua imensa surpresa, recebeu o título de barão por sua bravura – o que era irônico, depois de ter passado tantos anos sendo lembrado pela família de que não era um cavalheiro com um título de nobreza. Aquele foi o ponto de virada para John, e ele percebeu que, a partir daquele momento, teria algo para passar a uma futura geração. Com um propósito renovado, John decidiu colocar a vida nos trilhos.

Quatro anos depois, ele ainda mancava, mas ao menos mancava pelas próprias terras. O fim da guerra chegara um pouco mais cedo do que o esperado para ele, que pegara o valor da sua patente e começara a investir. Suas escolhas acabaram se provando muito rentáveis e, depois de apenas cinco anos, John havia poupado o necessário para comprar uma pequena propriedade no campo.

Ele finalmente havia decidido caminhar pelo perímetro da propriedade na véspera, quando esbarrara com lady Arabella Blydon. John vinha pensando naquele encontro com ela fazia algum tempo. Provavelmente deveria ir até Westonbirt e se desculpar com a jovem por ter sido rude. Deus sabia que ela não iria até a mansão Bletchford depois do modo como ele a tratara.

John fez uma careta. Sem dúvida teria que arrumar um nome novo para aquele lugar.

Era uma bela casa. Confortável. Elegante, porém sem ostentação, e facilmente mantida por um pequeno grupo de criados – o que era uma sorte, já que ele não poderia arcar com os custos de contratar um grande número deles.

Assim, ali estava ele. Tinha uma casa só dele – não um lugar que jamais lhe pertenceria por ter cinco irmãos mais velhos. Tinha uma bela renda – um pouco reduzida agora que comprara a casa, mas seu sucesso inicial lhe dera confiança em suas habilidades financeiras.

Ele checou o relógio de bolso. Eram duas e meia da tarde, uma boa hora para dar uma olhada em seus campos a oeste e avaliar a possibilidade de cultivo. Ele queria tornar a mansão Bletchford – que logo seria renomeada – o mais rentável possível.

Uma rápida olhada pela janela e John teve certeza de que a chuva forte do dia anterior não se repetiria. Saiu do escritório e subiu a escada para pegar seu chapéu. Ele não chegara muito longe quando Buxton, o mordomo idoso que já trabalhava na casa quando John a comprara, o deteve.

– O senhor tem visita, milorde – anunciou.

John estacou, surpreso.

– Quem é, Buxton?

– O duque de Ashbourne, milorde. Tomei a liberdade de levá-lo ao salão azul.

John abriu um sorriso.

– Ashbourne está aqui. Que esplêndido!

Quando comprara a mansão Bletchford, ele não se dera conta de que o antigo amigo do exército morava tão perto, mas isso sem dúvida era um bônus. John deu meia-volta para descer a escada. De repente, estacou no saguão, atônito.

– Que inferno, Buxton! – gemeu. – Onde fica o salão azul?

– A segunda porta à sua esquerda, milorde.

John desceu o corredor e abriu a porta indicada. Como imaginara, não havia uma única peça de mobília azul no cômodo. Alex estava de pé perto da janela, os olhos perdidos nos campos que faziam limite com a propriedade dele.

– Tentando pensar em um modo de me convencer de que aquele pomar de maçãs está do seu lado das terras? – brincou John.

Alex se virou.

– Blackwood. Como é bom vê-lo! E o pomar de maçãs *está* do meu lado das terras.

John ergueu uma sobrancelha.

– Talvez eu venha tentando descobrir uma forma de convencer *você*.

Alex sorriu.

– Como tem passado? E por que não apareceu para dizer um olá? Eu nem sabia que você havia comprado esta propriedade até Belle me contar, na tarde de ontem.

Então eles a chamavam de Belle. Combinava com ela. E ela falara sobre ele. John ficou contente com isso, embora duvidasse que a jovem houvesse contado algo agradável.

– Você parece esquecer que não se deve visitar um duque a menos que o duque o visite primeiro.

– Sinceramente, Blackwood, imaginei que, a esta altura, estaríamos além das trivialidades da etiqueta. Qualquer homem que tenha salvado minha vida é bem-vindo a me visitar sempre que quiser.

John enrubesceu de leve, lembrando-se da ocasião em que atirara no homem que se preparava para esfaquear Alex pelas costas.

25

– Qualquer um teria feito o mesmo – comentou baixinho.

Alex deu um sorriso torto ao recordar o homem que se lançara na direção de John enquanto ele mirava. Como consequência da bravura, John sofrera um ferimento à faca no braço.

– Não – disse Alex por fim. – Não acho que qualquer um teria feito o mesmo.

Ele endireitou o corpo.

– Mas basta de falar da guerra. Prefiro não me estender no assunto. Como você está?

John indicou uma cadeira e Alex se sentou.

– Como qualquer um, imagino. Aceita um drinque?

Alex assentiu e John pegou uma garrafa de uísque.

– Obviamente não como qualquer um, *lorde* Blackwood.

– Ah, isso. Consegui um baronato. Barão Blackwood – contou John e abriu um sorriso jovial. – Até que soa bem, não acha?

– Soa muito bem.

– E quais são as novidades na sua vida nos últimos quatro anos?

– Nada mudou muito, eu acho, até seis meses atrás.

– É mesmo?

– Eu me casei – contou Alex, com um sorriso tímido.

– Verdade?

John ergueu o copo de uísque em um brinde silencioso.

– O nome dela é Emma. E Belle é prima de Emma.

John se perguntou se a esposa de Alex teria alguma semelhança com a prima. Se fosse o caso, era fácil imaginar por que chamara a atenção do duque.

– Não me diga que ela também já leu a obra completa de Shakespeare.

Alex deixou escapar uma risadinha.

– Na verdade, começou a ler, mas venho mantendo-a ocupada ultimamente.

John ergueu as sobrancelhas diante do duplo sentido do comentário.

Alex compreendeu a expressão do amigo na mesma hora.

– Ela está administrando minhas propriedades. Emma é muito habilidosa com os números. É capaz de somar e subtrair mais rápido do que eu.

– Vejo então que a inteligência é um traço de família.

Alex se perguntou como John descobrira tanto sobre Belle em tão pouco tempo, mas não comentou nada.

– Sim, bem, essa talvez seja a única coisa que as duas têm em comum, além da capacidade excepcional de conseguir o que querem sem que você sequer se dê conta.

– É mesmo?

– Emma é obstinada – contou Alex com um suspiro, mas um suspiro confortável e feliz.

– E a prima não é assim? – perguntou John. – Ela me pareceu bastante determinada.

– Não, não, Belle também é muito determinada, não me entenda mal. Mas não tanto quanto Emma. Minha esposa é tão obstinada que é capaz de se colocar em certas situações sem pensar. Belle não é assim. Ela é muito prática. Muito objetiva. E tem uma curiosidade insaciável. É muito difícil guardar um segredo quando se está perto dela, mas devo dizer que a adoro. Depois de ver algumas situações tenebrosas em que se encontram alguns amigos, eu me considero muito sortudo por agora também fazer parte da família da minha esposa.

Alex percebeu que estava falando bem mais abertamente do que faria com um amigo que não via fazia anos, mas imaginou que algo em relação a terem ido juntos para a guerra forjava um vínculo indestrutível entre os homens. Devia ser por isso que ele conversava com John como se quatro anos não tivessem se passado.

Ou talvez aquilo se devesse ao fato de John ser um ótimo ouvinte. Sempre fora, lembrou Alex.

– Mas chega de falar da minha nova família – disse subitamente. – Você logo as conhecerá. Como tem passado? Conseguiu evitar minhas perguntas com muita habilidade.

John riu.

– Continua tudo igual, eu acho, a não ser pelo fato de que agora eu tenho um título.

– E uma casa.

– E uma casa. Comprei este lugar investindo e reinvestindo o valor da minha patente.

Alex deixou escapar um assovio baixo.

– Você deve levar muito jeito para questões financeiras. Vamos conversar sobre isso algum dia. Seria bom aprender uma coisa ou outra com você.

– Na verdade, não há nenhum grande segredo por trás do sucesso financeiro.

– É mesmo? Por favor, me conte: o que há, então?
– Bom senso.
Alex soltou uma gargalhada.
– Algo que temo ter me faltado nos últimos meses, mas acho que é isso que o amor faz com um homem. Escute, por que não vai jantar conosco em breve? Contei sobre você para minha esposa, e ela está ansiosa para conhecê-lo. E, é claro, você já conhece Belle.
– Eu gostaria muito – falou John e, em uma rara demonstração de emoção, acrescentou: – Acho que será muito bom ter amigos por perto. Obrigado pela visita.
Alex fitou o velho amigo com atenção e, em um relance, se deu conta de como John era solitário. Um segundo depois, entretanto, a vulnerabilidade desapareceu dos olhos dele e sua expressão voltou a ser inescrutável.
– Muito bem, então – disse Alex de modo educado. – Que tal daqui a dois dias? Não seguimos os horários de Londres aqui, então devemos jantar por volta das sete horas.
John assentiu.
– Excelente – comemorou Alex. – Nos vemos lá, então.
Alex se levantou e apertou a mão de John.
– Fico feliz por nossos caminhos terem voltado a se cruzar – declarou Alex.
– Eu também.
John acompanhou Alex até os estábulos, onde o cavalo dele ficara. Com um aceno de cabeça amistoso, Alex subiu em sua montaria e partiu.
John voltou caminhando devagar e sorriu para si mesmo quando olhou para a casa. Ao adentrar o saguão, Buxton o interceptou de novo.
– Isso chegou para o senhor, milorde, enquanto conversava com Sua Graça.
Ele apresentou a John um envelope em uma bandeja de prata.
John ergueu as sobrancelhas enquanto desdobrava o bilhete.

Estou na Inglaterra.

Que estranho. John virou o envelope na mão. O nome dele não estava escrito em lugar nenhum.
– Buxton? – chamou.
O mordomo, que já estava a caminho da cozinha, se virou e voltou para onde estava o patrão.

– O que o mensageiro disse quando entregou isto?
– Apenas que trazia um bilhete para o dono da casa.
– Ele não mencionou meu nome?
– Não, milorde, creio que não. Na verdade, foi um menino quem entregou. Acho que não devia ter mais do que 8 ou 9 anos.

John examinou o papel com curiosidade uma última vez, então deu de ombros.

– Provavelmente era para os antigos donos – concluiu, amassando o bilhete e deixando-o de lado. – Não tenho ideia do que se trata.

No jantar daquela noite, John pensou em Belle. Enquanto tomava um copo de uísque e lia *O conto do inverno*, ele pensou nela. E quando se deitou para dormir, pensou nela.

Belle era linda. Aquilo era inegável, mas John não achava que fosse o motivo de ela estar invadindo seus pensamentos. Havia um brilho especial naqueles olhos de um azul intenso. Um brilho de inteligência e de... compaixão. Ela tentara fazer amizade e ele frustrara completamente a tentativa.

John balançou a cabeça, como se para afastá-la dos pensamentos. Sabia muito bem que não deveria pensar em mulheres antes de dormir. Fechou os olhos e fez uma prece por uma noite sem sonhos.

Ele estava na Espanha. Era um dia quente, mas seu batalhão estava de bom humor – sem confrontos na última semana.

Eles haviam se baseado em uma cidade pequena fazia quase um mês. A maioria dos moradores estava satisfeita por tê-los ali. Os soldados gastavam dinheiro, a maior parte na taberna, e todos se sentiam um pouco mais prósperos tendo os ingleses no local.

Como sempre, John estava bêbado. Valia qualquer coisa para tentar calar os gritos que soavam em seus ouvidos e apagar o sangue que parecia estar sempre grudado em suas mãos, não importava quanto as lavasse. Mais alguns drinques, imaginou, e ele estaria a caminho do esquecimento.

– Blackwood.

John levantou a cabeça e assentiu para o homem que acabara de sentar diante dele à mesa.

– Spencer.

George Spencer pegou a garrafa.

– Se importa?

John deu de ombros.

Spencer serviu a bebida em um copo que levara consigo.

– Tem alguma ideia de quando vamos sair deste buraco?

– Prefiro este buraco, como você o chama, a qualquer lugar no campo de batalha.

Spencer olhou de relance para a garçonete do outro lado do salão e passou a língua pelos lábios. Depois se voltou de novo para John.

– Jamais o teria tomado por um covarde, Blackwood.

John virou outra dose de uísque.

– Covarde não, Spencer. Apenas humano.

– Não somos todos?

A atenção de Spencer ainda estava concentrada na jovem, que não devia ter mais que 13 anos.

– O que acha daquela ali, hein?

John deu de ombros de novo. Não se sentia particularmente comunicativo.

A jovem, que se chamava Ana, como ele descobrira ao longo do último mês, colocou um prato de comida diante dele. John agradeceu em espanhol. Ela assentiu e sorriu. Antes que pudesse se afastar, porém, Spencer a puxou para o colo.

– Que coisinha bonita você é! – falou, a voz arrastada, enquanto a mão subia pelo corpo da jovem e cobria o seio que mal amadurecera.

– Não – pediu Ana em um inglês ruim. – Eu...

– Deixe-a em paz – ordenou John, irritado.

– Pelo amor de Deus, Blackwood, ela é só uma...

– Deixe-a em paz.

– Você às vezes é um cretino, sabia?

Spencer empurrou Ana para fora do colo, mas não antes de beliscá-la com força no traseiro.

John enfiou uma garfada de arroz na boca, mastigou, engoliu, então disse:

– Ela é uma criança, Spencer.

O outro homem flexionou a mão.

– *Não onde eu peguei.*

John balançou a cabeça, pois não queria ter que lidar com Spencer.

– *Deixe-a em paz, só isso.*

Spencer se levantou abruptamente.

– *Preciso urinar.*

John o viu se afastar e voltou a se dedicar ao prato à sua frente. Ele não dera mais de três garfadas quando a mãe de Ana apareceu ao lado da mesa.

– *Señor Blackwood* – disse ela, ciente de que ele a compreenderia apesar de algumas palavras em espanhol. – *Aquele homem... ele toca a minha Ana. Isso precisa parar.*

John a encarou surpreso, tentando afastar a bruma alcoólica da mente.

– *Faz muito tempo que ele a importuna?*

– *A semana toda, señor. Aconteceu a semana toda. Ela não gosta. Está assustada.*

John sentiu o asco revirar seu estômago.

– *Não se preocupe, señora. Vou me certificar de que ele a deixe em paz* – garantiu. – *Ela ficará a salvo do meu batalhão.*

A mulher meneou a cabeça.

– *Obrigada, señor Blackwood. Suas palavras me confortam.*

Ela retornou para a cozinha, onde, John presumia, passaria o resto da noite diante do fogão.

Ele voltou a se dedicar à refeição e virou mais um copo de uísque para acompanhar. Cada vez mais perto do esquecimento. Ansiava por isso. Qualquer coisa para livrar sua mente da morte e dos mortos.

Spencer voltou e secou as mãos na toalha.

– *Ainda comendo, Blackwood?* – perguntou.

– *Você sempre teve uma tendência a declarar o óbvio.*

Spencer fechou a cara.

– *Coma a sua gororoba, então, se é o que quer fazer. Vou procurar alguma diversão.*

John ergueu uma sobrancelha, como se dissesse "Aqui?".

– *Pra mim, este lugar serve.*

Os olhos de Spencer reluziram enquanto ele subia a escada cambaleando e sumia de vista.

John suspirou, feliz por se livrar daquele homem que era sempre tão inconveniente. Nunca gostara de Spencer, mas ele era um soldado razoável, e a Inglaterra precisava de todos que pudessem lutar por ela.

Ele terminou a refeição e empurrou o prato. A comida estava saborosa, mas nada parecia satisfazê-lo. Talvez outro copo de uísque.

Ah, agora estava bêbado. Realmente bêbado. Ainda havia algumas coisas a agradecer ao Senhor, pensou.

John deixou a cabeça pender sobre a mesa. A mãe de Ana estava bastante nervosa, não estava? O rosto dela, marcado pela preocupação e pelo medo, voltou à sua mente enevoada. E Ana, a pobre menina, não gostava de ter todos aqueles homens ao seu redor. Ainda mais um homem como Spencer.

Ele ouviu um baque vindo do andar de cima. Nada fora do comum.

Spencer. Ah, sim, era nele que estava pensando. Era um cretino, ah, era. Sempre incomodando os moradores locais, sem se importar com nada além do próprio divertimento.

Outro baque.

O que ele dissera...? Que iria procurar diversão. Era bem típico de Spencer.

Outro barulho estranho – como um grito de mulher. John olhou ao redor. Ninguém mais ouvira? Ninguém pareceu reagir. Talvez fosse porque ele estava mais perto da escada.

Pra mim, este lugar serve.

John esfregou os olhos. Havia alguma coisa errada.

Ele levantou e se apoiou na mesa para tentar conter a náusea que dominou seu corpo. Por que tinha a estranha sensação de algo estar errado?

Outro baque. Outro grito.

John caminhou devagar em direção à escada. O que estava acontecendo? O barulho foi ficando mais alto conforme ele seguia pelo corredor do segundo andar.

Então ouviu novamente. Dessa vez, ficou claro.

– Nãããããoooo!

Era a voz de Ana.

John ficou sóbrio na mesma hora. Irrompeu pela porta, arrancando-a das dobradiças.

– Ah, meu Deus, não! – gritou.

Mal conseguia ver Ana, o corpo pequeno coberto pelo de Spencer, que a penetrava sem piedade.

Mas conseguiu ouvi-la chorando.

– Nããããooo, nãããooo, por favor, nãããooo!

John nem parou para pensar. Enlouquecido, arrancou Spencer de cima da moça e o jogou na parede.

– Que diabo... Blackwood?

O rosto de Spencer estava tão vermelho quanto seu membro.

– Seu desgraçado! – murmurou John, a mão pousada no revólver.

– Pelo amor de Deus, ela é só uma prostituta espanhola.

– Ela é uma criança, Spencer!

– Agora é uma prostituta – rebateu Spencer, e se virou para pegar o calção.

John apertou a arma com mais força.

– É o que ela ia acabar sendo, de qualquer modo.

John ergueu a arma.

– Os soldados de Sua Majestade não estupram – falou John, e deu um tiro no traseiro do outro.

Spencer urrou de dor e caiu no chão, soltando uma série de palavrões. John foi até Ana na mesma hora, como se houvesse algo que pudesse fazer para apagar a dor e a humilhação da menina.

O rosto dela estava petrificado. Completamente sem expressão...

Até que ela o viu.

Então Ana se encolheu e deu as costas a John, apavorada. Ele cambaleou para trás ao ver o terror no rosto da menina. Ele não... Não fora ele... Ele tentara pro...

A mãe de Ana entrou às pressas no quarto.

– Santa Mãe de Deus! – gritou. – O que é...? Ah, minha Ana! Minha Ana!

Ela correu até a filha, que agora chorava descontroladamente.

John ficou parado no meio do cômodo, zonzo, em choque e ainda bêbado.

– Eu não... – sussurrou. – Não fui eu.

Havia tanto barulho. Spencer gritava e praguejava de dor. Ana chorava. A mãe gritava por Deus. John parecia não conseguir se mexer.

A mãe de Ana se virou para ele, o rosto mais carregado de ódio que ele já vira.

– A culpa é sua – sussurrou ela, e cuspiu no rosto de John.

– Não. Não fui eu. Eu não...

– Você jurou protegê-la – lembrou a mulher, que parecia tentar se conter para não agredi-lo. *– Portanto, é como se tivesse sido você.*

John a encarou, confuso.

– Não.

É como se tivesse sido você.

É como se tivesse sido você.

É como se tivesse...

John se sentou na cama, encharcado de suor. Tinham mesmo se passado cinco anos? Ele se deitou novamente, tentando esquecer que Ana se matara três dias depois.

CAPÍTULO 3

Quando chegou à mesa do café no dia seguinte, Belle descobriu que Emma e Alex ainda não haviam se levantado. Aquilo era bastante surpreendente, porque Emma era uma pessoa matinal. Supôs que Alex a estivesse mantendo na cama e se perguntou se uma mulher poderia engravidar de novo enquanto ainda estivesse grávida.

— Para alguém que normalmente é considerada tão brilhante — murmurou para si mesma —, você sabe tão pouco sobre as coisas importantes que chega a ser patético.

— Disse alguma coisa, milady? — perguntou um criado na mesma hora.

— Não, não, eu só estava falando sozinha — respondeu ela, revirando os olhos, irritada com o próprio comportamento.

Se continuasse daquele jeito, metade de Westonbirt acharia que ela era louca.

Belle se serviu e relanceou os olhos para o jornal da véspera, que fora deixado sobre a mesa para que Alex o lesse.

Quando ela terminou de comer a omelete, os recém-casados ainda não haviam chegado. Ela suspirou, tentando decidir como se ocupar.

Poderia invadir a biblioteca de Alex, pensou, mas — por incrível que parecesse — não estava com vontade de ler. O sol brilhava lá fora, um presente raro naquele outono tão chuvoso, e de repente Belle desejou não estar ali sozinha, desejou que Alex ou Emma não estivessem dormindo até tarde, que ela tivesse alguém com quem compartilhar aquele dia lindo. Mas não havia ninguém. A não ser... Belle balançou a cabeça. Não podia simplesmente aparecer na casa de lorde Blackwood e dizer "olá".

Mas... por que não?

Ora, em primeiro lugar, porque ele não gostava dela.

O que, em contraponto, era um ótimo motivo para lhe fazer uma visita. Jamais conseguiria consertar a situação entre os dois se eles não se vissem.

Belle ergueu as sobrancelhas enquanto avaliava a ideia. Se levasse uma criada como acompanhante, a visita não seria algo tão indecoroso. Bem, na verdade, seria, mas não havia ninguém por perto, e lorde Blackwood não lhe parecera muito pomposo.

Decidida, foi até a cozinha para ver se a Sra. Goode poderia embrulhar alguns pãezinhos. Dariam um belo café da manhã – que talvez lorde Blackwood ainda não tivesse tomado.

Ela ficaria bem. Não estava em Londres, afinal. Não haveria quarenta fofoqueiras usando suas línguas ferinas ao fim do dia para comentar sobre o comportamento escandaloso de lady Arabella. E ela não faria nada repreensível. Só queria cumprimentar adequadamente o novo vizinho. E ver como era a casa dele, disse Belle a si mesma. Como se chamava? Alex comentara na noite anterior. Casa Bletchwood? Mansão Blumley? Burgo Blasphemous? Belle riu de si mesma. Só se lembrava de que era um nome horrível.

Foi até a cozinha, onde a Sra. Goode preparou uma cesta com todo o prazer. Belle partiu logo, levando geleias frescas e pãezinhos caseiros.

Ela caminhou com determinação até os estábulos, onde montou em Amber, sua égua. Não tinha certeza de onde ficava a casa de John, mas sabia que era para o leste. Se pegasse a estrada e fosse sempre na direção do sol, acabaria chegando lá.

Seguiu em um trote leve pelo longo caminho que levava de Westonbirt até a estrada principal. A camareira de Emma era boa amazona e acompanhou seu ritmo. Elas viraram para o leste na estrada principal e, como Belle previra, depois de uns quinze minutos chegaram a uma entrada que parecia levar a uma casa. Pouco depois, Belle se viu em uma clareira ampla onde se erguia uma elegante construção de pedra.

Era pequena para os padrões da aristocracia, mas tinha estilo e era obviamente bem construída. Combinava com ela. Belle sorriu e instigou a égua a seguir em frente. Não viu sinal dos estábulos, por isso ela mesma amarrou Amber a uma árvore. A camareira de Emma fez o mesmo com a montaria dela.

– Desculpe, Amber – murmurou Belle antes de respirar fundo e subir os degraus da frente da casa.

Ela levantou a aldrava gigante na porta e deixou-a cair com um baque alto. Em pouco tempo, um senhor de cabelos brancos atendeu. Belle deduziu que era o mordomo.

– Bom dia – falou ela em um tom educado e altivo. – Esta é a casa de lorde Blackwood?

O mordomo ergueu a sobrancelha.

– Sim.

Belle abriu seu sorriso mais cativante para o homem.

– Excelente. Por favor, informe a ele que lady Arabella Blydon veio visitá-lo.

Diante das roupas elegantes e do modo de falar aristocrático da jovem à sua frente, Buxton não duvidou nem por um momento que ela fosse uma dama. Assentiu regiamente e a levou até um cômodo agradável, decorado em tons de creme e azul.

Belle observou em silêncio enquanto o mordomo subia a escada. Então voltou-se para a camareira de Emma.

– Talvez seja melhor você ir, bem... até a cozinha e ver se há.... hã... se há outros criados por lá.

A criada arregalou os olhos quando percebeu que estava sendo dispensada, mas assentiu e deixou o salão.

John ainda estava na cama quando o mordomo entrou no quarto, pois decidira se permitir um descanso muito merecido. Buxton entrou em silêncio e aproximou bem a boca do ouvido do patrão.

– O senhor tem visita, milorde.

John afastou o mordomo com um travesseiro e acordou com relutância.

– Tenho o quê? – perguntou ainda grogue.

– Visita.

– Santo Deus, que horas são?

– Nove horas, milorde.

John cambaleou para fora da cama e pegou o roupão para cobrir o corpo nu.

– Quem diabo veio me visitar às nove da manhã?

– Lady Arabella Blydon, milorde.

John se virou depressa, surpreso.

– Quem?

– Acredito que eu tenha dito lady...

– Eu ouvi o que disse – interrompeu John, irritado, de péssimo humor por ter sido acordado tão bruscamente. – Que raios ela está fazendo aqui?

– Não sei, milorde, mas pediu para vê-lo.

John suspirou. Quando Buxton se daria conta de que nem toda pergunta exigia uma resposta? Suspirou mais uma vez. Não duvidava nem por um momento de que o velho e astuto mordomo soubesse muito bem que os comentários do patrão eram retóricos.

– Imagino que eu tenha que me vestir – voltou a falar John, por fim.

– Imagino que sim, milorde. Tomei a liberdade de informar a Wheatley que o senhor iria precisar dos serviços dele.

John foi até o quarto de vestir. Assim como Buxton, o valete também já trabalhava na casa, e John tinha que admitir que não fora difícil se acostumar àquele luxo. Em pouco tempo, ele já estava vestido com uma calça clara justa, camisa branca engomada e paletó azul-marinho. Ignorara a gravata de propósito. Se lady Arabella fizesse tanta questão de gravatas, não deveria aparecer para visitá-lo às nove da manhã.

John jogou água no rosto e passou as mãos úmidas pelos cabelos desalinhados, tentando melhorar um pouco a aparência de quem acabara de sair da cama.

– Ah, que se dane – murmurou.

Ainda parecia com sono. Mas quem se importava? Ele desceu a escada. Buxton o interceptou no térreo.

– Lady Arabella o espera no salão verde, milorde.

John respirou fundo, tentando não demonstrar exasperação.

– E qual deles é o salão verde, Buxton?

O mordomo deu um sorrisinho divertido e o indicou com um gesto.

– Bem ali, milorde.

John seguiu na direção apontada e entrou no salão, deixando a porta aberta por decoro. Belle estava de pé, perto de uma cadeira azul, examinando com atenção um vaso decorado. Ela parecia muito encantadora e irritantemente desperta no vestido cor-de-rosa.

– Que surpresa – comentou ele.

Belle levantou os olhos ao ouvir o som profundo da voz de John.

– Ah, olá, lorde Blackwood – falou ela e desviou os olhos por um breve instante para os cabelos desalinhados dele. – Espero não tê-lo acordado.

– De forma nenhuma – mentiu John.

– Acho que, quando nos conhecemos, não começamos com o pé direito.

Ele não disse nada.

Belle respirou fundo e continuou.

– Certo. Bem, pensei em lhe dar as boas-vindas à vizinhança. E lhe trouxe uma coisinha para acompanhar seu café da manhã. Espero que goste de pãezinhos frescos.

John abriu um largo sorriso.

– *Adoro* pãezinhos frescos. E chegaram bem a tempo do meu café da manhã.

Belle franziu o cenho diante do tom tão animado dele. *Sabia* que o havia acordado.

– E trouxe também um pouco de geleia para acompanhar.

Ela se sentou, enquanto se perguntava o que lhe dera na cabeça para aparecer tão cedo na casa do homem.

John pediu chá e café a um criado e sentou diante dela. Então olhou ao redor.

– Vejo que está sem acompanhante.

– Ah, não, eu trouxe uma camareira, mas ela foi conversar com os outros criados. Eu teria trazido Emma comigo, mas ela ainda não tinha se levantado. É cedo, sabe?

– Sei.

Belle engoliu em seco e continuou.

– Na verdade, não acho que a questão da acompanhante tenha grande importância. Afinal, não estamos em Londres, onde cada movimento é um prato cheio para os fofoqueiros. Além disso, não estou correndo perigo.

Os olhos de John percorreram de forma apreciativa as formas muito femininas do corpo dela.

– Não?

Belle enrubesceu e endireitou o corpo no assento. Ela o encarou com firmeza e viu a honra reluzindo por trás da expressão sarcástica.

– Não, acho que não corro risco – respondeu, decidida.

– A senhorita não deveria ter vindo até aqui sozinha.

– Eu lhe disse: não vim sozinha. Minha camareira...

– Sua camareira está na cozinha. E a senhorita está aqui, neste salão. Sozinha. Comigo.

Belle abriu e fechou a boca várias vezes antes de conseguir falar.

– Ora... sim, é claro... mas...

John a encarou, pensando que nada lhe daria mais prazer do que se inclinar um pouco e beijar aqueles lábios macios que se abriam e se fechavam com tamanha consternação. Balançou de leve a cabeça, como se para afastar aquela imagem. *Controle-se, John,* alertou sua consciência.

– Peço perdão – disse ele. – Não pretendia deixá-la desconfortável. Mas realmente é bastante incomum que uma jovem dama visite um cavalheiro solteiro sem acompanhante.

Belle abriu um sorriso travesso, a tensão cedendo diante do pedido de desculpas dele.

– Sou uma pessoa bastante incomum.

John não duvidava. Ele observou a expressão marota da jovem à sua frente e se perguntou se ela fora até ali com a intenção de torturá-lo.

– Além do mais – continuou Belle –, não achei que o senhor seria tão apegado às regras de etiqueta.

– *Eu* não sou – argumentou John. – No entanto, a maior parte das jovens damas é.

Um criado chegou com o chá e o café, e Belle se ofereceu para servir. Ela entregou a xícara de café a ele e se serviu de chá, tagarelando o tempo todo.

– O senhor cresceu nesta região?

– Não.

– Ora, então onde cresceu?

– Em Shropshire.

– Que agradável.

John deixou escapar um som que foi quase um grunhido. Belle ergueu as sobrancelhas e continuou.

– Sou de Londres.

– Que agradável.

Belle cerrou os lábios.

– Temos uma casa em Sussex, é claro, mas costumo pensar em Londres como meu lar.

O barão pegou um pãozinho e passou nele uma boa quantidade de geleia de morango.

– Lamento pela senhorita.

– Não gosta de Londres?

– Não muito.

– Ah.

E o que mais ela poderia dizer?, perguntou-se Belle. Um minuto inteiro se passou. Ela estava dolorosamente consciente dos olhares especulativos e divertidos que John lhe lançava.

– Bem – disse ela, por fim –, vejo que o senhor não mentiu para mim ontem.

O comentário capturou a atenção de John e ele a encarou com uma expressão curiosa.

– O senhor de fato é péssimo em manter conversas educadas.

Ele deixou escapar uma gargalhada.

– Ninguém pode acusá-la de não ser astuta, milady.

Belle deixou o comentário passar, já que não tinha certeza se fora um elogio. Quando levantou os olhos para fitá-lo, lembrou-se da conversa que tiveram na véspera. Por um momento, ao menos, eles haviam gostado da companhia um do outro. Conversaram sobre Shakespeare e, sim, até trocaram implicâncias.

Ele parecera diferente naquele breve momento, quase jovial. Até voltar a se colocar na defensiva. Belle tinha a sensação de que aquele homem já fora profundamente magoado. No entanto, aquilo não significava que ela permitiria que ele a magoasse também.

Belle via algo especial em John, algo elegante, luminoso e muito, muito bom. Talvez ele só precisasse de alguém para relembrá-lo disso. Ela não via motivo para não jogar a cautela pelos ares e tentar ser amiga dele, apesar de todos os obstáculos que ele colocava.

– Pode falar nesse tom arrogante quanto quiser que não vai adiantar – atalhou ela, cruzando os braços.

John ergueu uma sobrancelha.

– É melhor o senhor aceitar logo – declarou Belle sem rodeios. – O senhor gosta de mim.

Para desalento de John, ele deixou a xícara de café bater com força no pires.

– O que a senhorita disse?

– Que o senhor gosta de mim.

Belle inclinou a cabeça, parecendo muito um gato que começara a saborear uma grande tigela de nata.

– E posso perguntar como chegou a essa conclusão?

– Eu percebi.

Estava na ponta da língua de John perguntar se ela também percebia que ele a desejava. Será que lady Arabella se dava conta disso? Talvez. Ele mesmo estava bastante surpreso com a intensidade da própria reação a ela. Na véspera, lady Arabella parecera encantadora sentada embaixo da árvore nas terras dele, mas agora, diante de seus olhos ainda sonolentos, ela era uma deusa.

– O senhor não precisa ficar tão impressionado com a minha intuição – comentou Belle com ironia.

Uma deusa muito espirituosa.

– A senhorita deveria ser açoitada – sentenciou John.

– Espero que não tenha a intenção de procurar um chicote neste momento. Tenho muito apego às minhas costas.

Santo Deus, *quando* se tornara tão ousada?, perguntou-se Belle. Ela olhou de relance para o semblante furioso dele.

A mente traiçoeira de John decidira que também gostaria muito, muito de se apegar às costas dela. Então seu corpo ainda mais traiçoeiro reagiu com voracidade à ideia. O que aquela moça estava pensando? Havia limites quando se tratava de provocar um homem. Ainda assim, ele não podia negar que as palavras de lady Arabella tinham um toque de verdade. Gostava bastante dela, de fato. Então, na tentativa de afastar a conversa daquele assunto perigoso, ele declarou:

– A senhorita está certa. Não sou muito bom em manter conversas educadas.

Belle aproveitou a deixa. Abriu um belo sorriso e disse:

– Se eu fosse o senhor, não me preocuparia demais. Ainda tenho esperança em sua evolução nesse sentido.

– Imagine o meu alívio.

– Uma esperança que diminui a cada segundo – disse ela por entre os dentes.

John a encarou enquanto mastigava um pedaço de pão. De algum modo, lady Arabella conseguia parecer doce e desejável ao mesmo tempo. Que Deus o ajudasse, pois ela já estava conseguindo rachar o muro de proteção que ele erguera ao seu redor anos antes. Aquela jovem com certeza não merecia o tratamento que ele vinha lhe dispensando. John engoliu o pedaço de pão e limpou lenta e deliberadamente a boca com o guardanapo. Então se levantou e pegou a mão dela.

– Podemos começar de novo? – pediu ele com elegância e levou a mão dela aos lábios. – Talvez eu tenha me levantado da cama com o pé esquerdo hoje.

O coração de Belle deu uma breve cambalhota ao sentir os lábios dele roçarem os nós dos seus dedos.

– Sou eu que devo me desculpar. Acredito que a esta hora qualquer um dos pés seria o esquerdo.

John sorriu ao ouvir aquilo e voltou a se sentar, pegando outro pãozinho.

– Estão deliciosos – comentou ele.

– A mãe da nossa cozinheira era escocesa.

– Nossa cozinheira? – repetiu John, avaliando a escolha de palavras. – A senhorita se tornou moradora permanente da casa, então?

– Não, devo voltar a Londres quando meus pais chegarem da Itália. Mas tenho que admitir que Westonbirt começa a parecer um lar para mim.

John assentiu e ergueu seu pãozinho já pela metade.

– Já esteve na Escócia?

– Não. O senhor esteve?

– Não.

Houve um momento de silêncio, então John perguntou:

– Como estou me saindo?

– Com o quê? – indagou Belle, confusa.

– Manter uma conversa educada. Venho me esforçando muito nos últimos minutos.

Ele deu um sorriso travesso. Belle não conseguiu conter a risada que subiu por sua garganta.

– Ah, o senhor está evoluindo a passos *largos*!

– Então logo devo estar pronto para uma temporada de eventos sociais em Londres.

Ele colocou o último pedaço de pão na boca.

Belle se inclinou para a frente, animada.

– Então planeja ir à capital para aproveitar a temporada?

Aquela ideia a empolgara. Começara a se sentir entediada com o turbilhão social, e John com certeza animaria a temporada. Além disso, ela achava a possibilidade de dançar nos braços dele estranhamente atraente.

Belle sentiu um arrepio subir por sua coluna só de pensar em estar tão próxima a ele. Enrubesceu.

John reparou no rubor do rosto dela e ficou profundamente curioso sobre o pensamento infame que a fizera enrubescer depois de ter aparecido na casa dele às nove da manhã de forma tão ousada. No entanto, não queria deixá-la constrangida perguntando a respeito, por isso disse apenas:

– Não tenho o traquejo necessário.

Belle se recostou na cadeira, surpresa com a franqueza dele.

– Ora, isso não é problema – disse ela numa tentativa de diverti-lo. – Metade da aristocracia não tem traquejo social. A maior parte consegue convites para as festas que acontecem toda noite simplesmente para não precisar pagar o próprio jantar.

– Nunca fui do tipo que vai a festas todas as noites.

– Não, não achei que seria. Na verdade, também não sou.

– É mesmo? Eu teria imaginado que a senhorita seria a *belle* do baile, se me perdoa o trocadilho.

Belle deu um sorriso irônico.

– Seria falsa modéstia dizer que não aproveitei a minha cota de sucesso social...

John riu diante da escolha cuidadosa de palavras.

– Mas devo admitir que estou ficando cansada da temporada de eventos sociais.

– É mesmo?

– Sim. Mas acho que serei forçada a participar de mais uma no ano que vem.

– Por que vai, se acha tão desinteressante?

Belle deu um sorriso sem graça.

– É preciso conseguir um marido, afinal.

– Ah – foi só o que disse John.

– Não é tão fácil como o senhor talvez imagine.

– Não consigo imaginar que conseguir um marido seja difícil para a *senhorita*, lady Arabella. Deve saber que é extremamente bela.

Belle enrubesceu de prazer diante do elogio.

– Já recebi alguns pedidos de casamento, mas nenhum deles foi adequado.

– Fortuna insuficiente?

Dessa vez, quando Belle voltou a enrubescer, foi de consternação.

– Isso me ofende, lorde Blackwood.

– Sinto muito, achei que fosse dessa forma que as coisas aconteciam.

Belle tinha que admitir que, para a maioria das mulheres, *era* daquela forma que as coisas aconteciam. Aceitou o pedido de desculpas com um breve aceno de cabeça.

– Alguns cavalheiros me informaram que estariam dispostos a ignorar minhas consternadoras tendências intelectuais graças à minha aparência e à minha fortuna.

– Acho suas tendências intelectuais bastante atraentes.

Belle deixou escapar um suspiro de satisfação.

– Que bom ouvir alguém... um homem... dizer isso.

John deu de ombros.

– Sempre me pareceu uma tolice desejar uma mulher que não é capaz de se comunicar melhor do que uma ovelha.

Belle se inclinou para a frente com um brilho travesso nos olhos.

– É mesmo? Eu teria imaginado que o senhor *preferisse* uma mulher assim, levando-se em conta sua dificuldade em manter uma conversa educada.

– *Touché*, milady. Reconheço sua vitória nesta rodada.

Belle se sentiu absurdamente satisfeita e, de repente, muito, muito feliz por ter se aventurado a fazer aquela visita.

– Vou encarar isso como um grande elogio, na verdade.

– Era essa a intenção.

John indicou com um gesto os poucos pãezinhos que sobravam.

– Não vai querer um? Sou capaz de comer o prato inteiro se a senhorita ficar aí de braços cruzados.

– Bem, eu já tomei café, mas... – ponderou Belle e olhou para os saborosos pãezinhos. – Acho que não faria mal.

– Ótimo, não tenho paciência para damas que tentam comer como passarinhos.

– Não, afinal o senhor prefere ovelhas.

– *Touché* mais uma vez, milady.

John olhou pela janela.

– São os seus cavalos lá fora?

Belle acompanhou o olhar dele, então se levantou e caminhou até a janela.

– Sim. A da esquerda é minha égua, Amber. Não vi os estábulos, por isso a amarrei na árvore. Ela parece satisfeita.

John se levantara logo depois de Belle. Juntou-se a ela à janela.

– Os estábulos ficam nos fundos.

Belle estava consciente demais da proximidade dele, do aroma masculino. Ela pareceu perder o ar e, pela primeira vez naquela manhã, se viu sem fala. Enquanto John olhava para a égua, Belle examinou de relance seu perfil. Ele tinha um nariz reto, aristocrático, e um queixo forte. Os lábios eram lindos, cheios e sensuais. Belle engoliu com dificuldade e se forçou a olhar para os olhos dele. Pareciam tão desolados... Ela se pegou desejando desesperadamente poder apagar a dor e a solidão que viu neles.

John se virou e flagrou Belle observando-o. Seus olhos encontraram os dela e, por um momento, as barreiras dele sumiram, permitindo que Belle enxergasse dentro de sua alma. Então ele forçou um sorriso, quebrando o encanto, e se virou.

– É uma bela égua – comentou.

Belle demorou alguns instantes para recuperar o fôlego.

– Sim, eu a tenho há muitos anos.

– Imagino que ela não consiga fazer muito exercício em Londres.

– Não.

Por que eles estavam conversando de forma tão insípida agora?, perguntou-se Belle. Por que ele se afastara dela? Belle achou que não suportaria passar mais um único momento com John se continuassem a trocar apenas amenidades e, que Deus não permitisse, mantivessem uma conversa educada.

– É melhor eu ir – atalhou ela. – Está ficando tarde.

John riu ao ouvir aquilo. Ainda não eram nem dez da manhã.

Na pressa de se recompor e partir, Belle não ouviu a risadinha dele.

– Pode ficar com a cesta – falou ela. – É um presente, assim como a comida.

– Eu a guardarei como um tesouro.

Ele puxou a campainha para chamar a criada de Belle, que estava na cozinha.

Belle sorriu e, para seu horror e sua surpresa, sentiu os olhos marejarem.

– Obrigada pela companhia. Tive uma manhã adorável.

– Eu também.

John a acompanhou até o saguão da frente. Belle sorriu antes de se afastar, o que o abalou até a alma e levou uma nova onda de desejo a percorrer seu corpo.

– Lady Arabella – disse John, com voz rouca.

Ela se virou, a expressão preocupada.

– Algum problema?

– Não é sábio da sua parte buscar minha companhia.

– O que está querendo dizer?

– Não volte aqui.

– Mas o senhor acabou de falar...

– Eu disse para a senhorita não voltar. Ao menos não sozinha.

Ela piscou.

– Não seja tolo. Está soando como o herói de um romance gótico.

– Não sou herói – retrucou ele em um tom sombrio. – Seria bom que se lembrasse disso.

– Pare de fazer graça comigo – falou ela, sem muita convicção.

– Não estou fazendo isso, milady.

Ele fechou os olhos e, por uma fração de segundo, uma expressão de pura agonia dominou suas feições.

– Há perigos neste mundo que a senhorita desconhece. Perigos que *nunca* deve vir a conhecer – apressou-se a acrescentar.

A criada chegou ao saguão.

– É melhor eu ir embora – repetiu Belle, desanimada.

– Sim.

Ela se virou e desceu correndo os degraus, em direção à égua. Montou depressa e seguiu pelo caminho que levava à estrada principal, muito consciente do olhar de John nas suas costas o tempo todo.

O que havia acontecido com ele? Se Belle já se sentia intrigada pelo novo vizinho antes, agora estava profundamente curiosa. O humor dele mudava como o vento. Ela não conseguia compreender como lorde Blackwood fora capaz de brincar tão docemente com ela e parecer tão sombrio e hostil um instante depois.

E ela não conseguia afastar a ideia de que ele, por algum motivo, *precisava* dela. Lorde Blackwood precisava de alguém, isso ficara muito claro. Alguém capaz de afastar a dor que nublava seus olhos quando ele achava que ninguém estava olhando.

Belle endireitou os ombros. Nunca fora do tipo que foge de um desafio.

CAPÍTULO 4

Belle não conseguiu parar de pensar em John pelo resto do dia. Foi para a cama cedo, na esperança de que uma boa noite de sono lhe desse uma nova perspectiva. Porém o sono lhe escapou por horas e, quando ela por fim adormeceu, John assombrou seus sonhos com uma persistência impressionante.

Na manhã seguinte, Belle dormiu um pouco mais do que o habitual. Ainda assim, ao descer para o café da manhã, descobriu que Alex e Emma haviam ficado até mais tarde no quarto de novo. Ela não se sentia disposta a procurar distrações, de modo que terminou logo o café e decidiu dar uma caminhada.

Belle avaliou as próprias botas e concluiu que eram resistentes o bastante para uma boa caminhada. Então, depois de deixar com Norwood um bilhete para os primos, saiu pela porta da frente.

O ar de outono estava fresco, mas não frio, e Belle ficou feliz por não ter se dado ao trabalho de buscar uma capa. Seguiu a passos largos e rápidos e se pegou indo para leste. Leste. Onde ficava a propriedade de John Blackwood.

Belle gemeu. Deveria ter imaginado que aquilo aconteceria. Ela parou, tentando se forçar a dar meia-volta e ir para oeste. Ou para norte, sul, noroeste... qualquer lugar, menos leste. Contudo seus pés se recusaram a obedecer e ela seguiu adiante, tentando desculpar o próprio comportamento dizendo a si mesma que só sabia chegar à mansão Blondwood pegando a estrada principal e, como agora ia pelo bosque, provavelmente jamais chegaria lá.

Ela franziu o cenho. O nome da propriedade não era Blondwood. Entretanto, por mais que se esforçasse, não conseguia lembrar como *realmente* se chamava. Balançou a cabeça e continuou a andar.

Uma hora se passou e Belle começou a se arrepender da decisão de não levar a égua. Era uma caminhada de cerca de três quilômetros até o limite da propriedade de Alex e, pelo que John lhe dissera na véspera, a casa dele ficava outros três quilômetros adiante. Suas botas não eram tão confortáveis como ela esperara, e Belle desconfiava de que ganharia uma bolha no calcanhar direito.

Ela tentou manter a animação, mas logo a dor se tornou irritante. Com um gemido alto, ela desistiu: a bolha vencera.

Belle se agachou e apalpou a relva para conferir se estava úmida. O orvalho da manhã já havia evaporado. Assim, ela se sentou no chão, desamarrou a bota e a puxou. Estava prestes a se levantar e retomar a caminhada quando percebeu que usava suas meias favoritas. Com um suspiro, enfiou a mão sob a saia e tirou a meia direita.

De sua posição, a dez metros de distância, John não conseguia acreditar em seus olhos. Belle entrara de novo em sua propriedade e ele estava prestes a aparecer para a moça quando ela começara a resmungar e então sentara no chão de forma nada recatada.

Intrigado, John se escondera atrás de uma árvore. O que se seguira tinha sido a cena mais sedutora com que ele poderia ter sonhado. Depois de descalçar o sapato, Belle levantara as saias bem acima dos joelhos, dando a ele uma visão irresistível das pernas bem-feitas. John quase gemera. Em uma sociedade que considerava promíscuo exibir os *tornozelos*, aquilo era realmente ousado.

John sabia que não deveria olhar. Mas, parado ali enquanto Belle descalçava a meia, ele não conseguira encontrar alternativa melhor. Afinal, se a chamasse, a constrangeria. Era melhor a jovem não saber que ele estava ali. John supôs que um verdadeiro cavalheiro teria a decência de virar as costas, só que ele já descobrira que, na maior parte, os homens que alardeavam ser cavalheiros não passavam de tolos.

Ele simplesmente não conseguia tirar os olhos de Belle. A inocência dela só a tornava mais sedutora – mais até do que a maioria das profissionais naquela arte. Aquele striptease não intencional ficava ainda mais sensual porque ela descalçava a meia com toda a lentidão – não porque soubesse que tinha plateia, mas porque parecia se deleitar com a sensação da seda deslizando pela pele macia.

Então, cedo demais para o gosto de John, ela terminou de tirar a meia e resmungou novamente para si mesma. Ele sorriu. Nunca conhecera alguém que falasse sozinho com tanta frequência – ainda mais naquele tom tão divertido.

Belle se levantou e examinou algumas vezes a própria roupa, até seu olhar parar em um laço que enfeitava o vestido. Ela amarrou a meia com firmeza ali, então se abaixou e pegou a bota. John quase riu quando a jovem voltou a resmungar e olhar com raiva para o sapato – como se ele fosse um animalzinho agressivo – ao se dar conta de que teria sido mais fácil enfiar a meia ali para não perdê-la.

John a ouviu suspirar bem alto, então encolher os ombros e começar a se afastar. Ele ergueu uma sobrancelha ao perceber que ela não voltava para casa; ia na direção da casa dele. Sozinha. Seria de imaginar que a jovem teria o bom senso de escutar o alerta dele. John acreditara que a havia assustado no dia anterior. Deus sabia que ele próprio ficara assustado. Contudo não conseguiu conter um sorriso, porque, calçada com apenas uma das botas, Belle mancava quase tanto quanto ele.

John se virou depressa e voltou para o bosque. Depois do acidente, ele exercitava com frequência a perna atingida, de modo que já conseguia caminhar com velocidade, quase tão rápido quanto um homem sem deficiência. O único porém era que o esforço excessivo a levaria a doer mais tarde, como se ele tivesse caminhado – não, mancado – até o inferno e voltado.

Entretanto John não estava pensando nisso quando seguiu, apressado, pelo bosque. Seu foco era descobrir como passar por entre as árvores e interceptar Belle perto da mansão Bletchford sem que ela percebesse que ele a espiara.

Ele sabia que o caminho fazia uma curva subindo à direita mais à frente, por isso atravessou o bosque em diagonal, praguejando contra cada raiz de árvore que sua falta de agilidade não permitia pular. Quando por fim alcançou a trilha que ficava a menos de um quilômetro da casa, seu joelho latejava e ele ofegava de cansaço.

John apoiou as mãos nas coxas e se abaixou por um momento, tentando recuperar o fôlego. Pontadas de dor subiam e desciam pela perna mais fraca e o mero ato de esticá-la já era uma agonia. Ele franziu o rosto e esfregou o joelho até a dor aguda se tornar mais tolerável, apesar de ainda presente.

Ele se ergueu bem a tempo. Belle acabara de surgir mancando pela curva da trilha. Ele caminhou rapidamente na direção dela, querendo dar a impressão de que estivera passeando por ali a manhã toda.

Ela não o viu de imediato, porque estava com os olhos fixos no chão, para tentar evitar pedrinhas que pudessem machucar seu pé descalço. Os dois estavam a cerca de apenas três metros um do outro quando Belle ouviu o som dos passos dele. Ela levantou os olhos e o viu aproximando-se. John exibia seu sorrisinho enigmático, como se soubesse de algo que ela desconhecia. Na verdade, pensou Belle, era mais como se ele soubesse de algo que ela nunca descobriria.

– Ah, olá, lorde Blackwood – disse Belle, tentando sorrir de forma tão enigmática quanto ele.

Porém julgou ter fracassado. Não conseguira ser misteriosa nem um único dia na vida. Além disso, seu tom soou animado demais.

Em meio à turbulência de pensamentos de Belle, John meneou a cabeça.

– Imagino que esteja se perguntando o que faço mais uma vez na sua propriedade – comentou ela.

John ergueu uma sobrancelha e Belle não conseguiu entender o que aquilo significava. Seria "Que invasorazinha irritante!", ou "A senhorita é uma criatura tão insistente que chega a ser divertida", ou "Não vale a pena perder meu tempo com você"? Assim, ela avançou devagar.

– Percebi que estava na sua propriedade, porém segui para leste de Westonbirt quando parti esta manhã. Não sei por que fiz isso, mas fiz, e a divisa a leste é bem mais perto da casa do que qualquer outra, por isso, como gosto de dar longas caminhadas, era natural que eu alcançasse o limite entre as duas propriedades, e achei que o senhor não se importaria.

Ela se calou por um momento. Estava falando compulsivamente. Não costumava fazer aquilo e ficou muito aborrecida consigo mesma.

– Não me importo – declarou John com simplicidade.

– Ah. Ora, isso é bom, eu acho, porque não tenho o menor desejo de ser retirada à força da sua propriedade.

Aquilo soou muito tolo. Belle fechou a boca de novo.

– Seria mesmo preciso usar a força para retirá-la da minha propriedade? Não tinha ideia de que gostava tanto daqui.

Belle deu um sorriso travesso.

– O senhor está implicando comigo.

John deu outro de seus sorrisinhos, do tipo que seria profundamente expressivo caso o restante do rosto dele não permanecesse tão insondável.

– O senhor não fala muito, não é? – disse Belle sem pensar.

– Não acho que haja necessidade. A senhorita parece estar administrando admiravelmente bem os dois lados da conversa.

Belle franziu o cenho.

– Que coisa horrível de dizer.

Ela o encarou. Os olhos castanhos de John, sempre tão inescrutáveis, agora mostravam uma expressão divertida. Belle suspirou.

– Mas é verdade – admitiu ela. – Não costumo falar tanto, sabe?

– É mesmo?

– Sim. Acredito que, pelo fato de o senhor ser tão calado, eu sinta a necessidade de falar mais.

– Ah. Então agora a culpa cai sobre os meus ombros?

Belle lançou um olhar sedutor para os ombros dele, que eram um pouco mais largos do que ela se lembrava.

– Eles de fato me parecem um pouco mais capazes de sustentar uma carga tão pesada.

John sorriu para ela, sorriu de verdade – o que era um feito, já que não ocorria com frequência. De repente, ele se sentiu satisfeito por estar usando um de seus melhores paletós – costumava escolher um dos mais antigos para suas caminhadas matinais. Então se pegou irritado por dar importância àquilo.

– É uma nova moda? – perguntou ele, indicando a bota que ela carregava.

– Bolhas no pé – explicou Belle, erguendo o vestido alguns centímetros.

Ela sabia que aquilo ia contra as regras do decoro, mas não deu importância. Os dois já haviam tido conversas tão bizarras que a etiqueta vigente não parecia se aplicar.

No entanto, para surpresa de Belle, John se abaixou, apoiado em um dos joelhos, e pegou o pé dela.

– Se importa se eu der uma olhada? – perguntou.

Belle puxou o pé, aflita.

– Acho que não é necessário – apressou-se a dizer.

Ver o pé dela era uma coisa. Tocá-lo era outra completamente diferente. John continuou a segurar o pé machucado de Belle.

– Não seja pudica, Belle. Pode acabar infeccionando, aí realmente se sentiria mal.

Ela piscou algumas vezes, surpresa pela ousadia dele de dirigir-se a ela pelo seu apelido.

– Como sabe que sou chamada de Belle? – perguntou por fim.

– Ashbourne me disse – respondeu John, examinando os dedos pálidos do pé da moça. – Onde está essa maldita bolha?

– No meu calcanhar – disse ela e se virou de costas para que ele visse melhor.

John deixou escapar um assovio baixo.

– A bolha está bem feia. Talvez seja melhor adquirir um par de sapatos adequados para quando for fazer expedições pelo campo.

– Eu não estava em uma expedição. Estava dando uma simples caminhada. E *tenho* sapatos mais adequados. A verdade é que só me decidi a sair para caminhar esta manhã depois de já estar vestida, e não quis trocar de sapato.

Belle deixou escapar um suspiro de frustração. Por que sentia necessidade de se explicar para ele?

John se levantou, pegou um lenço branco e engomado e segurou Belle pelo braço.

– Há um lago não muito distante daqui. Posso pegar um pouco de água para limpar o machucado.

Belle soltou as saias.

– Não acho necessário, *John*.

Ele gostou de ouvi-la pronunciar seu nome daquela forma sugestiva e ficou feliz por tê-la chamado de Belle sem pedir permissão. Havia decidido que gostava de lady Arabella, mesmo ela sendo um pouco aristocrata demais para ele. Não conseguia se lembrar da última vez que sorrira tanto. Belle era inteligente e divertida – um pouco bela demais para a paz de espírito de um homem, mas John tinha certeza de que, com um pouco de esforço, conseguiria controlar a atração que sentia por ela.

A jovem, no entanto, mostrava uma lamentável desatenção com o próprio bem-estar, como ficava claro pela ausência de óculos para ler, pela bolha que facilmente infeccionaria e pela tendência àquelas caminhadas desacompanhada. Ela precisava que alguém colocasse um pouco de juízo em sua cabeça. Como não viu mais ninguém por perto, John decidiu que poderia muito bem ser ele essa pessoa, então começou a caminhar na direção do lago quase arrastando-a consigo.

– Jo-ohn! – protestou Belle.

– Be-elle! – retrucou ele, imitando o tom de reclamação.

– Sou perfeitamente capaz de cuidar de mim mesma – falou ela, apressando o passo para acompanhar o dele.

Para um homem com um claudicar tão pronunciado, John era capaz de se mover bem rápido.

– Obviamente não é, ou estaria com um par de óculos apoiado no nariz.

Belle estacou com tanta força que John chegou a cambalear.

– Só preciso deles para ler – afirmou.

– Aquece meu coração ouvi-la admitir isso.

– Achei que estava começando a gostar do senhor, mas agora tenho certeza de que não é o caso.

– Ainda gosta de mim – disse ele, sorrindo, enquanto voltava a puxá-la na direção do lago.

Belle ficou boquiaberta.

– Não gosto, não.

– Sim, gosta.

– Não, eu... Está certo, talvez só um pouco – admitiu ela. – Mas acho que age de forma muito autoritária.

– E eu acho que há uma bolha horrível no seu calcanhar. Portanto, pare de reclamar.

– Eu não estava...

– Estava, sim.

Consciente de que tagarelava, Belle se calou. Com um suspiro, finalmente cedeu e o deixou guiá-la até o lago. Quando chegaram lá, ela se sentou na grama perto da margem enquanto John ia até a água e molhava o lenço.

– Está limpo? – perguntou ela.

– Meu lenço ou o lago?

– Os dois!

John voltou até onde ela estava e exibiu um lenço branco como a neve.

– Limpíssimos.

Belle suspirou diante da determinação dele de cuidar da bolha e lhe estendeu o pé descalço.

– Isso não vai funcionar – declarou ele.

– Por que não?

– Vai ter que se deitar de bruços.

– Não mesmo – retrucou Belle em um tom firme.

John inclinou a cabeça para o lado.

– Do meu ponto de vista – falou, pensativo –, temos duas opções.

Como ele não disse mais nada, Belle se viu forçada a perguntar:

– Temos?

– Sim. Ou se deita de bruços para que eu cuide da bolha ou eu posso me deitar de costas e ficar por baixo da sua perna para conseguir ver seu calcanhar. É claro que isso provavelmente exigiria que eu enfiasse a cabeça por debaixo das suas saias, e por mais que a ideia me pareça intrigante...

– Basta – resmungou Belle.

Ela se deitou de bruços.

John pegou o lenço e o encostou com toda a gentileza na bolha, limpando o sangue seco encrostado ao redor. Ardeu um pouco quando ele tocou a pele em carne viva, mas Belle percebeu que o toque dele era gentil, por isso não reclamou. No entanto, quando John tirou um canivete do bolso, ela mudou de ideia.

– Aaaaaca!

Para seu horror, a primeira palavra a sair de sua boca não foi muito coerente.

John pareceu surpreso.

– Algum problema?

– O que planeja fazer com esse canivete?

Ele deu um sorriso paciente.

– Só uma pequena incisão na sua bolha, para que eu consiga drená-la. Isso vai permitir que a pele morta seque.

Ele parecia saber o que estava fazendo, mas Belle achou que deveria fazer mais algumas perguntas. Afinal, estava prestes a deixar aquele homem relativamente desconhecido encostar uma lâmina nela.

– Por que quer secá-la?

– Vai curar melhor assim. A pele morta vai cair e a pele por baixo ficará mais grossa.

Ele estreitou os olhos.

– Nunca teve uma bolha antes, teve?

– Assim, não – admitiu Belle. – Não costumo caminhar por trechos tão longos. Estou mais acostumada a sair a cavalo.

– E quanto a dançar?

– O que que tem? – retrucou ela.

– Estou certo de que frequenta bailes elegantes quando está em Londres. Deve ficar de pé a noite inteira.

– Sempre uso sapatos confortáveis – rebateu ela com desdém.

John não entendeu bem por quê, mas a leve irritação dela o agradou.

– Ora, não se preocupe – disse ele por fim. – Já cuidei de muitas bolhas, a maior parte delas bem pior do que essa.

– Na guerra? – perguntou Belle em um tom cauteloso.

A expressão nos olhos dele se tornou mais sombria.

– Sim.

– Imagino que tenha cuidado de ferimentos muito piores do que meras bolhas – comentou ela com suavidade.

– Suponho que sim.

Belle sabia que deveria parar de fazer perguntas, pois a guerra era um assunto doloroso para John, mas a curiosidade foi mais forte do que a prudência.

– Não eram os médicos e cirurgiões que faziam esse tipo de coisa?

Houve um momento de silêncio. Belle sentiu a pressão das mãos de John em seu pé enquanto a lâmina furava a bolha, até que por fim ele respondeu.

– Às vezes não há médicos ou cirurgiões disponíveis. Às vezes é preciso fazer o que se pode, o que faz sentido. E então rezar.

A voz dele não deixava transparecer qualquer emoção.

– Mesmo quando já se deixou de acreditar em Deus.

Belle engoliu em seco, sentindo-se desconfortável. E pensou em dizer algo tranquilizante, como "Entendo", mas a verdade é que ela não entendia. Não conseguia nem começar a imaginar os horrores da guerra, e parecia leviano sugerir que fosse capaz de compreender.

John voltou a pousar o pano úmido sobre a bolha.

– Isso deve resolver.

Ele se levantou e estendeu a mão para Belle, mas ela ignorou a oferta e rolou para poder se sentar na relva. John ficou de pé, constrangido, até ela indicar com uma batidinha o espaço ao seu lado. Ele hesitou. Belle soltou um leve grunhido de irritação e bateu mais forte na grama.

– Ah, por favor – disse ela, meio zangada. – Eu não mordo.

John se sentou.

– Devo proteger o machucado com uma atadura? – perguntou Belle, virando-se para examinar o ferimento de que ele cuidara.

– Não, a menos que planeje usar outro par de sapatos apertados. Vai curar mais rápido se deixar descoberto.

Belle continuou a examinar o calcanhar fazendo o melhor possível para preservar o decoro.

– Não imagino que muitas pessoas andem descalças por Westonbirt, mas acho que sou bem-relacionada o bastante para me permitir isso, não acha?

Ela levantou o rosto de repente e abriu um sorriso luminoso.

John teve a sensação de levar um soco, tamanha a força do sorriso dela. Foram necessários vários segundos para que ele conseguisse afastar os olhos da boca de Belle e, quando conseguiu fazer isso, seu olhar encontrou o dela, o que foi um grande erro, porque os olhos de Belle eram azuis como o céu. Mais azuis, na verdade, e inteligentes e perspicazes. Ele sentiu o olhar dela quase fisicamente, sentiu quase como se varresse seu corpo, embora ela não houvesse afastado os olhos dos dele nem por um instante.

John estremeceu.

Belle umedeceu os lábios em um gesto nervoso.

– Por que está me olhando assim?

– Assim como? – sussurrou ele, mal consciente do que dizia.

– Como se... como se...

Belle se atrapalhou com as palavras, sem saber ao certo *como* ele a olhava. Seus olhos se arregalaram de perplexidade quando ela se deu conta do que queria dizer.

– Como se estivesse com *medo* de mim.

John ficou zonzo. *Tinha* medo dela? Temia que Belle abalasse o precioso equilíbrio interno que só conseguira conquistar recentemente? Talvez, mas temia ainda mais a si mesmo. As coisas que desejava fazer com ela...

Ele fechou os olhos para tentar afastar a visão não desejada de Spencer em cima de Ana. Não, aquilo não era o que queria fazer com Belle, era?

Precisava se controlar. Afastá-la. Ele voltou a si, lembrando-se da pergunta sobre entrar descalça na casa de Ashbourne.

– Suponho que uma pessoa possa fazer o que quiser sendo parente de um duque – respondeu por fim, com certa rispidez.

Belle recuou, um pouco magoada com o tom dele. Mas decidiu pagar na mesma moeda.

– Sim, acredito que sim – retrucou ela, erguendo um pouco o queixo.

John se sentiu muito grosseiro, mas não se desculpou. Provavelmente era melhor que ela o achasse desagradável. Não deveria se envolver com Belle, e seria muito, muito fácil se permitir isso. Reconhecia um beco sem saída quando estava diante dele. Havia procurado por Belle no *Debrett's Peerage* – o guia de quem era quem na aristocracia –, depois que ela o visitara na véspera. A jovem diante dele era filha de um conde muito rico e era parente de um grande número de membros importantes e influentes da sociedade.

Ela merecia alguém com um título que remontasse a mais do que apenas um ano, alguém que pudesse lhe oferecer confortos materiais aos quais ela sem dúvida estava acostumada, alguém inteiro, com pernas tão perfeitas quanto as dela.

Santo Deus, ele adoraria ver as pernas de Belle.

John gemeu.

– Está se sentindo mal?

Belle o encarava tentando não parecer preocupada.

– Estou bem – respondeu John.

Até o cheiro dela era bom, um perfume fresco e primaveril que parecia envolvê-lo. Ele não merecia nem *pensar* nela, não depois de cometer um crime tão imperdoável contra as mulheres de um modo geral.

– Bem, obrigada por ter cuidado da minha bolsa – disse Belle do nada. – Foi muito gentil da sua parte.

– Não foi incômodo algum, eu lhe garanto.

– Para o senhor, talvez – disse Belle, soando o mais animada que conseguiu. – No meu caso, tive que me deitar de bruços ao lado de um homem que conheço há apenas três dias.

Por favor, por favor, não diga nada desagradável, implorou ela silenciosamente. *Por favor, seja tão engraçado, brincalhão e tão docemente severo quanto foi há poucos minutos.*

Como se os pensamentos dela tivessem atravessado o ar e aterrissado nele como um beijo, John sorriu.

– Pode ficar tranquila. Eu lhe garanto que foi um prazer vê-la pelas costas – provocou ele, o sorriso hesitante transformando-se em jovial.

Mesmo indo contra a própria determinação, John se viu incapaz de ser desagradável com Belle quando ela se esforçava tanto para ser amistosa com ele.

– Ora! – gemeu Belle, dando um soco brincalhão no ombro dele. – Que coisa terrível de dizer.

– Alguém já elogiou suas costas antes?

A mão dele cobriu a dela.

– Eu lhe garanto que ninguém jamais foi rude a ponto de mencionar isso.

A voz dela saiu ofegante.

John não a acariciou, apenas deixou a mão pousar de leve sobre a dela, mas o calor desse toque pareceu penetrar na pele de Belle, subir pelo braço e se aproximar perigosamente do coração.

John se inclinou para a frente.

– Não tive a intenção de ser rude – murmurou.

– Não?

Belle passou a língua pelo lábio inferior.

– Não, apenas honesto.

Ele estava próximo... a apenas um fio de cabelo de distância.

– É mesmo?

John respondeu alguma coisa, mas Belle não conseguiu entender, porque os lábios dele já roçavam de leve os dela. Belle gemeu baixinho, pensando que queria que aquilo durasse para sempre, agradecendo em silêncio aos deuses e aos pais dela (embora não necessariamente nessa ordem) por terem permitido que ela não aceitasse nenhum dos homens que a haviam pedido em casamento nos últimos dois anos. Era por aquilo que ela esperara, era aquilo que mal ousara desejar. Era o que Emma e Alex tinham. Por isso os dois estavam sempre olhando um para o outro, sorrindo e dando risadinhas por trás de portas fechadas. Era o que...

John passou a língua de leve pelo lábio inferior dela, e Belle perdeu toda a capacidade de pensar. Só conseguia sentir, mas... nossa, como sentia. A pele dela vibrava – cada centímetro, embora John mal a tocasse. Belle suspirou, deixando-se perder nele, sabendo por instinto que ele saberia o que fazer para que aquela sensação durasse para sempre. Ela se derreteu, o corpo buscando o calor do dele. Então John se afastou de repente, praguejando baixinho, a respiração alterada.

Belle piscou, confusa, abalada e sem compreender a atitude dele. Engoliu a mágoa e puxou as pernas junto ao corpo, torcendo para que ele dissesse algo gentil ou engraçado ou que ao menos explicasse as suas ações. E, se não fizesse isso, Belle esperava que John percebesse que a rejeição dele a magoara.

John se levantou e se afastou, levando as mãos à cintura. Ela o fitou por entre os cílios e achou que havia algo extremamente desolador na postura dele. Depois de algum tempo, John se virou e ofereceu a mão a ela. Belle aceitou e se levantou, agradecendo baixinho.

Ele suspirou e passou a mão pelos cabelos cheios. Não tivera a intenção de beijá-la. Com certeza desejara fazer aquilo, mas isso não significava que tivesse o direito de tocá-la. E jamais imaginara que gostaria tanto daquela sensação ou que seria tão difícil parar.

Deus, como era fraco! Não era melhor do que Spencer, abusando de uma jovem dama inocente, e a verdade era que queria mais. Muito mais...

Ele queria a orelha de Belle, o ombro dela, a parte de baixo do queixo. Queria deixar a língua correr por toda a extensão do pescoço dela, traçando uma trilha úmida e ardente até o vale entre os seios. Queria segurá-la pelo traseiro, apertá-la, puxá-la junto ao corpo, usá-la como um ninho para seu desejo.

Queria possuir Belle. Cada centímetro dela. Uma vez, e outra, e outra.

Belle o fitou em silêncio, mas John se virou ligeiramente e ela não conseguiu olhar dentro de seus olhos. No entanto, quando se voltou para ela, a expressão hostil em seu rosto a deixou perplexa. Ela recuou um passo e levou inconscientemente a mão ao rosto.

– Q-qual é o problema? – perguntou em um arquejo.

– É melhor pensar duas vezes antes de se atirar para cima dos homens, minha pequena aristocrata.

A voz dele saiu perigosamente próxima de um silvo.

Belle o encarou atônita, até que o horror, a mágoa e a fúria se ergueram ao mesmo tempo dentro dela.

– Pode ficar tranquilo – disse ela, em um tom gélido. – O próximo homem ao qual eu me "atirar" não será tão sem berço a ponto de me insultar como acabou de fazer.

– Lamento muito que meu sangue não seja azul o bastante para milady. Não se preocupe, tentarei não importuná-la de novo com minha presença.

Belle ergueu uma sobrancelha e o encarou com uma expressão dura de desdém.

– Sim, bem, nem todos temos a sorte de ter algum parentesco com um duque – atalhou ela de forma cruel.

Satisfeita com a própria atitude, Belle deu meia-volta e se afastou, caminhando com o máximo de dignidade que um claudicar permitia.

CAPÍTULO 5

John permaneceu imóvel por alguns minutos, vendo Belle desaparecer entre as árvores. Ele não se moveu até muito tempo depois, enojado consigo mesmo e com a forma como se comportara. Então lembrou a si mesmo que precisara fazer aquilo. Belle estava furiosa com ele agora, mas acabaria ficando grata. Bem, talvez não a ele, mas, quando estivesse acomodada em um casamento confortável com algum marquês, agradeceria a *alguém* por tê-la salvado de John Blackwood.

Quando por fim se virou para voltar para casa, ele se deu conta de que Belle esquecera sua bota. Abaixou-se e a pegou. Maldição! Agora teria que devolvê-la e não tinha ideia de como conseguiria encarar a jovem.

John suspirou e ficou jogando a bota de uma mão para a outra enquanto voltava devagar para casa. Antes de mais nada, teria que arrumar uma desculpa para estar com a bota. Alex era um bom amigo, mas iria querer saber por que John estava de posse do calçado da prima dele. Imaginou que poderia passar por Westonbirt naquela noite...

Praguejou baixinho. *Teria* que ir a Westonbirt naquela noite. Já havia aceitado o convite de Alex para jantar. Ele praguejou com mais vontade enquanto imaginava a agonia que o aguardava. Teria que olhar para Belle naquela noite, e é claro que ela estaria arrebatadora em um vestido muito caro. Então, quando ele já não suportasse o sofrimento de vê-la, ela provavelmente diria algo encantador e inteligente que o faria desejá-la ainda mais.

E era muito, muito perigoso desejá-la.

A volta de Belle para casa foi em um passo quase tão lento quanto o de John. Não estava acostumada a caminhar descalça, e seu pé direito parecia capaz de encontrar todas as pedras pontudas e raízes protuberantes na trilha estreita. Também havia o pequeno problema de seu pé esquerdo estar calçado e a bota ter um saltinho, o que a deixava um pouco torta e a forçava a mancar.

E cada claudicar fazia com que se lembrasse de John Blackwood. O terrível John Blackwood.

Belle começou a proferir cada palavra vulgar que o irmão já deixara escapar na frente dela. O fluxo de impropérios durou apenas alguns segundos, já que Ned costumava ser bastante cuidadoso com o que dizia perto da irmã. Já sem xingamentos a que recorrer, Belle começou a repetir "infeliz miserável", mas não resolveu.

– Maldição! – praguejou ao pisar em uma pedra particularmente afiada.

O contratempo acabou sendo a gota-d'água, e Belle sentiu uma lágrima quente escorrer pelo rosto quando fechou os olhos com força por causa da dor.

– Você não vai chorar por causa de uma pedrinha – repreendeu a si mesma. – E com certeza não vai chorar por causa daquele homem horrível.

Todavia, estava chorando e não conseguia parar. Não compreendia como um homem conseguia ser tão encantador em um minuto e tão ofensivo no outro. John gostava dela – Belle percebia isso. Ficara claro no modo como ele a provocara e em como cuidara do seu pé. E, por mais que John não tivesse sido muito receptivo quando ela perguntara sobre a guerra, também não a ignorara. Ele não teria se aberto se não gostasse ao menos um pouco dela.

Belle se abaixou, pegou a pedra que a machucara e a atirou com força no meio das árvores. Era hora de parar de chorar, hora de pensar no problema de forma racional e descobrir por que a personalidade de John se transformara tão subitamente.

Não, decidiu Belle, pela primeira vez na vida não queria ser calma e racional. Não se importava em ser prática e objetiva. Só queria ficar furiosa.

E estava. Furiosa.

Quando Belle finalmente chegou a Westonbirt, suas lágrimas haviam secado e ela se alegrava em tramar vários planos de vingança contra John. Não esperava colocar nenhum deles em prática, mas o mero ato de tramá-los bastava para animá-la.

Belle atravessou a duras penas o grande saguão e estava perto da escadaria curva quando Emma a chamou de uma sala próxima.

– É você, Belle?

Belle voltou até a porta aberta, enfiou a cabeça na sala e cumprimentou a prima.

Emma estava sentada no sofá com livros contábeis espalhados na mesa à sua frente. Ela ergueu as sobrancelhas diante da aparência desalinhada da prima.

– Por onde esteve?

– Saí para dar uma caminhada.

– Com apenas um sapato?

– É a última moda.

– Ou uma história muito longa.

– Não tão longa assim, mas pouco adequada a uma dama.

– Pés descalços de fato não são muito adequados a uma dama.

Belle revirou os olhos. Emma ficara conhecida por cruzar um lamaçal que ia até a altura de seus joelhos para chegar a seu ponto favorito de pesca.

– Desde quando você se tornou o modelo de decoro e bom gosto?

– Desde que... Ah, não importa. Venha logo se sentar aqui comigo. Estou prestes a enlouquecer.

– É mesmo? Agora isso começou a parecer interessante.

Emma suspirou.

– Não implique comigo. Alex não me deixa sair desta maldita sala, porque fica preocupado com a minha saúde.

– Você pode olhar para o lado bom e ver isso como um sinal do amor e da devoção eternos dele – sugeriu Belle.

– Ou eu poderia simplesmente estrangulá-lo. Se fosse para seguir à risca o desejo dele, eu ficaria confinada à cama até o bebê nascer. Isso ele não conseguiu, só que me proibiu de sair a cavalo sozinha.

– Ele pode fazer isso?

– Fazer o quê?

– Proibi-la.

– Bem, não, Alex não tenta mandar em mim como a maior parte dos homens faz com a esposa, mas deixou bem claro que ficaria muitíssimo preocupado toda vez que eu saísse com Boston para um passeio e, maldito seja, eu o amo demais para perturbá-lo dessa forma. Às vezes, é melhor apenas fazer a vontade dele.

– Hum – murmurou Belle. – Aceita uma xícara de chá? Estou com um pouco de frio.

Ela se levantou e tocou a campainha para chamar uma criada.

– Não, obrigada, mas pediremos para você.

Uma criada entrou em silêncio e Emma pediu chá.

– Ah, e poderia, por favor, dizer à Sra. Goode que me encontrarei com ela em uma hora para conversarmos sobre o cardápio desta noite? Teremos um convidado, por isso acho que seria bom preparar algo especial.

A criada assentiu e deixou a sala.

– Quem vem jantar conosco hoje? – perguntou Belle.

– Aquele John Blackwood que você conheceu alguns dias atrás. Alex o convidou ontem. Não se lembra? Acho que comentamos a respeito durante o chá.

Belle sentiu o coração afundar no peito. Esquecera completamente os planos para o jantar.

– Acho que fugiu da minha cabeça – disse, desejando já estar tomando chá para poder esconder o rosto na xícara e disfarçar o rubor que sentia aquecer suas faces.

No entanto, se Emma reparou no rubor da prima, não fez qualquer menção a respeito. Na mesma hora Belle começou a falar sobre a última moda de Paris, e as duas damas permaneceram naquele assunto até bem depois de a bebida chegar.

Belle se vestiu com mais capricho do que o normal naquela noite, sabendo muito bem que era John a motivação para tal empenho. Escolheu um vestido de seda azul-claro de corte simples mas que realçava seus olhos. Prendeu o cabelo no alto da cabeça e deixou algumas mechas soltas ao redor do rosto. Depois de pôr um colar de pérolas e brincos combinando, se deu por satisfeita com a própria aparência e desceu.

Emma e Alex já estavam no salão de visitas esperando a chegada de John. Belle mal teve tempo de se sentar quando o mordomo entrou no salão.

– Lorde Blackwood – anunciou.

Belle ergueu os olhos assim que Norwood terminou de falar o nome de John. Alex se levantou e foi até a porta para receber o amigo.

– Blackwood, como é bom vê-lo de novo.

John assentiu e sorriu. Belle ficou irritada ao ver como ele ficara atraente em um traje formal.

– Permita-me apresentá-lo à minha esposa.

Alex levou John até o sofá onde Emma estava sentada.

– Como vai, Vossa Graça? – murmurou John de modo educado, depositando um beijo rápido nas costas da mão dela.

– Por favor, não suporto tanta formalidade na minha própria casa. Faça a gentileza de me chamar de Emma. Alex me garantiu que o senhor é um amigo especial para ele, por isso acho que não precisamos seguir o protocolo.

John sorriu para Emma, chegando à conclusão de que Alex tinha sido sortudo como sempre ao escolher uma esposa.

– Então deve me chamar de John.

– E é claro que já conhece Belle – continuou Alex.

John se virou para Belle e pegou a mão dela. Um calor intenso subiu por seu braço, mas ela se forçou a não puxar a mão. Ele não precisava saber como a afetava. Porém, quando John levou a mão dela aos lábios para um beijo suave, Belle não foi capaz de controlar o rubor que coloriu seu rosto.

– É um grande prazer vê-la de novo, lady Arabella – disse ele, ainda segurando a mão dela.

– Po-por favor, me chame de Belle – balbuciou ela, odiando-se por perder a compostura daquela forma.

John finalmente soltou a mão dela e sorriu.

– Eu lhe trouxe um presente.

Ele lhe estendeu uma caixa amarrada com uma fita.

– Ora, obrigada.

Curiosa, Belle desamarrou o laço e levantou a tampa. Dentro encontrou a bota meio enlameada que havia deixado para trás. Ela abafou uma risada e tirou o sapato da caixa.

– Fiquei com uma bolha – explicou, voltando-se para Alex e Emma. – Estava doendo muito e tirei a bota...

Ela se deteve.

John se voltou para Emma.

– Eu também teria lhe trazido um presente, mas não parece ter deixado nenhum sapato na minha propriedade recentemente.

Emma sorriu e abaixou a mão na direção dos pés.

– Preciso retificar logo esse problema.

John gostou bastante da duquesa de Alex. Era fácil e indolor gostar dela, pensou. Ao contrário da prima, Emma não fazia o coração dele disparar e a respiração parar cada vez que a via.

– Talvez eu pudesse simplesmente lhe dar uma das minhas sapatilhas agora – acrescentou Emma. – Poderia trazê-la de volta para mim na próxima vez que vier jantar conosco.

– Isso é um convite?

– É claro, Blackwood – adiantou-se Alex. – É sempre bem-vindo aqui.

O grupo trocou amabilidades por uns quinze minutos, à espera do anúncio do jantar. Belle ficou sentada, quieta, examinando John disfarçadamente, perguntando-se por que ele faria algo tão doce como embrulhar a bota dela como um presente depois de ter sido tão rude naquela tarde. Como ela deveria reagir? Ele voltara a desejar sua amizade? Belle manteve um sorriso fraco no rosto enquanto, por dentro, o amaldiçoava por deixá-la tão confusa.

Os pensamentos de John eram muito semelhantes, e ele se perguntava como Belle reagiria à presença dele naquela noite. A jovem não tinha como compreender por que ele precisava manter distância, e Deus sabia que John não podia explicar. Afinal, estupro não era um tema aceitável em uma conversa educada.

Quando o jantar foi anunciado, Emma sussurrou algo no ouvido do marido. Então ele se levantou e a tomou pelo braço.

– Vão me perdoar por eu desafiar as convenções e acompanhar minha esposa até a sala de jantar – disse Alex, com um sorriso malicioso. – Belle, ficaremos na sala de jantar menos formal. Emma acha que será mais confortável.

John se levantou e ofereceu a mão a Belle enquanto o outro casal deixava rapidamente o salão.

– Parece que fomos deixados a sós – falou ele.

– Imagino que tenham feito isso de propósito.

– Acha mesmo?

Belle aceitou a mão de John e se levantou.

– Deve ver isso como um elogio. Significa que Emma gostou do senhor.

– E *a senhorita* gosta de mim?

Houve uma longa pausa, seguida por um decidido:

– Não.

– Creio que eu mereça isso.

Ele soltou a mão dela.

Belle se virou.

– Merece mesmo. Não consigo acreditar que tenha tido a coragem de aparecer aqui para jantar.

– Fui convidado, se bem me lembro.

– Deveria ter recusado. Deveria ter dito que estava doente, ou que a sua mãe estava doente, ou seu cachorro, seu cavalo, qualquer coisa para recusar o convite.

– Está certa, é claro – foi apenas o que disse John.

– Um homem não... um homem não beija uma dama e depois fala com ela da forma como falou comigo. Não é educado, não é gentil e...

– E a senhorita é sempre gentil?

A voz dele não tinha o menor traço de zombaria, o que a confundiu.

– Tento ser. Deus sabe que tentei ser gentil com o senhor hoje.

Ele inclinou a cabeça.

– Com certeza tentou.

– Eu... – começou Belle, mas se interrompeu e olhou para ele. – Não vai nem discutir comigo?

John ergueu os ombros em um gesto de cansaço.

– De que adiantaria? A senhorita obviamente está certa e eu, como sempre, estou errado.

Belle o encarou sem compreender, os lábios entreabertos.

– Não entendi.

– E provavelmente é melhor que nem tente. Peço perdão, é claro, pelo meu comportamento essa manhã. Foi imperdoável.

– O beijo ou as coisas horríveis que disse depois?

As palavras saíram da boca de Belle antes que ela tivesse tempo de contê-las.

– Ambos.

– Aceito suas desculpas pelos insultos.

– E pelo beijo?

Belle manteve os olhos fixos na lua crescente que via através da janela.

– Não há necessidade de se desculpar pelo beijo.

O coração de John disparou no peito.

– Creio não ter compreendido o que quis dizer, milady – falou com cautela.

– Só tenho uma pergunta.

Belle desviou os olhos da lua e se forçou a olhar para ele.

– Eu fiz algo errado? Algo que o ofendeu?

John deixou escapar uma risada rouca, incapaz de acreditar no que acabara de ouvir.

– Ah, Deus, se ao menos você soubesse...

Ele correu os dedos pelos cabelos, depois levou as mãos à cintura.

– A senhorita não conseguiria me ofender nem se tentasse.

Centenas de emoções conflituosas dispararam pelo coração e pela mente de Belle no espaço de um segundo. Mesmo sabendo que não deveria, ela tocou o braço de John.

– Então o que aconteceu? Eu preciso saber.

John deixou escapar um suspiro tenso antes de encará-la.

– Quer mesmo a verdade?

Ela assentiu.

Ele abriu a boca, mas alguns segundos se passaram antes que alguma palavra saísse de seus lábios.

– Não sou o homem que você pensa que sou. Vi coisas...

John fechou os olhos e lutou para controlar as emoções que se sucediam em seu rosto.

– Fiz coisas. Estas mãos...

Ele baixou os olhos para as mãos, como se fossem objetos estranhos. Quando voltou a falar, sua voz saiu como um sussurro.

– Sou um desgraçado ganancioso, Belle, só por tê-la beijado essa manhã. Não sou digno nem de tocá-la.

Belle o fitou, horrorizada com a dor que marcava suas feições. Como ele não conseguia ver o que estava tão claro para ela? Havia algo em John, algo tão bom... Parecia brilhar, vindo da alma dele. E ele se achava sem valor. Ela não sabia o que havia acontecido para motivar aquilo, mas a dor de John a devastava. Belle deu um passo à frente.

– Você está errado.

– Belle – sussurrou John –, está sendo tola.

Sem palavras, ela balançou a cabeça.

John olhou bem fundo nos olhos de um azul intenso e... que Deus o ajudasse, mas não conseguiu evitar que seus lábios buscassem os dela.

Pela segunda vez naquele dia, Belle sentiu aquela onda de desejo tão pouco familiar enquanto seu corpo se inclinava na direção do dele. A boca de John roçou de forma suave a dela e, em um arroubo de ousadia, Belle deixou a língua correr ao longo da pele macia da parte interna do lábio dele, exatamente como John fizera com ela naquela manhã. A reação de John foi imediata: ele a puxou mais para junto de si, ansiando por sentir o calor do corpo dela contra o dele.

O contato íntimo disparou um alarme na mente de Belle e ela se afastou devagar de John. Seu rosto estava afogueado, os olhos, brilhantes, e havia uma quantidade bem maior de mechas de cabelo soltas ao redor do seu rosto do que alguns minutos antes.

– Alex e Emma estão nos esperando na sala de jantar – lembrou ela, ofegante. – Estamos demorando demais.

John fechou os olhos e soltou o fôlego, forçando o próprio corpo a esfriar. Depois de um instante, ofereceu o braço a Belle, com um sorrisinho que não combinava com seu olhar.

– Vamos culpar minha perna pelo atraso.

Belle sentiu uma onda imediata de empatia por ele. John era um homem orgulhoso e não gostaria de admitir que a perna defeituosa o tornara mais lento.

– Ah, não, não é necessário. Emma está sempre reclamando que eu ando devagar demais. Vou dizer a eles que estava lhe mostrando um dos quadros na galeria. Alex tem um Rembrandt maravilhoso.

John encostou o dedo nos lábios dela.

– Shhh, vamos culpar a minha perna. Já está na hora desta coisa me trazer algum benefício.

Eles saíram do salão de visitas, e Belle reparou que John andava bem rápido pelos longos corredores que levavam à sala de jantar.

– Avise quando estivermos quase chegando – sussurrou ele no ouvido dela.

– É assim que virarmos neste corredor.

John diminuiu o passo a tal ponto que Belle achou que eles fossem parar. Quando abaixou os olhos para a perna de John, percebeu que ele mancava bem mais visivelmente do que antes.

– Você é terrível – repreendeu-o Belle. – Sei que consegue dobrar mais a perna do que isso.

– Hoje ela está pior.

A expressão dele era angelical.

Alex se levantou quando eles entraram na sala de jantar.

– Achamos que haviam se perdido no caminho.

– Lamento, mas a minha perna está me incomodando um pouco hoje – explicou John. – Belle foi muito gentil e acompanhou meu passo lento.

Belle assentiu, perguntando-se como conseguiria não rir. Ela e John se juntaram a Emma e Alex ao redor da pequena mesa da sala de jantar informal. Os aspargos ao molho de mostarda foram servidos, e Emma, reconhecendo que o vizinho e a prima pareciam se conhecer melhor do que seria de imaginar no pouco tempo desde que haviam sido apresentados, começou o interrogatório de imediato.

– Fico tão feliz por ter podido vir jantar conosco esta noite, John. Mas conte-nos mais a seu respeito. De que parte da Inglaterra você é?

– Cresci em Shropshire.

– É mesmo? Nunca estive lá, porém ouvi dizer que é uma região adorável.

– Sim, muito.

– E sua família ainda mora lá?

– Acredito que sim.

– Ah.

Emma pareceu um pouco aturdida com a estranha escolha de palavras, contudo deu seguimento à conversa de qualquer modo.

– E os vê com frequência?

– Raramente.

– Emma, meu bem – interrompeu Alex de modo carinhoso. – Por favor, dê algum tempo entre as perguntas para que nosso convidado consiga comer.

Emma deu um sorriso envergonhado e espetou um pedaço de aspargo. Antes de colocá-lo na boca, no entanto, deixou escapar:

– Belle é uma leitora contumaz, sabia?

Belle engasgou com a comida, já que não esperava virar tema da conversa.

– Falando nisso – interrompeu John com gentileza –, já terminou de ler *O conto do inverno*? Percebi que estava quase no fim no outro dia.

Belle tomou um gole de vinho.

– Sim, terminei. E esse livro marcou o final do meu Grande Desafio de Leitura de Shakespeare.

– É mesmo? Quase temo perguntar de que se trata.

– Todas as peças.

– Impressionante – murmurou John.

– Em ordem alfabética de acordo com o título original.

– E é organizada, também. A dama é um prodígio.

Belle enrubesceu.

– Não implique comigo, seu traquinas.

Alex e Emma arregalaram os olhos ao ouvir os divertidos gracejos que se desenrolavam diante deles.

– Se me lembro bem, o desafio também envolve alguns poemas – comentou Alex.

– Abandonei a poesia por ora, eu acho. Poesia é tão, bem, poética, não acham? Ninguém fala daquela forma de verdade.

John ergueu uma sobrancelha.

– A senhorita acha que não?

Ele se virou para Belle e, quando voltou a falar, havia um ardor em seus olhos castanhos que ela nunca vira.

– "Apesar de a luminosidade outrora tão brilhante/ Estar agora para sempre afastada do meu olhar,/ Ainda que nada possa devolver o momento/ Do esplendor na relva, da glória/ na flor;/ Não nos lamentaremos,/ Inspirados no que fica para trás."

Todos na mesa permaneceram em silêncio até John voltar a falar, os olhos fixos nos de Belle o tempo todo.

– Queria ter sempre tanta eloquência ao falar.

Belle se pegou estranhamente comovida pela breve declamação de John e pela entonação cálida de sua voz. Algo naquele tom a manteve enfeitiçada e a fez esquecer a presença dos primos.

– Foi lindo – disse ela, baixinho.

– Wordsworth. Um dos meus favoritos.

– Esse poema tem algum significado particular para o senhor? Ele o inspira?

Houve uma longa pausa.

– Não – disse John, objetivo. – Às vezes tento, porém, em geral, fracasso.

Belle engoliu em seco, sentindo-se desconfortável com a dor que via nos olhos dele, e procurou outro assunto.

– Também gosta de escrever poesia?

John riu, desviando por fim o olhar de Belle e dirigindo-se a todos na mesa.

– Talvez gostasse de escrever poesia se algum dia já tivesse escrito alguma coisa que fosse minimamente decente.

– Mas recitou Wordsworth com tanta paixão – protestou Belle. – Está claro que tem um amor profundo por poesia.

– Gostar de poesia e ser capaz de escrever alguma que valha a pena são

71

duas coisas muito diferentes. Imagino que seja por isso que pretensos poetas passam tanto tempo com uma garrafa de conhaque em cada mão.

– Estou certa de que tem a alma de um poeta – insistiu ela.

John apenas sorriu.

– Temo que essa sua certeza seja equivocada, mas vou encarar como um elogio.

– E deve mesmo. Não ficarei satisfeita até ter um volume de poemas seus na minha biblioteca – declarou Belle em um tom brejeiro.

– Então é melhor eu começar a trabalhar nele. Certamente não desejaria desapontá-la.

– Não mesmo – murmurou ela. – Tenho certeza disso.

CAPÍTULO 6

No dia seguinte, Belle decidiu que talvez tivesse sido precipitada em desprezar a leitura da poesia. Depois do almoço, vestiu um traje de montaria azul-escuro e seguiu na direção dos estábulos. Inspirada pela declamação de John na noite da véspera, ela levava consigo um volume fino de poesias de Wordsworth. Seu plano era encontrar um espaço gramado na encosta da colina e se acomodar para ler, mas Belle tinha a sensação de que não conseguiria se impedir de conduzir a égua na direção do parque Blemwood, não, mansão Brinstead... Céus! Por que não conseguia se lembrar do nome daquele lugar? Qualquer que fosse o nome, era onde John morava, e Belle queria ir até lá.

Ela conduziu a égua em passo de trote e inspirou o ar fresco de outono enquanto seguia para leste, na direção da propriedade de John. Não tinha a menor ideia do que diria caso esbarrasse com ele. Provavelmente alguma tolice... ela parecia falar de forma cada vez menos coerente quando estava com ele.

– Bom dia, lorde Blackwood – ensaiou.

Não. Formal demais.

– Por acaso me vi seguindo para o leste...

Óbvio demais. E ela já não usara uma desculpa parecida no outro dia? Belle suspirou e decidiu recorrer à simplicidade.

– Olá, John.

– Olá para a senhorita também.

Belle arquejou. Estivera tão ocupada ensaiando o que dizer a John que nem percebera que ele estava diante dela.

John ergueu as sobrancelhas ao ver a expressão estupefata da jovem.

– Não é possível que a senhorita esteja tão surpresa ao me ver. Afinal, disse "olá".

– Sim, eu disse – concordou Belle com um sorriso nervoso.

Será que John a ouvira falando sozinha a respeito dele? Ela o encarou, engoliu em seco e disse a primeira coisa que lhe veio à mente:

– É uma graça de cavalo.

John se permitiu um sorrisinho diante da agitação dela.

– Obrigado. Embora eu imagine que Thor talvez não fique muito satisfeito em ser considerado "uma graça".

Belle ficou confusa em um primeiro momento, então observou o animal com mais atenção. John na verdade estava montando um garanhão que parecia vibrar de tanto vigor.

– Um *belíssimo* cavalo, então – corrigiu ela.

John deu uma palmadinha no pescoço do cavalo.

– Tenho certeza de que Thor se sente muito melhor agora.

– O que o traz por aqui? – perguntou Belle, sem saber muito bem se ainda estava na propriedade do primo ou já na de John.

– Por acaso me vi seguindo para o oeste...

Belle disfarçou uma risada.

– Entendo.

– E o que *a* traz por aqui?

– Por acaso me vi seguindo para o leste.

– Entendo.

– Ah, deve saber que esperava encontrá-lo – deixou escapar ela.

– Agora que me encontrou, o que pretende fazer comigo?

– Eu não tinha avançado até esse ponto nos meus planos, na verdade – admitiu Belle. – O que *o senhor* gostaria de fazer *comigo*?

Ocorreu a John que seus pensamentos a respeito disso não seriam adequados a uma conversa educada. Ele permaneceu em silêncio, mas não conseguiu conter um olhar apreciativo para a mulher diante dele.

Belle interpretou corretamente a expressão de John e enrubesceu.

– Ah, seu traquinas – balbuciou. – Não era a isso que eu me referia.

– Não tenho ideia do que está falando – defendeu-se John, com uma expressão no rosto que era a imagem da inocência.

– Sabe muito bem e não vai me obrigar a dizer, seu... Ah, não importa! Gostaria de tomar chá conosco?

John deu uma risada.

– Como eu amo os ingleses. Qualquer coisa pode ser curada com um bule de chá.

Belle abriu um sorriso insolente.

– O senhor também é inglês, John. E, só para registrar, qualquer coisa *pode* ser curada com um bule de chá.

– Gostaria que alguém tivesse dito isso para o médico que quase serrou a minha perna – comentou ele com um sorriso irônico.

Belle ficou séria na mesma hora. Como deveria responder àquilo? Ela levantou os olhos para o céu, que começava a nublar. Sabia que a perna era um assunto muito sensível para John e que provavelmente deveria evitar comentários a respeito dela. Ainda assim, fora ele quem a mencionara, e pareceu a Belle que a melhor forma de mostrar que não se importava com a lesão dele era brincar a respeito.

– Muito bem, então, milorde – disse ela, rezando para não estar cometendo um erro terrível. – Vou dar um jeito de derramar um pouco de chá na sua perna esta tarde. Se isso não resolver o problema, nada mais o fará.

John pareceu hesitar por um momento antes de dizer:

– Imagino que precise de um acompanhante para voltar a Westonbirt. Vejo que saiu sozinha de novo.

– Algum dia, o senhor será um ótimo pai – retrucou Belle em um tom exasperado.

Uma gota pesada de chuva aterrissou no nariz de John, que levantou os braços, entrando na brincadeira e fingindo render-se.

– Vá na frente, milady.

Belle deu a volta com a égua e eles seguiram em direção a Westonbirt. Depois de alguns momentos de um silêncio amistoso, ela se virou para John e perguntou:

– O que estava fazendo por aqui esta tarde? E não me diga que por acaso se viu seguindo para o oeste.

– Acreditaria se eu dissesse que tinha a esperança de vê-la?

Belle se virou no mesmo instante para avaliar o rosto de John e saber se ele estava brincando. Os olhos castanhos a encaravam com uma expressão cálida que fez o coração dela bater descompassado.

– Talvez eu acredite... mas precisa ser muito gentil comigo esta tarde – brincou ela.

– Serei *especialmente* gentil – disse John, travesso. – Se isso me garantir uma xícara extra de chá.

– O que quiser!

Eles continuaram por mais alguns minutos, até Amber empacar de repente, erguendo as orelhas em um movimento nervoso.

– Algum problema? – indagou John.

– Provavelmente um coelho no bosque. Amber sempre foi muito sensível a qualquer movimento. É estranho, na verdade. Ela trota com tranquilidade pelas ruas movimentadas de Londres, mas basta colocá-la em uma trilha calma no campo e Amber se assusta a cada barulhinho.

– Eu não ouvi nada.

– Nem eu.

Belle puxou as rédeas com gentileza.

– Vamos, menina. Vai chover.

Amber se moveu por alguns metros, hesitante, e parou de novo, virando a cabeça para a direita bem depressa.

– Não consigo imaginar qual é o problema com ela – disse, encabulada.

Pow!

Belle ouviu a explosão de um tiro vindo do bosque próximo, então sentiu uma lufada de ar quando uma bala passou por entre ela e John.

– Isso foi... – começou ela.

Contudo não chegou a completar a frase, porque Amber, já nervosa, empinou ao ouvir o estrondo. Belle teve que concentrar toda a sua atenção em se manter na sela.

Passou os braços ao redor do pescoço da égua.

– Calma, menina. Firme, agora – murmurou.

Sua voz saiu tão assustada que Belle não saberia explicar se as palavras eram para acalmar a égua ou a si mesma.

No momento em que achou que não conseguiria mais se manter na sela, Belle sentiu John enlaçar sua cintura. Com braços firmes, ele a tirou de cima de Amber e, sem a menor cerimônia, a colocou junto dele, sobre Thor.

– A senhorita está bem? – perguntou ele.

Belle assentiu.

– Acho que sim. Preciso recuperar o fôlego. Foi apenas um susto.

John a puxou mais para junto do corpo, sem conseguir acreditar no medo que sentira ao vê-la agarrando-se ao pescoço de Amber como se sua vida dependesse daquilo. A égua agora descrevia círculos ao redor deles, bufando alto, mas parecendo acalmar-se.

Quando Belle sentiu que já recuperara parte da compostura, afastou-se de John o suficiente para olhar no rosto dele.

– Ouvi um tiro.

John assentiu, as feições severas. Não conseguia imaginar por que alguém iria querer atirar neles, mas lhe ocorreu que não deveriam permanecer onde estavam, como alvos imóveis.

– Se eu a mantiver comigo enquanto vamos para sua casa, Amber nos seguirá?

Ela assentiu, e logo eles estavam galopando de volta para Westonbirt.

– Acho que foi um acidente – comentou Belle quando eles diminuíram um pouco a velocidade.

– O tiro?

– Sim. Outro dia, Alex comentou que vem tendo problemas com caçadores ilegais. Tenho certeza de que foi uma bala perdida que assustou Amber.

– Foi um pouco perto demais para o meu gosto.

– Eu sei, mas o que mais poderia ter sido? Por que alguém iria querer atirar em nós?

John deu de ombros. Não tinha inimigos.

– Falarei sobre isso com Alex – continuou Belle. – Estou certa de que ele vai querer garantir que as regras sejam cumpridas com mais rigor. Alguém poderia ter se machucado. Escapamos por pouco.

John assentiu, puxou-a mais para si e fez com que Thor seguisse mais rápido. Alguns minutos depois, eles entravam nos estábulos de Westonbirt bem a tempo, quando a chuva começava a ficar mais pesada.

– Pronto, milady – disse ele, pousando-a no chão. – Consegue chegar à casa sem dificuldades?

– Ah, não vem comigo?

A decepção ficou clara no rosto dela. Ele engoliu em seco e um músculo saltou em seu pescoço.

– Não, realmente não posso. Eu...

– Mas vai ficar encharcado se tentar voltar para casa agora. Com certeza precisa entrar para tomar um pouco de chá, nem que seja apenas para aquecê-lo.

– Belle, eu...

– Por favor.

John encarou os maravilhosos olhos azuis e se perguntou como alguém teria forças para negar algo a ela. Ele olhou de relance para as portas do estábulo.

– Acho que a chuva está mesmo forte.

Belle assentiu.

– Sem dúvida teria uma febre se tentasse voltar para casa. Venha.

Ela pegou a mão dele e, juntos, os dois correram para a casa.

Quando finalmente entraram no saguão da frente, ambos estavam bem molhados, e Belle conseguia sentir as mechas de cabelo colando no rosto.

– Minha aparência deve estar um desastre – comentou, constrangida. – Preciso me trocar.

– Tolice – disse John, prendendo uma mecha de cabelo molhada atrás da orelha dela. – Está encantadora... muito brumosa.

Belle prendeu a respiração, sentindo o rosto vibrar com o toque dele.

– Com certeza quis dizer "muito rançosa". Estou me sentindo um pano de chão.

– Eu lhe garanto, lady Arabella, que não se parece em nada com um pano de chão – assegurou-lhe John e abaixou o braço. – Embora eu não consiga imaginar que a senhorita já tenha visto um.

Belle enrijeceu o corpo.

– Não sou a criança mimada que parece acreditar que eu seja.

John fitou com um olhar voraz a mulher adorável e deslumbrante parada à sua frente. Os cabelos de Belle haviam se soltado parcialmente e cachos louros encaracolados pela umidade beijavam as faces dela. Os cílios longos brilhavam com gotas de chuva, emoldurando os olhos de um indescritível tom de azul. John respirou fundo e não permitiu que seu olhar encontrasse a boca macia da jovem.

– Acredite em mim, não acho que seja uma criança – disse ele por fim.

Belle engoliu em seco com dificuldade, nervosa e incapaz de afastar a decepção do rosto. Aquelas não eram as palavras que esperava ouvir.

– Talvez devêssemos continuar nossa conversa no salão de estar.

Ela se virou e atravessou o saguão muito ereta.

John suspirou e a seguiu. Sempre conseguia dizer a coisa errada quando estava perto de Belle. Tinha vontade de segurá-la pelos braços e contar que a achava simplesmente maravilhosa – linda, inteligente, gentil, tudo o que um homem poderia desejar em uma mulher.

Se esse homem merecesse uma mulher. E John sabia que nunca poderia se casar, nunca poderia aceitar o amor de uma companheira. Não depois de Ana.

Ao entrar no salão de estar, John viu Belle parada diante da janela, observando a chuva cair contra o vidro. Ele já se preparava para fechar a porta quando pensou melhor e a deixou entreaberta. Então caminhou até Belle, com a intenção de pousar as mãos em seus ombros. Contudo, quando estava a menos de meio metro de distância, ela se virou subitamente.

– Não sou mimada – disse ela, obstinada. – Sei que não tive uma vida difícil, mas não sou mimada.

– Sei que não é – retrucou John com suavidade.

– Ser mimada significa ser voluntariosa e manipuladora – continuou Belle. – E não sou nenhuma dessas coisas.

Ele assentiu.

– E não sei por que sempre precisa fazer comentários horríveis sobre a minha origem. O *seu* pai também é um conde. Alex me contou.

– Era um conde – corrigiu John, aliviado por ela achar que ele a estava afastando por sentir-se socialmente inferior.

Aquilo sem dúvida era um fator a considerar, mas era a última das preocupações dele.

– E um conde *empobrecido*, que não conseguia sustentar sete filhos, sendo que o último desses filhos, nascido depois do falecimento dele, sou eu.

– Sete filhos? – repetiu Belle, arregalando os olhos. – É mesmo?

– Um nasceu morto – admitiu John.

– Deve ter tido uma infância deliciosa, com tantas crianças com quem brincar.

– Na verdade, eu não passava muito tempo com meus irmãos. Eles se ocupavam com os próprios assuntos.

– Ah.

Belle franziu o cenho. Não estava gostando nada do retrato que ele pintava da família.

– Sua mãe devia viver ocupada, com todos esses filhos.

John deu um sorriso malicioso.

– Imagino que meu pai também.

Ela enrubesceu.

– Acha que poderíamos recomeçar esta tarde? – perguntou ele, pegando a mão dela e dando um beijo suave em seus dedos. – Peço desculpas por presumir que nunca tivesse visto um pano de chão.

Belle deu uma risadinha.

– Esse é o pedido de desculpas mais absurdo que já ouvi.

– Acha mesmo? Pensei ter sido bastante eloquente, sobretudo no que se refere ao beijo na sua mão.

– O beijo foi maravilhoso e o pedido de desculpas foi muito doce. O que soou engraçado foi a parte do pano de chão.

– Esqueça o pano de chão – disse John, levando-a até um sofá próximo.

– Já nem me lembro mais disso – garantiu ela.

Ele se sentou no outro extremo do sofá.

– Percebi que está com um livro de poesias de Wordsworth.

Belle abaixou os olhos para o livro esquecido.

– Ah, sim. Acho que o senhor me inspirou. Mas quero saber quando vai se dedicar à tarefa de escrever alguns versos seus. Sei que seriam brilhantes.

John sorriu diante do comentário elogioso.

– Veja o que aconteceu quando tentei ser poético hoje. Eu lhe chamei de "brumosa". Por algum motivo, "brumosa" não me vem à mente quando penso em grandes poesias.

– Não seja tolo. Alguém que ama poesia tanto quanto o senhor deve ser também um poeta. Precisa apenas se dedicar.

John olhou para aquele rosto luminoso. Belle tinha tanta confiança nele. Era uma sensação que ele nunca havia experimentado – afinal, a família jamais demonstrara grande interesse em qualquer uma das suas atividades. John não suportaria dizer a Belle que aquela confiança não era merecida e ficava apavorado ao imaginar a reação dela ao descobrir que tipo de homem ele era.

Entretanto John não queria pensar nisso. Só queria pensar naquela mulher. A mulher que cheirava a primavera. Ele se perguntou por quanto tempo poderia afastar da mente o próprio passado. Seria capaz de fazer isso por mais do que alguns minutos? Poderia se presentear com uma tarde inteira na companhia de Belle?

– Ah, céus! – exclamou ela, interrompendo os pensamentos torturados de John. – Esqueci de pedir o chá.

Belle se levantou e atravessou a sala para puxar o cordão da campainha.

John se levantou junto com ela, apoiando a maior parte do peso na perna boa. Antes que Belle tivesse tempo de voltar a se sentar, Norwood entrou no cômodo a passos rápidos e silenciosos. Ela pediu chá e biscoitos e o mordomo saiu tão silenciosamente quanto entrara, fechando a porta ao passar.

Os olhos de Belle o seguiram até ele desaparecer, então ela se virou e olhou para onde John estava parado, perto do sofá. Ao fitá-lo do outro lado do cômodo, teve certeza de que o próprio coração parara. John estava tão belo e forte usando o traje de montaria... E Belle não pôde deixar de reparar o apreço nos olhos dele ao retribuir seu olhar. Ela se lembrou das palavras dele na véspera.

Não sou o homem que pensa que sou.

Aquilo seria verdade? Ou era possível que John não fosse o homem que *ele* achava? Tudo parecia tão óbvio para Belle. Estava no modo como ele recitara o poema, na força com que a abraçara ao montarem juntos o cavalo. John precisava que alguém lhe mostrasse que ele era bom e forte. Deveria ela ousar ter a esperança de que... ele precisava dela?

Belle atravessou a sala com nervosismo e parou a menos de meio metro de John.

– Acho que o senhor é um homem muito bom – disse com carinho.

Ele prendeu a respiração ao sentir uma onda de desejo percorrer o corpo.

– Belle, eu não sou. Na hora em que se levantou para pedir o chá, eu estava tentando lhe dizer...

Deus do céu, *como* conseguiria contar a ela?

– Eu queria lhe dizer...

– O quê, John? – instigou ela numa voz muito gentil. – O que queria me dizer?

– Belle, eu...

– Foi o beijo?

Aquilo era um pesadelo erótico. Ela estava parada diante dele, mostrando-se tão disponível, e cada vez ficava mais difícil ouvir a própria consciência e fazer a coisa certa.

– Ah, meu Deus, Belle – disse John em um gemido estrangulado. – Você não sabe o que está dizendo.

– Sim, eu sei. Eu me lembro de cada momento do nosso beijo perto do lago.

Que Deus o ajudasse...

John se inclinou um pouco mais para perto de Belle. Sua mão pareceu ter vida própria ao envolver a dela.

– Ah, John... – suspirou Belle, baixando os olhos para a mão dele, como se ela tivesse o poder de curar todos os males do mundo.

Tamanha devoção, tamanha fé, uma beleza tão pura... tudo aquilo foi demais para John. Com um gemido, um som que misturava agonia e prazer, ele a puxou com força para si. Seus lábios encontraram os dela em um beijo desesperado, e ele a sorveu como faria um homem que passara anos sem nada para nutri-lo. John enfiou as mãos nos cabelos de Belle, deliciando-se com o toque macio e sedoso, enquanto seus lábios roçavam toda a extensão do rosto dela, venerando seus olhos, seu nariz, a linha das maçãs do rosto.

E, em algum ponto durante o beijo, John começou a sentir que se curava. A escuridão em seu coração não desapareceu, mas começou a rachar e se desintegrar. O peso em seus ombros não cedeu por completo, mas pareceu mais leve de algum modo.

Será que Belle conseguiria fazer aquilo por ele? Ela era tão pura e tão boa que seria capaz de apagar a mancha na alma dele? John começou a se sentir zonzo de euforia e a puxou para mais perto, para deixar um rastro de beijinhos junto aos cabelos dela.

Então Belle suspirou.

– Ah, John, isso é tão bom...

E ele soube que ela estava feliz.

– Bom quanto? – murmurou, mordiscando o canto da boca delicada.

– Muito, muito bom – respondeu Belle com uma risada, retribuindo os beijos com fervor.

Os lábios de John foram do rosto até a orelha dela e ele mordiscou de leve o lóbulo macio.

– Você tem orelhas pequenas e doces – falou ele, a voz rouca. – Como abricós.

Belle recuou, um sorriso surpreso no rosto.

– Abricós?

– Eu lhe disse que não sou um grande poeta.

– Adoro abricós – declarou ela.

– Volte aqui – disse John com um grunhido misturado a uma risada.

Ele se sentou no sofá e a puxou junto.

– Ooooh, como desejar, milorde.

Belle fez o melhor que pôde para simular um olhar malicioso.

– Que moçoila vigorosa você é.

– *Moçoila* vigorosa? Isso com certeza não é muito poético.

– Ora, fique quieta!

E, para garantir que ela ficasse em silêncio, ele lhe deu outro beijo, se recostou nas almofadas do sofá e puxou Belle para cima dele.

– Eu já lhe disse que é a mulher mais linda que já conheci? – perguntou entre beijos.

– Não.

– Bem, você é. E a mais inteligente, a mais gentil e...

A mão de John desceu pelo corpo dela, segurou seu traseiro e apertou.

– ... tem o traseiro mais bonito que eu já vi.

Belle se afastou, chocada, então se deixou cair em cima dele, rindo.

– Ninguém me contou que beijar era tão divertido.

– É claro que não. Afinal, seus pais não queriam que saísse por aí beijando *qualquer um*.

Belle tocou o maxilar dele e roçou a aspereza dos pelos que começavam a crescer.

– Não, só você.

John não achava que os pais dela iriam desejar que ela o beijasse tampouco, mas afastou essa ideia, já que não queria estragar a perfeição do momento.

– A maior parte das pessoas não ri tanto enquanto beija.

Ele deu um sorriso travesso e beliscou o nariz dela.

Ela fez o mesmo.

– Não? Coitadas delas.

John a puxou para um abraço apertado, como se pudesse colá-la a si. Talvez parte da bondade dela se infiltrasse nele de alguma forma, limpando sua alma e... John fechou os olhos. Estava começando a fantasiar.

– Não tem ideia de como me sinto perfeito neste momento – murmurou contra os cabelos dela.

Belle se aconchegou mais a ele.

– Sei exatamente.

– Infelizmente, o bule de chá vai chegar a qualquer instante, e não acho que os criados precisem saber quanto nos sentimos perfeitos.

– Ah, meu Deus! – arquejou Belle, quase voando para o outro lado da sala. – Estou arrumada? É possível perceber que eu... que nós...?

– *Eu* percebo – disse John, tentando ignorar o desejo não saciado que pulsava por todo o corpo. – Porém, se passar a mão pelos cabelos, acho que ninguém mais vai perceber.

– Está chovendo – falou Belle, trêmula. – Norwood vai presumir que é por isso que estou um pouco desarrumada.

Apesar do seu comportamento ousado naquela tarde, Belle não estava preparada para ser pega pelo mordomo dos primos em uma situação comprometedora.

– Sente-se novamente – orientou John. – Vamos conversar como dois adultos razoáveis, assim Norwood não suspeitará de nada.

– Acha mesmo? Eu ficaria tão envergo...

– Sente-se logo, por favor, e vamos conversar de forma educada até o mordomo chegar.

– Acho que não consigo – confessou Belle, a voz saindo em um sussurro muito baixo.

– Por que não?

Ela afundou em uma cadeira e manteve os olhos baixos.

– Porque toda vez que eu olhar para você me lembrarei do seu abraço.

O coração de John acelerou. Ele respirou fundo, lutando contra a necessidade dolorosa de se levantar do sofá em um pulo, agarrar Belle e violá-la ali mesmo. Felizmente, uma discreta batida à porta o salvou de ter que responder ao comentário dela.

Norwood entrou com uma bandeja de chá e biscoitos. Depois de agradecer ao mordomo, Belle pegou o bule e começou a servir a bebida. John percebeu que as mãos dela tremiam. Ele aceitou em silêncio a xícara e tomou um gole de chá.

Belle fez o mesmo, controlando as mãos para que parassem de tremer. Não estava envergonhada do próprio comportamento, mas atônita com a intensidade de sua reação a John. Nunca sonhara que seu corpo pudesse ficar tão quente de dentro para fora.

– Dou uma moeda pelos seus pensamentos – ofereceu John de repente.

Ela levantou os olhos da xícara de chá e sorriu.

– Ah, eles valem muito mais.

– Que tal cem moedas, então?

Por cerca de um segundo, Belle brincou com a ideia de contar a ele o que estava pensando. Porém só por um segundo. A mãe não a criara para ser tão atrevida.

– Estava me perguntando se gostaria que eu derramasse chá na sua perna agora ou se devo esperar até que esfrie um pouco mais.

John estendeu o máximo possível a perna machucada e a examinou com atenção, fingindo levar o assunto a sério.

– Hum, acho que é melhor quente, concorda?

Belle pegou o bule com um sorriso travesso.

– Se funcionar, revolucionaremos a medicina.

Ela se inclinou por cima dele e, por um instante, John achou que a jovem de fato derramaria o chá na perna dele. No último instante, ela endireitou o bule e voltou a pousá-lo na mesa.

– A chuva está caindo com bastante força agora – comentou Belle, olhando de relance para a janela. – Não vai conseguir voltar para casa por algum tempo.

– Acredito que vamos conseguir nos manter ocupados.

Bastou um olhar para o rosto de John para que Belle compreendesse como ele pretendia mantê-la ocupada. Ela não negou para si mesma que também ansiava por passar a tarde nos braços dele, mas havia uma boa chance de que Alex ou Emma os encontrassem ali, e a última coisa de que ela precisava era ser pega pelos primos em uma situação comprometedora.

– Acho que talvez tenhamos que nos dedicar a uma atividade diferente – disse Belle por fim.

John pareceu tão decepcionado que Belle mal conseguiu conter uma risada.

– O que sugere que façamos? – perguntou ele.

Ela pousou a xícara de chá.

– Você dança?

CAPÍTULO 7

John abaixou a xícara muito, muito devagar.
– Belle – disse por fim –, deve saber que não consigo.
– Tolice. Qualquer um consegue dançar. Você só precisa tentar.
– Belle, se isso é algum tipo de brincadeira...
– É claro que não é brincadeira – apressou-se a interromper Belle. – Sei que você tem um problema na perna, mas isso não parece deixá-lo tão mais lento.
– Posso ter aprendido a me mover com velocidade razoável, mas faço isso com absoluta falta de graciosidade.

Ele passou a mão inconscientemente pela perna enquanto sua cabeça era assombrada por visões tenebrosas de si mesmo desabando no chão.

– Tenho certeza de que podemos arrumar outras formas de nos distrairmos que não impliquem que eu faça papel de bobo tentando dançar. Além do mais, não temos música.

– Hum, isso é um problema.

Belle olhou ao redor da sala até seus olhos pousarem no piano no canto.

– Parece que nos restam duas opções. A primeira seria pedir a Emma que venha tocar para nós, mas lamento dizer que minha prima nunca foi acusada de possuir talentos musicais. Eu não desejaria ao meu pior inimigo o barulho que ela produz.

Ela abriu um sorriso iluminado.

– Muito menos aos meus bons amigos.

A intensidade do sorriso de Belle atingiu o coração de John em cheio.

– Belle – disse ele, baixinho. – Acho que isso não vai funcionar.

– Você não vai saber a menos que tente.

Ela se levantou e alisou o vestido.

– Acho que já definimos que Emma ao piano não é uma opção, por isso suponho que só me resta cantar.

– Você sabe?

– Cantar?

John assentiu.

– Provavelmente tão bem quanto você é capaz de dançar.

– Nesse caso, milady, acho que estamos em apuros.

– Estou brincando. Não sou uma prima-dona, mas sou afinada.

Que mal faria fingir – mesmo que só por uma tarde – que aquela mulher poderia ser dele, que ela *era* dele, que ele poderia merecê-la? John se levantou, determinado a saborear aquela amostra do paraíso.

– Espero que tenha a gentileza de não gritar muito alto quando eu pisar no seu pé.

– Ah, não se preocupe, milorde, vou reclamar bem baixinho, eu lhe garanto.

Em um impulso, ela ergueu o corpo, deu um beijo rápido no rosto de John e sussurrou:

– Os meus pés são muito resistentes.

– Pelo seu bem, torço por isso.

– Muito bem, que dança conhece?

– Nenhuma.

– Nenhuma? O que fazia em Londres?

– Nunca me dei o trabalho de me envolver no redemoinho social.

– Ah.

Belle mordeu o lábio inferior.

– Isso vai ser um desafio maior do que eu imaginava. Mas não tema, tenho certeza de que estará à altura.

– Acho que a questão mais apropriada seria se *você* está ou não.

– Ah, eu estou – garantiu Belle. – Pode acreditar que estou. Bem, acho que devemos começar com uma valsa. Algumas outras danças talvez sejam um pouco exigentes demais para a sua perna. Embora... talvez não. Você mesmo disse que é capaz de se mover com uma velocidade razoável.

John disfarçou um sorriso.

– Uma valsa seria adorável. Só me diga o que fazer.

– Coloque a sua mão aqui, assim.

Belle pegou a mão dele e colocou em sua cintura esguia.

– Então eu pouso a minha mão no seu ombro, está vendo? Hum, você é bem alto.

– Isso foi um elogio?

– É claro que sim. Embora eu não viesse a gostar menos de você caso fosse mais baixo.

– Sem dúvida é gratificante saber isso.
– Está fazendo graça comigo?
– Só um pouquinho.
Belle lhe lançou um olhar provocante.
– Bem, acho que só um pouco não faz mal, mas não abuse. Sou terrivelmente sensível.
– Vou tentar me conter.
– Obrigada.
– Embora você às vezes torne isso muito difícil.
Belle lhe deu um cutucão no peito e voltou à lição de valsa.
– Quieto. Agora, pegue a minha outra mão, assim. Fabuloso. Estamos prontos.
– Estamos?
John observou com uma expressão de incerteza a posição em que estavam.
– Você está um pouco distante.
– Esta é a posição correta. Já fiz isso milhares de vezes.
– Caberia outra pessoa entre nós.
– Não consigo imaginar por que iríamos querer isso.
John aumentou lentamente a pressão de seus dedos ao redor da cintura de Belle e a puxou para mais perto, até ela conseguir sentir o calor do corpo dele.
– Não é melhor assim? – murmurou ele.
Belle sentiu a respiração presa na garganta. John estava a poucos centímetros de distância, e aquela proximidade fez com que sua pulsação disparasse.
– Jamais teríamos permissão de dançar assim em nenhum salão de baile respeitável – comentou ela, com a voz rouca.
– Prefiro dançar sem plateia.
John se inclinou e deixou os lábios roçarem nos dela.
Belle engoliu em seco, nervosa. Gostava muito dos beijos dele, mas não conseguia ignorar a sensação de que estava se colocando em uma circunstância com a qual não era capaz de lidar. Por isso, mesmo lamentando, ela afastou o corpo, distanciando-se de John até conseguir recuperar uma distância respeitável entre eles.
– Não vou conseguir ensiná-lo a valsar direito se não estivermos na posição correta – explicou ela. – Muito bem, então, o segredo da valsa é dançá-la em três tempos. Na maior parte das outras danças, o tempo é normal.
– Tempo normal...

– Quatro tempos. Na valsa, nós marcamos o tempo da dança com "um-dois-três, um-dois-três, um-dois-três". Já o tempo normal é "um-dois-três-quatro".

– Acho que entendi a diferença.

Belle o encarou com severidade. E viu que as linhas finas ao redor dos olhos dele se franziram com humor. Seus próprios lábios se curvaram em um sorriso que ela tentou conter.

– Ótimo. Portanto, uma valsa soa mais ou menos assim.

Ela começou a cantarolar uma valsa que havia sido muito popular em Londres durante a última temporada social.

– Não estou conseguindo ouvi-la.

John começou a puxá-la mais para perto. Belle se desvencilhou dele para voltar à posição original.

– Vou cantar, então.

A mão de John envolveu com mais firmeza a cintura dela.

– Ainda não consigo ouvir.

– Consegue, sim. Pare com essas brincadeirinhas, ou nunca vamos conseguir começar a aula de valsa.

– Eu preferiria ter aula de beijos.

Belle enrubesceu profundamente.

– Já tivemos um dia assim e, seja como for, Emma ou Alex podem entrar a qualquer minuto. Precisamos voltar ao trabalho. Eu conduzirei a dança a princípio. Depois que você compreender o ritmo, pode assumir. Está pronto?

– Passei a tarde inteira pronto.

Belle não achou que seria possível enrubescer ainda mais, porém descobriu que estava enganada.

– Muito bem, então, um-dois-três, um-dois-três.

Ela fez uma leve pressão no ombro de John e começou o giro lento da valsa. E imediatamente tropeçou nos pés dele.

John abriu um sorriso travesso.

– Não imagina o meu prazer por ter sido *você* a tropeçar primeiro.

Belle levantou a cabeça para encará-lo, irritada.

– Não estou acostumada a conduzir a dança. E não é uma atitude nada cavalheiresca da sua parte apontar as minhas falhas.

– Não vi como uma falha. Na verdade, gostei bastante de ampará-la.

– Aposto que sim – murmurou Belle.

– Quer tentar de novo?

Ela assentiu e voltou a pousar a mão no ombro dele.

– Espere só um momento. Acho que precisamos trocar de posição.

Belle pôs a mão ao redor da cintura de John.

– Coloque a sua mão no meu ombro. Isso, agora basta fingir que sou o homem.

John abaixou os olhos para o volume sedutor dos seios de Belle.

– Isso vai ser bastante difícil – murmurou.

Ela não chegou a ver o olhar cheio de desejo dele, o que foi uma sorte, porque todos os seus sentidos já estavam em alerta.

– Muito bem, então – falou Belle, em um tom despreocupado –, se eu fosse o homem, e você, a mulher, eu simplesmente aplicaria certa pressão na sua cintura, assim, então nos moveríamos nesta direção.

Enquanto ela cantarolava baixinho uma valsa, eles começaram a girar pelo salão, a perna ruim de John movimentando-se com uma graça que ele nunca teria imaginado.

– Fabuloso! – disse Belle em um tom triunfante. – Está perfeito.

– Concordo – disse John, deliciando-se com a sensação de tê-la nos braços. – Mas acha que eu poderia assumir o papel do homem por algum tempo?

Belle levou a mão novamente ao ombro de John e seus olhos encontraram os dele em uma carícia ardente. Ela entreabriu os lábios para falar, mas a garganta estava seca. Precisou engolir algumas vezes, nervosa, antes de assentir.

– Ótimo. Prefiro muito mais assim.

John a segurou pela cintura e a puxou mais para junto de si. Dessa vez Belle não protestou, cativa do calor e da energia do corpo dele.

– Estou fazendo direito? – perguntou ele, baixinho, enquanto a guiava pelo salão.

– A-acho que sim.

– Você só *acha* que sim?

Belle se forçou a cair em si.

– Não, é claro que não. Eu sei que está. É um dançarino muito elegante. Tem certeza de que é a primeira vez que valsa?

– Na verdade, minhas irmãs costumavam me forçar a ser parceiro de dança delas quando estavam tendo aulas.

– Sabia que você não era totalmente inexperiente.

– Eu tinha apenas 9 anos.

Belle torceu os lábios, pensativa, sem se dar conta de como sua boca era uma tentação para John.

– Acho que as pessoas nem valsavam quando você tinha 9 anos.

Ele encolheu os ombros.

– Éramos muito avançados na nossa casa.

Enquanto os dois giravam pelo salão, John se perguntou se não estaria lutando uma batalha perdida. Continuava repetindo para si mesmo que precisava ficar longe de Belle, mas sua determinação havia se provado inútil diante do sorriso luminoso dela. Ele sabia que não poderia se casar com Belle – aquilo só serviria para magoar a mulher que queria proteger, de quem queria cuidar.

John se sentia uma fraude só por estar diante dela, depois do que fizera na Espanha.

Ele soltou o ar lentamente em um suspiro que era em parte de satisfação, em parte de frustração. Prometera a si mesmo aquela tarde. Apenas algumas poucas horas de felicidade sem lembranças de Ana.

– Deveríamos conversar – comentou Belle de súbito.

– Deveríamos?

– Sim. Caso contrário, as pessoas vão achar que não gostamos um do outro.

– Não há ninguém aqui para achar nada, de uma forma ou de outra – lembrou John.

– Eu sei, mas estou ensinando-o a valsar e, na maior parte das vezes, as pessoas valsam em um baile, não em um salão particular.

– O que é uma pena.

Belle ignorou o comentário.

– Por isso acho que deve aprender a conversar enquanto dança.

– Costuma ser muito difícil?

– Às vezes. Alguns homens precisam contar enquanto valsam, para conseguir manter o ritmo, e é difícil conversar com alguém que fica repetindo "um, dois, três".

– Muito bem, então, vamos conversar.

– Certo – concordou Belle, sorrindo. – Escreveu alguma poesia recentemente?

– Só estava procurando uma desculpa para me perguntar isso – acusou John.

– Talvez sim, talvez não.

– Belle, eu já lhe disse que não sou poeta.
– Não acredito em você.
John gemeu e, em sua frustração, perdeu um passo.
– Vou tentar escrever um poema para você – disse por fim.
– Esplêndido! – exclamou Belle. – Mal posso esperar.
– No seu lugar, eu não esperaria grande coisa.
– Tolice.
Ela estava mesmo radiante.
– Já estou ansiosa.
– O que é isso? – disse uma voz súbita. – Uma valsa na minha própria casa e não fui convidada?
John e Belle pararam no meio de um giro e olharam para Emma, que entrara no salão.
– Eu estava ensinando John a valsar – explicou Belle.
– Sem música?
– Achei melhor não pedir sua ajuda ao piano.
Emma fez uma careta.
– Provavelmente foi uma decisão sábia.
Ela olhou para John.
– Ainda não conheci ninguém cujo talento ao piano não superasse o meu. E isso inclui os moradores dos nossos estábulos.
– Foi o que me disseram.
Emma ignorou o sorriso irônico dele.
– Apreciou a aula, John?
– Muito. Belle é uma dançarina excepcional.
– Sempre achei o mesmo. É claro que nunca dancei com ela.
Emma foi até uma cadeira e se sentou.
– Importam-se se eu me juntar a vocês para o chá? Tomei a liberdade de pedir mais um bule a Norwood. Tenho certeza de que, a esta altura, esse já está lamentavelmente frio.
– De forma nenhuma – respondeu John com elegância. – Afinal, a casa é sua.
Emma deu um sorriso expressivo ao perceber que John e Belle ainda estavam de pé, um nos braços do outro.
– Não deixem que minha presença os impeça de continuarem dançando – comentou ela com um sorriso travesso.

Na mesma hora, os dois deram desculpas constrangidas, se afastaram um do outro e Belle se sentou no sofá. John murmurou algo sobre ter que voltar para casa, porém Emma logo reagiu.

– Ah, mas *não pode*! – disse ela.

Belle lançou um olhar desconfiado para a prima e na mesma hora percebeu que Emma decidira que ela e John formavam um par muito adequado.

– Está chovendo muito – apressou-se a explicar Emma. – Fique aqui até que a chuva diminua um pouco.

John resolveu não argumentar que a chuva *já* diminuíra um pouco e, se esperasse muito mais, acabaria ficando mais forte de novo. Dirigiu um sorriso inescrutável às duas mulheres e se sentou diante delas em uma cadeira muito elegante, embora extremamente desconfortável.

– Não deve se sentar aí – avisou Emma. – Essa cadeira é muito desconfortável. Eu já teria me livrado dela se a mãe de Alex não tivesse me garantido que se trata de uma peça inestimável. Por que não se senta no sofá, perto de Belle?

John ergueu uma sobrancelha para ela.

– Detesto quando as pessoas fazem isso – murmurou Emma. Ainda assim, continuou a falar, em um tom animado: – Eu lhe garanto que vai se ver com uma terrível dor nas costas amanhã, caso permaneça sentado nessa cadeira por mais de cinco minutos.

John se levantou da cadeira em questão e se acomodou confortavelmente no sofá, ao lado de Belle.

– Sou vosso servo obediente, Vossa Graça – disse com polidez.

Emma enrubesceu levemente ao notar o misto de humor e zombaria na voz dele.

– Ah, céus – falou ela. – Por que será que o chá está demorando tanto? Terei que conferir.

E, com uma velocidade impressionante, se ergueu e deixou o salão.

John e Belle se voltaram um para o outro e Belle estava corada até a raiz dos cabelos dourados.

– A sua prima não domina a arte da sutileza – comentou John com ironia.

– Não.

– Não estou certo do que ela espera conseguir com isso. A duquesa provavelmente vai esbarrar com a criada trazendo o chá a dois passos deste salão.

Belle permaneceu em silêncio por algum tempo, lembrando-se, constrangida, da ocasião em que ela e Sophie, irmã de Alex, tinham conseguido deixar Emma e o futuro marido sozinhos por cinco minutos inteiros, sob o pretexto de irem ver um cravo inexistente na sala de música.

– Imagino que ela vá pensar em algo.

– Por mais que eu adorasse tomar você nos braços novamente, não tenho o menor desejo de ser interrompido pela sua prima voltando com o chá.

– Ah, eu não me preocuparia com isso se fosse você – murmurou Belle. – Ela vai encontrar um modo de nos alertar de sua chegada iminente. Emma é uma mulher cheia de ideias.

Como se seguisse a deixa, eles ouviram Emma gritar do outro lado da porta fechada.

– Que surpresa!

Belle franziu o cenho.

– Imaginei que ela nos daria um *pouco* mais de tempo – ponderou ela.

A porta foi aberta.

– Vejam com quem esbarrei no saguão – disse Emma, segurando a mão de Alex. – Não esperava que ele voltasse até bem mais tarde.

– Os planos cuidadosamente arquitetados dela foram frustrados por um marido atencioso – murmurou John enquanto se levantava.

Belle abafou uma risadinha.

– Que prazer vê-lo, Alex! – falou Belle.

– Eu estava só inspecionando os campos de cultivo – retrucou ele, franzindo o cenho em uma expressão de perplexidade.

– Ainda assim, é maravilhoso tê-lo de volta – emendou Emma em um tom nada convincente.

– Conseguiu descobrir o paradeiro do chá? – perguntou John.

– O chá? Ah, sim, o chá. Ora, não, na verdade não consegui.

– Claro...

Emma se sobressaltou ao ouvir Norwood pigarrear às suas costas.

– O chá, Vossa Graça.

– Ah. Obrigada, Norwood. Pode colocar ali na mesa, eu acho.

– Uma xícara de chá parece uma ideia muito atraente depois de cavalgar a tarde toda embaixo dessa chuva – comentou Alex com prazer. – Embora já pareça estar amainando.

Belle pensou ter ouvido a prima gemer.

Emma serviu uma xícara de chá para o marido, que tomou um longo gole.

– Vai haver uma feira amanhã, perto do vilarejo – contou Alex. – Vi as pessoas arrumando tudo quando passei.

– É mesmo? – falou Emma, encantada. – Adoro feiras. Vamos?

– Não sei... – retrucou Alex, franzindo o cenho. – Não gosto da ideia de uma multidão esbarrando em você.

Aquele comentário foi recebido por um olhar rebelde da parte de Emma.

– Não seja tolo – retorquiu ela. – Não pode me manter trancada aqui para sempre.

– Está certo. Mas precisa prometer que tomará cuidado.

Alex se virou para John e Belle, que observavam a interação entre o casal com uma expressão divertida no rosto.

– Que tal vocês dois se juntarem a nós?

John já se preparava para recusar, mas, antes que pudesse abrir a boca, a imagem de Belle dançando em seus braços atravessou sua mente. Eles estavam valsando... os olhos dela brilhavam de felicidade. O coração dele se encheu de ternura, e o corpo, de desejo. Talvez ele *pudesse* ter um pouco de alegria na vida. Talvez cinco anos de inferno fossem expiação suficiente por seus pecados.

Ele se virou na direção de Belle. Ela inclinou a cabeça e sorriu, erguendo as sobrancelhas em um convite.

– É claro – disse John. – Passarei por aqui depois do almoço e podemos sair juntos.

– Esplêndido.

Alex tomou outro gole de chá e desviou os olhos para a janela, por onde avistou um céu que escurecia ameaçadoramente.

– Não quero ser rude, Blackwood, mas, se eu fosse você, voltaria para casa agora, enquanto a chuva está leve. Parece que logo, logo vai cair outro temporal.

– Estava pensando a mesma coisa.

John se levantou e fez uma cortesia para as damas.

Belle lamentou vê-lo partir, é claro, mas sua decepção foi compensada pela divertida visão de Emma largada na cadeira com uma expressão desanimada depois de o marido arruinar sem querer todo o seu plano cuidadosamente orquestrado.

Quando John chegou em casa naquela tarde, havia outro bilhete esperando por ele.

Estou em Oxfordshire.

John balançou a cabeça. Teria que encontrar um modo de entrar em contato com os antigos proprietários da mansão Bletchford. Eles lhe pareceram um pouco excêntricos – exatamente o tipo de pessoas que teriam amigos que escreveriam bilhetes estranhos como aquele.

Não lhe ocorreu que o bilhete poderia estar de algum modo ligado ao disparo no bosque.

John se serviu de um pouco de conhaque antes de subir para o quarto naquela noite. Estava prestes a tomar um gole da bebida, mas pousou o copo na mesa de cabeceira. Já se sentia aquecido o bastante sem o álcool.

Aquilo seria felicidade? A sensação estivera ausente da vida dele por tanto tempo que John não sabia se a reconheceria.

Ele se enfiou embaixo das cobertas, satisfeito. Não esperava sonhar.

Estava na Espanha. Era um dia quente, mas o batalhão dele estava de bom humor – sem confrontos na última semana.

Estava sentado diante da mesa na taberna, com um prato vazio de comida à frente.

O que eram aqueles baques estranhos vindos do andar de cima?

Ele se serviu de outro drinque.

Mais um baque.

Pra mim, este lugar serve. John esfregou os olhos. Quem dissera aquilo?

Outro baque. Outro grito.

John caminhou devagar em direção à escada. O que estava acontecendo? O barulho ficava mais alto conforme ele seguia pelo corredor do segundo andar.

Então ouviu novamente. Dessa vez, bem claro.

– Nããããoooo!

Era a voz de Ana.

John abriu a porta em um movimento brusco, arrancando-a das dobradiças.

– Ah, meu Deus, não! – gritou.

Mal conseguia ver Ana, o corpo pequeno coberto pelo de Spencer, que a penetrava sem piedade.

Mas conseguiu ouvi-la chorando.

– Nããããooo, nãããooo, por favor, nãããooo!

John nem parou para pensar. Enlouquecido, arrancou Spencer de cima da moça e o jogou na parede.

Então abaixou os olhos para Ana. Seus cabelos... O que acontecera? Ela estava loira.

Era Belle. Suas roupas estavam rasgadas, o corpo, violado e machucado.

– Meu Deus, isso não!

O grito pareceu sair do fundo da alma de John.

Apertando com força o revólver, ele se virou de volta para o homem jogado na parede.

– Olhe para mim, Spencer – ordenou.

O homem levantou a cabeça, mas já não era Spencer. John se pegou olhando para o próprio rosto.

– Meu Deus, não! – arquejou, cambaleando para trás e esbarrando na cama. – Eu não. Eu não seria capaz de fazer isso. Eu não faria isso.

O outro John soltou uma risada louca e doentia.

– Não, eu não faria. Eu não seria capaz. Ah, Belle.

Ele olhou para a cama, mas ela se fora.

– Não! Belle!

John despertou com os próprios gritos. Arquejando em busca de ar, abraçou a si mesmo e ficou rolando na cama enquanto soluços silenciosos convulsionavam seu corpo.

CAPÍTULO 8

Belle estava recostada na cama, folheando a coleção de poemas de Wordsworth que acabara não lendo naquela tarde. Ela se pegou estreitando os olhos mais do que o normal, por isso se inclinou na direção da mesa de cabeceira e acendeu outra vela. Assim que se recostou novamente, ouviu uma batida à porta.

– Pode entrar.

Emma entrou no quarto, muito agitada, os olhos violeta reluzindo de empolgação.

– Sophie está tendo o bebê! – exclamou. – Três semanas antes do previsto! Um mensageiro acabou de chegar com um bilhete do marido dela.

– Que maravilha – disse Belle. – Não é?

– Ah, sim! Não é bom para o bebê nascer cedo demais, mas três semanas não são muito, e Oliver escreveu que Sophie talvez tenha errado nas contas.

– Você e Alex vão partir para lá pela manhã?

– Assim que amanhecer. Eu queria ir agora mesmo, mas Alex não quis nem falar nisso.

– Você sabe que ele está certo. As estradas são muito perigosas à noite.

– Eu sei – respondeu Emma com uma expressão desapontada. – Mas quis avisá-la ainda esta noite, para o caso de querer nos acompanhar. Ou, se não quiser ir, para que saiba dos nossos planos, porque com certeza já teremos partido quando acordar.

– Acho que não irei com vocês – falou Belle devagar, escolhendo as palavras com cuidado.

Passara a noite toda esperando ansiosamente pela feira no dia seguinte, e detestava a ideia de não sair com John. Ainda mais agora, que iriam sozinhos.

– Imagino que Sophie não vá querer uma casa cheia de hóspedes enquanto está dando à luz. Eu a visitarei quando o bebê estiver maior.

– Muito bem, então, mandarei lembranças suas a ela – concordou Emma, mas franziu o cenho em seguida. – Contudo não sei se deveria deixá-la aqui sozinha. Acho que não é adequado.

– Sozinha? – repetiu Belle com incredulidade. – Há mais de uma centena de criados aqui.

– Não chega a uma centena – corrigiu Emma. – E eu prometi à sua mãe que seria uma boa acompanhante.

– Não consigo imaginar que espécie de insanidade possuiu a minha mãe quando ela achou que você seria uma acompanhante adequada.

– Conhece bem os costumes sociais ingleses – comentou Emma, esquivando-se do assunto. – Se acha que não haverá nenhum problema...

– Tenho *certeza* de que não haverá. Afinal, não estamos em Londres. Duvido que alguém sequer vá saber que fiquei aqui sozinha. E, se isso acontecer, não chamará muita atenção, já que estou sob a guarda de uma centena de criados.

– Está certo – anuiu Emma. – Só não convide lorde Blackwood para vir aqui, por favor. Eu não gostaria que se espalhasse por aí que vocês estiveram juntos em casa desacompanhados.

Belle bufou.

– Isso é uma mudança radical de atitude, depois das suas maquinações dessa tarde.

– Aquilo foi diferente – retrucou Emma, na defensiva, enrubescendo mesmo assim. – E não me diga que não apreciou o que está chamando de minhas "maquinações". Vi como você olha para ele.

Belle suspirou e se aconchegou mais às cobertas.

– Não vou negar isso.

Emma se inclinou para a frente com interesse.

– Está apaixonada por ele?

– Não sei. Como se pode saber?

Emma pensou por um momento antes de responder.

– De algum modo, apenas sabemos. O sentimento vai dominando você aos poucos. Os poetas escrevem sobre amor à primeira vista, mas não acho que seja assim que acontece.

– Só nos romances, imagino – comentou Belle, com um sorriso melancólico.

– Sim.

Emma endireitou subitamente o corpo.

– É melhor eu ir para a cama agora. Quero me levantar bem cedo amanhã.

– Façam uma boa viagem – desejou Belle.

– Faremos. Ah, por favor, transmita nosso pedido de desculpas a lorde Blackwood por não podermos ir à feira com vocês. Embora eu imagine que vão se divertir bem mais sem nós.

– Tenho certeza disso.

Emma fez uma careta.

– Só não o convide para vir para cá depois da feira. E, faça o que fizer, não vá ao parque Bellamy sozinha.

– Acho que não é esse o nome da casa.

– E qual é?

Belle suspirou.

– Não consigo me lembrar. Só sei que começa com "B".

– Bem, não importa como se chama, simplesmente não vá até lá. Sua mãe colocaria minha cabeça a prêmio.

Belle assentiu e apagou as velas enquanto Emma saía do quarto.

Na tarde seguinte, pouco depois do meio-dia, John partiu em direção a Westonbirt, lembrando a si mesmo pela centésima vez que teria que colocar um fim naquele encantamento por Belle. Estava ficando difícil demais tentar afastá-la. Belle parecia ter tanta fé nele que John quase se acreditara merecedor da felicidade que ela lhe oferecia.

Porém os sonhos têm um modo interessante de se infiltrar na vida cotidiana, e John não conseguia afastar da mente a imagem de Belle deitada naquela cama na Espanha, o corpo usado, violado.

Ele não poderia ficar com ela. Sabia disso agora mais do que nunca. E diria isso a Belle naquele dia. John jurou a si mesmo que faria aquilo, por mais doloroso que fosse. Faria aquilo... depois da feira. Mais uma tarde feliz certamente não faria mal.

A cavalo, John levou apenas quinze minutos para chegar a Westonbirt. Deixou o vigoroso garanhão nos estábulos, subiu os degraus da frente da casa e ergueu a mão para bater à porta.

Norwood abriu antes mesmo que os dedos de John encostassem na madeira.

– Como vai, milorde? – disse o mordomo em uma voz empostada. – Lady Arabella está esperando pelo senhor no salão amarelo.

– Não estou, não – cantarolou Belle, saindo de uma das muitas salas que davam no grande saguão. – Olá, John. Sei que deveria esperar, bem-comportada, no salão, mas estou impaciente demais. Você não imagina o que aconteceu.

– Certamente não.

– Alex e Emma tiveram que partir apressados, ao raiar do dia. A irmã de Alex está tendo um bebê.

– Que boa notícia! – disse John de forma automática. – Isso significa que o nosso passeio está cancelado?

– É claro que não.

Ele não percebera que ela usava seu melhor traje de montaria?

– Não vejo por que nós dois não podemos nos divertir sozinhos.

John sorriu da escolha inocente de palavras dela, mas pensou secretamente que Belle estava brincando com fogo.

– Como desejar, milady.

Os dois partiram a cavalo em um silêncio confortável, aproveitando a brisa fria do outono. Na verdade, a feira fora montada mais perto da casa de John do que de Westonbirt, por isso eles atravessaram o limite entre as duas propriedades e passaram pela mansão Bletchford no caminho. Quando avistaram a casa antiga e imponente, John comentou, como sempre fazia:

– Maldição! Tenho que encontrar outro nome para este lugar.

– Concordo – disse Belle. – "Parque Brimstone" evoca imagens do fogo do inferno e coisas semelhantes.

John lançou um olhar de espanto para ela.

– Mas o nome não é parque Brimstone.

– Não? Ah, é claro que não. Eu sabia – defendeu-se Belle, e deu um sorrisinho sem graça. – Como se chama mesmo?

– Mansão Bletchford – respondeu John, encolhendo-se ao dizer o nome.

– Santo Deus, isso é ainda pior. Ao menos "parque Brimstone" tem certa personalidade. Já "Bletchford" é uma palavra feia, faz pensar em imagens ainda mais desagradáveis do que o fogo do inferno.

– Pode acreditar que eu tenho plena consciência de todos os aspectos desagradáveis do nome atual.

– Não se preocupe, vamos conseguir pensar em uma alternativa – garantiu Belle com uma palmadinha tranquilizadora no braço de John. – Só preciso de um tempo. Sou muito boa com palavras.

Eles chegaram ao lugar da feira e a atenção de Belle foi imediatamente atraída por um homem em pernas de pau a poucos metros de onde estavam. Logo se viram envolvidos pelo ritmo do local.

– Sempre me perguntei como conseguem fazer isso – ponderou Belle quando pararam diante de um malabarista vestido em cores fortes.

– Imagino que seja só uma questão de jogar as bolas no ar no tempo certo.

Belle deu uma leve cotovelada nas costelas dele.

– Não seja tão estraga-prazeres. Você tira a magia de tudo. Ah, veja aquelas fitas!

Ela soltou a mão de John e correu até um vendedor de fitas para ver o que ele oferecia. Quando John a alcançou, Belle já tinha duas fitas nas mãos e decidia qual comprar.

– Qual você prefere, John? Esta? – quis saber, colocando uma fita rosa junto aos cabelos. – Ou esta? – perguntou, substituindo a rosa por uma vermelha.

John cruzou os braços e fingiu pensar bastante no assunto antes de esticar mão e pegar uma fita de um azul intenso na banca do vendedor.

– Prefiro *esta*. É da cor exata dos seus olhos.

Belle ergueu a cabeça e encontrou a carícia cálida dos olhos dele, o que a fez derreter.

– Então preciso levar a azul – disse baixinho.

Eles ficaram parados onde estavam, presos no olhar um do outro, até o vendedor de fitas arruinar o momento com um pigarro alto. Belle afastou os olhos dos de John e levou a mão à bolsinha que carregava, mas, antes que pudesse pegar algumas moedas, John já havia pago e colocado a fita na mão dela.

– Um presente, milady.

Ele se inclinou e beijou a mão dela.

Belle sentiu o calor do beijo subir pelo braço e lhe chegar à alma.

– Cuidarei dela como cuidaria de um tesouro.

O romance no ar ficou irresistível.

– Está com fome? – perguntou John de súbito, ansioso para encaminhar a conversa para assuntos mais mundanos.

– Faminta.

John a levou até as barraquinhas de comida, onde compraram tortas de espinafre e de morango. Com os pratos na mão, os dois abriram caminho até um lugar tranquilo nos arredores da feira. John estendeu seu casaco no chão, eles se sentaram e atacaram ferozmente a comida.

– Você me deve um poema – lembrou Belle, entre mordidas na torta.

John suspirou.

– É verdade.

– Nem chegou a tentar, não é mesmo? – acusou ela.

– É claro que tentei. Só não acabei o que comecei.

– Então me mostre o que tem até agora.

– Não sei – disse ele, evasivo. – Um verdadeiro poeta não mostraria seu trabalho até estar certo de haver terminado.

– Por favooooor! – pediu Belle, contorcendo o rosto em uma expressão mais adequada a uma criança de 5 anos.

John não conseguiu resistir.

– Ah, está bem. Que tal isto? "Bela quando ela anda, como a noite/ A céu aberto e em noites estreladas;/ Bela assim como a sombra e a luz da noite/ À luz de seu rosto são encontradas."

– Ah, John – disse Belle com um suspiro encantado. – Que lindo! Fez com que eu me sentisse tão bonita...

– Você *é* bonita.

– Obrigada – respondeu ela automaticamente. – Mas acho que ser bonita não é tão importante quanto *sentir-se* bonita. Por isso o seu poema me tocou tanto. É tão romântico. É... espere um instante...

Ela se sentou ereta e franziu o cenho, pensativa.

De repente, John pareceu concentrado demais na torta de espinafre que tinha nas mãos.

– Já ouvi isso antes – continuou Belle. – Acho que já li isso. E faz pouco tempo.

– Não consigo imaginar como – murmurou John, já sabendo muito bem que fora descoberto.

– Foi lorde Byron quem escreveu! Não acredito que você tentou passar como sua uma poesia de lorde Byron!

– Você me desmascarou.

– Eu sei, mas isso não é desculpa para um plágio descarado. E aqui estava eu, achando que você havia escrito essas palavras tão lindas só para mim. Imagine a minha decepção.

– Imagine você a *minha* – resmungou John. – Estava certo de que você ainda não havia lido esse poema. Foi publicado recentemente, no ano passado.

– Tive que pedir ao meu irmão que comprasse para mim. Não vendem a obra de lorde Byron nas livrarias das damas. Dizem que é vigorosa demais.

– Você é astuta demais – grunhiu John, inclinando-se para trás e apoiando-se nos cotovelos. – Se tivesse ficado no seu lugar, na livraria das damas, eu não teria me metido nesta confusão.

– Não me arrependo nem um pouco – declarou Belle com um ar brejeiro. – Pareceu-me bastante tolo que, só por ser solteira, eu não tivesse permissão para ler algo que vinha causando tanto burburinho em toda a sociedade.

– Case-se – sugeriu ele de brincadeira. – Então poderá fazer o que quiser.

Belle se inclinou para a frente com um brilho animado nos olhos.

– Lorde Blackwood, isso não seria um pedido de casamento, seria?

John empalideceu.

– Agora você me colocou contra a parede.

Belle recuou, tentando esconder a decepção. Não sabia o que a possuíra para que falasse daquela forma ousada e não fazia ideia da reação que ele teria. Ainda assim, ser acusada de colocá-lo contra a parede com certeza não era o que desejara.

– Ainda acho que você deve escrever um poema – disse Belle por fim, torcendo para que o tom jovial disfarçasse a tristeza que não era capaz de apagar dos olhos.

John fingiu pensar bastante no assunto.

– Que tal este? – perguntou, com um sorriso travesso, antes de declarar: – "Não há nada mais caro ao meu coração/ Do que uma mulher coberta de morango com tamanha/ animação."

Belle fez uma careta.

– Isso foi horrível.

– Achou mesmo? Pois eu achei bastante romântico, levando-se em conta que seu rosto está todo sujo de torta de morango.

– Não está, não.

– Está, sim. Bem aqui.

John estendeu a mão e tocou de leve o canto da boca de Belle. Seus dedos se demoraram por um momento ali, ansiando por traçar o contorno dos lábios dela, mas ele se afastou subitamente, quase como se tivesse sido queimado. Estava chegando perto demais da tentação. Bastara que Belle sentasse à sua frente em um piquenique improvisado para que o corpo dele ficasse alerta.

Ela levou a mão ao rosto, ao ponto que John acabara de tocar. Era estranho que a pele dela ainda vibrasse ali. E que a sensação aos poucos se espalhasse pelo corpo inteiro. Ela olhou para John, que a fitava com uma expressão ávida, os olhos nublados pelo desejo insatisfeito.

– Há... há pessoas demais por perto, milorde – balbuciou Belle por fim.

John percebeu que ela estava nervosa. Caso contrário, Belle não teria retornado ao uso automático do "milorde". Ele recuou e desviou os olhos, consciente de que fora o desejo indisfarçado em seu olhar que a deixara tão desconfortável. Respirou fundo várias vezes, tentando conter aquele desejo insano. Seu corpo não o ajudava, relutando em ignorar a mulher deslumbrante sentada a menos de um metro dele.

John praguejou baixinho. Aquilo era loucura. Loucura total. Estava se insinuando para uma mulher com quem não poderia ter a menor esperança de futuro. Ele ouviu a voz de seu irmão Damien ressoar em sua cabeça. "Você não é um cavalheiro com um título. Você não é um cavalheiro com um título." John conteve um sorriso irônico. Eram engraçados os rumos que a vida tomava. Ele conseguira um título, mas sua alma era sombria como o pecado.

– John? – chamou Belle baixinho. – Algum problema? Você está tão calado.

Ele levantou os olhos e percebeu a preocupação no rosto dela.

– Não. Estava pensando, só isso.

– Em quê?

– Em você – respondeu John, em um tom incisivo.

– Coisas boas, espero – disse Belle, nervosa diante do tom sombrio da voz dele.

John ficou de pé e ofereceu a mão a ela.

– Venha, vamos dar um passeio pelo bosque enquanto o sol ainda está brilhando. Podemos puxar os cavalos atrás de nós.

Belle se levantou sem dizer nada e o seguiu até onde eles haviam deixado as montarias. Então foi caminhando devagar ao lado de John por entre as árvores, em direção a Westonbirt e à mansão Bletchford. Os cavalos os seguiam obedientemente, parando de vez em quando para procurar uma das muitas pequenas criaturas que corriam pelo bosque.

Depois de quinze minutos de um silêncio pesado, John estacou de repente.

– Belle, precisamos conversar.

– Precisamos?

– Sim, essa... – começou John, esforçando-se para encontrar a palavra certa, mas não conseguiu. – Isso que está acontecendo entre nós... precisa terminar.

Uma dor profunda e terrível despontou no fundo do estômago de Belle e começou a se espalhar.

– Por quê? – perguntou ela, baixinho.

Ele desviou os olhos, sem conseguir encontrar o olhar dela.

– Você precisa entender que isso não vai levar a lugar nenhum.

– Não – disse Belle bruscamente, a dor tornando-a corajosa e um pouco estridente. – Não, eu não entendo.

– Belle, eu não tenho dinheiro, minha perna é inútil e mal tenho um título.

– Por que diz isso? Essas coisas não têm importância para mim.

– Belle, você pode ter qualquer homem no mundo.

– Mas eu quero você.

A resposta apaixonada dela pairou no ar por um longo instante antes que John conseguisse dizer algo.

– Estou fazendo isso para o seu bem.

Belle recuou, quase cega de dor e fúria. As palavras dele a atingiram como um golpe físico. Ela se perguntou histericamente se algum dia voltaria a ter um momento de felicidade.

– Como ousa ser condescendente desse jeito comigo? – falou por fim.

– Belle, acho que você não pensou o bastante sobre isso. Seus pais jamais permitiriam que se casasse com alguém como eu.

– Você não conhece meus pais. Não sabe o que eles querem para mim.

– Belle, você é filha de um conde.

– E, como eu já disse, você também é filho de um conde, portanto não consigo ver onde está o problema.

– Há um mundo de diferença e você sabe disso.

John tinha consciência de que estava se agarrando a qualquer possibilidade, qualquer coisa que pudesse dizer para evitar a verdade.

– O que você quer, John? – perguntou Belle, desesperada. – Quer que eu implore? Por isso está agindo assim? Porque não vou fazer isso. É alguma espécie de busca perversa por elogios? Quer que eu enumere todas as razões pelas quais eu quis você? Todas as razões pelas quais *achava* que você fosse gentil, nobre e bondoso?

John se encolheu ao ouvir o uso incisivo do tempo passado.

– Estou tentando ser nobre neste exato momento – defendeu-se ele, tenso.

– Não, não está. Está tentando ser um mártir, e espero que esteja se divertindo, porque eu certamente não estou.

– Belle, me escute – implorou ele. – Não... não sou o homem que você acha que eu sou.

O tom rouco e agoniado dele deixou Belle tão atônita que ela emudeceu e o encarou boquiaberta.

– Eu... fiz coisas – disse ele, a voz ainda mais tensa, dando as costas a ela para não ter que encará-la. – Fiz mal a pessoas. Fiz mal... a *mulheres*.

– Não acredito em você.

As palavras saíram depressa e baixas.

– Maldição, Belle!

John se virou e bateu com o punho no tronco de uma árvore.

– O que eu preciso fazer para convencê-la? O que você precisa saber? O segredo mais sombrio do meu coração? Os feitos que mancham a minha alma?

Ela recuou um passo.

– N-não sei do que está falando. Acho que *você* não sabe do que está falando.

– Vou fazer mal a você, Belle. Vou fazer mal a você sem querer. Vou fazer mal a você... Meu Deus, saber que vou fazer mal a você não é o bastante?

– Você não vai me fazer mal – disse ela baixinho, e estendeu a mão para tocar a manga do paletó dele.

– Não se iluda achando que sou um herói, Belle. Não sou...

– Não acho que você seja um herói – interrompeu ela. – Não quero que seja.

– Deus do céu! – exclamou John com uma risada sinistra, sarcástica. – Essa foi a primeira coisa realista que você disse o dia todo.

Ela ficou rígida.

– Não seja cruel, John.

– Belle, tenho limites – disse ele, irritado. – Não me faça ir além deles.

– E o que você quer dizer com isso? – perguntou ela, também irritada.

Ele a agarrou pelos ombros, como se quisesse sacudi-la até colocar um pouco de juízo na cabeça dela. Santo Deus, ela estava tão perto que ele conseguia sentir o perfume dela. John pôde sentir os fios de cabelo que o vento soltara roçarem no rosto dele.

– Quero dizer que preciso recorrer a cada gota de autocontrole para não beijá-la agora mesmo – confessou ele em voz baixa.

– Então por que não faz isso? – indagou ela, e sua voz era um mero sussurro. – Eu não o impediria.

– Porque não pararia por aí. Eu deixaria meus lábios descerem ao longo da pele macia do seu pescoço até chegar a esses botõezinhos irritantes do seu traje de montaria. Então abriria lentamente cada um deles e afastaria o seu casaco.

Santo Deus, ele estava *tentando* se torturar?

– Você está usando uma peça delicada de seda por baixo, não está?

Para seu horror, Belle assentiu.

John estremeceu enquanto ondas de desejo atravessavam seu corpo.

– Adoro a sensação de tocar em seda – murmurou ele. – E você também.

– Co-como você sabe?

– Eu estava observando quando você se sentou para cuidar daquela bolha no pé. E vi você descalçar a meia.

Belle arquejou, estupefata por ele a ter espionado, mas também estranhamente excitada com a ideia.

– Sabe o que eu faria? – perguntou John com a voz rouca, os olhos fixos nos dela o tempo todo.

Ela balançou a cabeça em silêncio.

– Eu me inclinaria e a beijaria através da seda. Capturaria o seu mamilo rosado na boca e o sugaria até deixá-lo rígido. Então, quando isso já não estivesse mais me satisfazendo, eu afastaria a peça de seda da sua pele até seus seios estarem livres e expostos, me inclinaria e faria tudo de novo.

Belle não moveu um músculo. Tinha a sensação de estar enraizada pelo ataque sensual das palavras dele.

– Então o que você faria? – sussurrou ela, consciente do calor das mãos de John nos seus ombros.

– Quer me castigar, não é mesmo? – perguntou ele, a voz rouca, apertando os ombros dela com mais força. – Mas já que perguntou... eu despiria aos poucos cada peça de roupa que você está usando até tê-la gloriosamente nua nos meus braços. Então começaria a beijá-la, beijaria cada centímetro do seu corpo até deixá-la trêmula de desejo.

Em algum lugar no fundo da mente nublada de desejo, Belle percebeu que tremia.

– Depois eu a deitaria e cobriria seu corpo com o meu, pressionando-a contra o chão. E a penetraria bem, bem devagar, saboreando cada segundo enquanto a tornasse minha.

Ele se interrompeu, e sua respiração ficou entrecortada enquanto seu cérebro era dominado por uma imagem de Belle envolvendo a cintura dele com as longas pernas.

– O que me diz disso?

Belle ignorou a pergunta afrontosa, e seu corpo foi tomado pelas imagens sensuais que ele criara. Ela se sentia arder e desejava John de todas as maneiras. Sabia que era uma questão de agora ou nunca, e estava apavorada com a possibilidade de perdê-lo.

– Ainda assim eu não o impediria – sussurrou Belle.

A incredulidade e o desejo atingiram com força o corpo de John e ele a afastou rudemente, pois sabia que seria incapaz de resistir à tentação se continuasse a tocá-la por mais um instante.

– Pelo amor de Deus, Belle, você entende o que está dizendo? Entende?

Ele passou a mão pelos cabelos e respirou fundo enquanto tentava ignorar a rigidez dolorosa do próprio corpo.

– Sim, eu entendo o que estou dizendo – retrucou Belle com intensidade. – Só que você não quer escutar.

– Você não sabe quem eu sou. Construiu uma imagem romântica do pobre herói de guerra ferido. Não seria divertido ser casada com um herói gótico da vida real? Bem, preciso lhe dizer, milady, que esse não sou eu. E, depois de alguns meses, você perceberia que não sou um herói e que não é muito divertido ser casada com um homem pobre e incapaz.

Belle se viu dominada por uma fúria até então desconhecida e se atirou em cima de John socando o peito dele.

– Seu desgraçado! – gritou. – Seu desgraçado arrogante. Como ousa me dizer que não sei o que penso? Realmente me acha tão estúpida a ponto de não ser capaz de ver quem você é? Você diz o tempo todo que fez algo ruim, mas não acredito nisso. Acho que está inventando essa história só para se afastar de mim.

– Ah, meu Deus, Belle – disse John, a voz ainda rouca. – Não é isso. É...

– Você acha que me importo por você ter um problema na perna? Acha que me importo com o fato de seu título não remontar a séculos? Eu não me importaria se você não tivesse título algum!

– Belle – falou John em um tom apaziguador.

– Pare! Não diga mais nada. Está me deixando nauseada. Você me acusa de ser mimada, mas é você quem é esnobe. É tão obcecado por títulos, dinheiro e posição social que não se permite ter aquilo que realmente deseja!

– Belle, nós mal nos conhecemos. Faz uma semana que nos vimos pela primeira vez. Não consigo entender como pode ter decidido que eu sou o homem certo para você.

Mesmo enquanto falava, John sabia que estava mentindo, pois já chegara à mesma conclusão a respeito dela.

– Estou começando a me perguntar o mesmo – retrucou Belle com crueldade, desejando magoá-lo como ele fizera com ela.

– Sei que mereci isso, mas você logo vai perceber que estou fazendo o que é certo. Talvez não amanhã, mas depois que superar a raiva que está sentindo, você vai perceber.

Belle virou a cabeça para que ele não a visse secar uma lágrima. Sua respiração saía em arquejos curtos, e levou algum tempo até que seus ombros parassem de sacudir.

– Você está errado – disse ela baixinho, voltando-se para encará-lo com uma expressão acusadora nos olhos. – Está errado. Jamais vou perceber que você está fazendo a coisa certa, porque não está! Está destruindo a minha felicidade!

Ela engoliu com dificuldade, a garganta apertada.

– E a sua também. E você veria isso se parasse para ouvir seu coração.

John desviou o rosto, perturbado com a sinceridade inabalável nos olhos dela. Ele sabia que não poderia contar a Belle a verdadeira razão de rejeitá-la daquela forma, por isso tentou apelar para o bom senso dela.

– Belle, você foi criada com todo o luxo. Não posso dar tudo isso a você. Não posso lhe dar nem uma casa em Londres.

– Isso não importa. Além do mais, tenho fortuna própria.

John enrijeceu o corpo.

– Não vou aceitar seu dinheiro.

– Não seja tolo. Estou certa de que tenho um dote generoso.

Ele se virou com uma expressão dura nos olhos.

– Não vou aceitar ser visto como um caça-dotes.

– Ah, então *esse* é o motivo de toda essa história? Está preocupado com o que as pessoas dirão? Santo Deus, achei que você estivesse acima disso.

Belle deu as costas a John e foi até onde sua égua pastava na relva. Pegou as rédeas e montou, recusando a oferta de ajuda de John.

– Sabe de uma coisa? – disse Belle, em um tom cruel. – Você tem toda razão. Não é a pessoa que achei que fosse.

Porém sua voz falhou na última palavra e ela teve certeza de que não conseguira convencê-lo.

– Adeus, Belle – despediu-se John, a voz inexpressiva, sabendo que, caso se aproximasse dela naquele momento, jamais conseguiria deixá-la ir.

– Não vou esperar por você – falou Belle. – E algum dia você vai mudar de ideia e vai me querer. Vai me querer tanto que vai doer. E não apenas na sua cama. Você vai me querer na sua casa, no seu coração e na sua alma. E eu já terei partido.

– Não duvido disso nem por um instante.

John não teve certeza se as palavras saíram em voz alta ou apenas ficaram em seus pensamentos, mas, de toda forma, Belle não o ouvira.

– Adeus, John – despediu-se ela, a voz embargada. – Sei que é amigo de Alex e de Emma, mas agradeceria se não aparecesse em Westonbirt até eu partir.

Sua visão estava nublada de lágrimas quando ela atiçou a égua e saiu a galope para Westonbirt.

John a viu partir e ficou ouvindo o bater dos cascos mesmo depois de não conseguir mais vê-la. Continuou parado ali por alguns minutos, a mente recusando-se a assimilar tudo o que acontecera. Depois de anos de vergonha e autodepreciação, finalmente fizera o que era certo, o que era honrado, mas se sentia o vilão de um dos romances da Sra. Radcliffe.

Deixou escapar um gemido, então praguejou em voz alta e chutou uma pedra para longe. Fora daquele jeito durante toda a vida dele. No momento em que achava ter conquistado o que queria, algo ainda maior surgia diante dele – algo que ele sabia que nunca teria. A mansão Bletchford fora um sonho, um sonho de respeitabilidade, posição social e honra, um modo de mostrar à família que era capaz de construir o próprio futuro, que não precisava herdar um título e uma propriedade para se tornar um cavalheiro. Contudo, morar na mansão Bletchford o levara a conhecer Belle, e foi quase como se os deuses rissem dele, dizendo: "Entenda, John, você nunca vai conseguir tudo. *Isso* é o que você nunca vai ter."

John fechou os olhos com força. Fizera a coisa certa, não fizera?

Sabia que magoara Belle. Havia uma decepção crua desvelada nos olhos dela. John ainda conseguia visualizar seu rosto. Então Belle se juntou a Ana, os olhos condenando-o silenciosamente. "Nãããããooo", gemeu ela. "Nãããããooo." Aí veio a voz da mãe dela: "É como se tivesse sido você."

John abriu rápido os olhos tentando banir aquelas mulheres da cabeça. Fizera a coisa certa. Nunca poderia ser a alma pura que Belle merecia. Uma cena do sonho que tivera voltou à mente dele em um relance. Ele estava em cima dela. Ela gritava.

Fizera a coisa certa. O desejo que sentia por Belle era intenso demais. Ele a teria machucado com a força de sua paixão.

John sentia uma dor oca no peito, uma dor que parecia lhe apertar os pulmões. Montou o garanhão que o aguardava e partiu a uma velocidade ainda maior do que a de Belle. Enquanto atravessava o bosque a galope, as folhas atingiam cruelmente seu rosto, mas John as ignorava, aceitando a dor como penitência.

CAPÍTULO 9

Belle não recordava o galope acelerado que a levara para casa. Ela cavalgara sem se preocupar com a própria segurança – só o que parecia importar era estar de volta a Westonbirt e colocar o máximo de distância possível entre ela e John Blackwood.

Porém, depois de chegar em casa e subir correndo a escada, Belle se dera conta de que Westonbirt não era longe o bastante. Como suportaria permanecer hospedada com os primos quando o homem que partira seu coração estava a uma curta distância a cavalo?

Ela entrou intempestivamente no quarto, tirou a capa com um puxão violento, pegou três valises no quarto de vestir e começou a enchê-las de roupas em movimentos furiosos.

– Milady, milady, o que está fazendo?

Belle levantou os olhos e viu a camareira parada à porta com uma expressão horrorizada.

– Estou fazendo as malas – respondeu, irritada. – O que mais poderia ser?

Mary entrou apressada e tentou afastar a valise de Belle.

– Mas, milady, a senhorita não sabe fazer malas.

Belle sentiu lágrimas quentes arderem em seus olhos.

– Não pode ser assim tão difícil, não é?! – retrucou em um rompante.

– A senhorita precisa de baús para esses vestidos, milady, ou vai amassá-los demais.

Belle deixou as malas de lado, sentindo-se subitamente sem energia.

– Tudo bem. Sim. É claro. Você está certa.

– Milady?

Belle respirou fundo, tentando conter as emoções, mesmo que fosse só até conseguir chegar a outro cômodo.

– Apenas embale tudo como achar melhor. Partirei assim que o duque a duquesa retornarem.

Com isso, ela saiu apressada do quarto e desceu o corredor até o escritório de Emma, onde se fechou pelo resto do dia, chorando copiosamente.

Emma e Alex demoraram uma semana para voltar. Belle não sabia o que havia feito para se manter ocupada enquanto aguardava por eles. Na maior parte do tempo, ficara só olhando pela janela.

Quando Emma chegou, como era de esperar, ficou perplexa ao ver a bagagem de Belle arrumada e cuidadosamente empilhada no depósito ao lado do saguão principal. Foi em busca da prima na mesma hora.

– Belle, o que significa tudo isso? E por que está usando um dos meus vestidos?

Belle baixou os olhos para o vestido violeta que usava.

– Já guardei todos os meus.

– Exatamente. Por quê?

– Não posso continuar aqui.

– Belle, não tenho ideia do que está falando.

– Preciso voltar para Londres. Amanhã.

– O quê? Amanhã? Isso tem alguma coisa a ver com lorde Blackwood?

O fato de Belle ter desviado o rosto foi tudo de que Emma precisava para saber que estava certa.

– O que aconteceu?

Belle engoliu em seco, nervosa.

– Ele me desprezou.

– Ah, meu Deus, Belle. Ele não...

– Não. Mas eu bem gostaria que o tivesse feito. Assim ele teria que se casar comigo, e eu...

Ela começou a chorar.

– Belle, você não sabe o que está dizendo.

– Sei bem o que estou dizendo! Por que ninguém acredita na minha capacidade de saber o que penso?

Emma arregalou os olhos diante da perda de compostura da prima.

– Talvez seja melhor você me contar o que aconteceu durante a minha ausência.

Belle contou tudo a ela em uma voz trêmula. Quando terminou, sua voz estava tão dominada pela emoção que ela precisou se sentar.

Emma se apoiou na beirada da mesa, perto da cadeira onde estava Belle, e pousou a mão com carinho no braço da prima.

– Vamos partir imediatamente para Londres – disse baixinho.

Pela primeira vez em uma semana, Belle sentiu um lampejo de vida dentro de si. Por algum motivo, tinha a sensação de que talvez fosse capaz de se curar caso se afastasse do lugar onde seu coração se partira. Ela olhou para Emma.

– Alex não vai gostar que você vá comigo.

– Não, ele não vai, mas você não me deixou muita escolha, não é mesmo?

– Ele poderia ir conosco. Eu não me importaria.

Emma suspirou.

– Acho que ele tem alguns negócios importantes para resolver aqui.

Belle sabia que a prima odiava se separar do marido, mas a verdade era que estava desesperada para ir embora.

– Sinto muito – disse, abatida.

– Está tudo bem.

Emma se levantou e esticou os ombros.

– Faremos planos para partir amanhã.

Belle sentiu lágrimas ardendo nos olhos.

– Obrigada.

Belle estava certa em uma coisa: Alex não gostou nem um pouco da ideia de a esposa partir às pressas para Londres. Belle não sabia o que os dois haviam conversado na privacidade do quarto, mas, quando as duas damas desceram os degraus da frente da casa no dia seguinte para entrar na carruagem, Alex não estava de bom humor.

– Uma semana – disse em tom de alerta. – Uma semana e irei buscá-la.

Emma pousou a mão no braço dele para acalmá-lo.

– Meu bem, você sabe que meus tios só voltarão em quinze dias. Não posso voltar para casa antes disso.

– Uma semana.

– Você pode me visitar.

– Uma semana.

Então ele a beijou com tamanha paixão que Belle enrubesceu.

Logo as duas damas estavam confortavelmente instaladas na casa Blydon, na Grosvenor Square. Agora que estava a uma boa distância de John, Belle sentia-se mais forte, mas não conseguia se livrar da melancolia que impregnava seu espírito. Emma fazia o melhor possível para ser insuportavelmente animada, porém era óbvio que sentia falta de Alex. Ele, por sua vez, não estava ajudando nem um pouco, mandando bilhetes duas vezes ao dia para dizer que estava morrendo de saudade e pedir que, por favor, voltasse para casa.

Belle não fez esforços para avisar seus conhecidos que estava de volta à cidade. Ainda assim, no seu terceiro dia ali, o mordomo anunciou uma visita para ela.

– É mesmo? – perguntou Belle, sem muito interesse. – Quem?

– Ele pediu permissão para lhe fazer uma surpresa, milady.

Ela sentiu que o coração estava prestes a sair pela boca.

– Esse homem tem cabelos e olhos castanhos? – perguntou, frenética.

– Ele realmente pediu para lhe fazer uma surpresa.

Belle estava tão nervosa que chegou a pegar o braço do mordomo e sacudi-lo.

– Ele tem cabelos e olhos castanhos? Por favor, precisa me dizer.

– Sim, milady, tem.

Ela soltou o mordomo e se deixou afundar em uma cadeira perto.

– Diga que não desejo vê-lo.

– Mas achei que o Sr. Dunford fosse um amigo especial para a senhorita. Não gostaria de mandá-lo embora.

– Ah, é Dunford.

Belle suspirou, sentindo um misto de alívio e decepção.

– Diga a ele que já vou descer.

Depois de um instante, ela se levantou e foi até o espelho para conferir sua aparência. William Dunford era um amigo próximo fazia anos. Eles haviam até cogitado um relacionamento romântico, mas decidiram não arruinar a amizade. Ele também era o melhor amigo de Alex e tivera um papel de importância considerável na tarefa nada fácil de ajudar Alex e Emma a encontrar o caminho para o altar.

– Ah, Dunford, como é bom vê-lo! – exclamou Belle ao entrar no salão onde ele a esperava.

Ela foi até o amigo para lhe dar um rápido abraço.

– Também estou feliz por vê-la de novo, Belle. Aproveitou seu tempo no campo com os recém-casados?

– Foi uma delícia passar algum tempo em Westonbirt – respondeu ela, sentando-se no sofá. – Embora tenha chovido mais do que eu esperava.

Dunford se acomodou em uma poltrona confortável.

– Ora, estamos na Inglaterra, não é mesmo?

– Sim – respondeu Belle, mas sua mente estava a milhares de quilômetros de distância.

Depois de um minuto esperando, Dunford a chamou:

– Ei, Belle. Olá!

Belle voltou a si de repente.

– Que foi? Ah, perdão, Dunford. Estava só pensando.

– E obviamente não era em mim.

Ela deu um sorriso envergonhado.

– Perdão.

– Belle, está tudo bem com você?

– Sim, está tudo bem.

– Não está tudo bem, isso já ficou claro. – Ele fez uma pausa e sorriu. – É um homem, não é?

– O quê?

– Arrá! Já vi que acertei.

Belle sabia que não conseguiria enganá-lo, mas ainda assim achou que deveria fazer uma tentativa.

– Talvez.

– Rá! – disse Dunford com uma risada. – Isso é esplêndido. Depois de anos com homens caindo aos seus pés, oferecendo amor e devoção, a pequena Arabella finalmente se apaixonou.

– Isso não tem a menor graça, Dunford.

– *Au contraire*. É muito divertido.

– Você faz parecer que sou uma espécie de princesa de gelo sem coração.

– Não, é claro que não, Belle – disse ele, contrito. – Devo admitir que você sempre foi incomumente gentil com todos os rapazes de rosto cheio de espinhas que já a convidaram para dançar.

– Obrigada. Eu acho.

– Provavelmente é por isso que tantos rapazes de rosto cheio de espinhas a convidam para dançar.

– Dunford! – ralhou Belle.

– Só que, depois de sabe Deus quantos pedidos de casamento, e levando-se em conta que você não mostrou a menor inclinação para aceitar nenhum deles, é divertido vê-la tão inebriada quanto seus pretendentes.

Depois daquela longa fala, Dunford se recostou na poltrona. Como Belle não comentou nada, ele acrescentou:

– É um homem, não é?

– O que... Não poderia ser uma mulher, não acha? – perguntou Belle, irritada. – Sim, é um homem.

– Ora, eu poderia ter errado. Seu cãozinho spaniel favorito poderia ter morrido.

– Não tenho um spaniel – retrucou Belle ainda mais irritada. – É um homem.

– Ele retribui seu afeto?

– Não.

A voz dela saiu cheia de tristeza.

– Tem certeza?

– Tenho motivos para acreditar que ele... – começou Belle, e escolheu as palavras com cuidado – ... gosta de mim, mas acha que não pode tomar nenhuma atitude baseado nesse sentimento.

– Parece-me um homem um pouco honrado demais.

– Algo assim.

– Só por curiosidade, Belle, o que esse homem tem que a levou a ficar tão apaixonada?

A expressão dela se suavizou na mesma hora.

– Não sei, Dunford. Realmente não sei. Ele tem uma honradez maravilhosa. E é divertido também. Ele implica comigo, não de forma maldosa, é claro, e me deixa implicar com ele. E há algo tão bondoso nele... ele não consegue ver isso, mas eu consigo. Ah, Dunford, ele *precisa* de mim.

Dunford ficou em silêncio por um momento.

– Tenho certeza de que nem tudo está perdido. Nós podemos fazê-lo se dar conta disso.

– *Nós?*

Ele abriu um sorriso travesso.

– Isso parece prometer mais diversão do que tive em anos.

– Não tenho certeza se vale o esforço.

– É claro que vale.

– Não tenho certeza se o quero de volta.

– É claro que quer. Não ouviu suas próprias palavras menos de trinta segundos atrás?

– Gostaria de me sentir tão confiante quanto você.

– Escute, Belle, você passou os últimos dois anos me dizendo que queria se casar por amor. Vai mesmo jogar tudo fora por causa de um pouco de orgulho?

– Eu poderia encontrar alguém gentil para se casar comigo – argumentou ela, em um tom nada convincente. – Sei que poderia. Sou pedida em casamento o tempo todo. Não seria infeliz.

– Talvez não. Mas também não seria feliz.

Ela curvou o corpo na cadeira.

– Eu sei.

– Vamos colocar meu plano em ação esta noite.

– O que exatamente envolve esse plano?

– Do meu ponto de vista, se esse homem... qual é mesmo o nome dele?

– John.

Dunford deu um sorrisinho afetado.

– Sinceramente, Belle, você pode inventar algo melhor do que isso.

– Não, é verdade – protestou Belle. – O nome dele é mesmo John. Pode perguntar a Emma.

– Muito bem, então, se esse tal John gosta mesmo de você, vai ficar cego de ciúme quando souber que você vai se casar, mesmo se ele estiver tentando ser nobre ao abrir mão de você.

– É um plano interessante, mas com quem vou me casar?

– Comigo.

Belle lançou um olhar de absoluto descrédito para o amigo.

– Ora, por favor...

– Não estou dizendo que vamos nos casar – explicou Dunford. Então acrescentou, ligeiramente na defensiva: – E não precisa parecer tão desalentada com a ideia. As pessoas me consideram um bom partido, se quer saber. Só quero dizer que poderíamos espalhar um boato de que ficamos noivos. Se John de fato a quiser, isso deverá fazê-lo entrar em ação.

– Não sei – hesitou Belle. – E se ele não me quiser? O que faremos?

– Ora, você rompe comigo, é claro.

– Você não se importaria?

– É claro que não. Na verdade, isso faria maravilhas pela minha vida social. Eu teria uma fila de lindas damas querendo me consolar.

– Acho que prefiro deixá-lo fora disso. Talvez pudéssemos apenas espalhar o boato de que planejo me casar e não mencionar o nome do noivo.

– E quão longe *essa* história chegaria? – retrucou Dunford. – Todos em Londres planejam se casar. Seu pretendente não vai nem chegar a saber disso, ainda mais se vive enfurnado no campo.

– É verdade, mas é provável que ele nem saiba do boato, por mais convincente que seja. John não se mantém informado das idas e vindas da aristocracia. O único modo de ele descobrir que vamos nos casar seria publicarmos o anúncio no *The Times*.

Dunford empalideceu diante dessa ideia.

– Exatamente – disse Belle. – A única forma de um boato chegar até ele é não sendo um boato, mas uma informação levada de propósito até ele.

Ela engoliu em seco, nervosa, sem conseguir acreditar que de fato levava em consideração uma armação daquelas.

– Talvez pudéssemos contar nosso plano a Emma – prosseguiu Belle. – Ela poderia mencionar casualmente a John que vou me casar. Eu diria a ela para não mencionar seu nome. Diria para não mencionar nome nenhum... Emma só diria a ele que estou prestes a anunciar o noivado.

– Não vai parecer estranho ela trazer o assunto à tona do nada?

– Eles são vizinhos. Não há nada suspeito em passar na casa dele para cumprimentá-lo.

Dunford se recostou na cadeira e abriu um sorriso, os dentes alinhados e muito brancos brilhando.

– Uma excelente estratégia, Arabella. E me poupa o trabalho de fingir que estou apaixonado por você.

Ela balançou a cabeça.

– Você é impossível.

– Se seu admirador não surgir em um cavalo branco e com uma armadura brilhante para arrebatá-la ao pôr do sol, bem, então eu diria que ele não a merece.

Belle não estava muito convencida, mas assentiu mesmo assim.

– Nesse meio-tempo, precisamos colocar você para circular pela cidade. Esse tal John... como você disse que é o sobrenome dele?

– Eu não disse.

Dunford ergueu uma sobrancelha, mas não a pressionou para saber mais detalhes.

– O que eu ia dizer era que sua mentirinha não vai parecer tão convincente se ele descobrir que você se manteve trancafiada neste mausoléu desde que chegou.

– Sim, é verdade... mas restam tão poucas pessoas na cidade agora... Não há muito que fazer.

– Por acaso, fui convidado para o que com certeza será uma apresentação musical terrível esta noite e, como a anfitriã é uma parente distante, não tenho como escapar.

Belle estreitou os olhos.

– Não é uma daquelas suas primas Smythe-Smith de novo, é?

– Temo que sim.

– Achei que já havia lhe dito que jamais compareceria a outra apresentação delas. Depois da última, estou convencida de que sei exatamente como uma peça de Mozart soaria se fosse tocada por um rebanho de ovelhas.

– O que se pode esperar quando se é amaldiçoado com um nome como Smythe-Smith? De qualquer modo, você não tem muita escolha. Já decidimos que precisa sair e ser vista, e não vejo outro convite por aqui.

– Que gentil da sua parte mencionar isso.

– Vou tomar isso como um sim e passarei por aqui para acompanhá-la esta noite. E não fique tão abatida. Desconfio que esse seu admirador não demorará a aparecer em Londres, e você será salva de todos os futuros assassinatos da música.

– Na verdade, ele não vai aparecer por no mínimo duas semanas, porque Emma vai ficar aqui como minha acompanhante até meus pais voltarem da Itália. Ela obviamente não pode estar em dois lugares ao mesmo tempo e, seja como for, duvido que ele fosse acreditar que me apaixonei tão depressa por outra pessoa. Temo que eu tenha que ficar presa à sua companhia por esse período. Desde que eu não tenha que comparecer a mais nenhuma apresentação musical, é claro.

– Eu jamais seria tão cruel. Até a noite, então, Belle.

Dunford abriu um largo sorriso, se levantou, fez uma mesura elegante e saiu. Belle ficou sentada no sofá por alguns minutos depois da partida do amigo, perguntando-se por que não conseguira se apaixonar por ele em vez de por John. Tudo seria tão mais simples... Quer dizer, talvez não tão simples assim, já que Dunford não estava nem um pouco apaixonado por ela – ele também sentia apenas um afeto de amigo.

Belle se levantou e subiu a escada enquanto se perguntava se estava agindo da melhor maneira. Ela sofreria demais caso o plano falhasse, mas sabia que não conseguiria viver consigo mesma se ao menos não tentasse conquistar uma vida com John. Teria apenas que esperar algumas semanas.

CAPÍTULO 10

No fim, Belle não teve que esperar duas semanas para colocar o plano de Dunford em ação. Exatamente uma semana depois de ela e Emma chegarem a Londres, Alex entrou na casa pisando firme, com uma dama de meia-idade e corpo arredondado em seus calcanhares.

Por acaso, Belle estava atravessando o saguão quando ele chegou.

– Céus! – sussurrou ela, observando a comoção com uma expressão divertida.

– Onde está a minha esposa? – quis saber Alex.

– No andar de cima, imagino – respondeu Belle.

– Emma! – chamou ele, bem alto. – Emma, desça aqui.

Em poucos segundos, Emma apareceu no topo da escada.

– Alex? – disse ela, sem acreditar. – O que você está fazendo aqui, pelo amor de Deus? E quem é a sua, hum, convidada?

– Sua semana aqui terminou – declarou ele sem rodeios. – Vim levá-la para casa.

– Mas...

– E esta – interrompeu Alex com determinação, indicando a dama ao seu lado – é minha tia-avó Persephone, que gentilmente concordou em ser acompanhante de Belle.

Belle observou a aparência desalinhada e a expressão aflita de Persephone e se perguntou se a dama tivera escolha. Depois de desviar o olhar para um Alex muito determinado, concluiu que Persephone muito provavelmente não tivera saída.

– Persephone? – repetiu Emma, baixinho.

– Meus pais tinham grande interesse em mitologia – contou a dama com um sorriso.

– Está vendo? – disse Alex. – Os pais dela gostavam de mitologia. Isso explica tudo.

– Explica? – questionou Belle.

Alex lhe lançou um olhar tão contundente que ela se calou.

– Emma – voltou a falar Alex de forma gentil enquanto subia a escada devagar. – Está na hora de voltar para casa.

– Eu sei, também sinto saudade de você, mas eu só ficaria mais uma semana e não posso acreditar que tenha feito sua tia atravessar metade do país até aqui.

Persephone sorriu.

– Atravessar o país inteiro, na verdade. Sou de Yorkshire.

Belle engoliu uma risada e chegou à conclusão de que ela e Persephone se dariam muito bem.

– Arrume suas malas, Emma.

Belle e Persephone observaram o casal com um interesse indisfarçado, até os dois caírem nos braços um do outro e os lábios de Alex capturarem os de Emma em um beijo ardente. Naquele ponto, Persephone se virou de costas. Belle continuou a olhar para o casal com curiosidade, mas teve a cortesia de enrubescer.

Entretanto eles continuaram a se beijar, e se beijar, até a situação se tornar realmente constrangedora para Belle, Persephone e todos os seis criados que estavam no saguão. Em uma tentativa de tirar o melhor daquela situação tão estranha, Belle abriu um amplo sorriso para Persephone e disse:

– Como vai? Sou lady Arabella Blydon, mas imagino que já saiba disso.

A mulher mais velha assentiu.

– Sou a Srta. Persephone Scott.

– É um prazer conhecê-la, Srta. Scott.

– Ah, por favor, pode me chamar de Persephone.

– E pode me chamar de Belle.

– Ótimo, ótimo. Acho que vamos nos dar muito bem.

Persephone lançou um olhar rígido por cima do ombro e pigarreou.

– Eles ainda estão agarrados? – perguntou em um sussurro.

Belle levantou os olhos e assentiu.

– É só por uma semana, sabe?

– Eles vão ficar fazendo isso por uma *semana*?

– Não – falou Belle, rindo. – Estou dizendo que meus pais devem voltar em uma semana. Então a senhorita estará livre para fazer o que quiser.

– É o que eu espero. Alex me pagou o valor do resgate de um rei para eu vir para cá.

– É mesmo?

– Sim. É claro que eu teria vindo mesmo se ele tivesse pago apenas as minhas despesas de viagem. Não venho a Londres com frequência. É uma aventura e tanto. Mas, antes que eu pudesse dizer qualquer coisa, ele se adiantou e ofereceu uma enorme soma em dinheiro. Aceitei na mesma hora.

– Quem não aceitaria?

– Pois é.

Persephone fez alguns gestos constrangidos com a cabeça.

– Ainda se beijando – relatou Belle, interpretando corretamente o sinal da mulher mais velha.

– O comportamento deles não é exatamente, hum, recatado. Ainda mais com uma jovem dama solteira por perto. Nunca fui acompanhante antes. Como soei?

– Nem de longe severa o suficiente.

– Não?

– Não, mas prefiro assim. E não se preocupe com eles – disse Belle e meneou a cabeça em direção ao casal apaixonado no patamar do segundo andar. – Eles costumam ser bem mais discretos. Acho que só estavam com saudades. Ficaram separados por uma semana, sabe?

– Bem, imagino que teremos que desculpá-los. Eles com certeza se amam.

– Sim, é verdade – concordou Belle bem baixinho.

Naquele momento ela teve certeza de estar fazendo a coisa certa em relação a John, porque queria alguém em sua vida que a amasse e a desejasse a ponto de beijá-la por cinco minutos sem parar, na frente de oito testemunhas. E era de se esperar, é claro, que o homem em questão fosse alguém que ela também quisesse beijar desesperadamente sem se importar com quem estivesse olhando.

Belle suspirou. Teria que ser John. No entanto, de repente ela se deu conta de que ainda não contara a Emma sobre o plano.

– Ah, Deus! – falou.

Precisava encontrar um modo de ficar sozinha com a prima antes que Alex a arrastasse de volta a Westonbirt – e, naquele ritmo, eles passariam todo o caminho de volta com os lábios colados.

– Algum problema? – perguntou Persephone.

– Ah, Deus.

Belle subiu correndo a escada e arrancou a mão de Emma dos cabelos de Alex.

– Me perdoe, Alex, isso está parecendo muito agradável, mas preciso falar com Emma. É muito importante.

Ela deu um puxão vigoroso na mão da prima. Alex havia entrado em uma espécie de atordoamento induzido pela paixão, e provavelmente foi aquela fraqueza que permitiu que Belle arrancasse Emma de seus braços. Em segundos, as duas mulheres estavam fechadas no quarto de Emma. Belle trancou a porta depressa.

– Preciso que você faça uma coisa por mim – disse ela.

Emma ficou apenas olhando para a prima, sem entender, ainda zonza pelo beijo apaixonado do marido.

Belle estalou os dedos algumas vezes na frente do rosto da prima.

– Olá! Acorde! Você não está mais sendo beijada.

– O quê? Ah, desculpe. De que você precisa?

Belle explicou rapidamente o plano. Emma não tinha certeza se funcionaria, mas disse que faria o papel que lhe cabia.

– Só uma coisa – acrescentou Emma. – Ele vai acreditar que você o esqueceu tão rápido?

– Não sei, mas, se John vier para Londres, logo saberá que não estou sentada aqui, triste e abandonada. Dunford garantiu que eu fosse apresentada a vários solteiros interessantes. Três condes e um marquês na semana passada, eu acho. É surpreendente que tantas pessoas fiquem em Londres fora da temporada de eventos sociais.

– Espero que saiba o que está fazendo.

– Não tenho ideia do que estou fazendo – confessou Belle com um suspiro. – Mas não sei mais o que fazer.

John se atirou na reforma da mansão Bletchford, supervisionando os serviços e até ajudando em alguns. O trabalho físico era estranhamente tranquilizador – durante algum tempo, ele conseguiu até manter os pensamentos longe de Belle.

Trabalhar na casa e nas terras ao redor o mantinha ocupado durante o dia, e ele tentava devotar as noites aos assuntos financeiros, ansioso por recompor os fundos que usara para comprar a mansão Bletchford. No entanto, quanto mais a noite avançava, mais a mente dele se desviava para a jovem loira que naquele momento vivia a três horas de distância, em Londres. Ela com certeza não perdera tempo em se afastar o máximo possível dele.

John não conseguia evitar reviver todos os momentos que passara na companhia dela, e cada cena que relembrava era como uma pequena adaga cravada em seu coração. Ele acordava quase toda noite excitado, com o membro rígido, e sabia que havia sonhado com ela. Chegou a pensar em ir até o vilarejo mais próximo para encontrar uma mulher que pudesse aliviar seu desejo, mas desistiu da ideia ao se dar conta de que nenhuma mulher seria capaz de fazer com que ele se sentisse melhor. Nenhuma mulher além de Belle.

Ele ficou surpreso quando Buxton anunciou a chegada da duquesa de Ashbourne. *Você não vai perguntar a ela sobre Belle*, disse John a si mesmo enquanto se dirigia ao salão azul para cumprimentá-la.

– Olá, Vossa Graça – cumprimentou ele com educação.

Emma parecia de bom humor e seus cabelos estavam particularmente brilhantes.

– Pensei ter lhe dito para me chamar de Emma – repreendeu ela.

– Desculpe. Força do hábito, acho.

– Como vai?

– Bem. Como está Belle?

Se John pudesse ter se chutado sem que a duquesa percebesse, teria feito isso. E com força.

Emma abriu um sorriso travesso ao se dar conta de que o plano de Belle seria um sucesso retumbante.

– Ela está muito bem, na verdade.

– Que bom. Fico feliz por ela.

E era verdade, supôs John, embora tivesse sido bom se Emma houvesse dito que Belle sentia falta dele, mesmo que só um pouco.

– Na verdade, ela está pensando em se casar.

– *O quê?*

Emma se pegou desejando ter algum modo de registrar a expressão de John, porque era impagável.

– Eu disse que ela está pensando em se casar.

– Eu ouvi – retrucou John, irritado.

Emma sorriu de novo.

– E quem é o sortudo?

– Na verdade, Belle não me contou. Disse apenas que é alguém que conheceu em Londres na semana passada. Um conde, eu acho, ou talvez um marquês. Ela tem ido a um bom número de festas.

– Claro.

John nem sequer se esforçou para disfarçar o sarcasmo.

– Minha prima parece estar se divertindo – prosseguiu Emma.

– Ela com certeza não perdeu tempo em encontrar um homem.

– Ora, sabe como é...

– Sei como é o quê?

– Ah, amor à primeira vista, essas coisas.

– Sim – disse John, sombrio.

– Na verdade... – falou Emma, inclinando-se para a frente.

– O quê?

Sou brilhante, pensou Emma. *Simplesmente brilhante.*

– Na verdade – repetiu ela –, Belle disse que ele lembra um pouco o senhor.

Fúria, ciúme, ultraje e uma centena de outras emoções desagradáveis se abateram sobre John em proporções nada saudáveis.

– Que bom para ela – falou ele, gélido.

– Eu sabia que ficaria satisfeito – comentou Emma de forma alegre. – Afinal, vocês eram bons amigos.

– Sim, éramos.

– Vou me certificar de que receba um convite para o casamento. Tenho certeza de que vai significar muito para Belle que esteja presente.

– Estarei ocupado na ocasião.

– Mas nem sabe quando será o casamento. Belle ainda não marcou a data.

– Estarei ocupado – repetiu John.

– Entendo.

– Sim, estou certo disso.

John se perguntou se a esposa de Alex estaria sendo incomumente cruel ou apenas muito ingênua.

– Foi muito gentil de sua parte passar por aqui com notícias de Belle, mas tenho negócios para cuidar agora. Sinto muito.

– Ora, é claro – disse Emma, e se levantou com um sorriso luminoso. – Transmitirei a Belle os seus melhores votos.

Como John não fez nenhum comentário, ela o encarou com uma expressão inocente e perguntou:

– Deseja o melhor para ela, não é?

John apenas grunhiu.

Emma recuou um passo e abafou uma risada.

– Direi a ela que mandou lembranças, então. E, por favor, vá nos visitar assim que puder. Tenho certeza de que Alex adoraria vê-lo.

Enquanto descia os degraus da mansão Bletchford em direção à carruagem que a aguardava, ocorreu a Emma que era melhor mandar um bilhete para Belle avisando que John chegaria a Londres muito, muito em breve.

Ele ficou parado na frente da residência, vendo Emma desaparecer pelo caminho que levava à estrada principal. Assim que ela sumiu de vista, John praguejou com vontade, chutou a lateral da casa para externar seus sentimentos e voltou para o escritório, onde se serviu de uma generosa dose de uísque.

– Maldita mulher volúvel! – resmungou e tomou um longo gole da bebida.

O uísque desceu queimando por sua garganta, mas ele mal sentiu.

– Casar? – disse John em voz alta. – Casar? Rá! Tomara que seja muito infeliz.

Ele bebeu o resto do uísque e se serviu de mais uma dose. Infelizmente, a bebida não embotou a dor que apertava seu coração. Quando dissera a Belle que ela ficaria melhor sem ele, nunca sonhara que seria tão difícil pensar nela nos braços de outro. Ah, imaginara que ela se casaria algum dia, mas a imagem era desfocada e enevoada. Agora ele não conseguia tirar da cabeça a imagem de Belle e aquele conde, ou o que quer que fosse, sem rosto. Ele não parava de ver aquele sorriso travesso dela indo na direção do homem e se tornando um beijo. Então, depois que estivessem casados, ah, Deus, que terrível... John conseguia ver Belle nua sob a luz das velas, esticando os braços para receber aquele estranho. Então o marido cobriria o corpo dela com o dele e...

John virou o segundo copo de uísque. Pelo menos ele não sabia como era o tal homem. Certamente não precisava imaginar a cena em detalhes ainda mais vívidos.

– Maldição, maldição, maldição, maldição, maldição! – murmurou John.

Pontuou cada "maldição" com um chute na lateral da escrivaninha. O móvel, que era feito de carvalho sólido, venceu a batalha sem dificuldade, e o pé de John sem dúvida estaria machucado no dia seguinte.

Seria daquele jeito pelo resto da vida? Tinha ido ao vilarejo alguns dias antes e todas as mulheres lhe lembraram Belle. Ele esbarrara em uma que tinha os olhos quase tão azuis quanto os dela. Outra era quase da mesma altura. Seu coração daria um salto toda vez que ele visse uma mulher loira no meio da multidão?

John afundou no chão e apoiou o corpo na lateral da escrivaninha.

– Sou um idiota – disse em um gemido. – Um idiota.

E aquela ladainha ficou se repetindo em sua mente até ele por fim adormecer.

Ele estava atravessando uma casa. Era exuberante, opulenta. Intrigado, John continuou a andar.

O que era aquele estranho baque surdo?

Vinha de um cômodo no final do corredor. Ele se aproximou mais, apavorado com o que poderia encontrar lá.

Mais perto. Mais perto. No fim, o som não era um baque surdo. John sentiu o medo começar a se esvair. Era... uma dança. Alguém dançava. Ele conseguia ouvir a música agora.

John abriu a porta. Era um salão de baile. Centenas de casais rodopiavam com leveza em uma valsa. E no centro...

Seu coração parou. Era Belle.

Estava tão linda! Ela jogou a cabeça para trás e riu. Ele já a vira tão feliz?

John se aproximou mais. Tentou ver melhor o parceiro de dança dela, mas as feições do homem eram sempre um borrão.

Um por um, os outros casais saíram de vista até restarem apenas três pessoas no salão: John, Belle e Ele.

Precisava ir embora. Não conseguiria suportar ver Belle com seu escolhido. Tentou se mexer, mas era como se seus pés estivessem grudados no chão. Tentou desviar os olhos, mas seu pescoço se recusava a mover-se.

A música ficou mais acelerada. O casal de dançarinos rodopiou sem controle até... até não estarem mais dançando.

John estreitou os olhos para ver melhor. O que estava acontecendo?

O casal discutia. Belle parecia explicar algo ao homem. Então ele bateu nela. As costas da mão do homem acertaram o rosto dela e os anéis deixaram marcas na pele clara.

John gritou o nome dela, mas o casal pareceu não ouvi-lo. Ele tentou ir até ela, mas os mesmos pés que se recusavam a deixá-lo sair do salão também não estavam dispostos a levá-lo na direção oposta.

O homem bateu de novo em Belle e ela caiu no chão, erguendo os braços para proteger a cabeça. John estendeu a mão na direção dela, mas seus braços não eram longos o bastante. Ele chamou o nome dela, várias vezes, até que, felizmente, a imagem do casal se apagou.

No dia seguinte, John acordou sentindo menos autopiedade, embora estivesse com uma dor de cabeça digna de pena. Ele não se lembrava muito bem do sonho daquela noite, mas o deixara convicto de que não ficaria sentado ali vendo Belle desperdiçar a vida nas mãos de um conde imoral qualquer.

O fato de ele nem sequer saber se o possível noivo era um conde ou mesmo imoral não foi levado em consideração. E se o homem batesse em Belle? E se ele a proibisse de ler? John sabia que ele mesmo não era bom o bastante para ela, mas já não estava certo se outro homem seria. Ele ao menos tentaria fazê-la feliz. Daria a Belle tudo o que tivesse, cada pedaço da sua alma que ainda estivesse intacto.

Belle devia ficar com alguém que fosse capaz de apreciar sua espirituosidade e sua inteligência tanto quanto sua graça e sua beleza. Ele podia até vê-la tendo que ler escondida, pelas costas do marido aristocrático condenador. O homem provavelmente não a consultaria sobre nenhuma decisão importante, pois com certeza acharia que uma mulher não seria inteligente o bastante para dar alguma opinião que pudesse ser levada em conta.

Não, Belle precisava dele. Precisava salvá-la daquele casamento desastroso. Então, supôs John, ele mesmo se casaria com ela.

John tinha consciência de que estava prestes a levar a cabo uma das maiores reviravoltas da história, mas só podia torcer para que Belle compreendesse que ele se dera conta de que ela estivera certa o tempo todo. As pessoas cometiam erros, não? Afinal, ele não era um herói infalível dos livros.

– Não, Persephone, acho que você deve ficar longe do lilás.

Belle e sua acompanhante haviam saído para fazer compras. Persephone estava ansiosa para gastar parte do dinheiro que recebera de Alex.

– Mas sempre gostei de lilás. É uma das minhas cores favoritas.

– Ora, então vamos encontrar um vestido com detalhes em lilás, mas lamento dizer que essa cor não combina tanto com você como outras.

– O que você sugere?

Belle sorriu para a mulher mais velha enquanto ela mexia em um veludo verde-escuro que logo ergueu até a altura do queixo.

Estava apreciando o tempo com a tia solteirona de Alex, embora às vezes parecesse que o papel das duas se invertia. Persephone perguntava a opinião de Belle sobre tudo, de comida a moda e literatura. Ela explicara que raramente saía de Yorkshire e não tinha ideia do que fazer em Londres. Por outro lado, Persephone tinha um raciocínio rápido e um senso de humor sutil que divertiam muito Belle.

Contudo não fora a companhia de Persephone que estampara um sorriso no rosto de Belle naquela tarde. Ela acabara de receber uma mensagem urgente de Emma avisando-a que estivesse pronta para a chegada de John a qualquer momento. Ao que parecia, ele não aceitara muito bem a notícia do casamento iminente.

Ótimo, pensara Belle com uma boa dose de presunção. Ela estremecera ao imaginar como teria reagido caso alguém lhe desse uma notícia semelhante em relação a John. Provavelmente iria querer arrancar os olhos da mulher em questão. E não se considerava uma pessoa violenta.

– Acha mesmo que o verde me cai bem? – perguntou Persephone, olhando para o tecido com o cenho franzido.

Belle acordou de seu devaneio.

– Como? Ah, sim. A senhora tem belos pontinhos verdes nos olhos. Acho que esse tecido vai realçá-los.

– É mesmo?

Persephone ergueu o corte de veludo e se olhou no espelho, inclinando a cabeça de uma forma extremamente feminina.

– Ah, com certeza. E se gosta tanto de lilás, talvez prefira este tom de violeta bem fechado. Acho que ficará encantador.

– Hum, talvez você esteja certa. De fato adoro violetas. Sempre usei um perfume com aroma de violetas.

Como já conseguira prender o interesse de Persephone nos vestidos, Belle foi até madame Lambert, a proprietária não inteiramente francesa da loja.

– Ah, lady Arabella – disse a mulher, entusiasmada. – É *tan* bom vê-la de novo. *Non* a vemos há muitos meses.

– Passei uma temporada no campo – contou Belle, simpática. – Mas posso lhe fazer um pedido incomum?

Os olhos azuis de madame Lambert brilharam de empolgação, sem dúvida diante da perspectiva de que o pedido de Belle pudesse de algum modo lhe render uma boa quantidade de dinheiro.

– Sim?

– Preciso de um vestido. Um vestido especial. Na verdade, preciso de dois vestidos especiais. Ou talvez três.

Belle franziu o cenho enquanto avaliava a compra que pretendia fazer. Precisava estar deslumbrante quando John chegasse a Londres. Infelizmente, ela não tinha ideia de quando ele chegaria, ou mesmo – não queria pensar naquela hipótese – *se* chegaria.

– Isso *non serrá* problema, milady.

– Preciso de um vestido diferente dos modelos que costumo comprar. Algo mais... atraente.

– Entendo, milady – garantiu madame Lambert com um sorrisinho malicioso. – A senhorita talvez *desseje* atrair um cavalheiro em particular. Eu a deixarei deslumbrante. Diga-me, *parra* quando precisa desses vestidos?

– Que tal esta noite? – sugeriu Belle, numa resposta que foi mais uma pergunta.

– Deus do céu! – disse madame Lambert em uma voz aguda, esquecendo-se completamente do sotaque. – Sou boa, mas não consigo fazer milagres!

– Pode falar baixo? – sussurrou Belle em um tom urgente enquanto olhava ao redor, nervosa.

Ela gostava de Persephone, mas não achava prudente que a acompanhante soubesse que sua pupila planejava seduzir alguém.

– Só preciso de um deles para esta noite. Os outros podem esperar. Ao menos até amanhã. Não deve ser tão difícil. A madame já tem as minhas medidas. Eu lhe garanto que não engordei desde a última vez que estive aqui.

– Está *fassendo* um pedido difícil, milady.

– Se eu não estivesse convencida de que a madame seria capaz de me atender, não teria pedido. Afinal, eu poderia ter procurado madame Laroche.

Belle sorriu e deixou as palavras pairarem no ar.

Madame Lambert suspirou de modo dramático.

– Tenho um vestido. Era para outra dama. Bem, *non* exatamente uma dama.

Belle pareceu horrorizada, então a modista se apressou a acrescentar:

– Contudo essa mulher tem um gosto finíssimo, posso lhe *assegurrar*. Ela,

133

bem, perdeu sua fonte de rendimentos e *non* pode pagar pelo vestido. Com algumas pequenas *alterrações*, vai lhe servir muito bem.

Belle assentiu e avisou a Persephone que iria até os fundos do ateliê por um momento. Ela seguiu madame Lambert, que fechou a porta.

– Se a *senhorrita* quer atrair um homem sem *parrecer* vulgar – disse a modista –, *enton* é disso que precisa.

Com um floreio, ela pegou um vestido de veludo azul-escuro que era impressionante em sua simplicidade. Sem nenhum adorno, ele permitia que o corte elegante realçasse seu estilo.

Belle passou os dedos pelo veludo macio, admirando o modo como o corpete era bordado com linha prateada.

– Encantador – comentou. – Mas não é muito diferente dos que já tenho.

– De frente, ele é como os outros, mas de costas...

Madame Lambert virou o vestido e Belle viu que a maior parte das costas ficava à mostra.

– A senhorita vai precisar prender os cabelos para o alto – continuou madame. – *Parra* não estragar o efeito.

Belle afastou os olhos do vestido com relutância e fitou a modista.

– Vou ficar com ele.

John conseguiu chegar bem rápido a Londres, levando-se em consideração que não dera a Wheatley muito tempo para preparar tudo. O eficiente valete arrumara as malas com uma rapidez impressionante. John torcia para que não demorasse a cair de novo nas boas graças de Belle, pois duvidava que tivesse roupas elegantes para mais de duas semanas. Ele sempre fizera questão de ter roupas de qualidade, mas, como eram caras, nunca chegou ao ponto de tê-las em quantidade.

John respirou fundo enquanto subia os degraus da casa do irmão mais velho, em Londres. Não via Damien fazia anos, embora tivesse recebido um breve bilhete parabenizando-o pelo título de nobreza. Damien provavelmente não ficaria muito animado ao vê-lo, mas não poderia dar as costas ao próprio irmão, poderia? Além do mais, John não tinha opção. Ele com certeza não teria tempo para encontrar uma residência adequada que pudesse alugar. Pelo que sabia, àquela altura Belle já poderia estar noiva.

Ele respirou fundo, levantou a aldrava pesada de metal e a deixou cair contra a porta. Um mordomo apareceu quase no mesmo instante.

– Poderia falar com o conde? – pediu John.

– A quem devo anunciar?

John lhe entregou um cartão de visita. O mordomo reparou no sobrenome e ergueu uma sobrancelha.

– Sou irmão dele – disse John apenas.

O mordomo levou John a uma espaçosa sala de visitas ao lado do saguão principal. Poucos minutos depois, Damien entrou na sala, com evidente surpresa no rosto. Como sempre, John ficou espantado com a semelhança entre eles. Damien era uma versão mais velha e ligeiramente mais robusta de John e não aparentava os 39 anos que tinha. Ele sempre fora portador de uma beleza mais clássica, enquanto o rosto de John era um pouco fino e anguloso demais para se encaixar nos padrões de elegância da aristocracia.

– Há séculos não o vejo – disse Damien por fim e estendeu a mão. – O que o traz à cidade?

John apertou com firmeza a mão do irmão.

– Tenho um assunto urgente a tratar em Londres e temo não ter tido tempo suficiente para procurar acomodações com antecedência. Estava com esperança de poder contar com sua hospitalidade enquanto resolvo o que preciso.

– É claro.

John sabia que Damien concordaria. Ele duvidava que o irmão estivesse entusiasmado com a ideia, ou mesmo remotamente satisfeito, mas Damien sempre dera muito valor às boas maneiras e ao berço e com certeza não negaria abrigo ao próprio irmão. Desde que, é claro, John não abusasse do privilégio.

– Obrigado – disse John. – Eu lhe garanto que, se chegar à conclusão de que não vou conseguir resolver o que preciso em duas semanas, procurarei outras acomodações.

Damien inclinou a cabeça de modo elegante.

– Trouxe alguém com você?

– Apenas meu valete.

– Excelente. Presumo, então, que trouxe roupas para noite.

– Sim.

– Ótimo. Fui convidado para uma pequena festa esta noite, e a anfitriã me mandou um bilhete há uma hora pedindo que eu levasse um homem a mais. Parece que alguém ficou doente e agora há mais mulheres do que homens entre os convidados.

A ideia de comparecer a um evento social não atraía John nem um pouco, mas ele concordou, porque talvez conseguisse descobrir com quem Belle pensava em se casar.

– Excelente – retrucou Damien. – Mandarei um bilhete em resposta a lady Forthright imediatamente. Ah, e você talvez tenha a oportunidade de conhecer a mulher que estou pensando em cortejar. Como você sabe, já está mais do que na hora de eu arranjar uma esposa. Preciso de um herdeiro.

– É claro – murmurou John.

– Acho que ela é uma excelente escolha, embora ainda precise avaliá-la melhor. Vem de uma boa família e é adorável. Inteligente, mas não de um jeito forçado.

– Parece ser um modelo de perfeição.

Damien se virou para John de repente.

– Talvez você a conheça. Recentemente, ela passou cerca de um mês visitando parentes perto da sua nova casa. Como se chama mesmo a sua propriedade? Não consigo lembrar.

Uma sensação terrível e nauseante se formou no estômago de John e se espalhou por todas as suas extremidades.

– Chama-se mansão Bletchford – disse em um tom frio.

– Que nome terrível! Você precisa mudá-lo.

– É o que pretendo fazer. Você estava falando...

– Ah, sim. O nome dela é lady Arabella Blydon.

CAPÍTULO 11

Aquilo atingiu John como um soco. O ar ficou sufocante e o rosto de Damien ganhou uma expressão injustamente sinistra.

– Conheço lady Arabella – conseguiu dizer por fim.

Ele experimentou um prazer amargo no fato de sua voz ter soado quase normal.

– Que bom! – falou Damien de modo indulgente. – Ela vai estar na festa.

– Será um prazer revê-la.

– Ótimo. Vou deixar que se acomode. Lightbody o levará ao seu quarto. Passarei por lá mais tarde para informá-lo dos detalhes da noite.

Damien deu um sorriso agradável e deixou a sala.

Rápido e silencioso, o eficiente mordomo se aproximou para informar a John que seus pertences haviam sido levados para um quarto de hóspedes no andar de cima.

Ainda zonzo, John seguiu o homem até o aposento que ocuparia. Assim que se viu sozinho, ele se deitou na cama e ficou olhando para o teto, permitindo que a fúria o dominasse.

O irmão dele? *O irmão dele?* Nunca teria sido capaz de imaginar que Belle tivesse aquele traço maldoso de caráter. John fez um esforço para tirá-la da cabeça – estava ficando aborrecido demais, e ela não valia tanta perturbação.

Contudo, não teve sucesso. Toda vez que conseguia desviar a mente para comida, cavalos ou qualquer outra coisa neutra, cabelos loiros e um sorriso cintilante já tão conhecidos se intrometiam em seus pensamentos. Então o sorriso se transformava em uma expressão de escárnio enquanto John a observava sair dançando, animada, com o irmão dele.

Maldita mulher!

Quando chegou a hora de se arrumar para a festa, John teve um cuidado excepcional com a aparência. Optou por um traje de noite de um preto intenso, suavizado apenas pelo branco engomado da camisa e da gravata. John e o irmão conversaram educadamente na carruagem, mas John estava obcecado demais com a ideia de rever Belle para prestar muita atenção em

Damien. Ele não culpava o irmão por se interessar por ela – conhecia bem os encantos de Belle. Mas estava furioso com ela por buscar uma vingança tão cruel.

Quando chegaram à mansão Forthright, John entregou o sobretudo ao mordomo e, na mesma hora, examinou o salão em busca de Belle. Ela estava em um canto, conversando de forma animada com um homem alto e belo de olhos e cabelos escuros. Belle com certeza andara ocupada naquelas duas semanas desde o último encontro deles, pensou John com amargura. A atenção de Damien foi imediatamente capturada por um amigo e, como a anfitriã não estava à vista, John conseguiu evitar as apresentações longas e elaboradas. Ele foi até onde estava Belle, esforçando-se para manter a raiva sob controle.

– Boa noite, lady Arabella – disse, quando estava bem atrás dela.

Não conseguia confiar em si mesmo para dizer mais nada.

Belle se virou, tão animada por vê-lo que não reparou na frieza da voz dele.

– John! – falou, ofegante, os olhos brilhando com uma alegria indisfarçada. – Que surpresa.

Ele estava ali. Ele estava ali. Belle se viu inundada por uma onda de alívio e prazer que logo foram substituídos por irritação. Maldição, não usara o vestido azul ousado. Nunca sonhara que ele chegaria tão cedo a Londres.

– É mesmo?

Belle o encarou como uma expressão de dúvida.

– O que quer dizer?

– Talvez possa me apresentar ao seu amigo.

O que John mais queria era falar com ela a sós, mas não viu como ignorar o homem ao seu lado.

– Ah, é claro – disse Belle, atrapalhando-se com as palavras. – Lorde Blackwood, este é meu bom amigo, o Sr. William Dunford.

Dunford sorriu para ela de modo íntimo demais para o gosto de John.

– Não tinha ideia de que sabia o meu primeiro nome, Belle – brincou ele.

– Ah, fique quieto, Dunford. Da próxima vez vou chamá-lo de Edward, só para contrariar.

Uma onda renovada de ciúmes atingiu John diante da familiaridade de Belle e Dunford. Ainda assim, ele estendeu a mão. Dunford retribuiu o gesto, murmurou um cumprimento e pediu licença. No entanto, assim que o outro homem partiu, John permitiu que suas verdadeiras emoções viessem à tona.

Belle arquejou e chegou mesmo a recuar alguns passos diante da fúria absoluta que viu irradiando dos olhos dele.

– John, o que houve?

– Como você foi capaz, Belle? – disse ele, furioso. – Como foi capaz?

Ela o encarou sem entender. Havia esperado ciúmes, não aquela raiva incontida.

– Como eu pude o quê?

– Não banque a inocente. Não combina com você.

– De que está falando? – repetiu Belle, a voz mais tensa agora.

John apenas a encarou com irritação.

Então ela se lembrou da mentira que Emma contara para forçá-lo a vir a Londres. Talvez ele estivesse achando que ela e Dunford...

– Está assim por causa de Dunford? – apressou-se a perguntar. – Porque, se é isso, não tem com que se preocupar. Ele é um amigo muito antigo, mas só isso. Dunford também é o melhor amigo de Alex.

– Não tem nada a ver com ele – sibilou John. – E sim com meu irmão.

– Quem?

– Você me ouviu.

– Seu irmão?

John assentiu.

– Nem conheço seu irmão.

– Se continuar com essas mentiras, Belle, elas vão acabar por derrubá-la. E, acredite em mim, não estarei por perto para segurá-la quando você cair.

Belle respirou fundo.

– Acho melhor continuarmos esta conversa em particular.

Ela manteve a cabeça erguida e saiu do salão em direção a uma das sacadas. Ao chegar lá, parte da confusão que sentia havia se transformado em raiva e, quando se virou para encarar John, seus olhos reluziam de fúria.

– Muito bem, então, lorde Blackwood. Agora que não estamos mais diante de uma audiência, espero que me diga qual foi exatamente o motivo daquela cena.

– Não está em posição de me fazer exigências, milady.

– Eu lhe garanto que não estava ciente dessa limitação ao meu comportamento.

John se sentia ferver de raiva. Tinha vontade de agarrar Belle pelos ombros e sacudi-la. Sacudi-la e sacudi-la e sacudi-la, e depois... Ah, Deus, queria beijá-la. Contudo, como não tinha o hábito de beijar pessoas quando estava com raiva, apenas a encarou e disse:

– Tenho consciência de que meu comportamento em relação a você nem sempre foi impecável, mas voltar as suas atenções para meu irmão é mesquinho e infantil. Para não mencionar que também é repulsivo... ele tem quase o dobro da sua idade.

Belle ainda não sabia muito bem de que ele estava falando, mas não estava com humor para lhe dar explicações, por isso levantou o queixo e respondeu:

– É bastante comum que mulheres da *sociedade* se casem com homens mais velhos. Acredito que as mulheres amadureçam mais rápido, por isso achamos homens da nossa idade ou, às vezes, *até oito ou dez anos mais velhos* – disse ela em um tom expressivo – infantis e entediantes.

– Está me chamando de infantil e entediante?

A voz dele saiu baixa e mortalmente séria.

– Não sei. Será que estou? Agora, se me der licença, esta *conversa* está muito infantil e entediante e tenho modos muito melhores de passar o tempo.

John a segurou com força pelo braço.

– Não lhe dou licença, muito obrigado, e não tenho um modo melhor de passar o tempo. Tenho uma pergunta para você e quero que responda.

Ele fez uma pausa e seu silêncio forçou Belle a levantar os olhos para encará-lo.

– Sempre foi tão cruel?

Belle se desvencilhou da mão dele.

– Eu seria capaz de esbofeteá-lo – disse, furiosa. – Mas tenho medo de que sua pele contamine a minha mão.

– Tenho certeza de que ficará feliz em saber que me magoou. Mas, milady, foi só por um instante. Porque logo percebi que não queria ter nada a ver com uma mulher disposta a se envolver com meu irmão apenas para se vingar de mim.

Belle por fim deixou sua exasperação clara.

– Pela última vez, John, não tenho ideia de quem seja seu irmão.

– Ora, isso é interessante, porque ele sabe muito bem quem você é.

– Muitas pessoas sabem quem eu sou.

John aproximou bem o rosto do dela.

– Ele está pensando em se casar com você.

– O quê?

– Você me ouviu.

Belle o encarou com surpresa enquanto parte da sua raiva se transformava em confusão.

– Ora, acho que vários homens já pensaram em se casar comigo – comentou em um tom pensativo. – Mas isso não significa que todos eles tenham me pedido em casamento. E com certeza também não significa que eu retribuo os sentimentos deles.

Por um momento John quis acreditar nela, mas então se lembrou das palavras de Emma. "Ela está pensando em se casar... Um conde, eu acho... Na verdade, Belle disse que ele lembra um pouco o senhor."

– Não tente se safar dessa, mocinha – alertou ele.

– Mocinha? Mocinha! Que se dane a contaminação, acho que vou, sim, esbofeteá-lo.

Belle ergueu a mão, mas John a conteve com facilidade.

– Você não tem os meus instintos, Belle – falou ele, em uma voz suave. – Jamais conseguiria vencer uma batalha entre nós.

O ar de condescendência dele foi a fagulha que faltava para transformar a raiva de Belle em uma fúria incendiária.

– Deixe-me dizer uma coisa, lorde Blackwood – falou ela, soltando a mão. – Para começar, não sei quem é seu irmão e, em segundo lugar, mesmo que ele tivesse a intenção de se casar comigo, não consigo entender por que isso teria algo a ver com você, já que deixou bem claro que não queria nada comigo. Em terceiro lugar, não vejo motivo para ter que explicar minhas ações logo a você. E em quarto lugar...

– Pode parar em três – disse John em deboche. – Já perdi o interesse.

Belle o encarou com seu melhor olhar de desprezo e ergueu a mão como se fosse tentar esbofeteá-lo de novo. Quando já contava com a atenção dele, pisou com toda a força no seu pé. John nem se encolheu. Ela já esperava por isso – seus sapatos de festa não eram de um material rígido. Ainda assim, se sentiu satisfeita com a pequena vitória.

– Seus instintos já não são tão bons, John – debochou.

– Se quer me infligir algum dano real, use sapatos mais fortes, Belle. E talvez eles a protejam de outra bolha na próxima vez que sair para dar uma caminhada.

Belle engoliu em seco ao se lembrar da gentileza com que John cuidara do pé dela. Era difícil reconhecer aquele homem terno no lorde sardônico e ofensivo que estava parado na frente dela naquele momento. Com um suspiro exagerado de impaciência, Belle encarou John nos olhos e disse:

– Eu gostaria de voltar para a festa. Assim, se puder fazer a gentileza de chegar para o lado...

John não se mexeu.

– Com quem você está pensando em se casar?

Belle gemeu baixinho para si mesma ao ver suas mentiras surgindo para assombrá-la.

– Não é da sua conta – retrucou, irritada.

– Eu perguntei com quem você está pensando em se casar.

– E eu disse que não é da sua conta.

John se inclinou para a frente.

– Não seria, por acaso, com o conde de Westborough?

Belle arregalou os olhos.

– *Ele* é o seu irmão?

Então ela realmente não sabia do parentesco dos dois. Ninguém seria capaz de fingir aquela expressão de incredulidade. Porém John queria ter certeza, por isso perguntou:

– O sobrenome dele não lhe deu uma pista?

– Eu só o conheci na semana passada. Não sei o sobrenome dele. Foi apresentado a mim apenas como conde de Westborough. E, antes que me acuse de outro crime hediondo, deixe-me dizer que só sabia que seu pai era um conde porque Alex me contou. Não tinha ideia do sobrenome.

John não disse nada, ficou só parado ali, julgando-a. Belle achou aquele silêncio inquietante.

– Embora, agora que mencionou isso, ele realmente se parece um pouco com você – ponderou ela. – Talvez um pouco mais bonito, e não manca.

John ignorou o insulto, reconhecendo-o pelo que era: um animal ferido provocando outro.

– Não sabia mesmo que ele é meu irmão?

– Não! Eu juro!

Belle se deu conta de que soava como se estivesse implorando pelo perdão dele, quando não havia feito nada de errado.

– Mas isso não muda em nada meus planos – disse.

– Planos? De se casar com ele?

– Eu o informarei dos meus planos quando achar necessário.

Espero informar a mim mesma dos meus planos quando achar necessário, pensou Belle, desesperada, *porque não tenho a menor ideia do que estou dizendo.*

John a segurou pelos ombros.

– Com quem planeja se casar?

– Não vou lhe dizer.

– Está parecendo uma criança de 3 anos.

– Está me tratando como se eu fosse uma criança de 3 anos.

– Só vou perguntar mais uma vez – avisou John em voz baixa, aproximando o rosto do dela.

– Você não tem o direito de falar assim comigo – sussurrou Belle. – Não depois de...

– Pelo amor de Deus, Belle, não jogue isso na minha cara de novo. Já admiti que a tratei mal. Mas tenho que saber. Você não entende? Tenho que saber!

Os olhos dele pareciam arder de paixão.

– Com quem planeja se casar?

Belle viu o desespero no rosto dele e toda a sua determinação foi por água abaixo.

– Com ninguém! – disse em um rompante. – Com ninguém! Foi uma mentira! Uma mentira para conseguir que você viesse para Londres. Porque sinto a sua falta.

O aperto de John no braço dela afrouxou com a surpresa diante daquelas palavras, e Belle se desvencilhou e lhe deu as costas.

– Agora estou completamente humilhada. Espero que esteja satisfeito.

John encarou as costas dela, boquiaberto, enquanto assimilava o que acabara de ouvir. Ela ainda gostava dele. Saber disso foi um bálsamo para seu coração. Mas não gostara nem um pouco da tortura a que Belle o submetera e tinha toda a intenção de lhe dizer isso.

– Não gosto de ser manipulado – falou John em voz baixa.

Belle se virou, furiosa.

– Você não gosta de ser manipulado? É tudo o que tem a dizer? Não gosta de ser manipulado. Ora, deixe que eu lhe diga uma coisa. Eu não gosto de ser insultada. E achei seu comportamento extremamente insultante.

Ela passou por ele com as costas muito retas, a cabeça erguida, fingindo uma dignidade que não sentia.

John ainda estava tão atônito com a confissão inacreditável de Belle que o movimento dela o pegou de surpresa e ele mal conseguiu roçar a ponta dos dedos dela quando tentou detê-la.

– Belle – chamou com a voz embargada de emoção. – Por favor, não vá.

Belle poderia facilmente ter ido embora do terraço, já que ele segurava só de leve a mão dela. Mas algo na voz rouca de John fez com que ela se virasse e, ao mirar os olhos dele, ficou impressionada com a força do sentimento que viu ali. Belle sentiu a boca ficar seca e se esqueceu de respirar. Ficou imóvel por um tempo indefinido, com o olhar preso no daquele homem que passara a significar tanto para ela.

– John – sussurrou. – Não sei o que você quer.

– Quero você.

As palavras dele pesaram no ar enquanto o coração de Belle implorava à mente que acreditasse nele. O que John queria dizer com "quero você"? Queria apenas tocá-la, beijá-la? Belle já sabia que ele se sentia atraído por ela – John nunca conseguira esconder aquilo, assim como era óbvio que ela sentia o mesmo.

Ou ele a queria em sua vida? Como amiga, como companhia ou até mesmo como esposa? Belle tinha medo de perguntar. John já a magoara demais uma vez e ela não queria que ele voltasse a fazer isso.

John viu a hesitação nos olhos azul-claros e se odiou por tê-la deixado tão desconfiada. Estava na hora de confessar quanto gostava dela, sabia disso. Contudo seus próprios medos o detiveram, e ele disse apenas, em um tom gentil:

– Posso beijá-la?

Belle assentiu devagar e se adiantou enquanto John pegava sua outra mão. Ela sentiu uma timidez profunda dominá-la e baixou os olhos.

– Não desvie os olhos – pediu John em um sussurro enquanto inclinava gentilmente o rosto dela para cima e se aproximava um pouco mais. – Você está tão, tão linda! E é tão boa, gentil, inteligente, divertida e...

– Pare!

O nariz dele já encostava no dela.

– Por quê?

– É demais – respondeu Belle, trêmula.

– Não. Não é. Nunca vai ser demais.

Ele deixou os lábios roçarem com delicadeza os de Belle, que sentiu um tremor de desejo percorrê-la. Eles continuaram daquele jeito por um longo instante, os lábios mal se tocando, até John não conseguir suportar e puxá-la com força para si.

– Ah, Deus, Belle, eu fui tão, tão estúpido! – disse ele com um gemido.

Não a beijou, apenas a manteve nos braços, como se pudesse imprimir o corpo dela ao dele. E a abraçou forte, na esperança de que parte da bondade e da coragem de Belle se impregnasse nele.

– Lamento tanto. Nunca tive a intenção de magoá-la – sussurrou John, emocionado. – É o que jamais desejei fazer.

– Shhh – interrompeu-o Belle, não suportando ouvi-lo torturar-se. – Apenas me beije. Por favor. Sabe, tenho pensado nisso há dias e...

John não precisava de mais encorajamento. O beijo que lhe deu foi tão intenso quanto o primeiro tinha sido gentil. Ele a devorou com voracidade, sorvendo-a enquanto murmurava palavras tolas de amor e desejo. Suas mãos estavam por toda parte, e Belle as queria por toda parte, queria John mais do que imaginara ser capaz, mais do que conseguia compreender. Ela enfiou as mãos nos cabelos cheios dele, encantada com a textura dos fios macios, enquanto os lábios de John desciam até a base do seu pescoço.

– Não consigo acreditar nisso – comentou Belle com um gemido.

– Em quê? – conseguiu perguntar John entre uma mordidinha e outra.

– Nisso. Em tudo. No modo como faz com que eu me sinta. No... Ah!

Belle deixou escapar um gritinho baixo quando a boca dele chegou à pele sensível bem atrás da orelha dela.

– Em que mais não consegue acreditar? – perguntou ele, provocador.

– Em como eu quero que continue a me beijar – respondeu Belle, em uma voz febril. – E ainda há uma festa acontecendo no salão ao lado.

As palavras de Belle tiveram um efeito que ela não previra: mesmo com esforço e praguejando baixinho, John se afastou.

– Quase esqueci – murmurou ele. – Alguém pode nos surpreender a qualquer instante.

Belle sentiu um frio absurdo longe dos braços dele e não conseguiu evitar estender a mão para puxá-lo para si.

– Por favor – pediu em um sussurro. – Senti tanto a sua falta.

Ela era uma tentação e tanto, mas John se manteve firme.

– Não vim de tão longe até Londres para arruinar sua reputação.

– Eu gostaria que tivesse feito isso – murmurou Belle.

– O que disse?

– Nada.

– Teremos que voltar separados para o salão.

Belle sorriu diante da preocupação dele.

– Não se preocupe. Tenho certeza de que Dunford está nos dando cobertura.

John ergueu uma sobrancelha.

– Falei um pouquinho de você para ele – acrescentou ela.

John lhe lançou um olhar que a fez se explicar melhor.

– Só um pouquinho. Não se preocupe, não contei a ele todos os seus segredos.

John afastou a culpa que fervilhou dentro dele. Belle não sabia de seu maior segredo, e ele teria que contá-lo. Mas não naquele instante. Não precisava contar naquele momento.

– Seus cabelos estão desalinhados – preferiu comentar. – Acho que você vai querer arrumá-los um pouco. Voltarei primeiro para a festa. Tenho certeza de que meu irmão está à minha procura.

Belle assentiu e eles voltaram juntos para o saguão escuro. No entanto, antes que seguissem por caminhos diferentes, ela pegou a mão de John.

– O que acontece agora? Preciso saber.

– O que acontece agora? – repetiu ele com um sorriso jovial. – Ora, vou cortejar você. Não é isso que deve acontecer?

Ela respondeu com um sorriso e se afastou rapidamente para se arrumar.

Quando John retornou ao salão, não ficou surpreso ao encontrar a expressão de curiosidade do irmão.

– Onde você estava? – perguntou Damien.

– Só queria tomar um pouco de ar fresco.

Se Damien notara que lady Arabella havia deixado o salão no mesmo momento, não mencionou.

– Por que não me apresenta a alguns dos seus amigos? – sugeriu John.

Damien assentiu. Enquanto ele se ocupava em apresentar John a algumas pessoas, Belle reapareceu e foi direto até Dunford.

– Foi uma saída e tanto – comentou o amigo com um sorriso.

Belle enrubesceu.

– Ninguém percebeu, certo?

Dunford balançou a cabeça.

– Acho que não. Eu estava de olho em você, para o caso de precisar de algum tipo de resgate. No entanto, se eu fosse você, no futuro cuidaria para que minhas escapadas do salão não passassem de cinco minutos.

– Ah, Deus. Quanto tempo eu, bem, nós ficamos lá fora?

– Mais do que você pretendia, tenho certeza. Eu disse que você tinha tido um problema qualquer com o seu vestido. Todas as damas pareceram compreender.

– Você é um tesouro, Dunford – falou Belle, sorrindo.

– Ah, aqui está a senhorita, lady Arabella.

Belle se virou e viu lorde Westborough aproximando-se. John estava ao lado do irmão, com um sorriso malicioso no rosto.

– É um prazer voltar a vê-lo, milorde – murmurou ela educadamente.

– E acredito que já conheça meu irmão – acrescentou Damien. – Lorde Blackwood.

– Sim, é claro. Nós nos conhecemos muito bem.

Belle se encolheu por dentro ao perceber o duplo sentido do que dissera e se recusou a olhar para John, certa de que seria recompensada com um sorriso malicioso. Por sorte, a chegada da anfitriã, lady Forthright, a salvou de uma conversa potencialmente embaraçosa.

– Ah, Westborough – falou a mulher em um tom encantado. – Não o vi chegar. E, lady Arabella, é sempre um prazer.

Belle sorriu e se inclinou em uma cortesia educada.

– E esse deve ser o seu irmão – continuou lady Forthright.

Damien assentiu e os apresentou. Então ele viu outro amigo e pediu licença, deixando John e Belle nas garras da anfitriã nada gentil.

– Lorde Blackwood? Um barão? – perguntou. – Hum. Não estou me lembrando do título.

Belle sentiu uma onda de fúria. Lady Forthright sempre fora uma mulher intrometida que tentava esconder sua falta de autoconfiança insultando os outros.

– É um título relativamente novo, milady – disse John, mantendo-se inexpressivo.

– "Relativamente" significa quanto?

A mulher deu um falso sorriso tímido diante da brincadeirinha, então olhou para Belle, para ver se a jovem também desdenhava daquele recém-
-chegado à nobreza. Belle respondeu com uma expressão sisuda que ficou ainda mais severa quando ela percebeu que o salão ficara um pouco mais

silencioso nos últimos minutos. Santo Deus, ninguém tinha nada melhor para fazer do que ouvir as bobagens que lady Forthright falava? E onde estava Damien? Ele não ia defender o irmão?

– Alguns anos – respondeu John, calmo. – Recebi o título em reconhecimento por serviços militares prestados.

– Entendo.

Lady Forthright ergueu os ombros, exibindo-se para a audiência.

– Ora, tenho certeza de que o senhor foi muito corajoso, mas não consigo aprovar esse modo inconsequente de distribuir títulos. Não faz bem nenhum à aristocracia que isso seja feito de forma tão... podemos dizer... indiscriminada.

– Lorde Blackwood é filho de um conde – ressaltou Belle em voz baixa.

– Ah, não desconheço a linhagem dele – retrucou a anfitriã. – Mas não devemos fazer como aqueles russos, que distribuem títulos para todo mundo. Sabia que todos os filhos de um duque também se tornam duques? Não demora muito e todo o país estará cheio de duques. Será uma anarquia. Guarde as minhas palavras, aquele país vai entrar em colapso. E será por causa de todos aqueles duques.

– É uma suposição interessante – comentou Belle, gélida.

Lady Forthright não pareceu perceber a irritação da jovem.

– Acho todos esses novos títulos um pouco acintosos, não concorda?

Belle ouviu vários arquejos ao redor enquanto todos os que ouviam a conversa esperavam por sua resposta. Damien voltou para o lado dela, e Belle lhe dirigiu um sorriso tenso.

– Sinto muito, lady Forthright – disse ela em tom gentil. – Acho que não estou acompanhando seu raciocínio. Seu marido é o *quinto* visconde Forthright?

– O sexto – corrigiu a mulher, irritada. – E meu pai era o oitavo conde de Windemere.

– Entendo – voltou a falar Belle, pensativa. – Então nenhum deles fez nada para merecer os títulos que carregam além do simples fato de terem nascido, não é mesmo?

– Tenho certeza de que compreendi mal as suas insinuações, lady Arabella. E permita-me lembrá-la de que o condado da sua família remonta a vários séculos.

– Ah, estou bastante ciente desse fato, lady Forthright. E vemos o condado como uma honra para a família. Mas o meu pai é um bom homem apenas porque é um bom homem, não porque possui um título antigo. E quanto a lorde Blackwood, acho o título dele muito mais valioso exatamente porque representa a nobreza do homem que está diante da senhora, não de algum ancestral morto há tempos.

– Belo discurso, lady Arabella, ainda mais vindo de alguém que aproveita todos os privilégios da posição que tem. Porém não é uma fala muito apropriada para uma dama criada na nobreza. A senhorita se tornou uma dessas sabichonas intelectuais.

– Por fim um elogio! Nunca pensei que ouviria isso dos seus lábios. Agora, se me der licença, estou ficando cansada desta festa.

De propósito, Belle deu as costas à anfitriã, consciente do escândalo que seus péssimos modos causariam.

– John, foi um prazer voltar a vê-lo. Espero que apareça para me visitar logo, mas preciso encontrar Dunford e pedir que me acompanhe até minha casa. Boa noite!

Enquanto John ainda estava atordoado com a defesa apaixonada que ela fizera, Belle o honrou com seu sorriso mais radiante e passou ligeira por ele, deixando-o diante de uma lady Forthright furiosa, que apenas bufou para ele e se afastou.

John não conseguiu se conter e começou a rir.

Mais tarde naquela noite, quando os irmãos Blackwood voltavam para casa, Damien levantou o assunto da óbvia amizade entre Belle e John.

– Não havia me dado conta de que você e lady Arabella se conheciam tão bem – comentou Damien com o cenho franzido.

A boca de John se curvou em um sorriso irônico.

– Ela disse que nos conhecíamos bem, não?

– A defesa apaixonada que lady Arabella fez do seu título deixou claro que vocês se conhecem *muito* bem.

– Sim, é verdade.

Damien ficou em silêncio por alguns minutos, mas sua curiosidade acabou vencendo.

– Pretende cortejá-la?

– Já comuniquei isso à dama em questão.

149

– Entendo.

John suspirou. Estava se comportando de forma desagradável com o irmão, e Damien não merecia aquilo.

– Lamento se isso estraga seus planos. Asseguro-lhe que, até chegar aqui, desconhecia que você nutrisse sentimentos em relação a Belle. Se quer saber, foi ela a razão para eu ter vindo a Londres.

Damien pensou por algum tempo sobre o assunto.

– Não diria que tenho *sentimentos* por ela. Apenas achei que seria uma boa esposa.

John o encarou com ceticismo. Perguntava-se se as emoções do irmão em algum momento se aventuravam além da apreciação ou de um desprezo mediano.

– No entanto – continuou Damien –, é óbvio que não combinaríamos. Ela é uma beldade, sem dúvida, mas não posso ter uma esposa que expressa ideias tão radicais em público.

John torceu os lábios.

– Com certeza você também se ressente do meu título.

– É claro que não.

Damien pareceu ofendido com a acusação.

– Você mereceu o título. E o nosso pai era, é claro, um conde. Mas deve admitir que muitos na cidade têm conseguido títulos de nobreza, ou comprando-os ou por casamento. Só Deus sabe o que será de nós.

– Belle gosta de ler – comentou John em um rompante, só para garantir que o interesse do irmão não retornaria. – Ela leu a obra completa de Shakespeare.

Damien balançou a cabeça.

– Não sei o que eu estava pensando. Mulheres intelectuais são um aborrecimento, por mais belas que possam ser. São exigentes demais.

John sorriu.

– Ela não serviria para mim de jeito nenhum – continuou Damien. – Mas você deve tentar se casar com ela, se quiser. Seria uma grande conquista para um homem na sua posição. Embora eu deva alertá-lo de que os pais dela provavelmente não aprovariam o casamento. Acho que lady Arabella conseguiria se casar com um duque se quisesse.

– Imagino que sim – murmurou John. – Se fosse isso que ela quisesse, é claro.

A carruagem parou diante da casa de Damien. Quando eles entraram no saguão principal, Lightbody os cumprimentou e entregou a John um bilhete que disse ter sido deixado expressamente para lorde Blackwood. Curioso, John abriu o papel.

Estou em Londres.

John franziu o cenho ao se lembrar das duas mensagens semelhantes que recebera fazia algumas semanas. Ele pensara que eram dirigidas aos antigos proprietários da mansão Bletchford, mas agora se dava conta de que se enganara.
– É de alguém que você conheça? – perguntou Damien.
– Não sei – respondeu John devagar. – Realmente não sei.

CAPÍTULO 12

John chegou à casa de Belle na manhã seguinte com os braços carregados de flores e chocolates. Ficou impressionado ao se dar conta de como aquilo era fácil – simplesmente permitir que ela lhe iluminasse o coração. John passara a manhã toda sorrindo.

Belle foi incapaz de disfarçar o prazer que brilhava em seus olhos quando desceu a escada para recebê-lo.

– A que devo o prazer da sua companhia? – perguntou com um sorriso animado.

– Eu disse que iria cortejá-la, não disse? – respondeu John, colocando as flores nos braços dela. – Considere-se cortejada.

– Que romântico! – falou Belle, com uma ponta de sarcasmo.

– Espero que goste de chocolate.

Ela conteve um sorriso. Ele estava se esforçando.

– Adoro.

– Excelente! – comemorou John com um sorriso jovial. – Importa-se se eu comer um?

– De forma nenhuma.

Persephone escolheu aquele momento para descer a escada.

– Bom dia, Belle – falou ela. – Não vai me apresentar ao seu convidado?

Belle fez as honras e, enquanto John escolhia um chocolate, Persephone se inclinou e sussurrou:

– Ele é muito bonito.

Belle assentiu.

– E parece bastante viril.

Belle arregalou os olhos.

– Persephone! – sussurrou. – Acho que preciso lhe informar que esse não é o tipo de conversa que uma acompanhante costuma ter com sua pupila.

– Não? Pois acho que deveria ser. Ah, bem, creio que nunca vou entender direito quais são as funções de uma acompanhante. Por favor, não conte a Alex sobre meus defeitos nesse quesito.

– Gosto da senhora do jeito que é – declarou Belle com sinceridade.

– Isso é muito gentil da sua parte, minha querida. Bem, estou de saída. O cocheiro prometeu me levar para um passeio por Londres. Quero garantir que já teremos passado por todas as partes perigosas da cidade antes que escureça.

Levando-se em consideração que ainda não era nem meio-dia, Belle mal podia imaginar a extensão da rota que Persephone seguiria, mas não fez nenhum comentário quando a mulher mais velha saiu às pressas pela porta.

– Ela não é exatamente a acompanhante mais severa – comentou John.

– Não.

– Devemos passar à sala de estar? Estou desesperado para beijá-la e prefiro não fazer isso no saguão de entrada.

Belle enrubesceu e o levou para uma sala próxima.

John fechou a porta com um chute e a puxou para seus braços.

– Sem acompanhante o dia inteiro – murmurou ele. – Já houve homem mais afortunado?

– Já houve *mulher* mais afortunada? – devolveu Belle.

– Acho que não. Venha até o sofá para que eu possa enchê-la de chocolates e flores.

John pegou a mão dela e atravessou a sala.

Belle riu baixinho quando ele a levou para o sofá. Nunca o vira tão jovial, tão despreocupado. Ainda havia um fino véu de tristeza e hesitação em seus olhos, mas não era nada em comparação com o olhar sombrio que ela vira em Oxfordshire.

– A única pessoa que você vai encher de chocolates é a si mesmo. Já comeu três.

John se sentou e a puxou mais para perto.

– Não há motivo para trazer um presente comestível para uma dama se o cavalheiro em questão também não gostar do que trouxe. Tome, coma um. São muito bons.

Ele pegou um chocolate e colocou na frente da boca de Belle.

Ela sorriu, comeu metade do chocolate com uma mordida e lambeu os lábios de forma sedutora enquanto mastigava.

– Que delícia! – murmurou.

– Sim.

John não estava se referindo ao chocolate.

Belle se inclinou para a frente para comer o resto do chocolate e lambeu os dedos dele.

– Havia um pouco de chocolate derretido nos seus dedos – comentou ela com inocência.

– Também há um pouco de chocolate derretido na sua boca.

Ele lambeu o canto da boca de Belle, fazendo com que um arrepio de desejo percorresse o corpo dela. John se aproximou mais e correu a língua pela borda do lábio superior dela.

– Ainda há um pouquinho aqui – murmurou ele. – E aqui.

John passou para o lábio inferior e o capturou entre os dentes.

Belle havia se esquecido completamente de respirar.

– Acho que gosto de ser cortejada – sussurrou ela.

– Nunca foi cortejada antes?

John deu uma mordidinha na orelha dela.

– Não assim.

– Ótimo! – comemorou ele com um sorriso possessivo.

Belle arqueou o pescoço enquanto John deixava os lábios correrem ao longo da pele macia.

– Espero que você também não tenha feito a corte a mais ninguém com esse tipo de atitude, hum, persuasiva.

– Nunca – afirmou ele.

– Ótimo.

O sorriso de Belle foi igualmente possessivo.

– Mas, quer saber – disse ela, arquejando ao sentir a mão dele envolver seu seio –, há mais em fazer a corte do que oferecer flores e chocolates.

– Sim. Também é preciso beijar.

John apertou o seio dela através do vestido, fazendo com que Belle soltasse um gritinho de prazer.

– É claro – concordou ela com um suspiro. – Não me esqueci disso.

– Farei o melhor possível para que você tenha sempre isso em mente.

John estava ocupado tentando descobrir a melhor forma de libertar os seios pequenos e perfeitos dela do confinamento do vestido.

– Isso é ótimo. Mas quero alertá-lo de que não vou deixar que se esqueça que me deve um poema.

– Você é uma mocinha obstinada, não é mesmo?

John por fim decidiu que o melhor curso de ação era puxar o vestido para baixo. Deu graças a Deus por a moda daquele tempo não exigir uma infinidade de botões.

– Não tanto – falou Belle, rindo baixinho. – Mas ainda quero o poema.

John a distraiu temporariamente levando adiante outros planos. Ele sorriu e gemeu com o mais puro prazer masculino ao ver o mamilo rosado dela rígido de desejo. E passou a língua pelos lábios.

– John... você vai...?

Ele assentiu e partiu para a ação.

Belle sentiu as pernas bambas e se deixou cair no sofá, puxando John junto. Ele se dedicou a um dos seios dela por um longo minuto, depois passou para o outro. Belle se viu impotente contra aquele ataque sensual e não conseguiu controlar os gritinhos baixos de desejo que lhe escapavam dos lábios.

– Diga alguma coisa – pediu ela em um gemido, por fim.

– "Devo igualar-te a um dia de verão?" – citou ele. – "Mais afável..."

– Ah, por favor, John – disse Belle, afastando a cabeça dele para poder olhar dentro dos olhos castanhos risonhos. – Se vai plagiar, ao menos tenha o bom senso de escolher alguém menos famoso.

– Se não parar de falar neste instante, Belle, terei que tomar uma atitude drástica.

– Atitude drástica? Isso parece muito interessante.

Ela colou de novo a boca à de John em um beijo intenso.

Naquele momento, eles ouviram uma voz terrivelmente familiar vindo do corredor.

– Que tola sou eu, me esqueci de pegar um par de luvas mais quente – disse Persephone. – Está gelado lá fora.

Belle e John se afastaram às pressas na mesma hora. E, como Belle não estava sendo rápida o bastante em se arrumar, John assumiu o encargo para si, só que subiu o vestido dela quase até o queixo. Enquanto os dois tentavam consertar a aparência desalinhada, ouviram o murmúrio suave de outra voz, provavelmente do criado com quem Persephone falava.

– Que gentileza da sua parte! – disse ela. – Vou esperar na sala de visitas com Belle e o amigo dela enquanto pega as luvas para mim.

Belle havia acabado de se jogar em uma cadeira de frente para o sofá quando a acompanhante entrou.

– Persephone, que surpresa!

A mulher mais velha lançou um olhar astuto para a pupila. Apesar de parecer avoada, ela não era tola.

– Tenho certeza disso.

John se levantou educadamente quando Persephone entrou.

– Aceita um chocolate? – perguntou, oferecendo a caixa a ela.

– Na verdade, aceito.

Belle lembrou o que havia acontecido quando John *lhe* oferecera um chocolate e teve que se esforçar para conter o rubor que ameaçou se espalhar por seu rosto. Por sorte, Persephone não reparou, porque estava ocupada demais escolhendo um chocolate.

– Gosto desses com nozes – comentou ela, pegando um da caixa.

– Está tão frio assim lá fora? – perguntou Belle. – Eu a ouvi dizendo que precisava de luvas mais quentes.

– Ah, com certeza esfriou desde ontem. Embora eu deva dizer que está bem quente aqui dentro.

Belle conteve um sorriso. Quando olhou para John, reparou que ele havia começado a tossir.

– Suas luvas, madame.

– Excelente.

Persephone se levantou e foi até o criado que acabara de entrar na sala.

– Já vou, então.

– Divirta-se – desejou-lhe Belle.

– Ah, farei isso, minha cara. Com certeza.

Persephone saiu e já começava a fechar a porta quando se deteve.

– Na verdade – disse, enrubescendo de leve – acho que vou deixar a porta, hum, aberta, se não se importam. Para que o ar circule melhor, sabem?

– É claro – falou John.

Depois que Persephone se foi, ele se inclinou para a frente e sussurrou:

– Vou fechar a porta assim que ela sair de casa.

– Shhh – repreendeu-o Belle.

No instante em que ouviram a porta da frente ser fechada, John se levantou e fechou a porta da sala de visitas.

– Isso é um absurdo – resmungou. – Tenho quase 30 anos. Tenho coisas melhores a fazer do que ficar me esgueirando pelas costas de uma acompanhante.

– Tem?

– Devo lhe dizer que isso é muito indigno.

Ele voltou para o sofá e se sentou.

– A sua perna está incomodando? – perguntou Belle, preocupada. – Você parece estar mancando um pouco mais do que o normal.

John ficou confuso por um instante com a mudança de assunto e baixou os olhos para a perna.

– Creio que sim. Não havia percebido. Acho que acabei me acostumando com a dor.

Belle foi até o sofá e se sentou.

– Ajudaria se eu a massageasse?

Ela pousou as mãos na perna dele e começou a massagear o músculo logo acima do joelho.

John fechou os olhos e se recostou.

– Isso é uma delícia.

Ele deixou que ela continuasse a massagem por alguns minutos antes de dizer:

– Belle... sobre a noite passada...

– Sim?

Ela continuou a massagem. John abriu os olhos e segurou a mão dela. Belle ficou surpresa diante da expressão séria dele.

– Ninguém jamais... – começou ele, e fechou a boca enquanto buscava as palavras certas. – Ninguém jamais me defendeu daquela forma.

– E quanto à sua família?

– Não os via muito quando ainda morava com eles. Eram todos muito ocupados.

– É mesmo? – falou Belle, a desaprovação evidente na voz.

– Eles sempre deixaram bem claro para mim que eu teria que abrir o meu próprio caminho no mundo.

Belle se levantou, foi até um vaso e se pôs a rearrumar nervosamente as flores.

– Eu jamais diria uma coisa dessas para um filho meu – falou ela, tensa. – Jamais. Acho que um filho deve ser amado, cuidado e...

Ela se virou.

– Não acha?

Ele assentiu solenemente, arrebatado pela paixão, pelo ardor nos olhos dela. Belle era tão... boa. Nenhuma palavra rebuscada poderia descrevê-la melhor.

Ele jamais estaria à altura dela. Sabia disso. Mas poderia amá-la, protegê-la e tentar dar a ela a vida que merecia. John pigarreou.

– Quando seus pais estarão de volta?

Belle inclinou a cabeça, surpresa com a súbita mudança de assunto.

– Eles já deveriam estar a caminho, mas Emma me encaminhou uma carta deles em que dizem que estão se divertindo tanto que vão estender um pouco a viagem. Por que pergunta?

Ele sorriu para ela.

– Poderia massagear a minha perna de novo? Há anos não tenho uma sensação tão boa nela.

– É claro.

Belle voltou a massagear a perna dele. Como John não retomou o assunto, ela o instou a continuar.

– Meus pais...

– Ah, sim. Só quero saber quando posso pedir sua mão em casamento ao seu pai e acabar logo com isso.

Ele deu um sorrisinho atrevido.

– Atacar você em cantos escuros é excitante, mas preferiria muito mais tê-la só para mim e poder fazer o que quero com você na privacidade da minha casa.

– Fazer o que quer comigo? – perguntou Belle, incrédula.

John abriu os olhos e seus lábios voltaram a se curvar em um sorriso malicioso.

– Você sabe o que quero dizer, meu bem.

Ele a puxou para mais perto e afundou o nariz no pescoço dela.

– Só quero passar algum tempo sozinho com você sem medo de que alguém nos surpreenda.

Ele voltou a beijá-la.

– Quero poder terminar o que comecei.

Belle não aceitaria aquilo. Desvencilhou-se dele.

– John Blackwood, isso foi um pedido de casamento?

Ainda recostado no sofá, ele entreabriu os olhos e sorriu.

– Acho que foi. O que me diz?

– "Acho que foi. O que me diz?" – arremedou Belle. – Digo que é o pedido de casamento menos romântico que já recebi.

– Então já recebeu muitos pedidos de casamento?

– Para falar a verdade, já.

Aquilo não era exatamente o que John esperava ouvir.

– Achei que você fosse a pessoa prática da sua família. E que não iria querer palavras melosas de amor e tudo o mais.

Ela deu um tapinha no ombro dele.

– É claro que quero! Toda mulher quer. Ainda mais do homem cujo pedido ela quer aceitar. Portanto, arrume algumas palavras melosas e eu...

– Arrá! Então você aceita!

John sorriu, vitorioso, e a puxou para cima dele.

– Eu disse que quero aceitar. Não disse que já aceitei.

– Um mero detalhe.

Ele começou a beijá-la de novo, mal conseguindo acreditar que logo Belle seria dele de verdade e definitivamente.

– Um detalhe muito importante – falou Belle em um tom aborrecido. – Não posso acreditar que você acabou de me dizer isso. Quer se casar comigo e *acabar logo com isso*? Santo Deus, que coisa horrível!

John percebeu que cometera um erro, mas estava aliviado demais para se desculpar.

– Ora, se meu pedido de casamento não foi elegante, ao menos foi muito sincero.

– É melhor que tenha sido sincero.

Ela o encarou com uma expressão de decepção.

– Aceitarei seu pedido assim que o fizer da forma devida.

John encolheu os ombros e a apertou junto ao corpo.

– Quero beijá-la um pouco mais.

– Não quer me fazer um determinado pedido primeiro?

– Não.

– Não?

– Não.

– Como não?

Belle tentou se desvencilhar, mas ele a manteve firme no lugar.

– Quero beijar você.

– Sei disso, seu tonto. O que estou perguntando é por que você não quer fazer um determinado pedido primeiro.

– Ah, mulheres! – ralhou John, suspirando de modo dramático. – Se não é uma coisa, é outra. Se...

Ela deu um soco no braço dele.

– Belle – disse John em um tom paciente. – Você precisa entender que me propôs um desafio. Não vai aceitar meu pedido até que eu o faça da maneira certa, não é?

Belle assentiu.

– Então ao menos me permita um curto período de tolerância. Essas coisas tomam tempo quando queremos ser criativos.

– Entendo – disse Belle, curvando os lábios em um sorriso.

– Se quer romance... romance de verdade, vai ter que esperar alguns dias.

– Acho que consigo fazer isso.

– Ótimo. Agora pode vir aqui e me beijar de novo?

Foi o que ela fez.

John voltou à casa dela no final da semana. Assim que ficou a sós com Belle, puxou-a para seus braços e disse:

– "Tinha te amado duas ou três vezes,/ Antes de conhecer o teu rosto e nome;/ Igual a uma voz, ou uma chama sem forma..."

– "Os anjos muitas vezes vêm ao nosso encontro e são adorados" – concluiu Belle. – Lamento, mas foi falta de sorte sua que minha governanta fosse louca por John Donne. Sei de cor a maior parte da obra dele.

A expressão de descontentamento de John levou Belle a acrescentar:

– Mas preciso parabenizá-lo por sua declamação apaixonada. Foi muito comovente.

– Está claro que não foi comovente o bastante. Saia do meu caminho, por favor, tenho trabalho a fazer.

Ele saiu às pressas do cômodo, a cabeça baixa.

– E fique longe de Donne! – gritou Belle. – Nunca vai me enganar com poemas dele.

Ela não poderia jurar, mas pensou ter ouvido John resmungar uma palavra nada elegante antes de fechar a porta atrás de si.

Durante uma semana inteira, John não fez nenhuma menção ao iminente pedido de casamento, embora tivesse acompanhado Belle em algumas saídas e a visitado quase todas as manhãs. Ela também não puxou o assunto. Sabia que John negaria, mas ele estava se divertindo com os planos que elaborava, e ela não queria estragar seu prazer. De vez em quando ele lhe lançava um longo olhar de relance, e Belle tinha certeza de que ele estava aprontando algo.

Suas suspeitas se provaram corretas certa manhã quando ele chegou à mansão Blydon com três dúzias de rosas vermelhas perfeitas, que colocou prontamente aos pés dela, bem no meio do grande saguão da casa. Então John se apoiou em um dos joelhos e disse:

– "Bebe por mim com teus olhos,/ Retribuirei com os meus;/ Ou deixa um beijo na taça,/ – vinho melhor, nem nos céus./ A sede que nasce n'alma/ Requer divina ambrosia:/ Mas nem o néctar de Jove,/ Ao pé desse tem valia."

Ele quase conseguiu. Os olhos de Belle ficaram marejados e, quando ele recitou a parte do beijo na taça, ela levou involuntariamente a mão ao coração.

– Ah, John – falou Belle com um suspiro.

Então o desastre se abateu sobre ele.

Persephone desceu a escada.

– John! – falou ela, encantada. – Esse é o meu poema favorito! Como adivinhou?

Ele abaixou a cabeça e cerrou os punhos junto ao corpo. Belle levou a mão do coração à cintura.

– Meu pai costumava recitar esse poema para a minha mãe o tempo todo – continuou Persephone, ruborizada. – Ela sempre desmaiava de felicidade.

– Posso imaginar – murmurou Belle.

Envergonhado, John levantou os olhos para ela.

– E era muito apropriado, vejam só – acrescentou Persephone –, já que o nome dela era Celia, que Deus guarde sua alma.

– Apropriado? – perguntou Belle, os olhos fixos nos de John o tempo todo.

Ele, por sua vez, teve o bom senso de manter a boca fechada.

– O poema se chama "Canção para Celia". É de Ben Jonson – explicou Persephone com um sorriso.

– É mesmo? – indagou Belle com ironia. – John, quem é Celia?

– Ora, a mãe de Persephone, é claro.

Belle teve que admirá-lo por manter o rosto impassível.

– Ora, fico feliz por esse poema ser de Jonson. Odiaria pensar que anda escrevendo poemas para alguma Celia, John.

– Ah, não sei, acho Celia um belo nome.

Belle lhe dirigiu um sorriso falsamente doce.

– Acho que vai descobrir que é muito mais fácil encontrar uma rima para Belle.

– Tenho certeza disso, mas gosto de um desafio. Já Persephone... esse seria um poema digno do meu intelecto.

– Ah, pare com isso – falou Persephone, rindo.

– Persephone... Hum, vamos ver. Gostaria de achar algo elegante. Vamos ver...

Mesmo contra a vontade, Belle se viu envolvida pelo bom humor de John.

– Que tal "apaixone"? – sugeriu.

– As possibilidades são distintas. Preciso começar a trabalhar nisso imediatamente.

– Chega de provocações, meu caro rapaz – sentenciou Persephone e deu o braço a John de modo maternal. – Não tinha ideia de que você era admirador de Ben Jonson. É um dos meus autores favoritos. Também gosta das peças dele? Adoro *Volpone*, embora seja um pouco ferina.

– Venho me sentindo bastante ferino ultimamente.

Persephone levou a mão à boca para esconder uma risadinha.

– Ah, ótimo. Porque vi o anúncio de uma montagem dela e tinha esperança de encontrar alguém que me acompanhasse.

– Eu ficaria encantado, é claro.

– Embora talvez não devêssemos levar Belle. Não sei se é adequada para damas solteiras, e Belle me disse que não sou uma acompanhante rígida o bastante.

– Belle lhe disse *isso*?

– Não com essas palavras, é claro. Duvido que ela queira mudar algo tão bom. Mas tenho uma boa sensibilidade.

– Vocês não vão ao teatro sem mim – avisou Belle.

– Acho que teremos que levá-la – murmurou John com um suspiro exagerado. – Belle pode ser muito teimosa quando quer.

– Ah, fique quieto – retrucou Belle. – E vá trabalhar. Você tem um poema para escrever.

– Acho que tenho mesmo – concordou John.

Ele se despediu de Persephone, que já sumia no fim do corredor.

– "Persephone, não se apaixone" certamente será a minha obra-prima.

– Se não for trabalhar no poema logo, o nome dele vai acabar sendo "Belle arrancou sua pele".

– Estou tremendo de medo.

– Deveria estar mesmo.

John se despediu dela, então deu um passo adiante e esticou o braço, assumindo uma postura dramática.

– Persephone, não se apaixone... Tenho medo que se decepcione – declamou, com um sorriso travesso. – O que acha?

– Acho você maravilhoso.

John se inclinou e deu um beijo no nariz dela.

– Já lhe disse que ri mais nas últimas semanas do que em toda a minha vida?

Sem palavras, Belle apenas balançou a cabeça.

– É verdade. Você provoca isso em mim. Não sei como fez isso, mas a verdade é que levou embora a minha raiva. Anos de mágoa, dor e cinismo me tornaram duro, mas agora consigo sentir o sol de novo.

Antes que Belle pudesse dizer que aquele poema lhe bastava, John a beijou de novo e partiu.

⁓

Algumas noites mais tarde, Belle estava aconchegada na cama, com várias antologias de poemas espalhadas ao seu redor.

– John não vai me fazer de boba outra vez – disse para si mesma. – Estarei pronta para ele.

Belle vinha imaginando a possibilidade de John conseguir enganá-la com um dos poetas mais novos. A governanta só lera com ela os clássicos, e Belle só conhecia "Ela caminha em beleza" porque lorde Byron era muito famoso.

Em uma rápida passada na livraria naquela tarde, ela se abastecera com *Baladas líricas*, de William Wordsworth e Samuel Taylor Coleridge, e *Canções da inocência e da experiência*, de um poeta desconhecido chamado William Blake. O proprietário da livraria lhe garantira que Blake algum dia alcançaria a fama e tentara lhe vender também *O casamento do céu e do inferno*, mas Belle recusara, já que não haveria como John encontrar algo romântico *naquilo*.

Com um sorriso no rosto, Belle abriu *Canções da inocência e da experiência* e começou a folheá-lo, lendo alguns poemas em voz alta.

– "Tigre, Tigre, fogo ativo,/ Nas florestas da noite vivo;/ Que olho imortal tramaria/ Tua temível simetria?"

Ela torceu os lábios e levantou os olhos.

– Esses poemas modernos são muito estranhos.

Balançou a cabeça e voltou a ler.

Tum!

Belle prendeu a respiração. O que era aquilo?

Tum!

Sem dúvida havia alguém do lado de fora da janela. Ela saiu apavorada da cama e engatinhou até a penteadeira, do outro lado do quarto. Depois de uma rápida olhada na direção do barulho, pegou o castiçal de estanho que Emma comprara em Boston e lhe dera de presente de aniversário fazia alguns anos.

Ela permaneceu perto do chão e se arrastou até a janela. Tendo o cuidado de ficar fora do campo de visão do intruso, subiu em uma cadeira posicionada contra a parede ao lado da janela. E esperou ali, tremendo de medo.

O invasor abriu uma fresta e a ergueu aos poucos. Uma mão calçada com uma luva preta surgiu no parapeito.

Belle prendeu a respiração.

Uma segunda mão apareceu ao lado da primeira, então um corpo firme se jogou para dentro do quarto silenciosamente e rolou ao atingir o chão.

Belle ergueu o castiçal e mirou na cabeça do invasor, quando ele subitamente se virou e levantou os olhos para ela.

– Santo Deus, mulher! Está tentando me matar?

– John?

CAPÍTULO 13

– O que está fazendo aqui? – indagou Belle em um arquejo.
– Abaixe essa coisa!

Belle abaixou o castiçal e estendeu a mão para John. Ele a aceitou e ficou de pé.

– O que está fazendo aqui? – repetiu ela, o coração começando a bater de um modo estranho por tê-lo ali, em seu quarto.

– Não é óbvio?

Ora, talvez ele estivesse ali para raptá-la e levá-la para Gretna Green, na Escócia, onde as leis permitiam casamentos mais rápidos. Ou talvez estivesse ali para violá-la. Ou só para dizer boa-noite.

– Não – disse ela devagar. – Não é óbvio.

– Não percebe que na última semana eu a vi quatro vezes com Persephone ao nosso lado, duas vezes com meu irmão por perto, uma vez com seu amigo Dunford e três vezes em eventos sociais onde eu só tinha permissão para conversar com você na presença de mulheres com mais de 60 anos?

Belle conteve um sorriso.

– Passamos algum tempo juntos quando você veio me visitar.

– Não conto isso como estar sozinho com você, já que preciso me preocupar com a possibilidade de a Srta. Não Se Apaixone aparecer a qualquer momento.

A expressão de John era tão petulante que Belle conseguiu imaginá-lo perfeitamente aos 8 anos batendo o pé por causa de alguma terrível injustiça.

– Ah, não! – disse Belle, rindo. – Persephone não é tão má assim.

– Ela é maravilhosa no que diz respeito a acompanhantes, mas isso não elimina o fato de que aparece sempre nas piores horas. Passo metade do tempo com medo de beijar você.

– Não reparei em uma diminuição na frequência das suas tentativas.

John a fitou com uma expressão que deixava bem claro que ele não apreciava muito o humor dela.

– Estou dizendo que estou cansado de ter que dividir você com outras pessoas.

– Ah.

Belle achou que aquela devia ser uma das frases mais doces que já ouvira.

– Acabei de subir em uma árvore, me equilibrar ao longo de um galho nada firme e depois pular por uma janela a uma altura nem um pouco segura. Tudo isso, devo acrescentar, com uma perna ruim – falou John, tirando as luvas e limpando a poeira da roupa. – Só para estar a sós com você.

Belle engoliu em seco enquanto o encarava, emocionada, percebendo apenas por alto que ele acabara de se referir ao problema na perna sem amargura ou desespero.

– Você queria um pedido de casamento romântico – continuou ele. – Acredite em mim, nunca vou conseguir fazer nada mais romântico do que isso.

John tirou do bolso uma rosa vermelha amassada.

– Quer se casar comigo?

Belle se viu dominada pela emoção e teve que piscar várias vezes para afastar as lágrimas dos olhos. Ela abriu a boca para falar, mas não emitiu nenhuma palavra.

John se adiantou e pegou as mãos dela.

– Por favor – pediu.

Aquela única expressão guardava tantas promessas que Belle começou a assentir sem parar.

– Sim, ah, sim!

Ela se jogou nos braços de John e afundou a cabeça no peito dele. John a abraçou com força por um longo tempo, saboreando a sensação do corpo quente de Belle junto ao dele.

– Eu deveria tê-la pedido em casamento há muito tempo – murmurou ele nos cabelos dela. – Quando ainda estava em Westonbirt. Eu me esforcei tanto para afastá-la de mim...

– Mas por quê?

John sentiu um bolo se formar na garganta.

– John, você está bem? Parece que comeu algo que lhe fez mal.

– Não, Belle, eu...

Ele se esforçou para encontrar as palavras. Não a enganaria. Não entraria em um casamento baseado em mentiras.

– Quando eu disse que não era o homem que você achava que eu fosse...

– Eu me lembro – interrompeu Belle. – E ainda não consigo entender o que você quis dizer. Eu...

– Shhh.

John pousou um dedo sobre os lábios dela.

– Há algo do meu passado que preciso lhe contar. Aconteceu durante a guerra.

Sem dizer nada, Belle pegou a mão dele e o levou até a cama. Ela se sentou e indicou a John que fizesse o mesmo, mas ele estava inquieto demais.

John se virou abruptamente, foi até a janela e apoiou os braços no peitoril.

– Uma moça foi violentada – disse ele de repente, aliviado por não conseguir ver a expressão dela. – E a culpa foi minha.

Belle empalideceu.

– O q-que você quer dizer com isso?

John contou tudo em detalhes a ela, terminando com:

– E foi assim que aconteceu. Ao menos é como me lembro. Eu estava bêbado.

Ele deixou escapar uma risada baixa e sem humor.

– John, não foi culpa sua.

As palavras de Belle foram ditas em um tom suave, mas carregado de amor e lealdade.

Ele não se virou para dizer:

– Você não estava lá.

– Eu o conheço. Você não teria deixado que nada daquilo acontecesse se tivesse podido evitar.

John se virou para encará-la.

– Você não me escutou? Eu estava bêbado. Se estivesse sóbrio, teria sido capaz de cumprir a promessa que fiz à mãe de Ana.

– Ele teria encontrado um modo de abordá-la. Você não teria como vigiar a moça todos os minutos do dia.

– Eu poderia... eu...

Ele se interrompeu.

– Não quero falar sobre isso.

Belle se levantou, atravessou o quarto e pousou a mão no ombro dele com gentileza.

– Talvez você deva.

– Não – apressou-se a retrucar John. – Não quero falar sobre isso. Não quero pensar sobre isso. Eu...

Ele se engasgou com as palavras.

– Você ainda vai me querer?

– Como pode me perguntar uma coisa dessas? – retrucou Belle em um sussurro. – Eu am...

Ela se deteve, assustada demais com a possibilidade de alterar o precioso equilíbrio que haviam conquistado caso declarasse seus verdadeiros sentimentos.

– Eu gosto demais de você. Sei que é um homem bom e honrado, mesmo que você não saiba.

John a puxou com força para os braços e se agarrou a ela, cobrindo seu rosto de beijos.

– Ah, Belle, preciso tanto de você! Não sei como sobrevivi sem você.

– Nem eu, sem você.

– Você é um tesouro, Belle. Um enorme presente para mim.

De repente ele a girou e saiu dançando com ela em uma valsa estonteante. Eles rodopiaram e rodopiaram até caírem na cama, rindo, ofegantes.

– Olhe para mim – pediu John em um arquejo. – Não consigo me lembrar da última vez que me permiti ser tão feliz. Eu sorrio o dia todo sem saber por quê. Subi em uma árvore, meu Deus! Invadi seu quarto pela janela. E estou aqui... rindo.

Ele se pôs de pé de um pulo, puxando Belle junto.

– Estamos no meio da noite, e aqui estou eu, com você. Dançando à meia-noite, segurando a perfeição em meus braços.

– Ah, John – disse Belle com um suspiro, incapaz de pensar em qualquer outra palavra para expressar seus sentimentos.

Ele tocou o queixo dela e a puxou para mais perto, e um pouco mais.

Belle prendeu a respiração quando sentiu os lábios dele se colarem aos dela. Era um beijo diferente de qualquer outro que já tivessem trocado. Havia uma ferocidade que não estava ali antes, uma sensação de posse. E Belle teve que admitir que a vontade de possuir o outro era mútua. O modo como ela o beijou, agarrando-se aos músculos sinuosos das costas dele – aquilo tinha o propósito de mostrar a John que ele pertencia a ela e a mais ninguém.

As mãos de John desceram pelas costas dela, espalhando um calor tão intenso que penetrou através do tecido fino da camisola. Ele deixou as mãos descerem até o traseiro dela e o segurou com força, colando Belle tão junto ao corpo que ela pôde sentir a evidência rígida do desejo dele.

– Tem noção de quanto a desejo? – perguntou John, a voz rouca. – Tem?

Belle não conseguiu responder, porque os lábios dele já haviam capturado os dela. Também não conseguiu assentir, porque uma das mãos dele a segurava pela nuca, mantendo sua cabeça imóvel. Ela respondeu da única maneira que pôde – levando as mãos ao traseiro dele e puxando-o ainda mais para junto de si. A reação de John foi um gemido profundo, e Belle ficou exultante com o poder que exercia sobre ele.

John se ajoelhou diante dela e seus lábios começaram a traçar uma trilha ardente através da camisola de Belle, descendo pelo vale dos seios até chegar ao umbigo.

– John? – disse Belle, ofegante. – O que...?

– Shh, deixe tudo por minha conta.

Ele abaixou mais o corpo até suas mãos envolverem os tornozelos dela.

– Tão macios... – murmurou. – Sua pele é como a luz do luar.

– A luz do luar? – repetiu Belle em uma voz estrangulada.

A força das sensações que disparavam por seu corpo mal a deixava falar.

– Delicada e suave, mas com um toque de mistério.

As mãos dele subiram devagar pela panturrilha dela enquanto levantavam a camisola. Quando estava a meio caminho, John virou Belle de costas para dar dois beijos na parte de trás dos joelhos dela. Belle deixou escapar um gritinho de prazer e precisou se apoiar para não cair.

– Você gostou, não foi? Tenho que me lembrar disso no futuro.

Ele deixou as mãos subirem um pouco mais, encantado com a delicadeza da pele das coxas dela. Então, com uma risadinha travessa, enfiou a cabeça por baixo da barra erguida da camisola e beijou o ponto exato onde a perna dela encontrava o quadril.

Belle achou que fosse desmaiar.

A camisola foi levantada ainda mais, acima do quadril dela, e Belle sentiu um vago alívio por ele ter passado direto das coxas dela para a barriga, evitando sua área mais íntima.

John continuou a erguer a camisola e ficou de pé, parando brevemente diante dos seios nus de Belle.

– Eu me lembrei de dizer a você naquele outro dia que eles são perfeitos? – murmurou em voz rouca junto à orelha dela.

Belle balançou a cabeça, sem conseguir dizer nada.

– Redondos e cheios, com dois botões rosados preciosos. Eu poderia chupá-los o dia todo.

– Ah, meu Deus...

Ela sentiu as pernas bambas de novo.

– Ainda não terminei, meu bem.

John segurou a barra da camisola logo abaixo dos seios de Belle e pressionou o tecido contra a pele dela. Quando ele ergueu mais a camisola, Belle sentiu a pressão subindo por seus seios. Espasmos de prazer dispararam por seu corpo quando a barra ficou presa em seus mamilos e se esfregou neles antes de libertá-los. Então, antes que Belle se desse conta do que estava acontecendo, ela se viu completamente nua, a pele muito clara e suave reluzindo sob a luz difusa das velas.

John prendeu a respiração.

– Em toda a minha vida, nunca tive uma visão tão gloriosa – sussurrou em um tom reverente.

Belle enrubesceu de prazer com as palavras dele, então, de repente, pareceu perceber que estava nua.

– Ah, meu Deus – disse com a voz aguda.

Uma onda de timidez se abateu sobre ela como um vento frio, e ela tentou se cobrir com as mãos o melhor que pôde – o que, no fim das contas, não era muito.

John deu uma risadinha e a pegou no colo.

– Você é perfeita, meu bem. Não deveria se sentir envergonhada.

– Não me sinto – respondeu ela, baixinho. – Não com você. Mas é muito estranho. Não estou... acostumada com isso.

– Claro que não.

John afastou os livros que estavam em cima da cama e a deitou sobre os lençóis brancos e macios. Belle parou de respirar por um instante ao ver que ele começava a se despir. Primeiro a camisa, deixando à mostra o peito de músculos firmes que denunciava anos de exercícios físicos rigorosos. A visão do corpo dele provocou um calor intenso no ventre de Belle. Sem pensar, ela esticou a mão, embora ele estivesse longe demais para que o alcançasse.

John sorriu e gemeu ao mesmo tempo diante da curiosidade dela. Estava se tornando cada vez mais difícil manter o controle, ainda mais com Belle deitada diante dele, fitando-o com aqueles enormes olhos azuis. John se sentou na beira da cama, tirou as botas e voltou a se levantar para despir a calça.

Belle arquejou ao ver o membro dele, muito grande e... Não, aquilo não ia dar certo. John devia ser maior do que o normal, ou talvez ela fosse menor do que o normal, mas... Belle voltou a arquejar.

O joelho dele.

– Santo Deus – sussurrou ela.

O joelho de John era coberto de cicatrizes, e parecia que um pedaço grande da carne fora removido logo acima da junta. A mera visão da pele esticada, descolorida e sem pelos era uma lembrança furiosa dos horrores da guerra.

John torceu os lábios.

– Não precisa olhar para isso.

Belle desviou os olhos para o rosto dele.

– Não é isso – garantiu. – Não é feio de forma alguma.

E para provar isso, ela se ajoelhou diante dele e beijou as cicatrizes.

– Só me deixa angustiada pensar na dor que você deve ter sentido – sussurrou ela. – E em como chegou perto de perder a perna. Você é tão cheio de vida, tão forte... Não consigo imaginar o efeito que isso teria tido em você.

Ela voltou a beijá-lo, deixando um rastro delicado de amor na pele dele.

John se viu dominado por emoções que nunca esperara sentir, que nunca sonhara ser capaz de sentir, e a colocou de pé.

– Ah, Belle, quero tanto você...

Eles caíram na cama, o corpo forte de John cobrindo o de Belle. Ela se viu sem ar sob o peso dele, mas a sensação era deliciosa, diferente de qualquer coisa que já tivesse experimentado. John a beijou e beijou até ela ter certeza de que estava prestes a derreter, então, subitamente, ele olhou bem fundo nos olhos dela.

– Vou lhe dar prazer primeiro – falou. – Para que você saiba que não há nada a temer, que só o que a espera é beleza e encantamento.

– Não estou com medo – sussurrou Belle, mas então se lembrou de como ele parecera grande. – Bem, talvez um pouco nervosa.

John deu um sorriso tranquilizador.

– Não tenho experiência com mulheres inocentes, mas quero que este momento seja perfeito para você. Acho que pode ser mais fácil se eu a fizer chegar ao clímax primeiro.

Belle não tinha ideia do que ele estava falando, mas assentiu.

– Você parece já ter pensado bastante a respeito.

– Acredite em mim: praticamente não pensei em outra coisa.

John deixou a mão descer suavemente por toda a extensão do corpo dela.

Belle acariciou o rosto dele e disse baixinho:

– Confio em você.

Ele roçou os lábios nos dela para distraí-la enquanto seus dedos buscavam o ponto mais íntimo do corpo feminino. Belle estava nervosa, e ele não queria que aquilo lhe causasse espanto.

Mas causou. Ela quase saltou da cama.

– Tem certeza de que é isso que deve fazer? – perguntou Belle, ofegante.

– Tenho.

A boca de John se juntou aos seus dedos. Belle teve certeza de que havia morrido. Nada poderia provocar uma sensação tão depravada... ou tão boa.

– Ah, John! – disse em um arquejo, sem conseguir controlar a sensação de que sua alma estava saindo do corpo, fora de controle. – Acho que não... não consigo...

Então aconteceu. Foi como se cada terminação nervosa do corpo dela subitamente convergisse para o abdômen. Todo o corpo dela ficou tenso... e explodiu. Belle levou alguns minutos para voltar à terra e, mesmo assim, só conseguiu dizer:

– Meu Deus...

Ela ouviu John rir e, quando abriu os olhos, o pegou fitando-a com uma expressão divertida. Ele deu um beijinho no nariz dela.

– É sempre assim? – perguntou ela em um fiapo de voz.

Ele assentiu.

– Melhor.

– É mesmo?

Ele assentiu de novo.

– Você...?

Ela não completou a frase. Era novata naquilo e não tinha ideia de como acontecia.

John balançou a cabeça devagar.

– Quando eu atingir o clímax, você vai saber.

– Vai ser tão bom quanto o que eu...?

Os olhos de John escureceram de desejo e ele assentiu.

– Ótimo – comemorou Belle num suspiro. – Eu não gostaria que você fosse privado do prazer que senti. Mas, se não se importar, queria me aconchegar ao seu corpo por uns minutinhos.

– Não há nada que eu deseje mais – assegurou John, ainda que seu membro rígido discordasse.

Ele havia acabado de aconchegá-la junto ao corpo quando ouviram um som terrível.

A voz de Persephone.

Seguida de uma batida à porta.

– Belle? – chamou a mulher. – Belle?

Belle se sentou na cama, assustada.

– Persephone?

– Posso entrar?

Uma onda de pânico dominou a jovem.

– Hum, só um momento.

Graças a Deus a porta estava trancada.

– Esconda-se! – sussurrou para John.

– Estou tentando – sussurrou ele em resposta.

John saiu da cama amaldiçoando o ar frio da noite. Recolheu todas as suas roupas e rezou para não ter esquecido nenhuma, depois entrou, cambaleando, no quarto de vestir de Belle.

Ela pegou o roupão, o vestiu e foi até a porta. Enquanto girava a chave, viu-se impressionada com a capacidade de suas pernas trêmulas ainda a sustentarem.

– Boa noite, Persephone.

– Desculpe incomodá-la, mas não consigo dormir, e sei que você foi até a livraria hoje. Será que poderia me emprestar algo para ler?

– É claro.

Belle entrou rapidamente no quarto e pegou alguns livros.

– São todos de poesia, mas já terminei de ler por hoje.

Persephone percebeu as pernas descobertas de Belle por baixo do roupão.

– Você não dorme de camisola?

Belle enrubesceu e agradeceu em silêncio ao manto escuro da noite por esconder seu embaraço.

– Eu estava com calor.

– Não consigo imaginar por quê. A janela está toda aberta. Vai pegar um resfriado.

– Acho que não.

Belle enfiou os livros nos braços de Persephone.

– Obrigada.

Persephone franziu o nariz como se estivesse farejando.

– Que cheiro é esse? É tão peculiar...

Belle rezou para que a condição de tia solteirona da mulher mais velha fosse indiscutível, porque o quarto recendia a sexo. E só podia torcer para que Persephone não reconhecesse o cheiro.

– Hum, acho que está vindo lá de fora – sugeriu Belle.

– Ora, não consigo imaginar o que possa ser, mas você precisa se lembrar de fechar a janela antes de dormir. E, se quiser, posso lhe emprestar o meu perfume de violetas. Tenho certeza de que esse cheiro irá embora se borrifar um pouco pelo quarto.

– Talvez pela manhã.

Belle guiou Persephone em direção à porta.

– Boa noite, então. Até amanhã – despediu-se a acompanhante.

– Boa noite.

Belle fechou a porta e a trancou às pressas, depois se recostou nela e deixou escapar um suspiro.

A porta do quarto de vestir foi aberta na mesma hora e John saiu, a parte superior do corpo enrolada nos vestidos de Belle.

– Santo Deus, mulher, você tem muitos vestidos.

Belle o ignorou.

– Fiquei com tanto medo!

– E eu me senti um tolo. Estou lhe avisando, não vou tolerar isso por muito tempo.

Ele enfiou a perna ruim com força na calça.

– Não? – perguntou Belle em um tom fraco.

– De jeito nenhum. Sou um homem adulto. Lutei em uma guerra, quase perdi a perna, investi meu dinheiro por cinco anos e consegui economizar o bastante para comprar uma casa. Acha que gosto de ficar me escondendo dentro de quartos de vestir?

Belle achou que não era necessário responder.

– Bem, eu lhe adianto que não. Não gosto nem um pouco.

John se sentou em uma cadeira que estava perto para enfiar a perna boa na calça. Belle deduziu que a perna que fora ferida não era forte o bastante para sustentar sozinha o peso dele por muito tempo.

– E vou lhe dizer mais uma coisa – acrescentou John, cada vez mais irritado. – No que me diz respeito, você é minha. Entendeu? E não gosto da sensação de ser um ladrão roubando o que é meu.

– O que você vai fazer?

Ele pegou a camisa.

– Vou me casar com você imediatamente. Então a levarei para a mansão Bletchford, a jogarei na cama e a manterei lá por uma semana. Tudo isso sem ter que me preocupar com a Srta. Não Se Apaixone surgindo de repente para estragar tudo.

– Você realmente precisa arrumar um nome novo para a sua casa.

– A *nossa* casa – corrigiu ele, irritado com a tentativa de mudar de assunto. – E estive ocupado demais correndo atrás de você para pensar no assunto.

– Eu o ajudarei.

Belle sorriu. Ele a amava. Podia não ter dito aquilo em voz alta ainda, mas era visível em seus olhos.

– Ótimo. Agora, se me der licença, preciso pular da sua janela, descer por aquela árvore, voltar para a casa de Damien e dormir um pouco. E depois preciso descobrir como conseguir uma licença especial.

– Licença especial?

– Não vou continuar com essa perda de tempo além do necessário. Com alguma sorte, estaremos casados até o fim da semana.

– Até o fim da semana? – repetiu Belle. – Você enlouqueceu? Não posso me casar esta semana. Não posso nem mesmo ficar oficialmente noiva antes de os meus pais retornarem.

John gemeu enquanto pegava as botas e soltou um palavrão que Belle desconhecia.

– Quando eles retornam? – perguntou muito baixo.

– Não sei bem.

– Seria possível me dar uma estimativa?

– Não mais do que duas semanas, imagino.

Belle preferiu não mencionar que, depois que os pais dela voltassem, eles teriam que esperar mais um ou dois meses para se casarem. A mãe insistiria em um grande evento. Tinha certeza disso.

John praguejou de novo.

– Se eles não estiverem em casa em duas semanas, Alex pode levá-la ao altar. Ou você pode chamar seu irmão em Oxford. Não me importo.

– Mas...

– Sem "mas". Se os seus pais perguntarem, diga a eles simplesmente que nós *tivemos* que nos casar.

Belle engoliu em seco e assentiu. O que mais poderia fazer?

– Eu am...

Ela perdeu a coragem antes que o restante da frase saísse.

John se virou para ela.

– Sim?

– N-nada. Tome cuidado quando descer da árvore. Ela é bem alta.

– Três andares, para ser preciso.

O sorrisinho dele era contagioso, e Belle sentiu que seus lábios se curvavam enquanto o seguia até a janela.

Ele parou na frente dela e murmurou:

– Um beijo de despedida.

John colou os lábios aos dela em um último beijo apaixonado.

Belle mal teve tempo de retribuir antes que ele se afastasse, calçasse as luvas e desaparecesse do lado de fora. Ela correu até o peitoril e observou John com um sorriso enquanto ele descia pela árvore.

– Ele poderia simplesmente ter saído pela porta – murmurou para si mesma. – O quarto de Persephone fica na direção oposta.

Ah, bem, era mais divertido daquela maneira – e mais romântico. Desde que ele não quebrasse o pescoço na descida...

Belle se inclinou um pouco mais para fora da janela e suspirou de alívio ao vê-lo chegar ao chão. John se abaixou para esfregar o joelho ruim, e ela franziu o cenho em solidariedade.

Inclinada sobre o peitoril da janela com uma expressão sonhadora no rosto, Belle ficou observando até ele desaparecer de vista. Londres era linda de vez em quando, pensou. Como naquele momento, com as ruas desertas e...

Um movimento capturou sua atenção. Era um homem? Era difícil dizer. Belle se perguntou brevemente o que alguém estaria fazendo andando pela rua àquela hora.

Deu um risinho. Talvez todos os cavalheiros de Londres tivessem decidido fazer a corte de modo pouco convencional naquela noite.

Belle respirou fundo, fechou a janela e voltou para a cama. Só quando já estava aconchegada embaixo das cobertas ela lembrou que John acabara não chegando ao clímax.

Ela abriu um sorrisinho irônico. Não era de espantar que estivesse tão rabugento.

∽

John voltou para a casa do irmão com a mão na pistola o tempo todo. Londres estava cada vez mais perigosa, e todo cuidado era pouco. Mesmo assim, ele não quisera ir de carruagem até a casa de Belle. Alguém poderia tê-lo visto, e ele não queria dar motivo para rumores maliciosos sobre ela. Além do mais, eram apenas uns poucos quarteirões de distância até a casa de Damien. Parecia que toda a aristocracia se espremia em uma minúscula área de Londres. Ele duvidava que a maior parte deles soubesse que a cidade continuava além dos limites da Grosvenor Square.

John estava a meio caminho de casa quando ouviu passos.

Ele se virou. Alguém o seguia?

Nada além de sombras. John continuou seu caminho. Com certeza fora apenas sua imaginação. Ele ainda estava paranoico por causa da guerra, onde cada som poderia significar a morte.

John havia dobrado a última esquina quando ouviu de novo o som de passos. Então uma bala passou zunindo perto do seu ouvido.

– Que diabo é isso?

Outra bala zuniu, mas dessa vez raspou no braço dele, fazendo-o sangrar. John sacou a própria pistola e se virou. Então viu uma silhueta sombria do outro lado da rua recarregando o revólver às pressas. John não perdeu tempo e atirou, fazendo o agressor cair com um tiro no ombro.

Maldição! A mira dele estava destreinada. Ainda com o revólver na mão, John começou a caminhar na direção do agressor. O homem o avistou, segurou o próprio ombro e ficou de pé. Ele lançou um olhar apreensivo na direção de John, mas metade de seu rosto estava coberta por uma máscara, por isso não foi possível reconhecê-lo. O bandido lhe lançou um último olhar rápido e saiu correndo.

Quando John chegou do outro lado da rua, estava amaldiçoando a perna ruim por diminuir sua velocidade. Nunca se sentira tão furioso com o destino por mutilá-lo daquele jeito. Não havia como perseguir seu agressor. Ele aceitou a derrota, suspirou e se virou. Aquilo era um problema.

E ele não tinha o direito de arrastar Belle para aquela situação.

John levou a mão ao braço quando finalmente se deu conta de que sangrava. No entanto, mal conseguia sentir a dor. A fúria bloqueava todas as outras sensações. Alguém estava atrás dele, e John não sabia por quê. Algum lunático mandara bilhetes misteriosos para ele e o queria morto.

E, quem quer que fosse, o homem provavelmente não hesitaria em envolver Belle se percebesse quanto ela era importante para John. E se ele ficara à espreita ao longo da semana, já sabia que John passara cada minuto livre na companhia dela.

John praguejou enquanto subia os degraus da frente da casa de Damien. Não colocaria Belle em perigo, mesmo que isso significasse adiar seus planos de casamento.

Maldição.

CAPÍTULO 14

— Com licença, chegou uma mensagem para milady.

Belle levantou os olhos assim que o criado entrou na sala. Estava sentada, devaneando, relembrando a noite com John – pela quinquagésima vez, mais ou menos. Ela pegou o bilhete, abriu-o com cuidado e leu o que estava escrito.

Belle,
Peço perdão por avisá-la com tão pouca antecedência, mas não posso acompanhar você e Persephone ao teatro esta noite.
Atenciosamente,
John Blackwood

Belle ficou olhando para o texto por cerca de um minuto, confusa com o tom formal. Mas acabou por dar de ombros, concluindo que algumas pessoas sempre escreviam de maneira formal e que não deveria ficar aborrecida por ele ter se despedido com um "atenciosamente" no lugar de "com amor". Tampouco importava o fato de ele ter sentido a necessidade de assinar o sobrenome em vez de apenas o nome. Deixou o bilhete de lado, dizendo a si mesma para não ficar imaginando coisas.

Belle deu de ombros mais uma vez. Talvez Dunford estivesse interessado em acompanhá-las ao teatro.

Dunford quis mesmo ir ao teatro e se divertiu muito acompanhando Belle e Persephone. No entanto, durante a apresentação, os pensamentos de Belle com frequência se desviaram para o homem que havia se esgueirado para dentro do quarto dela na noite da véspera. Ela se perguntava o que o impedira de acompanhá-la naquela noite, mas imaginou que John lhe explicaria tudo no dia seguinte.

Só que ele não apareceu no dia seguinte. Nem no outro.

Belle ficou muito confusa. E muito irritada. Fora alertada sobre homens que usavam as mulheres para o próprio prazer e as descartavam a seguir, mas não conseguia se convencer a colocar John naquela categoria. Antes de tudo, ela se recusava a acreditar que poderia ter se apaixonado por um homem tão desonesto. Além disso, fora ela que gemera de prazer naquela noite, não ele.

Depois de dois dias de espera, torcendo para ter notícias de John, Belle decidiu tomar as rédeas da situação e mandou um bilhete para ele, pedindo que passasse na mansão Blydon.

Não houve resposta.

Belle ficou resmungando, irritada. John sabia muito bem que ela não poderia visitá-lo, já que ele estava hospedado com o irmão também solteiro. Era inapropriado que uma dama fosse sozinha a um lugar assim. Ainda mais em Londres. A mãe arrancaria a cabeça dela se descobrisse isso, o que era muito provável, levando-se em consideração que a condessa estaria de volta a qualquer momento.

Belle mandou outra mensagem a John, escolhendo cuidadosamente as palavras dessa vez, perguntando se fizera algo que o desagradara e se ele poderia fazer a gentileza de responder ao bilhete. Ela sorriu com ironia para si mesma enquanto escrevia aquilo. Não era muito boa em esconder o sarcasmo.

A poucas ruas de distância, John gemeu ao ler o bilhete de Belle. Ela estava ficando aborrecida, não restava dúvida. E como poderia culpá-la? Depois de duas semanas de flores, chocolates, poesia e, por fim, uma noite apaixonada, a jovem tinha o direito de querer vê-lo.

Mas o que mais ele poderia fazer? Recebera outro bilhete anônimo no dia seguinte ao do ataque que sofrera, onde se lia apenas: "Na próxima vez, não vou errar." John tinha certeza de que Belle assumiria para si o papel de protegê-lo caso soubesse que alguém tentava matá-lo. E, levando-se em consideração que John não tinha a menor ideia de como Belle seria *capaz* dessa façanha, uma empreitada dessas só causaria danos a ela.

John suspirou, aflito, e apoiou a cabeça nas mãos. Agora que a felicidade finalmente estava ao seu alcance, como poderia passar o resto da vida temendo que uma bala o pegasse desprevenido? Fez uma careta. As palavras "o resto da vida" subitamente haviam ganhado um novo significado. Se aquele assassino continuasse a tentar, mais cedo ou mais tarde teria sucesso. John precisava de um plano.

Contudo, naquele meio-tempo, tinha que manter Belle a distância – dele e da arma que vinham lhe apontando. Com o coração terrivelmente pesado, John pegou uma pena e molhou no tinteiro.

Cara Belle,
Não poderei vê-la por algum tempo. Não posso explicar o motivo. Por favor, seja paciente comigo.

Atenciosamente,
John Blackwood

Ele sabia que deveria romper qualquer relacionamento com ela, mas não conseguia. Belle era a única coisa que lhe dera verdadeira alegria na vida; não estava disposto a perdê-la. John desceu a escada segurando o bilhete como se carregasse uma doença contagiosa e o entregou a um criado. Belle o receberia em no máximo uma hora.

Ele não queria nem pensar a respeito.

Belle leu o bilhete curto e piscou. Aquilo não podia ser verdade. Piscou de novo. As palavras não desapareceram.

Havia algo terrivelmente errado. John estava tentando afastá-la de novo. Ela não sabia o motivo, tampouco imaginava por que ele achava que conseguiria, só não acreditava que John de fato não a quisesse.

Como era possível, se ela o queria tanto? Deus não seria tão cruel.

Belle afastou aqueles pensamentos depressivos. Tinha que confiar em seus instintos, e eles lhe diziam que John gostava dela. Muito. Tanto quanto ela gostava dele. Ele havia pedido que ela, por favor, fosse paciente. Aquilo parecia indicar que tentava resolver algum problema. E não queria envolvê--la. Bem típico dele.

Belle grunhiu. Quando John iria aprender que amar significava compartilhar os fardos um com o outro? Ela amassou o papel até que virasse uma bolinha e o segurou com força. Pois bem, John teria a primeira lição a respeito disso naquela tarde, porque ela iria vê-lo. O decoro que se danasse!

E aquilo era outra coisa. Ela passara a praguejar mentalmente em proporções épicas nos últimos dias. Começava a ficar estarrecida consigo mesma. Belle deixou o bilhete de lado e esfregou as mãos. Sentia certo prazer em culpar John por sua linguagem chula.

Sem se dar o trabalho de vestir uma roupa mais elegante, ela pegou uma capa quente e saiu pisando firme em busca da camareira. Encontrou-a no quarto de vestir avaliando os vestidos em busca de algum pequeno conserto necessário.

– Ah, olá, milady – apressou-se a dizer Mary. – Já sabe que vestido deseja usar esta noite? Precisarei passá-lo.

– Isso não importa – retrucou Belle bruscamente. – Acho que não vou nem sair esta noite. Mas quero dar uma breve caminhada agora à tarde e gostaria que me acompanhasse.

– Agora mesmo, milady.

Mary pegou o casaco e desceu a escada com Belle.

– Aonde vamos?

– Bem, não muito longe – respondeu Belle, enigmática.

Ela abriu a porta e desceu os degraus da frente da casa com os lábios cerrados em uma expressão determinada.

Mary precisou acelerar o passo para acompanhá-la.

– Nunca a vi caminhar tão rápido, milady.

– Sempre ando depressa quando estou irritada.

Mary não tinha resposta para aquilo, por isso apenas suspirou e continuou a andar a um passo acelerado. Depois de terem percorrido alguns quarteirões, Belle se deteve subitamente. Mary quase esbarrou nela.

– Hummm – disse Belle.

– Hummm?

– É aqui.

– O que é aqui?

– A casa do conde de Westborough.

– Que conde?

– O irmão de John.

– Ah.

Mary vira John várias vezes ao longo das últimas semanas.

– Por que estamos aqui?

Belle respirou fundo e ergueu o queixo em uma atitude decidida.

– Vamos fazer uma visita.

Sem esperar pela resposta de Mary, ela subiu os degraus e bateu com a aldrava três vezes na porta.

– O quê? – guinchou Mary. – A senhorita não pode visitar essa casa.

– Não só posso como vou.

Impaciente, Belle voltou a bater com a aldrava na porta.

– Mas... mas... só moram *homens* nessa casa.

Belle revirou os olhos.

– Sinceramente, Mary, não precisa falar deles como se fossem de uma espécie diferente. Homens são como você e eu – retrucou Belle, e enrubesceu. – Bem, quase.

Belle havia acabado de levar a mão mais uma vez à aldrava quando o mordomo atendeu a porta. Ela lhe entregou um cartão de visita e disse que estava ali para ver lorde Blackwood. Mary estava tão constrangida que não conseguiu erguer os olhos acima do nível dos joelhos de Belle.

O mordomo levou as duas até uma pequena sala junto ao saguão de entrada.

– Persephone vai me jogar na rua – sussurrou Mary, balançando a cabeça.

– Não vai, não. Além do mais, você trabalha para mim, portanto ela não pode demiti-la.

– Mas ela não vai ficar nada satisfeita com isso.

– Não vejo por que Persephone precise saber a respeito disso – falou Belle com determinação.

Por dentro, contudo, ela tremia. O que estava fazendo era muito fora das normas e, se havia algo para que a mãe dela não a criara, era quebrar regras. Sim, ela visitara John sozinha quando estavam no campo, mas as regras de etiqueta não são tão rígidas lá.

Quando Belle já começava a achar que seus nervos não aguentariam mais nem um minuto de espera, o mordomo retornou.

– Lorde Blackwood não receberá visitas, milady.

Belle arquejou diante do insulto. John havia se recusado a vê-la. Levantou-se e saiu da sala com a cabeça erguida, exibindo a dignidade que fora instilada nela desde o nascimento. E não parou até ter percorrido um bom trecho da rua. Então, incapaz de se conter, olhou para trás.

John estava parado diante de uma janela no terceiro andar da casa do irmão, olhando para ela.

Assim que ele a viu se virar, recuou e soltou as cortinas.

– Hum – murmurou Belle, ainda olhando para a janela.

– O que foi?

Mary seguiu o olhar dela, mas não encontrou nada que lhe chamasse a atenção.

– É uma bela árvore essa diante da casa.

Mary ergueu as sobrancelhas, certa de que a patroa enlouquecera.

Belle passou a mão pelo queixo.

– É incomumente próxima da parede externa – comentou com um sorriso. – Venha, Mary, temos trabalho a fazer.

– Temos?

Mas a pergunta se perdeu, uma vez que Belle já havia se afastado da camareira, apressada.

Quando entrou em casa, Belle foi direto para o quarto, pegou papel na escrivaninha e escreveu um bilhete para Emma, que fora uma menina muito mais moleca do que ela.

Caríssima Emma,
  Como se sobe em árvores?

                                            Carinhosamente,
                                            Belle

Depois de mandar o bilhete para a prima, Belle se dedicou a lidar com a raiva e a tristeza da melhor maneira que conhecia: foi às compras.

Para aquela saída, ela levou Persephone como companhia. A dama mais velha nunca se cansava de passear pelas lojas elegantes de Londres. Havia muito mais variedades do que em Yorkshire, explicara ela. Além do mais, era divertido gastar o dinheiro de Alex.

Nenhuma das duas mulheres precisava de roupas novas depois da última saída delas, mas as festas de fim de ano estavam chegando, então passearam por lojas diversas em busca de presentes. Belle encontrou um pequeno telescópio muito interessante para o irmão e uma caixinha de música encantadora para a mãe, mas não conseguiu impedir que o próprio coração ansiasse por comprar algo para John. Belle suspirou. Só o que tinha a fazer era acreditar que tudo daria certo no final. Não poderia se permitir acreditar em outra possibilidade. Seria doloroso demais.

Provavelmente por estar tão perdida em pensamentos, Belle não reparou em dois homens de aparência bastante desagradável espreitando em um beco quando ela passou. Antes que se desse conta, um dos homens a agarrou pelo braço e começou a puxá-la para o fundo do beco.

Belle gritou e se debateu com todas as forças. O bandido a arrastou o bastante para que ninguém que passasse pela rua principal pudesse vê-la. E Londres se tornara uma cidade tão barulhenta que era compreensível que as pessoas não prestassem muita atenção aos gritos dela.

– Me solte, seu patife! – gritou Belle.

Parecia que seu braço estava prestes a ser arrancado, mas ela ignorou a dor, concentrada apenas em escapar.

– É ela, estou lhe dizendo – falou um dos bandidos. – Era essa que o camarada elegante queria.

– Cale a boca e traga a mulher aqui.

O outro homem se adiantou e o terror de Belle aumentou exponencialmente. Não havia como reagir à força dos dois.

Entretanto, quando tudo parecia perdido, o socorro improvável surgiu na figura de Persephone. A mulher mais velha estivera distraída olhando uma linda vitrine quando Belle desapareceu no beco. Ficou desconcertada ao se virar e ver que sua pupila havia desaparecido. Quando chamou pelo nome de Belle e não teve resposta, Persephone ficou preocupada e começou a procurar freneticamente pela jovem.

– Belle! – chamou mais uma vez, agora mais alto.

Ela seguiu às pressas pela calçada, virando a cabeça em todas as direções. Então, ao passar pelo beco, notou um movimento indistinto e os cabelos loiros familiares de Belle.

– Bom Deus! – gritou Persephone, alto o bastante para chamar a atenção da maior parte das pessoas na calçada. – Soltem a moça, seus animais.

Persephone entrou correndo no beco, brandindo furiosamente a sombrinha acima da cabeça.

– Soltem, estou mandando!

E, com isso, Persephone acertou a sombrinha com força na cabeça de um dos bandidos.

– Cale a boca, velha idiota! – gritou o homem, uivando de dor.

A resposta de Persephone foi um golpe horizontal que o acertou em cheio na barriga. Ele ofegou e caiu no chão.

O outro bandido estava dividido entre um pânico profundo e a mais pura cobiça pelo dinheiro prometido caso capturassem a dama de cabelos loiros. Ele fez uma última tentativa desesperada, mal se dando conta de que várias pessoas haviam entrado correndo no beco, atraídas pelos gritos nervosos de Persephone.

– Eu disse para soltá-la! – bradou Persephone.

Ela mudou suas táticas de ataque e começou a cutucar o homem com força com a sombrinha. Quando o acertou direto no ventre, ele finalmente soltou Belle e saiu correndo, o corpo dobrado de dor.

– Persephone, muito obrigada! – disse Belle, com lágrimas de terror marejando seus olhos.

Contudo Persephone não estava ouvindo. Toda a sua atenção estava voltada para o homem que ainda jazia no chão. Ele fez menção de se levantar, mas ela o atingiu de novo na barriga com a sombrinha.

– Não tão rápido, senhor – disse ela.

Belle arregalou os olhos. Quem teria sonhado que a doce Persephone poderia ser tão ameaçadora?

O bandido viu a aglomeração que se formava ao redor dele e fechou os olhos, dando-se conta de que seria impossível fugir. Para o grande alívio de Belle, um policial chegou logo e ela lhe relatou o que acontecera. O policial começou a interrogar o bandido, mas o homem manteve a boca fechada. Ao menos até o policial lembrar a ele das possíveis consequências de atacar uma dama da posição de Belle.

Então o homem não parou de falar.

Ele havia sido contratado para raptá-la. Sim, só ela. Não era para raptar qualquer dama bela e loira, mas aquela em particular. O cavalheiro que o contratara falava com um sotaque elegante, com certeza era bem-nascido. Não, ele não sabia o nome do homem e nunca o vira antes, mas tinha cabelos loiros lisos e olhos azuis, se aquilo fosse de alguma ajuda, e seu braço estava em uma tipoia.

Depois de terminar o interrogatório, o policial levou o homem embora e orientou Belle a ser cautelosa. Talvez ela devesse contratar um daqueles patrulheiros da Bow Street para garantir proteção extra.

Belle estremeceu de medo. Tinha um inimigo. Alguém que provavelmente a queria morta.

Conforme as pessoas que assistiam à cena se dispersavam, Persephone se virou para Belle e perguntou, solícita:

– Você está bem, querida?

– Sim, sim. Estou bem.

Ela baixou os olhos para examinar o braço que aquele homem horrível agarrara. Apesar do vestido e do casaco que cobriam sua pele, Belle ainda se sentia suja.

– Mas acho que gostaria de um banho.

Persephone assentiu.

– Eu não teria ideia melhor.

No final da manhã seguinte, um criado entregou a Belle uma carta de Emma em resposta à que ela enviara.

Caríssima Belle,

Não consigo imaginar por que você subitamente quer aprender a subir em árvores, já que nunca demonstrou nenhum apreço por essa atividade quando éramos pequenas.

O primeiro passo é encontrar uma árvore com galhos baixos. Se você não conseguir alcançar o primeiro galho, não vai chegar a lugar algum...

A carta continuava por duas páginas. Emma era muito apegada aos detalhes. Ela também estava um pouco desconfiada, como ficava claro no fim do texto.

Espero que essas instruções a ajudem, embora eu me pergunte que árvores você pretende escalar em Londres. Devo dizer que acho que isso tem alguma relação com John Blackwood. O amor faz coisas estranhas com as mulheres, como eu bem sei. Tenha cuidado, não importa o que você faça, e neste momento estou suspirando de alívio por já não ser a sua acompanhante. Deus abençoe Persephone.

Carinhosamente,
Emma

Belle deixou escapar uma risadinha zombeteira. Se Emma ainda fosse sua acompanhante, provavelmente insistiria em subir na árvore com ela. A prima nunca fora conhecida por sua prudência.

Belle releu a carta, detendo-se com atenção na parte que respondia à sua pergunta. Ia mesmo fazer aquilo? Quando parara do lado de fora da casa de Damien e vira a árvore, não pensara que chegaria a escalá-la. Não era o tipo de dama ousada que subiria em uma árvore para invadir a casa de um conde por uma janela no terceiro andar. Além do mais, tinha medo de altura.

Todavia, como Emma tão sabiamente enfatizara, o amor fazia coisas estranhas com uma mulher. O amor e o perigo, pois a experiência terrível que vivera nas mãos daqueles dois bandidos no beco a convencera de que era hora de agir com determinação.

Ou talvez com temeridade.

Belle balançou a cabeça. Não importava. Já decidira. Estava assustada e precisava de John.

Porém aqueles bandidos haviam complicado um pouco seus planos. Ela não poderia simplesmente ir sozinha até a casa de Damien no meio da noite, quando alguém desejava raptá-la. E Mary, é claro, não seria proteção suficiente. Persephone e sua sombrinha perigosa eram outra história, mas Belle duvidava que a acompanhante concordasse em ir com ela. Persephone podia ser um tanto permissiva no que se referia a acompanhantes, mas certamente não deixaria Belle invadir o quarto de um homem.

O que fazer, o que fazer?

Belle deu um sorriso travesso.

Depois pegou uma pena e escreveu um bilhete para Dunford.

– De jeito nenhum!

– Não seja antiquado, Dunford – disse Belle. – Preciso da sua ajuda.

– Você não precisa de ajuda, precisa de um freio. E não estou sendo antiquado, mas sensato. Uma palavra que você parece ter esquecido.

Belle cruzou teimosamente os braços e afundou na cadeira. Dunford estava de pé, andando de um lado para o outro, agitando os braços enquanto falava. Ela nunca o vira tão aborrecido.

– Isso que você está pensando em fazer é uma insanidade, Belle. Se não quebrar o pescoço... e há uma grande possibilidade de que isso aconteça, já que toda a sua experiência em escalar árvores se resume a uma carta da sua prima... Bem, caso não quebre o pescoço, provavelmente será presa por invadir a casa dos outros.

– Não serei presa.

– É mesmo? E como sabe que vai entrar no quarto certo? Com a sua sorte, vai acabar caindo no quarto do conde. E já vi como ele olha para você. Acho que ficaria muito satisfeito com a boa sorte.

– Não ficaria, não. O conde sabe que estou interessada no irmão dele. E não vou "cair no quarto dele", como você colocou de forma tão delicada. Sei qual é o quarto de John.

– Não vou nem perguntar como sabe disso.

Estava na ponta da língua de Belle defender sua reputação, mas ela preferiu não dizer nada. Se Dunford achasse que ela já estivera no quarto de John, talvez se sentisse menos relutante em ajudá-la a voltar lá.

– Escute, Belle, minha resposta ainda é não. De jeito nenhum! Com três pontos de exclamação – acrescentou ele.

– Se você fosse meu amigo... – murmurou Belle.

– Essa é a questão. Sou seu amigo exatamente por não permitir que faça isso. Um ótimo amigo. Não há nada que você possa dizer que me faça ajudá-la.

Belle se levantou.

– Ora, muito obrigada, então, Dunford. Estava contando com a sua ajuda, mas vejo que terei que fazer isso sozinha.

Dunford gemeu.

– De jeito nenhum. Belle, você não iria até lá sozinha.

– Não tenho escolha. Preciso vê-lo com urgência e ele não me recebe. Acho que vou chamar um coche de aluguel para me deixar perto da casa, assim não terei que caminhar uma longa distância sozinha tão tarde da noite, mas...

– Está certo, está certo – cedeu Dunford com uma expressão exasperada. – Vou ajudá-la, mas quero que saiba que desaprovo completamente.

– Não se preocupe, você já deixou isso bem claro.

Dunford afundou na cadeira e fechou os olhos em agonia.

– Que Deus nos ajude – falou com um gemido. – Que Deus ajude todos nós.

Belle sorriu.

– Ah, acho que Ele vai ajudar.

CAPÍTULO 15

— Afinal, de onde diabo você tirou uma ideia louca como essa?
— Não importa.
Belle se virou para fitar seu relutante parceiro no crime. Dunford não estava nada satisfeito por estarem parados diante da casa do irmão de John às três da manhã e, com certeza, não tinha receio de mostrar sua reprovação.
Ele encarou a amiga com uma expressão irritada enquanto dava impulso na perna dela para que alcançasse a árvore.
— Não vou embora até ver você sair dessa casa. De preferência, pela porta da frente.
Belle não abaixou os olhos para ele, pois estava concentrada em agarrar o primeiro galho, mas respondeu:
— Prefiro que você volte para casa. Não tenho como saber quanto tempo ficarei aí dentro.
— É isso que me preocupa.
— Dunford, mesmo se John me detestasse, ele insistiria em me levar para casa. Ele é esse tipo de homem. Não precisa se preocupar com minha segurança quando eu estiver com ele.
— Talvez, mas e quanto à sua reputação?
— Ora, isso é problema meu, não?
Belle ergueu o corpo até o galho seguinte.
— Isso é muito mais fácil do que parece. Já subiu em uma árvore, Dunford?
— É claro que já — retrucou ele, ainda irritado.
Belle agora estava na altura das janelas do segundo andar.
Não pela primeira vez, Dunford se amaldiçoou por ter deixado que a amiga o convencesse a fazer parte daquele plano louco. Mas a verdade era que, se ele não a ajudasse, ela provavelmente iria até a casa do conde sozinha, o que seria ainda mais insano. Dunford nunca vira Belle daquele jeito. Pelo bem da amiga, esperava que o tal Blackwood nutrisse os mesmos sentimentos que ela.
— Estou quase lá, Dunford — avisou Belle, em um sussurro, enquanto testava a firmeza do galho que teria que suportar seu peso quando ela se

movesse em direção à janela. – Promete que vai embora assim que eu estiver dentro da casa?

– Não vou prometer nada disso.

– Por favor – pediu ela. – Você vai congelar se ficar aí.

– Só vou embora se Blackwood aparecer na janela e me der a palavra dele de cavalheiro de que a acompanhará em segurança até sua casa.

Dunford suspirou para si mesmo. Não seria capaz de proteger a virtude de Belle – se é que ainda havia alguma virtude a ser protegida, o que ele esperava haver –, mas ao menos poderia garantir que ela voltasse para casa em segurança.

– Está certo – concordou Belle e começou a impulsionar o corpo lentamente pelo galho em direção à janela.

Depois de cerca de três segundos engatinhando pelo galho, ela teve uma ideia melhor e montou nele, grata por estar usando a calça que surrupiara do guarda-roupa do irmão. Belle usou os braços como apoio e foi arrastando o corpo para a frente. Quando alcançou a janela, o galho balançou perigosamente e ela se apressou a subir no parapeito amplo. Ouviu lá embaixo os passos apressados de Dunford na direção da casa, na certa se preparando para segurá-la quando despencasse no chão.

– Estou bem – falou Belle baixinho.

E começou a levantar a janela.

John foi acordado pelo som da janela sendo erguida. Anos no exército haviam deixado seu sono muito leve, e o recente atentado contra sua vida lhe afiara ainda mais os sentidos. Em uma manobra ágil, pegou a pistola na mesa de cabeceira, rolou no chão e agachou-se ao lado da cama. Uma dor aguda atingiu sua perna por causa do movimento súbito.

Quando se deu conta de que o intruso estava tendo dificuldade em abrir a janela, John aproveitou para pegar seu roupão. Com as costas coladas à parede, ele contornou o quarto até parar bem ao lado do seu alvo. Dessa vez não seria surpreendido.

Com um esforço considerável, Belle conseguiu erguer a janela. Quando já havia espaço suficiente para espremer o corpo para dentro do quarto, ela acenou para Dunford e entrou.

No instante em que seus pés tocaram o chão, um braço forte a agarrou por trás e ela sentiu o cano frio de uma pistola pressionado contra seu pescoço. O medo paralisou seu corpo e sua mente e ela ficou imóvel.

– Muito bem – sussurrou uma voz furiosa atrás dela. – Comece a falar. Quero saber quem é você e o que quer comigo.

– John? – disse Belle em um fiapo de voz.

Ele a virou de frente na mesma hora.

– Belle?

Ela assentiu.

– Que diabo está fazendo aqui?

Ela engoliu em seco várias vezes, nervosa.

– Poderia abaixar a arma?

John se deu conta de que ainda segurava a pistola e a pousou em uma mesa próxima.

– Pelo amor de Deus, Belle, eu poderia ter matado você.

Belle conseguiu abrir um sorrisinho trêmulo.

– Fico feliz por não ter feito isso.

Ele passou a mão pelos cabelos cheios e só então deu uma boa olhada nela. Belle vestia preto da cabeça aos pés. Seus cabelos brilhantes, que sem dúvida brilhariam sob a luz do luar, tinham sido escondidos em um gorro e o resto dela parecia estar enfiado em uma calça de homem. Ou melhor, em uma calça de menino. As formas femininas eram lindamente delineadas pelo traje pouco convencional, e John duvidava que houvesse uma calça de homem pequena o bastante para favorecer daquela maneira o traseiro dela.

– O que você está usando? – perguntou ele com um suspiro.

– Gostou?

Belle sorriu para ele, determinada a enfrentar a situação sem constrangimento. Ela tirou o gorro, deixando os cabelos loiros caírem pelas costas.

– Tive essa ideia por causa da Emma. De uma coisa que ela fez certa vez. Ela, hum, se vestiu de menino e...

– Poupe-me da história. Estou certo de que Ashbourne ficou tão furioso quanto estou agora.

– Acho que sim. Eu não estava lá. Mas no dia seguinte...

– Basta!

John ergueu a mão.

– Como diabo você subiu até aqui?

– Pela árvore.

– E de onde tirou uma ideia tola como essa?

– Precisa mesmo perguntar?

John lhe lançou um olhar que deixou claro que não estava achando nada divertido ter o próprio comportamento usado contra ele.

– Poderia ter quebrado o pescoço, mulher.

– Você não me deixou muita escolha.

Belle estendeu a mão para tocar no braço dele. John recuou.

– Não me toque. Não consigo pensar quando você me toca.

Aquilo era encorajador, pensou Belle, e estendeu a mão de novo.

– Eu disse para parar! Não está vendo como estou furioso?

– Por quê? Por me arriscar subindo até aqui para vê-lo? Isso não teria sido necessário se não tivesse sido tão absurdamente tolo de se recusar a me ver.

– Tive um bom motivo para me recusar a vê-la – retrucou ele, irritado.

– É mesmo? E qual foi?

– Não é da sua conta, maldição.

– Estou vendo que continua infantil como sempre – zombou Belle. – Ai!

Ela se sobressaltou quando uma pedra atingiu seu braço.

– O que foi isso? – sussurrou John enquanto pegava novamente a pistola e puxava Belle para longe da janela.

– Quando você se tornou tão paranoico? Foi só Dunford, que sem dúvida está angustiado com minha demora em dizer a ele que consegui chegar até aqui sã e salva.

Belle se desvencilhou de John e foi até a janela aberta. Dunford olhava para cima. Ela não conseguia ver o rosto dele com clareza, mas sabia que o amigo estava preocupado.

– Estou bem, Dunford – garantiu Belle.

– Ele vai acompanhá-la até em casa?

– Sim, tudo bem. Não se preocupe.

– Quero ouvir isso dele.

– Homem teimoso – resmungou Belle. – Humm, John? Dunford não vai embora até que você lhe dê sua palavra de que vai me acompanhar até minha casa em segurança.

John foi até a janela com uma expressão furiosa.

– Que raios você estava pensando?

– Queria ter visto você tentar detê-la – grunhiu Dunford em resposta. – Vai acompanhá-la de volta ou terei que permanecer aqui e...

– Sabe muito bem que a acompanharei. E nós dois vamos ter uma conversinha amanhã. Ou é muito estúpido ou está muito bêbado, ou ambos, para deixar que ela...

– *Deixar? Deixar?* Ora, Blackwood, você vai entender melhor quando for marido dela. Eu não *deixei* Belle fazer nada. Nem o próprio Napoleão teria conseguido detê-la. Desejo sorte a você. Vai precisar.

Dunford deu meia-volta e retornou para a carruagem que havia parado a um quarteirão de distância.

John se virou novamente para Belle.

– É melhor ter um ótimo motivo para ter feito uma façanha como esta.

Belle o encarou, boquiaberta.

– Eu lhe disse que precisava vê-lo. Que razão melhor haveria? E poderia fazer a gentileza de fechar a janela? Está frio aqui.

John resmungou, mas fez o que ela pedia.

– Muito bem. Comece a falar.

– Quer que eu comece a falar? Por que *você* não faz isso? Andei me perguntando por que um homem se esgueira para dentro do meu quarto um dia, me faz carícias íntimas e então se recusa a voltar a me ver no dia seguinte.

– É para o seu próprio bem, Belle – falou John por entre os dentes.

– Nossa, onde eu já ouvi isso antes? – perguntou ela, destilando sarcasmo a cada palavra.

– Não jogue isso na minha cara agora, Belle. É uma situação diferente.

– Eu até *poderia* compreender... se me contasse o que está acontecendo. E, enquanto andou distante, envolvido em seus assuntos, eu me vi em uma pequena aventura.

– De que diabo está falando?

– Estou dizendo que alguém tentou me raptar há dois dias.

Como Belle havia se virado de costas, não viu o sangue fugir do rosto de John. Ela respirou fundo, disposta a arriscar tudo, e voltou a falar:

– E, se você se importa mesmo comigo, eu imagino que queira me proteger. Eu preferiria não ter que lidar com essa situação sozinha, entende?

John a segurou com força pelos ombros e a virou para que o encarasse. A expressão no rosto dele deixou claro para Belle que ele ainda gostava dela – o que a teria deixado efusiva se John não parecesse tão terrivelmente angustiado.

– Conte-me o que aconteceu – pediu ele, o rosto tenso de preocupação. – Conte-me tudo.

Belle relatou o incidente no beco.

– *Maldição!* – explodiu ele, e deu um soco na parede.

Belle arquejou ao ver uma rachadura se abrir no gesso.

– Tem certeza de que o cavalheiro bem-nascido queria que pegassem você? Especificamente você?

Ela assentiu e se encolheu quando ele a sacudiu.

– E sei também que o braço dele estava em uma tipoia.

John soltou um palavrão. Havia acertado um tiro exatamente no ombro do homem que o atacara poucas noites antes. Com um suspiro perturbado, ele foi mancando até uma mesa onde havia uma garrafa de uísque e um copo, pegou os dois, mas logo descartou o copo e tomou um longo gole do uísque direto da garrafa. Então praguejou de novo e estendeu a garrafa na direção de Belle.

– Quer um pouco?

Ela balançou a cabeça, nervosa com a expressão dura no rosto dele.

– Não, obrigada.

– Talvez acabe mudando de ideia – sugeriu John, com uma risada sem humor.

– John, qual é o problema?

Belle foi correndo até ele.

– O que está acontecendo?

Ele a encarou direto nos olhos, aqueles olhos azuis perfeitos que o assombravam toda noite. Não havia mais por que esconder a verdade. Não depois de o inimigo dele já ter decidido que ela era um bem valioso. Pela segurança de Belle, teria que mantê-la sempre próxima a partir de então. Muito próxima. O tempo todo.

– John? – implorou Belle. – Por favor, me diga.

– Alguém está tentando me matar.

As palavras caíram sobre ela como uma avalanche.

– O quê? – disse Belle em um arquejo.

Ela cambaleou. Teria caído no chão se John não tivesse esticado o braço para firmá-la.

– Quem?

– Eu não sei. Isso é o mais desesperador. Como diabo posso me proteger se não tenho ideia de quem pode querer me atacar?

– Mas você tem inimigos?

– Nenhum que eu saiba.

– Santa escuridão! – sussurrou Belle.

John teve que conter um sorriso diante da tentativa de praguejar tão elegante e feminina.

– Quem quer que me queira morto, já percebeu que você é muito, muito importante para mim e está disposto a usá-la.

– Eu sou? – perguntou Belle baixinho.

– Você é o quê?

– Muito, muito importante para você?

John deixou escapar um suspiro entrecortado.

– Pelo amor de Deus, Belle. Você sabe que é. O único motivo para eu não ter andado atrás de você como um cachorrinho nos últimos dias é que eu tinha a esperança de que o homem que está me perseguindo ainda não houvesse feito a ligação entre nós.

Em meio ao terror pela segurança de John, Belle sentiu o coração se aquecer de felicidade diante das palavras dele. Ela não havia se enganado.

– O que vamos fazer agora?

John suspirou mais uma vez.

– Não sei, Belle. Minha prioridade é proteger você.

– E você também, eu espero. Eu não suportaria se alguma coisa lhe acontecesse.

– Não vou passar o resto da minha vida correndo de alguém, Belle. Ou melhor, *mancando*, no caso – acrescentou John, com ironia.

– Não, eu entendo que você não faria isso.

– Maldição!

Seus dedos se fecharam com força ao redor da garrafa de uísque, e ele muito provavelmente a teria jogado contra a parede se Belle não estivesse ali para conter sua fúria.

– Se ao menos eu soubesse quem está atrás de mim... Eu me sinto tão impotente, maldição! E tão inútil.

Belle se adiantou para confortá-lo.

– Por favor, meu bem – implorou ela. – Não seja tão duro consigo mesmo. Nenhum homem poderia fazer mais do que você está fazendo. Mas acho que chegou a hora de procurarmos ajuda.

– É mesmo? – perguntou em um tom sarcástico.

Belle ignorou o tom dele.

– Acho que devemos procurar Alex. E talvez Dunford também. Os dois são muito astutos. Acho que poderiam ajudar.

– Não vou envolver Ashbourne. Ele está casado agora, com um filho a caminho. E, quanto ao seu amigo Dunford, depois desta noite não tenho muito respeito pela capacidade de julgamento dele.

– Ah, por favor, não culpe Dunford por isso. Não lhe deixei muita escolha. Ele sabia que, se não me acompanhasse, eu viria sozinha.

– Você dá muito trabalho, Belle Blydon.

Belle sorriu diante do que decidiu interpretar como um elogio.

– E, quanto a Alex, sei que você já salvou a vida dele – continuou ela.

John levantou os olhos para ela.

– Ele me contou tudo a respeito – falou Belle, esticando um pouco a verdade. – Portanto, nem pense em negar. E conheço Alex bem o bastante para saber que ele gostaria de pagar a dívida que tem com você.

– Não vejo isso como uma dívida. Fiz o que qualquer homem teria feito.

– Discordo. Conheço muitos homens que nem sequer saem na chuva, com medo de estragar suas gravatas, e com certeza não arriscariam a vida por outro. Pelo amor de Deus, John. Você não pode fazer isso sozinho.

– Não há outra forma.

– Não é verdade. Você não está mais sozinho. Tem amigos. E tem a mim. Não vai nos deixar ajudá-lo?

John não respondeu de imediato, e Belle voltou a falar, em pânico.

– É só o orgulho que o está detendo. Sei disso e não vou perdoá-lo se você... se você morrer só porque é cabeça-dura demais para pedir a ajuda de pessoas que gostam de você.

John se afastou dela e foi até a janela, incapaz de tirar do pensamento o homem que o perseguia. Ele estaria ali fora, pouco além da cortina fina? Estaria só esperando o momento propício? E faria mal a Belle?

Deus, não permita que ele faça mal a Belle.

Um longo minuto se passou, então Belle voltou a falar, a voz trêmula.

– Eu... acho que deve saber que estou contando com você para me proteger. Estou disposta a encarar seja o que for que estiver à minha frente, mas não farei isso sozinha.

John se virou para ela, o rosto dominado pela emoção. Ele abriu a boca, mas não falou.

Belle se adiantou e tocou o rosto dele.

– E, se me permitir – acrescentou ela, baixinho –, também quero proteger você.

John pousou a mão sobre a dela.

– Ah, Belle, o que eu fiz para merecer você?

Ela finalmente se permitiu sorrir.

– Nada. Você não teve que fazer nada.

Com um gemido, John a puxou mais para perto.

– Nunca mais vou deixá-la longe de mim – falou ele com intensidade, cravando as mãos nos cabelos cheios dela.

– Por favor, diga que está falando sério desta vez.

John a afastou e segurou o rosto dela entre as mãos, os olhos castanhos encarando com firmeza os olhos azuis da jovem.

– Eu lhe prometo. Vamos enfrentar isso juntos.

Belle passou os braços ao redor da cintura dele e encostou o rosto no peito firme.

– Podemos ignorar isso até de manhã? Ou ao menos pelas próximas horas? Podemos só *fingir* que tudo está perfeito?

John se inclinou e roçou gentilmente os lábios no canto da boca de Belle.

– Ah, meu bem, tudo *está* perfeito.

Ela virou o rosto para poder retribuir os beijos de John com toda a sua ansiedade e inexperiência. A paixão de Belle só serviu para inflamar a de John e, antes que ela se desse conta, ele já a havia erguido nos braços e cruzado a curta distância até a cama.

John a deitou sobre o lençol e afastou os cabelos de seu rosto com tamanha reverência que Belle ficou com os olhos marejados.

– Vou torná-la minha esta noite – disse John, a voz muito terna.

– Por favor – respondeu ela apenas.

Os lábios de John deixaram uma trilha de beijos ardentes pela lateral do pescoço de Belle enquanto ele a despia com dedos ágeis. Ele a tocava como um homem faminto, acariciando, roçando, apertando.

– Não consigo... ir mais devagar – disse ele, a voz rouca.

– Não me importo – garantiu Belle em um gemido.

Ela sentiu os tentáculos agora já familiares do desejo subindo por suas pernas, descendo pelos braços, até se encontrarem em seu ponto mais íntimo. Queria o alívio daquela tensão absurda e implorou por ele. Nunca sonhara que o desejo pudesse dominá-la com tamanha rapidez, mas, depois de experimentar o clímax, não conseguia lutar contra a urgência de se deixar arder naquela chama. As mãos dela agarraram com força o roupão de John, movidas pela necessidade de sentir a pele dele.

John parecia estar dominado pela mesma urgência e quase rasgou o roupão em sua pressa de sentir os seios dela apertados contra o peito.

– Ah, como desejo você! – gemeu ele enquanto deixava a mão descer pelo torso de Belle até alcançar os pelos crespos que cobriam sua parte mais íntima.

Belle estava úmida, e aquela constatação quase o deixou fora de si.

John não sabia por quanto tempo mais conseguiria se conter antes de penetrá-la, mas queria ter certeza de que Belle estivesse pronta para recebê-lo. Por isso, deslizou delicadamente um dedo para dentro dela e se surpreendeu com a intensidade do desejo dela quando seus músculos internos logo se contraíram ao redor dele.

– Por favor – implorou Belle. – Eu quero...

Ela não conseguiu terminar a frase.

– O que você quer?

– Quero você – disse ela com a voz rouca. – Agora.

– Ah, meu bem, eu também quero você.

Com uma urgência gentil, ele afastou as pernas de Belle e se posicionou acima dela, pronto para penetrá-la, mas ainda sem encostar nela. A respiração de John saía entrecortada, e ele precisou de uma enorme força de vontade para dizer:

– Tem certeza, meu bem? Porque, no momento em que eu a tocar, não vou conseguir mais me conter.

A resposta de Belle foi colocar as mãos com firmeza no quadril dele e puxá-lo mais para junto de si. John finalmente se permitiu fazer o que vinha sonhando havia semanas e a penetrou devagar. Mas ela era pequena e ele ficou apavorado com a ideia de machucá-la. Por isso continuou a se movimentar lentamente, arremetendo aos poucos e recuando, para permitir que o corpo de Belle se acostumasse ao dele.

– Está doendo? – sussurrou.

A sensação era um pouquinho desconfortável quando ele arremetia, mas Belle conseguia sentir o próprio corpo relaxando, então balançou a cabeça, pois não queria preocupá-lo. Além do mais, ela sabia aonde tudo aquilo levava e queria desesperadamente chegar lá.

John gemeu baixinho quando alcançou a fina barreira da virgindade dela. E precisou recorrer a cada gota de autocontrole que possuía para não arremeter de uma vez, como seu corpo excitado exigia.

– Isso pode doer um pouco, meu bem – avisou. – Queria que pudesse ser de outra forma, gostaria de poder evitar que sentisse dor, mas prometo que será só desta vez e...

– John – interrompeu Belle baixinho.

– O que foi?

– Eu amo você.

Foi como se a garganta dele estivesse se fechando.

– Não, Belle, isso não é verdade – falou John em um arquejo. – Você não pode. Você...

– Eu amo.

– Por favor. Não diga isso. Não diga nada. Não...

Ele não conseguia falar. Não conseguia respirar. Belle era dele, mas era como se ele a tivesse roubado. Ela era mais do que ele merecia e, se era ganancioso o bastante para querê-la em sua vida, não era tão patife a ponto de pedir seu coração.

Belle viu a expressão torturada nos olhos dele. Ela não compreendia o motivo daquilo, mas queria desesperadamente apagar aquela dor. As palavras não conseguiriam fazer isso, assim ela demonstrou sua devoção puxando a cabeça dele mais para perto.

O gesto gentil e delicado dela fez John perder o controle e arremeter com força, preenchendo-a por completo. Era tão bom estar dentro dela, diferente de qualquer coisa que já experimentara, mas ele se forçou a ficar imóvel por um instante enquanto sentia a passagem íntima do corpo dela se distender para acomodá-lo.

Belle deu um sorriso trêmulo.

– Você é tão grande.

– Tanto quanto qualquer homem. Embora eu não tenha a menor intenção de permitir que você venha a ter alguma base de comparação.

Ele começou a se mover dentro dela, penetrando-a devagar e se deleitando com a doce fricção dos corpos deles.

Belle arquejou ao sentir o movimento tão íntimo.

– Meu Deus...

– Exatamente...

– Acho que gosto disso.

Sem pensar no que estava fazendo, Belle começou a mover o quadril, erguendo-o para encontrar o dele, enquanto John continuava a arremeter. Então passou as pernas ao redor dele, e a nova posição permitiu que John a penetrasse ainda mais fundo, tanto que Belle teve certeza de que ele tocava seu coração.

Os movimentos de John ficaram mais rápidos e mais firmes, e Belle se viu arrastada pelo desejo dele enquanto ambos atravessavam o mar revolto em direção ao clímax. Ela cravou os dedos na pele dele, arranhando-o ao tentar puxá-lo ainda mais para perto.

– Eu quero agora – arquejou Belle, sentindo o corpo entrar em um redemoinho descontrolado.

– Ah, você vai ter, eu prometo.

Ele levou a mão entre os corpos de ambos e a tocou em seu ponto mais sensível. Belle se sentiu explodir no momento em que ele encostou nela e gritou de paixão enquanto cada músculo do seu corpo se contraía até tudo parecer se estilhaçar.

A sensação dos músculos de Belle contraídos ao redor de seu membro muito rígido foi mais do que John era capaz de suportar, e ele arremeteu uma última vez, soltando um grunhido rouco e derramando-se dentro dela. Juntos, atordoados, os dois se deixaram ficar em um emaranhado de braços e pernas, o calor irradiando de seus corpos.

Depois que a respiração de John se regularizou, ele afastou uma mecha úmida do rosto dela e perguntou:

– E então?

Belle sorriu para ele.

– Precisa mesmo perguntar?

John deixou escapar um suspiro de alívio. Ela não o questionaria sobre sua declaração de amor. Ele sentiu o corpo relaxar e conseguiu até dar um sorrisinho provocador.

– Faça-me esse favor.

– Foi maravilhoso, John. Nunca experimentei nada parecido. E preciso lhe agradecer.

Ele deu um beliscão carinhoso no nariz dela.

– Você também teve um papel fundamental.

– Hummm – disse Belle apenas. – Mas você se conteve por mim, para se certificar de que eu estivesse... bem – falou ela, incapaz de pensar em palavras melhores.

Quando John fez menção de protestar, ela pousou a mão sobre a boca dele.

– Shh. Eu vi em seu rosto. Você é um homem tão gentil, tão atencioso, mas se esforça para não deixar que as pessoas percebam esse seu lado. Veja só tudo o que fez para tornar esse momento perfeito para mim. Inclusive me dando prazer antes, para que eu não ficasse assustada esta noite.

– Isso é porque... porque eu me importo muito com você, Belle. Quero que tudo seja perfeito para você.

– Ah, é perfeito, John – disse ela, com um suspiro satisfeito. – É perfeito.

– Vou protegê-la – declarou ele com intensidade.

Belle se aconchegou no braço dele.

– Eu sei, meu bem. E também vou mantê-lo seguro.

John sorriu quando a imagem dela empunhando uma espada surgiu em sua mente.

– Não sou indefesa, sabe? – disse Belle.

– Eu sei – falou ele com condescendência.

O tom de John a irritou, e ela se virou para encará-lo.

– Não sou mesmo – protestou. – E é melhor acostumar-se com isso, porque não vou permitir que tente enfrentar esse monstro sozinho.

John abaixou os olhos para ela e ergueu uma sobrancelha.

– Com certeza não acha que vou permitir que se coloque em risco, não é?

– Não está entendendo, John? Que ao se colocar em risco você também *me* coloca em risco? É a mesma coisa.

John não entendia, mas não queria ter que lidar com aquilo naquele momento, quando tinha o corpo macio e quente dela aconchegado em seus braços.

– Você não disse que queria esquecer nossos problemas por algumas horas? – lembrou ele, a voz suave.

– Sim, acho que disse. Mas é difícil, não é?

John passou a mão pelo arranhão em seu braço, onde a bala passara de raspão no início daquela semana.

– Sim – disse ele, agora em um tom sombrio. – É mesmo.

CAPÍTULO 16

A manhã chegou rápido demais, e Belle logo se deu conta de que teria que voltar para casa. Vestiu-se às pressas, ainda sem acreditar que havia se esgueirado para dentro do quarto de John na noite anterior. Ela com certeza nunca pensara em si mesma como uma pessoa ousada. Belle suspirou baixinho, imaginando que as mulheres realmente faziam coisas desesperadas quando estavam apaixonadas.

– Algum problema? – perguntou John, vestindo uma camisa branca.

– O quê? Ah, não é nada. Estava só pensando que nunca mais quero subir em uma árvore até a altura do terceiro andar de uma casa.

– Amém a isso.

– Não que tenha sido tão aterrorizante subir na árvore. Mas me arrastar pelo galho até a janela...

– Não importa – interrompeu-a John com firmeza. – Desde que não volte a fazer isso.

A preocupação dele com ela era tão óbvia que Belle se esqueceu de ficar indignada com o comportamento autoritário dele.

Ao saírem de forma sorrateira da casa de Damien, Belle se perguntou se seria prudente caminharem sozinhos enquanto o inimigo continuava à solta. Ela mencionou sua preocupação a John quando eles já chegavam aos degraus da frente da casa.

John balançou a cabeça.

– Ele me parece ser do tipo covarde. É mais provável que prefira se mover sob o manto da escuridão.

– Ele me atacou durante o dia – lembrou Belle, mantendo-se teimosamente imóvel.

– Sim, mas usou bandidos contratados. Além disso, você é mulher.

John percebeu que Belle estava prestes a protestar por ter suas preocupações dispensadas daquela forma.

– Não que eu a ache menos capaz, mas deve saber que a maior parte dos homens não a veria como uma grande ameaça – acrescentou ele de forma diplomática. – Além do mais, não há motivo para que ele esteja à espreita tão cedo. Por que ficaria esperando por mim aqui, se provavelmente acha que continuarei na cama ainda por algumas horas?

– Só que ele pode ter me visto na noite passada. E, nesse caso, saberia que você teria que me levar para casa.

– Se ele a tivesse visto ontem à noite, a teria agarrado.

A ideia fez um arrepio de medo percorrer a espinha de John e renovou sua determinação de colocar fim àquele episódio o mais rápido possível. Ele ergueu o queixo com determinação, pegou a mão de Belle e desceu os degraus com ela.

– Vamos seguir nosso caminho. Gostaria que você estivesse em casa antes do meio-dia.

Belle respirou fundo o ar fresco.

– Acho que nunca estive na rua de manhã tão cedo. Ao menos não de propósito.

John deu um sorriso provocante.

– E você diria que hoje foi de propósito?

– Ora, talvez não exatamente – falou ela e enrubesceu. – Mas tinha esperança...

– Sua desavergonhada.

– Talvez, mas você vai perceber que essa história tem um final feliz.

Os pensamentos de John se voltaram para o homem misterioso que atacara ambos.

– Infelizmente, esse capítulo em particular não chegou ao fim.

Belle ficou séria.

– Ora, a um meio feliz, então. Ou seja como for que chamem a parte pouco antes do clímax.

– Pensei que havíamos chegado ao clímax na noite passada.

O rosto de Belle atingiu níveis de rubor nunca vistos.

– Estava falando em termos literários – murmurou ela.

John resolveu parar de torturá-la e se calou, ainda sorrindo. Depois de um intervalo adequado, perguntou:

– Você acha que Persephone já acordou?

Belle franziu o cenho e olhou para o céu, que ainda estava rosado e alaranjado com as últimas pinceladas da aurora.

– Não tenho certeza. Persephone é imprevisível. Nunca sei bem o que esperar dela. Além do mais, raramente estou acordada a esta hora, por isso não saberia dizer se ela acorda cedo.

– Ora, pelo seu bem, espero que ela ainda esteja na cama. Se bem que a única coisa que ela pode fazer é insistir que eu me case com você, o que não seria um problema, porque planejo fazer exatamente isso e com a maior rapidez possível. De qualquer modo, gostaria de evitar gritarias e desmaios e toda essa bobagem feminina.

Belle o encarou, irritada, diante do comentário "bobagem feminina".

– Imagino que Persephone e eu seremos capazes de nos comportar de forma que não ofenda as suas suscetibilidades masculinas – murmurou ela.

John deu um sorrisinho.

– Conto com vocês.

Belle foi poupada de ter que fazer um novo comentário porque eles chegaram aos degraus da frente da mansão Blydon. Ela tivera o bom senso de levar consigo uma chave ao sair, e os dois entraram em silêncio na casa. John fez menção de partir na mesma hora, já que não queria provocar uma cena.

– Por favor, não vá ainda – apressou-se a dizer Belle e pousou a mão no braço dele.

Por mais surpreendente que fosse, nenhum dos criados presenciara a entrada clandestina deles.

– Espere por mim na biblioteca. Vou subir correndo e vestir algo mais adequado.

John observou o traje masculino de Belle com um sorriso e assentiu enquanto ela subia depressa a escada. Belle parou no patamar do segunda andar, olhou para baixo com um sorriso travesso e disse:

– Temos muito que conversar.

Ele assentiu mais uma vez e se encaminhou para a biblioteca. Lá, correu os dedos pelas lombadas dos livros até encontrar um com um título intrigante que o levou a tirá-lo da prateleira. John folheou o livro preguiçosamente, sem prestar muita atenção às palavras. Seus pensamentos permaneciam no anjo de cabelos loiros que estava no andar de cima naquele momento. Que diabo dera na cabeça de Belle para escalar uma árvore até uma janela do terceiro andar da casa do irmão dele? Não que John estivesse aborrecido com o resultado, mas, ainda assim, ele não permitiria que ela voltasse a tentar algo semelhante. Ele suspirou ao sentir o corpo se aquecer, não de desejo, mas de satisfação.

Ela era dele. John ainda não compreendia direito como aquilo acontecera, mas ela era dele.

Belle reapareceu usando um vestido rosa que realçava o tom corado natural de seu rosto. Os cabelos tinham sido presos em um coque frouxo que, embora não fosse considerado elegante, era ao menos apresentável.

John ergueu uma sobrancelha diante da rápida transformação.

– Apenas cinco minutos, milady. Estou surpreso... e impressionado.

– Ah, por favor, não é tão difícil assim trocar de roupa – argumentou Belle.

– Minhas irmãs jamais conseguiriam tal proeza em menos de duas horas.

– Suponho que tudo dependa de quanto a pessoa deseje chegar ao seu destino.

– E você queria muito chegar ao seu destino?

– Ah, sim – sussurrou Belle. – Muito.

Ela deu um passo na direção dele, então outro, e outro, até os dois estarem muito próximos.

– Acho que você me transformou em uma devassa.

– Espero ardentemente que sim.

Belle percebeu que a respiração dele havia se tornado irregular e sorriu. Era bom saber que tinha o poder de afetar John da mesma forma que ele a afetava.

– Ah, a propósito – disse em um tom casual. – Uma dama normalmente *leva* mais de cinco minutos para se trocar.

– O quê?

Os olhos de John estavam nublados de desejo e sua mente se recusava a compreender o que ela dissera.

Belle lhe deu as costas.

– Os botões.

Ele prendeu o ar ao fitar a pele macia das costas dela à mostra no vestido aberto.

– Se importaria?

Sem dizer nada, John fechou os botões, deixando os dedos roçarem na pele morna sempre que possível. Quando chegou ao último botão, ele pousou um beijo terno na pele perfumada do pescoço dela.

– Obrigada – disse Belle baixinho, virando-se de novo para ele.

Cada terminação nervosa do seu pescoço e das suas costas parecia ter ganhado vida. Ciente de que teria que se comportar com um pouco mais de decoro – afinal, estavam na biblioteca do pai dela –, Belle foi até uma poltrona de couro macia e se sentou.

– Temos algumas questões para discutir – relembrou, depois de se colocar à vontade.

– Amanhã.

John se acomodou na poltrona que estava ao lado da dela.

– Como disse?

– Vamos nos casar amanhã.

Belle o encarou atordoada.

– Não acha um pouco cedo demais?

Ela havia se resignado ao fato de que não teria o casamento dos seus sonhos, mas achava sinceramente que merecia algo especial. Belle duvidava que algum de seus parentes conseguisse chegar a Londres a tempo de assistir às suas núpcias se John fizesse como queria.

– Eu me casaria hoje, mas creio que uma dama precise de algum tempo para se preparar – falou ele.

Belle o fitou com cautela, torcendo para que ele estivesse sendo sarcástico.

– Não precisamos nos apressar tanto.

As palavras dela não o preocuparam – John sabia que ela não estava tentando fugir do casamento. Ainda assim, ele não tinha o menor desejo de que tivessem um longo noivado. Não depois do que experimentara à noite.

– Acho que precisamos nos apressar o máximo possível. Quero você perto de mim, onde eu possa cuidar da sua segurança. Para não mencionar o fato de que você pode estar grávida.

Belle empalideceu. Deixara-se dominar de tal forma pela paixão que nem sequer pensara nas possíveis consequências. Ela supôs que era por isso que tantas pessoas acabavam se vendo diante de uma gravidez indesejada.

– Eu não estava propondo que esperássemos meses. Gostaria que tivéssemos ao menos cerca de uma semana. Além do mais, você vai precisar de tempo para conseguir uma licença especial.

– Já consegui.

– Já?

– Na semana passada. Quando lhe disse que esperaria duas semanas, até seus pais voltarem para casa.

– Ainda não se passaram duas semanas.

Belle deu um sorriso triunfante e se recostou no sofá. Ganhara ao menos alguns dias.

– Sinto muito, mas fiz essa concessão antes de saber que tínhamos um inimigo bastante inconveniente. Não estou mais disposto a esperar tanto. Vou repetir: eu a quero perto de mim, onde possa ficar de olho em você.

Belle suspirou. Ele estava sendo romântico, e ela com certeza não era imune a um pouco de romance. Ainda assim, Belle duvidava que fosse conseguir um vestido novo para o casamento se ele acontecesse no dia seguinte. A ideia de se casar usando um de seus vestidos antigos certamente *não* era romântica.

Ela levantou os olhos para John tentando deduzir se adiantaria defender seu ponto de vista. Ele parecia implacável.

– Muito bem. Que seja amanhã. À noite – acrescentou ela depressa.

– Achei que os casamentos acontecessem pela manhã.

– Este não – declarou ela.

John assentiu com boa vontade. Podia ceder naquilo. Ele se levantou e alisou o paletó.

– Se me der licença, preciso tomar algumas providências. Você tem algum vigário de preferência? Alguém que gostaria que conduzisse a cerimônia?

Belle ficou comovida por ele ter pensado em lhe perguntar aquilo, mas respondeu que não era apegada a nenhum vigário em particular.

– É melhor levar um dos meus criados com você – acrescentou ela. – Não quero que ande por aí sozinho.

John assentiu. Ele achava que o inimigo escolheria atacar à noite, mas não faria mal tomar algumas precauções.

– E quero que você fique aqui – alertou ele.

Belle sorriu diante da preocupação dele.

– Pode ficar tranquilo. Se eu sair, levarei ao menos oito pessoas comigo.

– Eu a punirei pessoalmente se não fizer isso – resmungou John. – Passarei por aqui mais tarde, assim que encontrar um vigário disponível.

Belle o seguiu até o saguão e chamou dois criados para pedir que passassem o dia com ele. Então acompanhou John até a porta da frente, onde ele deu um beijo delicado na palma da mão dela.

– Ah, John – suspirou Belle. – Será que algum dia vou me saciar de você?

– Espero que não.

Ele deu um sorriso atrevido e saiu.

Belle balançou a cabeça e subiu devagar a escada. Santo Deus, iria mesmo se casar no dia seguinte?

Ela suspirou. Sim.

Belle entrou no quarto, foi até a escrivaninha e se sentou diante dela. Então pegou papel de carta e uma pena. Por onde começar? Decidiu escrever para o irmão.

Caríssimo Ned,
*   Vou me casar amanhã à noite.*
*   Poderia vir?*

Belle

Ela sorriu e guardou o bilhete enigmático em um envelope cor de marfim. Aquilo certamente faria o irmão se apressar a chegar a Londres. O bilhete que escreveu a seguir, para Dunford, era idêntico, a não ser pelo fato de que, no caso dele, Belle incluiu o nome de John. Não que o casamento fosse uma grande surpresa para ele.

Emma não aceitaria nada tão misterioso, por isso Belle decidiu ser franca. Além do mais, a prima já sabia do seu relacionamento com John.

Caríssima Emma,
*   Para minha grande alegria, John e eu decidimos nos casar. Infelizmente, precisamos fazer isso com urgência.*

Belle franziu o cenho ao escrever aquilo. Emma com certeza pensaria no pior. É claro que ela estaria certa, mas Belle não pensava nos eventos recentes em sua vida como "o pior".

Ainda assim, continuou a escrever.

Percebo que estou avisando com pouquíssima antecedência, mas espero que você e Alex consigam vir a Londres amanhã, para o meu casamento. Infelizmente, ainda não sei a hora da cerimônia, mas acontecerá à noite.

O cenho franzido de Belle logo se transformou em uma careta. Havia "infelizmente" demais para o que deveria ser um evento feliz. Estava fazendo uma grande confusão. Belle resolveu deixar de lado qualquer pretensão de escrever com elegância e terminou logo o bilhete.

Imagino que esteja surpresa. Eu mesma também estou um pouco. Explicarei tudo quando você chegar.

Com muito amor,
Belle

Ela estava prestes a descer com as cartas para pedir que um criado convocasse três mensageiros quando Persephone entrou pela porta aberta.

– Meu Deus, você acordou cedo! – exclamou a dama mais velha.

Belle sorriu e assentiu, reprimindo a vontade maldosa de comentar que não chegara exatamente a ir para cama.

– Alguma razão em particular? – insistiu Persephone.

– Vou me casar amanhã.

Não havia motivo para não ser direta.

Persephone arregalou os olhos como uma coruja.

– O quê?

– Vou me casar.

Os olhos continuaram arregalados. Belle reviu ligeiramente sua opinião e decidiu que a acompanhante não se parecia com uma coruja comum, mas com uma um tanto deficiente. Depois de alguns momentos, no entanto, a amiga recuperou a capacidade de falar.

– É com alguém que conhecemos?

– Ora, lorde Blackwood, é claro – retrucou Belle, irritada. – Com quem mais seria?

Persephone deu de ombros.

– Ele não aparece há algum tempo.

– Eu dificilmente chamaria alguns poucos dias de "há algum tempo" – disse Belle, na defensiva. – E, de qualquer modo, isso não vem ao caso, já que nos reconciliamos e vamos nos casar amanhã à noite.

– De fato.

– Não vai me dar os parabéns?

– É claro, meu bem. Sabe que considero lorde Blackwood um homem excelente, mas tenho a sensação de que, de algum modo, fracassei nos meus deveres como acompanhante. Como vou explicar isso aos seus pais?

– A senhora sequer conhece os meus pais. Além disso, eles não têm a menor ideia de que tenho uma acompanhante.

Belle olhou para Persephone e, na mesma hora, se deu conta de que dissera a coisa errada. A dama mais velha parecia ter se metamorfoseado de uma coruja doente em um furão agitado.

– Tente pensar na situação da seguinte forma – sugeriu Belle, esperançosa. – O objetivo de toda jovem dama é se casar, ou ao menos é o que nos dizem. Certo?

Persephone assentiu, mas parecia desconfiada.

– Vou me casar. Portanto atingi esse nobre objetivo, e isso também é mérito seu como minha acompanhante.

Belle abriu um sorrisinho débil, incapaz de se lembrar da última vez que dissera uma tolice tão grande.

Persephone lhe lançou um olhar que parecia dizer "Sinceramente?" no mais sarcástico dos tons.

– Está certo – disse Belle, obrigada a ceder. – É uma situação incomum, admito. E as pessoas provavelmente vão falar a respeito por semanas. Vamos ter que lidar com isso da melhor maneira possível. Além do mais, estou feliz.

Os lábios de Persephone se curvaram em um sorrisinho romântico.

– Então isso é tudo que importa.

Belle estava certa de que não conseguiria dormir de forma alguma naquela noite, mas acordou na manhã seguinte sentindo-se renovada. John havia aparecido de novo na véspera para lhe dizer que encontrara um vigário que os casaria às sete da noite. Belle sorrira, insistira que ele mantivesse os criados ao seu lado pelo resto do dia e o expulsara educadamente da casa. Tinha coisas a fazer.

Determinada a não ter um casamento totalmente distante do tradicional, Belle encomendara dezenas de flores e arrastara Persephone para comprar um vestido com ela. Não era necessário dizer que levaram junto vários criados para protegê-las. Belle não gostava de pensar em si mesma como uma mulher apavorada, mas a verdade era que não desejava ser arrastada para outro beco sujo.

Madame Lambert dera um gritinho diante da ideia de fazer um vestido de noiva em tão pouco tempo, mas ainda assim conseguira encontrar para Belle um belo vestido de seda verde que precisaria só de pequenas alterações. O vestido tinha um corte império simples, com a saia fluindo de uma faixa logo abaixo do busto até o chão. O decote deixava os ombros um pouco à mostra e o traje era adornado por camadas de um tecido diáfano branco. Era mais apropriado para um clima quente, mas Belle decidiu que, em suas circunstâncias, não poderia reclamar.

O resto do dia passara em uma lentidão surpreendente. Belle sempre achara que casamentos exigiam uma montanha de preparativos, mas logo descobrira que a montanha diminuía muito de tamanho quando a cerimônia acontecia na casa da noiva, com menos de meia dúzia de convidados.

E agora que o dia do casamento chegara, ela não tinha nada a fazer a não ser ficar sentada, esperando, nervosa. Ela se sentiria melhor quando Emma chegasse, decidiu. Persephone era um amor, mas nunca fora casada e não era de grande ajuda. Ela tentara ter uma "conversinha" com Belle à noite, mas logo se tornara claro que a mulher mais velha tinha muito menos compreensão dos assuntos nupciais do que a própria Belle. E Belle estava decidida a manter a boca fechada.

A conversa morreu rapidamente.

Infelizmente, Emma parecia não estar se apressando a chegar a Londres. Belle ficou vagando sem rumo pela casa o dia todo, incapaz de se concentrar. Ela mal comeu no café da manhã, beliscou o almoço e, por fim, se acomodou em um assento diante da janela na sala de visitas da mãe e ficou olhando para a rua.

Persephone enfiou a cabeça na sala.

— Está tudo bem, querida?

Belle não se virou. Por algum motivo inexplicável, seu olhar estava fixo em um cachorrinho preto que latia na calçada.

— Estou bem. Estava só pensando.

— Tem certeza? Você parece um pouco... estranha.

Belle afastou os olhos da rua e se virou para encarar Persephone.

— Estou bem, de verdade. É que não tenho nada para fazer, só isso. E, se tivesse, duvido que fosse capaz de me concentrar na tarefa.

Persephone sorriu e assentiu. Nervosismo de noiva. Ela deixou a sala.

Belle se virou de novo para a janela. O cachorro havia saído de cena, por isso ela decidiu observar as folhas das árvores do outro lado da rua. Quantas mais cairiam com um vento tão forte?

Santo Deus, quando se tornara tão melodramática? Agora ela sabia por que as pessoas faziam tanto estardalhaço sobre casamentos. Era para manter a cabeça da noiva ocupada e evitar que ela caísse em estranhos abismos mentais.

Estranhos abismos mentais? De onde tinha vindo aquilo? Belle teve certeza de que estava perturbada. Voltou para o quarto, deitou-se na cama e se obrigou a dormir.

Belle só percebeu que havia cochilado quando Persephone começou a sacudi-la pelos ombros.

– Meu santo Deus, menina – dizia a acompanhante. – Não acredito que tenha cochilado no dia do seu casamento.

Belle esfregou os olhos, encantada por ter conseguido realmente dormir.

– Parecia não haver nada melhor para fazer – disse, grogue.

– Ora, lorde Blackwood está no andar de baixo com o reverendo, Sr. Dawes, e parece bastante ansioso para começar a cerimônia.

– Que horas são? – perguntou Belle, totalmente desperta.

– Seis e meia da noite.

Santo Deus, por quanto tempo dormira?

– Algum dos meus parentes já chegou?

Os três que supostamente apareceriam, pensou, melancólica.

– Não, mas ouvi dizer que as estradas em direção à cidade estão cheias de lama.

Belle suspirou.

– Ora, suponho que não podemos esperar a noite toda por eles. Por favor, diga a lorde Blackwood que descerei assim que puder. Ah, e por favor, não comente com ele que eu estava dormindo.

Persephone assentiu e deixou o quarto.

Belle se levantou e foi até o quarto de vestir, onde seu vestido um pouco casual demais estava pendurado. Ela imaginou que deveria chamar a camareira para ajudá-la. Sempre sonhara em ter a mãe e Emma – e talvez algumas amigas – com ela para ajudá-la a se vestir no dia do seu casamento. Elas estariam sorrindo e brincando e dando risadas por qualquer tolice. Seria um grande evento e ela se sentiria como uma rainha.

Só que não havia ninguém. Estava sozinha. Sozinha no dia do próprio casamento. Que deprimente.

Seus pensamentos se voltaram para John, que sem dúvida a esperava, impaciente, no andar de baixo. Conseguia imaginá-lo andando de um lado para o outro no salão de visitas, o passo marcado pelo claudicar pelo qual Belle passara a sentir tanta ternura. Seus lábios se curvaram em um sorriso. Não estava sozinha. E jamais estaria.

Belle acabara de estender a mão para o vestido quando ouviu uma comoção no corredor. Virou a cabeça na direção da porta, que foi aberta com um movimento brusco. Emma entrou praticamente voando no quarto.

– Santo Deus, prima! – falou, afogueada e ofegante.

Belle não tinha dúvida de que Emma subira a escada dois degraus por vez.

– Não acha que poderia ter me avisado com um pouco mais de antecedência?

– Foi uma decisão meio súbita – falou Belle.

– Isso soa como um grande eufemismo.

A atenção delas foi distraída por uma comoção ainda maior no corredor.

– Ah, meu Deus! – murmurou Emma. – Deve ser Alex.

O homem em questão quase chutou a porta para entrar.

– Sem dúvida é ele – concordou Belle, com ironia.

Alex estava arfante. Belle imaginou que ele talvez tivesse subido as escadas *três* degraus por vez. Alex fixou os olhos verdes na esposa com uma expressão letal, e Emma teve a elegância de parecer ao menos um pouco constrangida.

– Se algum dia eu a vir pular da carruagem daquele jeito de novo, que Deus me ajude, vou castigá-la.

Emma escolheu o caminho da menor resistência e simplesmente não respondeu ao marido.

– Ele anda um pouco superprotetor por causa do meu estado delicado – explicou a Belle.

– Emma... – falou Alex em tom de alerta.

John escolheu aquele momento para aparecer à porta.

– Que raios está acontecendo aqui?

Belle deu um gritinho e correu para o quarto de vestir.

– Você não pode me ver! – gritou.

– Ah, pelo amor de Deus, Belle. Este não é exatamente um casamento normal.

– Vai ser tão normal quanto eu quiser. Portanto, saia. Eu o verei no andar de baixo.

A voz dela saiu abafada, através de várias camadas de tecido e uma grossa porta de madeira.

Alex revirou os olhos.

– Mulheres – murmurou.

Aquilo fez com que a esposa o olhasse com profunda irritação.

– Preciso de um drinque – continuou ele e se apressou a sair do quarto.

John o seguiu sem olhar para trás.

Emma fechou a porta e correu para o quarto de vestir.

– Eles saíram – disse baixinho, sem saber muito bem por que sussurrava.

– Tem certeza?

– Pelo amor de Deus, Belle. Eu tenho olhos, não tenho? Estou lhe dizendo, eles foram embora.

Belle espiou o cômodo e, quando teve certeza de que não havia mais criaturas do sexo masculino, se arriscou a sair.

– Eu *achava* que você era a pessoa mais sensata que eu conhecia – murmurou Emma.

– Perdi a sensatez – declarou Belle, a sério.

– Tem certeza de que está pronta para fazer isso?

Belle assentiu e uma lágrima escorreu de seus olhos.

– Eu só achei que seria diferente. Minha mãe nem está aqui!

Ela fungou alto.

Comovida pelas lágrimas da prima, Emma tocou o braço dela.

– Você pode esperar, Belle. Não há motivo para seguir com esse casamento hoje.

Belle balançou a cabeça.

– Não posso esperar, Emma. Nem mais um dia.

E contou toda a história à prima.

CAPÍTULO 17

Depois de se convencer de que Belle estava mesmo apaixonada por John, Emma ajudou a prima a se vestir para o casamento e declarou que ela era a noiva mais radiante que já vira.

– Suponho que isso signifique que meus olhos já não estão vermelhos – brincou Belle.

Ela havia chorado muito.

Emma balançou solenemente a cabeça.

– Quer que Alex a acompanhe até o altar?

Belle franziu o cenho.

– Tinha esperança de que Ned estivesse aqui a esta altura. Se não posso ter meu pai para me levar ao altar, imaginei que seria levada pelo meu irmão. E meu pai vai ficar furioso por não ter estado presente.

– Ora, ele me entregou a Alex – apressou-se a lembrar Emma. – Vai ter que servir. Ned mandou alguma resposta?

– Não houve tempo.

Emma mordeu o lábio inferior.

– Que tal eu descer e atrasar mais um pouco os procedimentos? Logo estarei de volta.

Ela saiu do quarto e foi até o salão de visitas. John andava de um lado para o outro, não só de nervosismo, mas de impaciência.

– Por que ela está demorando tanto? – perguntou.

Emma torceu os lábios e consultou o relógio.

– São apenas sete e dez. Isso é absolutamente pontual para um casamento que deveria começar às sete.

– Mulheres...

Aquilo foi dito pelo marido dela, que se acomodara em um sofá pequeno demais para um homem alto como ele. Dunford, que estava sentado diante de Alex, exibiu um sorrisinho presunçoso.

Emma lançou um olhar furioso para os dois, então de se voltou de novo para o futuro primo por afinidade.

– Só precisamos de um pouco mais de tempo – garantiu.

– Emma querida – chamou o marido dela em um tom inacreditavelmente suave. – Pode vir aqui um instante?

Emma o encarou com desconfiança e foi até o sofá.

– Está vendo aquele vigário ali? – perguntou Alex em um sussurro.

Ela assentiu.

– Está vendo alguma coisa, hum, vamos dizer, *estranha* em relação a ele?

Emma inclinou a cabeça enquanto observava o homem corpulento.

– Ele parece um pouco inclinado para a esquerda.

– Exatamente. O homem está aqui há trinta minutos, e aquele é o quarto copo de conhaque que tomou. Acho que devemos seguir logo com a cerimônia, enquanto ainda é possível.

Sem dizer nada, Emma saiu do salão e subiu a escada.

– Acho que não podemos atrasar muito mais – disse, assim que chegou ao quarto de Belle.

– Nem por alguns minutos?

– Não se quiser se casar esta noite.

Belle não tinha ideia do que aquilo significava, mas achou melhor não tentar descobrir. Pegou uma peça de renda espanhola branca e prendeu na cabeça.

– Acho que não podemos mais esperar por Ned. É melhor você convocar Alex para me levar até John.

Emma desceu novamente a escada, pegou o marido pela mão e pediu a Persephone que se sentasse ao piano. Ela e Alex se juntaram a Belle no alto da escada bem no momento em que Persephone começou a tocar.

– Santo Deus – comentou Alex quando a cacofonia do piano agrediu seus ouvidos. – Isso é Beethoven?

– Eu poderia jurar que pedi que ela tocasse Bach – falou Belle, franzindo o cenho.

– Acho que também não é Bach – disse Alex. – Acho que não é nada.

– Só podemos torcer para que ela não comece a cantar – acrescentou Emma.

Ela lançou um último sorriso para a prima e desceu a escada como madrinha.

– Persephone dificilmente cantaria pior do que você – provocou Alex.

Belle olhou para a prima, que já estava na metade da escada.

– Acho que ela não escutou – sussurrou.

– Isso provavelmente é uma benção. Vamos?

Alex ofereceu o braço a ela.

– Acho que é a nossa vez.

Enquanto desciam devagar a escada, passando por todas as rosas brancas e cor-de-rosa que Belle encomendara para a cerimônia, o nervosismo e a decepção com a rapidez do casamento desapareceram, deixando em seu lugar uma profunda sensação de satisfação, de alegria. Cada passo a levava mais para perto do homem que amava, o homem cuja vida logo se tornaria inextricavelmente ligada à dela. Quando entrou no salão de visitas e viu John parado perto do padre, com os olhos brilhando de orgulho e desejo, Belle precisou se conter para não correr para os braços dele.

Ela e Alex por fim cruzaram o salão, e Alex pousou a mão dela sobre o braço de John e se afastou.

– Irmãos e irmãs! – bradou o Sr. Dawes.

O hálito carregado de álcool atingiu o rosto de Belle. Ela tossiu discretamente e deu um passinho para trás.

Persephone não pegou a deixa e continuou a martelar o piano, divertindo-se muito. Dawes se virou para ela com óbvia irritação e gritou:

– Eu disse "Irmãos e irmãs!".

Os golpes nas teclas do piano tiveram uma morte lenta e dolorosa.

Belle aproveitou a vantagem da distração momentânea de Dawes para sussurrar para John:

– Tem certeza de que ele é um homem de Deus?

John conteve um sorriso.

– Toda a certeza.

O vigário se virou de novo para o casal.

– Como eu estava dizendo... irmãos e irmãs...

Ele piscou algumas vezes e observou a parca assistência.

– Ou talvez eu devesse me referir diretamente a cada uma das três pessoas presentes.

Belle não conseguiu se conter.

– Há quatro convidados, por gentileza.

– Como?

– Eu disse que há quatro convidados – insistiu ela. – Sei que é um casamento fora do comum, mas gostaria de receber o crédito pelos meus quatro convidados.

Belle percebeu que John se sacudia em uma risada silenciosa.

Dawes não era do tipo que cedia com facilidade a alguém que via como uma mera jovenzinha, ainda mais depois de cinco copos de conhaque.

– Estou vendo apenas três.

– São quatro.

Ele apontou para Alex, então para Emma, depois para Dunford.

– Um... dois... três!

– Quatro! – completou Belle, apontando com uma expressão triunfante para Persephone, que observava a cena, do piano, com óbvio fascínio e júbilo.

Àquela altura, Dunford explodiu em uma risada alta, o que fez com que Emma e Alex, que até ali haviam conseguido manter o controle, também caíssem na gargalhada. Dawes ficou com o rosto muito vermelho.

– *Ela* é a pianista – argumentou.

– Ela é minha convidada.

– Ah, está bem, mocinha impertinente – resmungou o vigário, secando a testa com um lenço. – Irmãos e irmãs, estamos aqui reunidos diante de *quatro* testemunhas...

A cerimônia continuou por alguns minutos, abençoadamente sem maiores ocorrências. John mal conseguia acreditar na própria sorte. Mais alguns minutos, pensou, e eles trocariam seus votos, colocariam as alianças, e Belle seria dele por toda a eternidade. Dominado tanto pela alegria quanto pela impaciência, ele se forçou a resistir à ânsia de sacudir o vigário prolixo e insistir que falasse mais rápido. Ele sabia que deveria estar aproveitando cada momento da cerimônia, mas o que realmente queria era que aquilo terminasse logo, para que pudesse sumir para algum lugar onde ficasse a sós com a esposa por uma semana inteira.

No entanto, as esperanças de John de uma cerimônia rápida foram por água abaixo quando a porta da frente da casa foi aberta com violência. Dawes olhou de relance para John, que assentiu brevemente, sinalizando que ele prosseguisse.

Dawes cambaleou para a frente no momento em que passos pesados atravessavam o saguão. Determinada a não permitir que o casamento fosse interrompido de novo, Belle manteve os olhos firmes no vigário, mas John não conseguiu resistir a se virar quando um jovem de cabelos escuros irrompeu salão adentro. Tinha olhos tão azuis que só poderia ser irmão de Belle.

– Santo Deus! – exclamou Ned Blydon, pulando por cima do sofá. – Já chegaram à parte das objeções?

– Hum, não – falou Dawes, o nariz bulboso e vermelho reluzindo à luz das velas. – Ainda não chegamos.

– Ótimo.

Ned pegou a mão livre de Belle e a arrastou para longe do altar improvisado.

– Você sabe o que está fazendo? – sibilou. – Quem é esse homem? O que você sabe sobre ele? O que está acontecendo? E como ousa me mandar um bilhete dizendo apenas que vai se casar no dia seguinte? O que estava pensando?

Belle esperou pacientemente que ele terminasse de falar.

– A qual pergunta você quer eu responda primeiro?

– Escutem aqui! – bradou Dawes. – Este casamento vai seguir adiante ou não? Tenho...

– Vai continuar – disse John em um tom letal.

– Sou um homem ocupado – balbuciou Dawes. – Tenho...

– Sr. Dawes – interrompeu Dunford suavemente, lançando um sorriso cativante ao homem –, peço perdão por essa interrupção. É um escândalo que um homem da sua importância seja tratado dessa forma. Não quer se juntar a mim para um copo de conhaque enquanto essa questão é esclarecida?

Belle não sabia se deveria agradecer a Dunford ou estrangulá-lo. Naquele ritmo, o vigário acabaria bêbado demais para concluir a cerimônia. Ela revirou os olhos e se voltou para o irmão, que a encarava com uma expressão preocupada.

– Tem certeza de que quer fazer isso? – perguntou ele de novo. – Quem é esse homem?

Alex se adiantou e deu uma palmadinha no ombro de Ned.

– Ele é um bom homem – disse baixinho.

Ao lado do marido, Emma assentiu vigorosamente.

– Você o ama? – perguntou Ned.

– Sim – sussurrou Belle. – Com todo o meu coração.

Ned a fitou nos olhos tentando avaliar a profundidade dos sentimentos da irmã.

– Muito bem, então. Peço desculpas pela interrupção – falou, dirigindo-se a todos. – Mas vamos ter que voltar ao começo da cerimônia, porque quero ser eu a entregar minha irmã ao noivo.

– Escute aqui, meu rapaz, já passamos da metade da cerimônia – bradou Dawes. – Sou um homem ocupado.

– Você é um bêbado de rosto vermelho – murmurou Belle para si mesma.

– Disse alguma coisa? – perguntou Dawes, piscando vigorosamente.

Ele se virou para Dunford, a quem agora via como um aliado, e o segurou pelo ombro.

– Ela disse alguma coisa?

Dunford se desvencilhou do vigário.

– Não se preocupe, meu bom camarada, vai receber um bônus pelo aborrecimento. Eu me certificarei disso.

Belle e Ned subiram a escada correndo e haviam acabado de chegar ao topo quando ouviram Dawes dizer:

– Ela vai tocar piano de novo?

Seguiu-se um baque alto, sem que Belle soubesse a origem.

Em segundos, Persephone começou a tocar o piano violentamente e, pela segunda vez naquele dia, Belle desceu a escada para se casar.

– Você está linda – sussurrou Ned.

– Obrigada.

As palavras dele levaram Belle a sorrir, profundamente tocada. Ela e o irmão se amavam muito, mas era o tipo de amor em que implicavam um com o outro em vez de se elogiarem.

Quando Belle chegou ao salão de visitas de novo, os olhos de John ainda brilhavam de orgulho e de amor por ela, mas dessa vez Belle também percebeu um toque de humor. Ela sorriu de volta para ele, um sorrisinho tolo que dizia que não se importava se a cerimônia de casamento deles tivesse se transformado em uma confusão. Tudo o que queria era ele.

A cerimônia prosseguiu de forma extraordinariamente tranquila, considerando-se os contratempos iniciais. Persephone até parou de maltratar o piano assim que Dawes disse mais uma vez:

– Irmãos e irmãs.

E, no momento devido, John e Belle foram declarados marido e mulher.

Todos aplaudiram quando eles se beijaram, embora mais tarde Dunford esclarecesse que seus aplausos tinham sido mais pelo fato de a cerimônia finalmente ter chegado ao fim do que pela felicidade do casal.

Depois dos cumprimentos habituais e do tradicional beijo da noiva em todos os convidados homens (como eram apenas três, não demorou muito), Ned olhou, animado, para a irmã e perguntou:

– Onde é a recepção? Estou faminto.

Belle ficou desalentada. Havia se esquecido completamente de uma recepção. E pensar que ficara reclamando consigo mesma porque não tinha nada para fazer... Mas a verdade era que, por mais que estivesse radiante por finalmente estar casada com o homem dos seus sonhos, ela achava que uma celebração naquela noite pareceria mais um jantar festivo do que uma recepção de casamento.

– Belle decidiu adiar a recepção até seus pais voltarem para casa – interrompeu John, com delicadeza. – Ela achou que sua mãe iria preferir assim.

Ned acreditava que a mãe deles teria preferido que Belle também houvesse adiado a cerimônia de casamento, mas se manteve em silêncio. Ele sorriu com brandura para o agora cunhado, então finalmente fez a pergunta que estivera em sua cabeça a noite inteira.

– Como você e a minha irmã se conheceram?

– Comprei recentemente a propriedade vizinha à de Ashbourne em Westonbirt – respondeu John. – Nós nos conhecemos lá.

– E ele lutou com Alex na Guerra Peninsular – acrescentou Belle. – Eram bons amigos.

Ned encarou John com um respeito renovado.

– Falando da guerra – disse Alex subitamente –, não imagina quem eu vi da minha carruagem quando chegamos.

John se virou para encará-lo.

– Quem?

– George Spencer.

Belle sentiu os dedos de John apertarem com mais força o braço dela. Ele parecia estar prestes a dizer algo, mas nenhum som saiu de sua boca.

– Com certeza você se lembra dele – prosseguiu Alex.

– Quem é George Spencer? – perguntou Belle.

– Apenas um velho conhecido – apressou-se a dizer John.

Alex se inclinou e deu um beijo fraternal no rosto de Belle.

– Acho que está na hora de deixarmos os recém-casados a sós.

Ele sorriu para Emma, que imediatamente fez menção de se preparar para sair.

Porém John o surpreendeu ao pousar a mão com firmeza em seu braço.

– Na verdade, Ashbourne, eu poderia ter uma palavra com você a sós antes de partirem? – pediu em voz baixa.

Alex assentiu e os dois foram para a biblioteca.

John fechou a porta depois que eles entraram.

– Não sei se chegou a ouvir toda a história sobre George Spencer.

Alex inclinou a cabeça.

– Sei que você o forçou a desertar do exército.

– *Depois* que atirei nele.

– O que disse?

– No traseiro – completou John.

Alex foi até uma mesa próxima, se serviu de um copo de uísque e bebeu de um só gole.

– Por alguma razão em particular?

– Eu o surpreendi estuprando uma jovem espanhola. Uma moça que jurei proteger.

Alex praguejou baixinho e os nós de seus dedos empalideceram ao redor do copo.

– Se George Spencer está rondando pela cidade – comentou John em tom cáustico –, não acho que seja para dar parabéns aos noivos.

Alex ergueu uma sobrancelha.

– Há mais nessa história?

John avaliou as vantagens e desvantagens de contar a Alex sobre o apuro em que se encontrava. A última coisa que desejava era arrastar um homem casado, com um filho a caminho, para uma situação potencialmente fatal. Mas a verdade era que ele mesmo tinha uma esposa agora e, levando em consideração seus planos para o futuro próximo, achava que um bebê talvez não demorasse muito a chegar. O peso dessas novas responsabilidades o levou a pensar melhor e ele se lembrou das palavras de Belle, poucos dias antes.

Você não pode fazer isso sozinho.

Até ali, John não tinha ideia de como seguir o conselho dela. Vivia por conta própria fazia tanto tempo que não sabia pedir ajuda ou mesmo aceitá--la. Alex era da família agora – um parentesco por casamento, mas da família mesmo assim. John se sentia muito mais próximo do amigo do que já se sentira de seus irmãos ou irmãs. Damien, por sinal, não encontrara tempo nem para comparecer ao casamento.

Alex e Emma, por sua vez, tinham saído às pressas do campo para chegar a tempo de acompanharem a cerimônia. John começava a experimentar a cálida sensação de pertencer a uma família. Ele olhou para Alex, que o observava com atenção.

– Estou com um problema – falou John, em voz baixa.

Alex inclinou a cabeça.

– George Spencer está tentando me matar.

Alex respirou fundo.

– Tem certeza?

– Tenho certeza de que *alguém* está tentando me matar – respondeu John. – E não consigo aceitar que a presença de Spencer do lado de fora desta casa seja coincidência.

Alex correu a mão pelos cabelos. Ele se lembrava da raiva de Spencer quando John o forçara a desertar.

– Não. Não é coincidência. Nós vamos ter que fazer alguma coisa a respeito.

John ficou surpreso com o alívio que sentiu por Alex usar a palavra "nós".

– Onde vão passar a noite?

Aquela não era uma pergunta sem fundamento. Afinal, John se casara fazia menos de uma hora. Sob circunstâncias normais, ele e Belle partiriam para uma viagem de lua de mel ou para a mansão Bletchford, para passarem algum tempo sozinhos. Mas ele não achava que os dois estariam seguros no campo – havia janelas e portas de mais na casa dele pelas quais Spencer poderia entrar sem ser visto. Londres provavelmente era mais segura, no mínimo porque havia muitas pessoas por perto, que poderiam testemunhar qualquer ataque de Spencer.

– Não sei – disse John, por fim. – Andei ocupado e nem pensei a respeito. Não gostaria de levar Belle para a casa do meu irmão.

– Fiquem aqui – sugeriu Alex. – Levarei Persephone para passar a noite na minha casa. Belle com certeza não precisa mais de uma acompanhante.

Ele deu um sorrisinho para John.

– Você se apressou em garantir isso.

John não conseguiu conter um sorriso.

– Vou mandar mais alguns criados para cá – acrescentou Alex. – Este lugar já está lotado deles, mas não fará mal ter mais alguns. Quanto mais pessoas houver aqui, mais seguros vocês estarão.

– Obrigado – disse John. – Eu também estava considerando a possibilidade de contratar um guarda-costas pelas próximas semanas.

– Boa ideia. Eu cuidarei disso.

– Não é necessário.

– Pelo amor de Deus, homem, você acabou de se casar. Deixe que eu me preocupe com os benditos guarda-costas.

John assentiu e percebeu que poderia se acostumar com a ideia de que agora tinha uma família que se importava com ele.

– Emma e eu permaneceremos na cidade até resolvermos isso – continuou Alex. – Entre em contato comigo pela manhã e decidiremos o que fazer em relação a Spencer.

– Farei isso.

– E, nesse meio-tempo, tenha uma esplêndida noite de núpcias.

John sorriu.

– *Com certeza* terei.

Eles ouviram uma batida à porta e Belle enfiou a cabeça por uma brecha.

– Já terminou com ele, Alex? – perguntou. – Porque é a minha noite de núpcias, sabe, e acho que tenho direito ao meu marido.

– Na verdade, estávamos falando exatamente desse assunto – retrucou Alex com um sorriso malicioso. – Portanto, acho que vou procurar minha esposa e voltar para casa.

Belle balançou a cabeça quando Alex saiu da biblioteca.

– De que exatamente ele estava falando? – perguntou ao marido.

Ele passou o braço ao redor dos ombros dela enquanto deixavam a biblioteca.

– Eu lhe contarei tudo amanhã.

Os poucos convidados partiram logo depois. Antes de ir embora, porém, Emma pegou a mão de Belle e puxou a prima de lado.

– Você, hum, precisa conversar comigo? – sussurrou.

– Acho que não – sussurrou Belle de volta.

– Tem certeza?

– De quê?

– De que não precisa conversar comigo?

– Emma, de que você está falando?

– Sobre o amor no casamento, tolinha. Precisa conversar comigo?

– Ah, bem, não. Não, eu não preciso.

Emma recuou com um sorrisinho no rosto.

– Tive a sensação de que não precisava.

Ela soltou a mão da prima e se afastou alguns passos. Então se virou e disse:

– Muito bem, então, tenha uma boa noite.

Belle sorriu.

– Ah, eu terei. Eu terei.

– De que estavam falando? – perguntou John, inclinando-se para beijar o pescoço da esposa agora que todos os convidados haviam partido.

– Eu lhe contarei amanhã.

– Muito bem. Tenho outras coisas em mente esta noite.

Ele a guiou na direção da escada.

– Eu também.

Ela o acompanhou com animação.

– Em que você está pensando? – perguntou John quando chegaram ao andar de cima. – Neste momento... exato.

– Estava pensando que estou feliz por ficarmos aqui esta noite.

– Hum, eu também estou. Teríamos demorado demais para chegar em casa.

– Está se referindo à casa do seu irmão?

– Não, bobinha. À mansão Bletchford.

Belle sorriu.

– Parece que já se passou tanto tempo desde que estive lá. Nem havia me ocorrido que tenho um novo lar.

– Não é uma casa grande – comentou John, baixinho.

– É grande o bastante para mim.

– E o nome é terrível.

– Isso pode ser consertado.

– Não temos muitos criados.

– Não preciso de muitos. E pare de tentar diminuir a mansão Bletchford. A casa tem excelentes qualidades.

– É mesmo?

Eles ainda estavam parados no alto da escada.

– Ah, sim – falou Belle com um sorriso sedutor. – As roseiras são lindas.

– Isso é tudo?

– Há um lindo tapete no salão de visitas.

– O que mais?

– Ora – continuou Belle com um sorriso quando eles entraram no quarto. – E há o senhor da casa.

– O senhor da casa?

Os olhos de John se iluminaram de prazer.

– Ele é muito bonito.

– Você acha?

Ele fechou a porta com um chute.

– Ah, sim, muito.

John levou as mãos à fileira de botões encapados que fechavam o vestido dela nas costas.

– Tenho um segredo para lhe contar.

– Tem?

Belle sentiu o coração acelerar ao toque quente de John em sua pele.

– Hummm. Esse senhor da mansão de que você está falando...

– Sim?

– Ele também gosta de você.

– É mesmo?

John abriu o último botão e o vestido escorregou pelo corpo de Belle, deixando-a coberta apenas por uma pequena peça de seda que atordoou os sentidos dele.

– Ele gostaria de ser o senhor do seu prazer esta noite.

– Senhor do meu prazer? – questionou Belle, com apenas um toque de repreensão descontraída na voz.

– Bem, ele já fez isso antes e gostou bastante.

– É verdade?

Belle mal conseguiu pronunciar as palavras, já que as mãos de John agora subiam por suas pernas, elevando acima das coxas dela a camisa de baixo.

– Muito, muito.

– O bastante para passar a vida fazendo isso? – perguntou ela.

– Sim. O bastante para deixar que você seja a senhora do prazer dele.

Belle inclinou a cabeça e sorriu.

– É mesmo?

– Ah, sim.

Os lábios de John chegaram à depressão onde o pescoço dela encontrava o ombro.

Belle sentiu que ele a guiava até que ela encostasse na cama. A boca de

John agora cobria um dos seus seios, e ela estava tendo muita dificuldade em permanecer de pé. Os dois caíram juntos em cima da cama.

O calor do corpo de John a pressionou contra o colchão por um breve momento até ele se erguer e arrancar a camisa.

– Meu Deus, Belle – falou John, a voz entrecortada. – Se você soubesse...

– Se eu soubesse o quê? – perguntou ela baixinho, deixando os olhos deslizarem pelo peito masculino com uma expressão de puro deleite.

As mãos dele, que estavam abrindo os botões da calça, ficaram imóveis.

– Quanto... o que você...

John balançou brevemente a cabeça, como se para conseguir forçar as palavras a saírem.

– A minha vida era... – começou a falar, mas se interrompeu. – Não sei como dizer isso.

Belle estendeu a mão e pegou a dele.

– Então me mostre.

John encostou a palma da mão da esposa em seu coração.

– Ele bate por você – sussurrou. – Só por você.

Ele se moveu devagar na direção dela, como se estivesse sendo puxado por algum fio invisível que ligava os dois. O resto das roupas de John caiu no chão e então ele estava com Belle, o calor de seus corpos separado apenas pela seda fina da camisa de baixo.

Belle sentiu a urgência fervilhar dentro dele. As mãos de John deslizavam pela pele dela com uma energia quase frenética, levando o desejo a disparar por todo o corpo, incendiado pelas mãos e pelos lábios de John, pelos seus sussurros incoerentes.

Belle puxou a camisa de baixo, tentando arrancá-la pela cabeça, mas John abaixou suas mãos.

– Deixe-a – pediu. – Eu gosto dela.

– Mas quero sentir você – reclamou ela em um arquejo.

– Você pode.

Ele espalmou a mão sobre o abdômen dela.

– E eu posso sentir você. E sinto o toque da seda, sinto calor, sinto desejo.

Uma onda de desejo se espalhou pelo ventre de Belle. A respiração dela saía em breves arquejos. O quadril de John estava pressionado contra o dela, a evidência do desejo dele aninhada entre as pernas dela.

– John, eu...

– O que foi, meu bem?

– Quero sentir você.

Um arrepio percorreu o corpo dele, e Belle sentiu a tensão dos músculos de John enquanto ele se esforçava para controlar o próprio desejo.

– Não precisa ir devagar – sussurrou ela. – Eu também quero.

Os olhos de John encontraram os dela.

– Belle, não quero machucar você.

– Não vai me machucar. Você nunca seria capaz de me machucar.

Ele levou as mãos até as pernas dela e as afastou lentamente, levantando a seda no caminho. A ponta do membro dele encontrou a entrada no corpo dela e começou a arremeter.

Belle prendeu a respiração ao sentir que ele a penetrava. Era o mais íntimo dos beijos, e ela arqueou o quadril para trazer John ainda mais para perto. Os movimentos dele se tornaram mais rápidos e mais furiosos.

A sensação foi se avolumando dentro dela. Uma força. Uma tensão. Aumentando, preenchendo-a.

A respiração de John ficou mais irregular. Ele afundou os dedos nos cabelos dela, arquejando seu nome enquanto a penetrava, e seu corpo se perdeu em um ritmo primitivo.

Belle havia entrado em uma espiral em direção ao êxtase. Ela cravou as unhas nas costas do marido, tentando alcançar uma sensação que chegava cada vez mais perto... até que chegou. O prazer a dominou completamente e ela gritou o nome dele.

Mas John não a ouviu. Os gritos de Belle foram abafados pelos dele, que arremeteu uma última vez e explodiu. Ele se deixou cair em cima dela, com o corpo pesado de exaustão.

Muitos minutos mais tarde, John rolou para o lado, puxando Belle junto. Seus corpos estavam separados agora, mas John a mantinha colada a ele.

– Quero adormecer com você nos meus braços – sussurrou. – Quero sentir sua pele, seu cheiro. Quero saber que você está aqui.

Belle se aconchegou mais a ele.

– Não vou a lugar nenhum.

John suspirou e um sorriso se formou em seus lábios. Ele enfiou o rosto nos cabelos dela e deu um beijo no alto de sua cabeça.

– Minha esposa – disse John, incapaz de conter o tom de deslumbramento na voz. – Minha esposa.

CAPÍTULO 18

Só na manhã seguinte Belle se lembrou de perguntar a John sobre a conversa dele com Alex. O marido chegou a pensar em esconder a verdade, mas bastou um vislumbre dos olhos azuis inquisitivos para que se lembrasse de que a respeitava demais para recorrer a qualquer subterfúgio.

– Sei quem está tentando me matar – disse ele, por fim.

Belle se sentou na cama e puxou as cobertas para cobrir os seios.

– Quem?

– George Spencer – contou e limpou a garganta. – O homem sobre o qual eu lhe falei.

Belle ficou muito pálida.

– Achei que ele havia deixado o país.

– Também achei. Ashbourne o viu do lado de fora da casa antes do casamento.

– Tem certeza de que ele deseja matá-lo?

John fechou os olhos enquanto sua memória o levava de volta à Espanha. O cheiro forte de sexo e sangue. A agonia nos olhos de Ana. A fúria nos de Spencer.

– Tenho.

Belle passou os braços ao redor do marido e se aconchegou a ele.

– Agora ao menos sabemos quem é. Podemos combatê-lo.

John assentiu devagar.

– O que vamos fazer?

– Ainda não sei, meu bem. Há muito a se levar em consideração.

Contudo ele não queria pensar sobre nada daquilo no momento, não quando ainda estava deitado na cama com a mulher que era sua esposa havia menos de 24 horas. John mudou de assunto de repente, beijou-a de novo e perguntou:

– Você gostou do casamento?

– É claro – respondeu Belle.

– Tem certeza?

John odiava pensar que a pressa dele talvez tivesse estragado um dos dias mais mágicos da vida dela.

– Você pareceu meio inquieta antes da cerimônia.

– Ah, *aquilo* – disse Belle, enrubescendo ligeiramente. – Estava só um pouco ansiosa.

– Não estava em dúvida sobre o casamento, eu espero.

Ele *esperava*? Ele *rezava* para isso.

– É claro que não – garantiu Belle, dando uma pancadinha brincalhona no ombro dele. – Nunca, nem uma única vez, achei que estivesse cometendo um erro. Estava só um pouco aflita porque meu casamento não seria exatamente como eu havia sonhado.

– Desculpe – disse John baixinho.

– Não, não diga isso. Só porque não foi o que imaginei não quer dizer que não tenha sido perfeito. Ah, Deus, essa frase faz algum sentido?

John assentiu.

– Eu achei que precisasse de um casamento na igreja, com centenas de convidados e música que soasse como música, mas estava errada. O que eu precisava era de um vigário bêbado, convidados irreverentes e uma acompanhante que aprendeu a tocar piano com uma cabra.

– Então você teve exatamente o que precisava.

– Imagino que sim. Mas a verdade é que tudo de que eu precisava é você.

John se inclinou e a beijou de novo, e os dois permaneceram muito ocupados pela hora seguinte.

Conforme o dia passava, John percebeu que teria que tomar uma atitude em relação a George Spencer. Com certeza não ficaria esperando sentado que Spencer lhe acertasse um tiro no peito. Ele enlouqueceria se tivesse que esperar pacientemente que o inimigo fizesse o próximo movimento. Pelo bem da própria sanidade, então, precisaria traçar um plano. A ideia de se esgueirar nas sombras era deplorável, por isso resolveu encarar a situação de cabeça erguida e se encontrar com Spencer.

É claro que aquilo exigia que soubesse do paradeiro do homem. John não tinha dúvida de que não seria difícil conseguir aquela informação. As notícias se espalhavam rapidamente por Londres, mesmo fora da temporada social, e Spencer era de uma família importante o suficiente para garantir que a chegada dele à cidade fosse notada. Bastaria perguntar às pessoas certas.

John se recolheu à biblioteca e escreveu um bilhete para Alex na mesma hora, pedindo ajuda. A resposta chegou menos de vinte minutos depois.

Spencer está em acomodações alugadas na Bellamy Lane, número 14. Ele voltou para Londres usando o próprio nome, mas as pessoas têm agido de forma indiferente em relação a ele. Ao que parece, Spencer tentou retornar à Inglaterra logo depois da guerra e foi desprezado por ser um desertor. Essa situação melhorou um pouco desde então, embora não muito.

Ele não recebe muitos convites, mas não acho que seria difícil que fosse aceito em bailes e grandes eventos. Spencer fala e se veste como um aristocrata. Você e Belle terão que ser cuidadosos.

Por favor, mantenha-me informado dos seus planos.

Ashbourne

Alex estivera ocupado na noite da véspera. John balançou a cabeça, admirado, e voltou a sentar-se diante da pena e do papel. Depois de vários rascunhos, finalmente se decidiu pela simplicidade e redigiu um curto bilhete:

Spencer,

Sei que está em Londres. Temos muito a conversar. Poderia, por favor, aparecer para o chá? Estou na casa dos meus sogros, na Grosvenor Square.

Blackwood

John mandou o bilhete por um mensageiro e deu instruções ao rapaz para que esperasse pela resposta.

Ele passou pelo saguão, procurando por Belle. Ainda não sabia se movimentar bem pela mansão, que era grande demais para uma casa na cidade. Sentia-se muito estranho ocupando a residência de outra pessoa, ainda mais quando os proprietários estavam na Itália e não tinham ideia de que ele acabara de se casar com a única filha deles. Se os Blydons estivessem em casa, ele se sentiria à vontade como hóspede, mas naquelas circunstâncias era como se estivesse brincando de ser o senhor na casa de outra pessoa.

A situação desconfortável só serviu para torná-lo ainda mais determinado a colocar fim em seus problemas com Spencer. Passara cinco anos poupando para comprar uma casa que fosse dele, e agora não podia usá-la.

Se não tivesse acabado de se casar, estaria com um profundo mau humor.

John por fim encontrou Belle adormecida no sofá da sala de estar. Ele sorriu para si mesmo e pensou que ela merecia um cochilo. Ele na certa se esforçara para mantê-la acordada à noite. Sem querer perturbá-la, saiu de mansinho e voltou para a biblioteca, onde se acomodou em uma poltrona com um volume de *O peregrino apaixonado*. Se Belle podia ler aquele livro, pensou, ele também poderia. Era irritante ficar sentado, lendo, enquanto alguém planejava matá-lo, mas, dentro de sua estratégia, não parecia haver outra coisa a fazer além de esperar.

Ele já estava no segundo ato da peça quando Belle bateu à porta.

– Entre!

Ela enfiou a cabeça por uma fresta.

– Estou incomodando você?

– No meu primeiro dia como homem casado? Acho que não.

Belle entrou, fechou a porta e se acomodou na poltrona ao lado da de John.

– Ah, não – disse ele e pegou a mão dela. – Venha para cá.

Com um movimento hábil, puxou-a para o colo.

Belle riu e deu dois beijos no contorno do maxilar dele, encantada com o modo como se sentia confortável com aquele homem.

– O que você está lendo? – perguntou, espiando o livro. – *O peregrino apaixonado*? Por que está lendo isso?

– Você leu.

– E?

Ele beliscou o nariz dela.

– E me lembrei de como estava adorável quando conversamos sobre ele no dia em que a conheci.

A resposta de Belle foi outro beijo.

– Descobri o que há de errado no nosso casamento – murmurou John.

– Sim?

Ele se inclinou para a frente e roçou os lábios no canto da boca de Belle.

– A maior parte dos casais – murmurou ele, pontuando as palavras com pequenos movimentos da língua – passa uma semana inteira na cama depois da cerimônia de casamento. Nós nem sequer dormimos até mais tarde.

Belle piscou.

– Podemos voltar para a cama – sugeriu.

Ele deixou a mão subir da barriga até o seio dela.

– É uma ideia interessante.

– Acha mesmo? – perguntou Belle em um sussurro.

John apertou gentilmente o seio que estava sob sua mão, deleitando-se com a reação da esposa.

– Sim.

Deu um sorriso preguiçoso enquanto a observava arquear as costas. Podia sentir o mamilo dela se enrijecendo, e o corpo dele fez o mesmo em resposta.

– Sempre vamos nos sentir assim? – perguntou Belle em um sussurro.

– Pelos céus, espero que sim.

John se inclinou para a frente e capturou a boca da esposa em um beijo firme e exigente. Seus lábios e sua língua eram insaciáveis, implacáveis em sua missão de tomar a alma de Belle para si.

A reação dela foi rápida e furiosa. O beijo inflamou seu desejo e Belle retribuiu com uma paixão na mesma medida, passando as mãos inquietas pelas costas dele. A boca quente de John desceu pelo pescoço dela, deixando uma trilha ardente em sua pele.

– Você trancou a porta? – perguntou ele, com a respiração entrecortada, os lábios colados à pele dela o tempo todo.

– O quê?

Belle estava tão perdida no mar da paixão que mal ouvira as palavras dele.

– Trancou a porta?

Ela balançou a cabeça, negando.

– Maldição.

Com relutância, John afastou a boca da pele macia e saiu de debaixo dela. Belle aterrissou no assento estofado da cadeira enquanto ele ia até a porta, com a respiração saindo em arquejos.

John girou a chave em um gesto decidido e se voltou para a esposa, com os olhos brilhando de desejo. Infelizmente, dera apenas dois passos na direção dela quando ouviu uma batida alta à porta. John praguejou baixinho e, antes de se virar para a porta, certificou-se com um olhar rápido de que Belle estava apresentável. Ele direcionou toda a irritação que sentia para a pobre maçaneta e a virou em um gesto violento.

– O que foi? – perguntou, irritado.

– Milorde – disse o criado em uma voz trêmula. – Correspondência para o senhor, milorde.

John assentiu e pegou o papel na bandeja de prata que o criado segurava.

– Normalmente há um abridor de cartas naquela escrivaninha ali – avisou Belle, indicando o móvel com um gesto de cabeça.

John seguiu a orientação dela e abriu o lacre. A carta estava escrita em um papel branco e elegante.

Meu caro lorde Blackwood,
   Acha que sou estúpido?
   Se deseja se encontrar comigo, estou mais do que disposto a marcar uma hora em um lugar mais neutro. Sempre tive um carinho especial pelas docas.
                                                                    George Spencer

– De quem é? – perguntou Belle.

– De George Spencer – respondeu John de modo distraído.

– O quê? – perguntou ela com uma voz aguda. – Por que ele lhe escreveu?

– Ora, ele está tentando me matar – respondeu John com tranquilidade, a paixão lamentavelmente dissipada pela interrupção. – Além disso, mandei uma mensagem para ele mais cedo.

– O quê? Por quê? E por que não me contou?

Ele suspirou.

– Você está começando a parecer uma esposa resmungona.

– Ora, você me transformou em sua esposa ontem. Quanto a resmungar, acho que é uma prerrogativa minha, dada nossa situação intolerável. Agora pode responder à minha pergunta?

– Qual delas?

– Todas elas – insistiu Belle.

– Escrevi a Spencer porque achei que talvez houvesse uma chance de me proteger se pudesse me encontrar cara a cara com ele para tentar compreender o nível e a natureza do ódio dele por mim. Não lhe contei porque você estava dormindo. Depois você ficou... bem... ocupada.

– Sinto muito por ter ficado irritada com você – disse Belle, já mais apaziguada. – Mas não compreendo o que pode ganhar encontrando-se com ele. Só daria a Spencer uma oportunidade para matá-lo.

– Não planejo correr nenhum risco desnecessário, meu bem. Eu o convidei para vir aqui. Spencer teria que estar muito desesperado para tentar qualquer coisa na minha casa, ou na sua casa, por sinal.

Assim que as palavras saíram de sua boca, John percebeu que as escolhera mal, pois Belle gritou:

– Mas você não sabe qual é o nível do desespero dele! Se esse Spencer realmente o odeia, talvez não se importe com as consequências de matá-lo diante de testemunhas. Querido, não posso permitir que se arrisque dessa forma.

A voz dela falhou.

– Não amando-o como eu amo.

– Belle, não diga...

– Direi o que tiver vontade de dizer, maldição! Você arrisca sua vida, não diz que me ama e não quer nem me deixar dizer que *eu* amo *você*.

Ela deixou escapar um som inarticulado e cobriu a boca com o punho para abafar um soluço.

– Você não se importa?

John a segurou pelos braços com uma força surpreendente.

– Eu me importo, Belle – disse quase em um grunhido. – Não deixe que ninguém lhe diga o contrário.

– Ninguém está tentando fazer isso. Só você.

Um suspiro profundo e entrecortado sacudiu o corpo dele.

– Não é o bastante saber que eu me importo, Belle? Que você conseguiu chegar a profundezas no meu coração que eu nem mesmo sabia que existiam? Isso pode ser suficiente por enquanto?

Ela engoliu em seco várias vezes, convulsivamente. Deus, como odiava quando não conseguia entendê-lo. Mas ela assentiu.

– Por ora. Não por muito tempo. Com certeza não para sempre.

John segurou o rosto dela entre as mãos e se inclinou para beijá-la, mas Belle se afastou.

– Acho que precisamos lidar com o monstro primeiro. É difícil construir um casamento quando estou temendo pela sua vida.

John tentou ignorar o vazio que se instalou em seu coração quando ela se afastou.

– Eu lhe prometo, meu bem, que vou tomar o curso de ação mais seguro. Não tenho vontade de morrer, mas não posso passar a vida me escondendo de Spencer. Ele acabaria me encontrando.

– Eu sei. Eu sei. O que diz o bilhete?

John se levantou e foi até a janela.

– Ele não virá me encontrar aqui – falou, olhando para a rua cheia. – Acho que pensa que é uma armadilha.

– E é?

– Uma armadilha? Não. Embora, agora que estou pensando a respeito, a ideia tenha seus méritos.

– O que mais ele disse?

– Spencer quer me encontrar nas docas.

– Espero que você não esteja planejando se encontrar com ele *lá*.

Belle estremeceu. Nunca fora às docas, mas qualquer londrino sabia que era uma parte terrível da cidade.

– Não sou estúpido – respondeu John, ecoando inconscientemente as palavras de Spencer no bilhete. – Vou ver se ele está disposto a me encontrar em algum outro lugar público. Um lugar cheio – acrescentou, mais para tranquilizá-la.

– Desde que não vá sozinho. Tenho certeza de que Alex e Dunford teriam prazer em acompanhá-lo. E Ned também, se ele ainda não tiver voltado para a universidade.

– Duvido que Spencer esteja disposto a dizer o que quer de mim na companhia de outros, Belle. Mas não se preocupe, não planejo encontrá-lo sem meus amigos por perto. Ele não vai ter oportunidade de tentar nenhuma gracinha.

– Mas por que ele se encontraria com você se não fosse para matá-lo?

John coçou a cabeça.

– Não sei. Ele provavelmente gostaria de me dizer *como* deseja me matar. Ou quanto anseia por isso.

– Isso não tem graça, John.

– Eu não estava tentando fazer piada.

Belle enterrou o rosto nas mãos.

– Ah, John – disse com um gemido. – Estou com tanto medo de perder você... É quase engraçado. Parte do motivo de eu ter me apaixonado por você...

Ela ergueu a mão.

– Não, por favor, não me interrompa. Parte do motivo de eu ter me apaixonado por você foi que achei que você precisava de mim. Já tive hordas de pessoas que gostavam de mim ou que me amavam, mas nenhuma delas jamais *precisou* de mim como você. Só que agora estou me dando conta...

Ela se interrompeu, sufocando um soluço.

– O que foi, meu bem? – sussurrou ele. – De que você se deu conta?

– Ah, John, de que eu também preciso de você. Se alguma coisa acontecer...

– Nada vai acontecer comigo – falou ele, decidido.

Pela primeira vez, ele tinha algo pelo qual viver. Não iria permitir que um estuprador desgraçado acabasse com isso.

Belle o fitou por entre as lágrimas.

– O que nós vamos fazer?

– *Nós* não vamos fazer nada – retrucou John.

Ele foi até onde Belle estava, tirou as mãos dela do rosto e lhe deu um beijo na testa.

– Mas *eu* vou escrever um bilhete para Spencer.

Ele foi até a escrivaninha, onde deixara o papel e a pena que usara mais cedo.

– O que sugere que eu diga? – perguntou John em um tom conciliatório, tentando distrair a mente da esposa do medo e da ansiedade.

– Acho que você deveria chamá-lo de imbecil, filho da...

– Não acredito que isso funcionaria – interrompeu John com suavidade, perguntando-se onde Belle teria aprendido um vocabulário tão profuso. – Não queremos insultá-lo.

– *Nós* talvez não, mas *eu* certamente quero.

– Belle – falou John, disfarçando um sorriso. – Você é uma joia inestimável. O que eu fiz para merecê-la?

– Não sei – respondeu ela e se levantou. – Mas, se quer me manter ao seu lado, tenho um importante conselho a lhe dar: não morra.

Dito isso, Belle respirou fundo e, incapaz de permanecer perto de um pedaço de papel que poderia acabar causando a morte de John, saiu da biblioteca.

John balançou a cabeça enquanto a observava partir. Belle não estava lidando bem com a situação. Mas quem poderia culpá-la? Se alguém estivesse tentando matá-la, John com certeza estaria andando por Londres como um louco, tentando desesperadamente encontrar o homem antes que ele pudesse fazer qualquer movimento.

Afastou da cabeça esse pensamento desagradável e se virou para o papel e a pena que estavam diante dele. Como era estranho trocar correspondências com o homem que estava tentando assassiná-lo.

Spencer,
   Você acha que eu sou estúpido?
   Sugiro que nos encontremos em algum lugar um pouco mais agradável, talvez um salão de chá, como o Hardiman's Tea and Pastry Shoppe. Você pode escolher a hora.

Blackwood

John havia levado Belle ao Hardiman's várias vezes durante o breve período que passara cortejando-a. Eles poderiam escolher uma mesa em um ambiente reservado, mas o mais importante era que o estabelecimento era frequentado por matronas e debutantes da sociedade em número suficiente para garantir que Spencer não ousaria tentar nenhuma tolice. Além disso, seria fácil para Alex sentar-se discretamente a algumas mesas de distância.

John despachou mais uma vez o mensageiro até o endereço de Spencer. Supunha que ele retornaria logo – Spencer com certeza estaria aguardando em casa pela resposta ao convite que fizera.

John suspirou e passou os dedos pelos cabelos. Deveria ir falar com Belle. Era horrível vê-la tão perturbada, mas ele não sabia o que dizer. Não sabia quais palavras usar para que ela se sentisse melhor. Eles estavam casados havia menos de 24 horas e ela já estava infeliz. Falhara com a esposa e se sentia impotente para aliviar seu sofrimento.

Esposa.

Os lábios de John se curvaram em um pequeno sorriso. Aquilo soava bem. Ele se levantou abruptamente e a cadeira arranhou o piso de madeira com um barulho alto.

John atravessou o saguão o mais depressa que seu passo claudicante permitia.

– Belle! – chamou, já subindo a escada. – Belle! Onde está você?

Ela apareceu no topo dos degraus, o pânico evidente no rosto.

– John? Aconteceu alguma coisa? O que houve?

– Só queria ver você, só isso.

Ele deu um sorrisinho, tentando aliviar a tensão dela.

– Você sempre faz três perguntas quando apenas uma seria suficiente?
– Pelo amor de Deus, John, você quase me matou de susto. Por favor, não grite assim de novo. Já estou nervosa o bastante.

Ele cruzou a distância entre eles e passou os braços ao redor dela.

– Por favor, meu bem. Você vai acabar ficando doente. Vamos voltar para o seu quarto e conversar.

– *Nosso* quarto – disse Belle, fungando.

– O quê?

– Nosso quarto. Sou casada agora. Não quero mais um quarto só para mim.

– Também não quero que você tenha um quarto só para você. Belle, logo teremos uma vida normal. Eu lhe prometo.

Belle deixou que o marido a levasse para o quarto. Queria tanto acreditar nele!

– Não consigo deixar de sentir medo – disse ela baixinho.

John a puxou para mais perto e inspirou o perfume suave em seus cabelos.

– Eu sei, meu bem, eu sei. Mas vamos deixar o medo de lado por um momento. Não há nada a temer aqui, neste instante.

Os lábios trêmulos dela se esticaram em um sorriso tímido.

– Neste exato segundo?

– Só o que existe sou eu.

Ele traçou a linha do maxilar dela com os lábios e seguiu preguiçosamente até a orelha. Porém logo descobriu que não era o bastante.

As mãos de John a agarraram e a uniram ainda mais intimamente ao corpo dele. Então ele beijou cada pedaço de pele exposta, passando para as mãos e os pulsos dela assim que percorreu todo o pescoço. Havia acabado de voltar para a orelha esquerda quando ouviram uma voz à porta.

– Ram-ram.

John nem se virou, apenas agitou a mão para dispensar o criado inconveniente.

– Ram-ram!

A voz se tornou mais insistente, por isso John se afastou de Belle com relutância e virou a cabeça em direção à porta. Uma dama extremamente bem-vestida estava parada ali com uma expressão estranha no rosto. John nunca a vira, embora ela tivesse olhos azuis impressionantes – muito, muito azuis, bem parecidos com...

Uma sensação de profundo desconforto se insinuou dentro dele enquanto se virava lentamente para Belle, que ainda estava colada ao seu corpo. Ela parecia nauseada. Muito nauseada. Quase verde.

– Mamãe?

John se afastou de Belle em uma velocidade impressionante.

Caroline, a condessa de Worth, descalçou as luvas com uma eficiência que beirava a fúria.

– Vejo que tem andado muito ocupada desde que parti, Arabella.

Belle engoliu em seco. Não era um bom sinal a mãe ter optado por usar seu nome em vez do apelido.

– Bem, sim – balbuciou. – Tenho.

Caroline se virou para John.

– Acho melhor o senhor ir embora.

– Ele não pode ir embora! – apressou-se a dizer Belle. – Ele mora aqui.

O único sinal externo de perturbação de Caroline foi o movimento tenso em seu pescoço quando ela engoliu em seco.

– Acredito ter ouvido mal.

John se adiantou rapidamente.

– Talvez seja melhor eu me apresentar. Sou Blackwood.

Caroline não lhe estendeu a mão.

– Bom para o senhor – disse ela, sem esconder o desagrado.

– E esta – continuou ele, indicando Belle com um gesto – é a minha esposa, lady Blackwood.

– Como disse?

Nem uma mínima rachadura na fachada de calma.

– Somos casados, mamãe – disse Belle com um sorrisinho sem graça. – Nós nos casamos ontem.

Caroline fitou a filha com incredulidade, então se voltou para o homem com quem ela se casara e novamente para a filha.

– Belle, eu poderia conversar com você a sós por um momento?

Ela agarrou a filha pelo braço com uma força desproporcional às palavras educadas e a puxou para o outro lado do quarto.

– Você enlouqueceu? – inquiriu Caroline em um sussurro. – Tem noção do que fez? Onde está Emma, pelo amor de Deus? E como ela permitiu que você fizesse uma coisa dessas?

Do outro lado do quarto, John se perguntava se aquela propensão a fazer perguntas em rápida sucessão sem esperar por uma resposta seria um traço de família.

Belle abriu a boca para dizer algo, mas Caroline ergueu a mão para impedi-la.

– Não – alertou. – Não diga nada.

Com um movimento ágil, ela agarrou de novo o braço de Belle e a levou até John.

– Mamãe – disse Belle –, se ao menos me deixar...

Ela se interrompeu ao ver o olhar severo de Caroline.

– Se vocês dois me derem licença – falou Caroline, em um tom suave.

A duquesa foi até a porta.

– Henry! – gritou.

Belle e John ouviram uma resposta abafada, e Caroline logo retrucou:

– *Agora*, Henry!

– Não gosto de me sentir como um filho travesso – sussurrou John no ouvido de Belle.

– Eu *sou* uma filha travessa – murmurou Belle. – Ao menos para eles. Por favor, seja paciente.

O pai de Belle apareceu na porta. Henry, o conde de Worth, era um homem bonito, com cabelos grisalhos e uma expressão descontraída. Seus olhos se iluminaram com um amor evidente quando ele viu a única filha.

– Belle! Meu bem! O que está fazendo em Londres?

– Ah, umas coisinhas – disse Belle.

– Ela se casou – contou Caroline sem rodeios.

Henry não falou nada.

– Você me ouviu? – voltou a falar Caroline, irritada, a compostura começando a ruir. – Ela se casou.

Henry deixou escapar um suspiro cansado e passou a mão pelos cabelos que começavam a rarear.

– Havia alguma razão pela qual você não podia esperar, Belle?

– Eu estava com um pouco de pressa.

Caroline enrubesceu profundamente, sem querer nem pensar nas implicações daquela declaração.

– Com certeza você poderia ter esperado alguns dias – continuou Henry. – Por acaso achou que não a deixaríamos fazer o que queria? Você nos conhece bem demais para pensar isso. Permitimos que você recusasse o pedido de casamento de uma dezena de bons partidos, inclusive o jovem Acton, cujo pai, por acaso, é meu melhor amigo. Esse homem parece ser bastante adequado. Provavelmente não teríamos feito qualquer objeção.

Ele fez uma pausa.

– Presumo que esse *seja* o homem com quem você se casou.

Belle assentiu, perguntando-se por que um sermão do pai sempre a deixava com a sensação de ter 7 anos.

– Ele tem nome?

– Lorde Blackwood – disse Belle.

John se adiantou com a mão estendida.

– John Blackwood, milorde. É um prazer conhecê-lo.

– Espero que sim – retrucou Henry com ironia. – Você tem meios para sustentar a minha filha?

– Acabei de comprar uma casa, portanto não me sobrou muito para gastar sem pensar no amanhã – respondeu John com franqueza. – Porém sou astuto e conservador nos meus investimentos. Ela não vai passar necessidade.

– De onde você é?

– Cresci em Shropshire. Meu pai era o conde de Westborough. Meu irmão lhe sucedeu no título.

– E como conseguiu o seu título?

John contou brevemente a ele sobre o tempo que passara no exército. Henry assentiu, aprovando, e no final perguntou:

– Você gosta da minha filha?

– Demais, milorde.

Henry observou o homem mais jovem à sua frente, cuja mão agora segurava a de Belle com firmeza.

– Ora, Caroline, acho que teremos que confiar no julgamento da nossa filha nesse quesito.

– Não há muito mais a fazer – comentou Caroline com amargura.

Henry pousou a mão no ombro da esposa em um gesto confortador.

– Tenho certeza de que teremos tempo para resolver todos os detalhes. Por ora, acho que devemos nos concentrar em conhecer melhor o nosso genro, não acha, Caroline?

Ela assentiu, pois amava demais Belle para discordar.

Belle correu para abraçar a mãe.

– Vai ver que ele é perfeito, mamãe – sussurrou.

243

Caroline sorriu diante da felicidade desenfreada da filha, e sussurrou de volta:

– Ninguém é perfeito, Belle.

– Ele é perfeito para mim.

Caroline apertou um pouco mais a filha nos braços antes de afastá-la para dar uma boa olhada nela.

– Espero que esteja certa – observou. – Agora, por que não deixamos seu pai conhecer melhor o seu, hum, marido enquanto você me ajuda a me acomodar em casa? A viagem foi bem mais longa do que o normal.

Belle achou que, de modo geral, a mãe havia recebido a notícia surpreendentemente bem. Lançou um sorriso rápido para John e seguiu Caroline para fora.

– Presumo que você não tenha colocado um anúncio do casamento no *The Times* – comentou Caroline enquanto subia as escadas.

– Não houve tempo.

– Hum. Ora, terei que pedir ao seu pai que cuide disso imediatamente. Onde é essa casa que John comprou? – quis saber a mãe, preocupada.

Tinham chegado ao topo da escada.

– Ele disse que se chama John, não é mesmo?

– Sim, mamãe. E a casa fica bem ao lado de Westonbirt. Eu o conheci quando estava hospedada com Emma.

– Ah.

Caroline seguiu até seu quarto, onde a camareira já desfazia as malas.

– Acho que vou fazer uma recepção de casamento para você na próxima primavera, quando todos estiverem em Londres. Porém creio que seja melhor organizarmos logo algum evento, nem que seja para que todos saibam que você está casada.

Belle se perguntou secretamente por que era imperativo que "todos" soubessem logo de seu novo estado civil.

– O anúncio no *The Times* não é suficiente?

– De forma alguma, minha querida. Precisamos deixar claro para a aristocracia que vocês têm a nossa aprovação. Não há necessidade de todos saberem que só conhecemos John hoje.

– Não, acho que não.

Caroline juntou as mãos subitamente.

– Já sei! O baile de inverno dos Tumbleys! É perfeito. Todos sempre vêm do campo para o evento.

Belle engoliu em seco, nervosa. Todo ano, o conde e a condessa de Tumbley davam um baile em novembro. Era um dos poucos eventos que faziam a aristocracia voltar por algum tempo para Londres no inverno. Normalmente ela teria adorado ir ao baile, mas não achava seguro que ela e John se aventurassem no meio de uma aglomeração à noite.

– Quando é o baile, mamãe?

– Daqui a algumas semanas, eu acho. Terei que conferir minha correspondência para saber a data. Tenho uma pilha de cartas para examinar.

– Não sei se gostaríamos de ir, mamãe. Somos recém-casados, a senhora sabe, e queremos um pouco de privacidade.

– Se queriam privacidade, deveriam ter voltado para o interior logo depois de dizerem "eu aceito". Já que estão aqui, vocês irão a esse baile e com um sorriso no rosto. Então poderão ir para onde quer que você vá morar agora e se esconder no campo. Aliás, *onde* você mora agora, quero dizer, qual é o nome do lugar?

– Mansão Bletchford.

– Mansão *o quê*?

– Bletchford.

– Eu ouvi na primeira vez. Que nome feio, Belle.

– Eu sei.

– Feio não, é *horroroso*.

– Eu sei. Estamos planejando mudar.

– Façam logo isso. Mas depois do evento dos Tumbleys, porque vocês não vão colocar os pés fora de Londres antes disso.

CAPÍTULO 19

No dia seguinte, John se sentou no Hardiman's Tea Shoppe de costas para a parede enquanto esperava por um homem que não via fazia mais de cinco anos, um homem que o queria morto. Ele escolhera uma mesa no fundo, com Alex e Dunford discretamente sentados a quatro mesas de distância.

John manteve os olhos na porta e, dez minutos depois da hora combinada, George Spencer entrou no salão de chá. John teve a sensação de voltar no tempo, de estar naquela taberna na Espanha vendo seu compatriota violar uma moça inocente.

Spencer olhou ao redor do salão até seus olhos azuis gelados encontrarem John. Ele jogou a cabeça para trás, para afastar os cabelos loiros lisos dos olhos. Então atravessou o salão de chá em um passo arrogante até parar ao lado de John.

– Blackwood.

A voz dele era tão gelada quanto os olhos.

– Spencer. Perdoe-me se não faço a cortesia de me levantar.

– De forma alguma. Soube que você ficou aleijado. Não gostaria que se exaurisse.

Ele puxou a cadeira e se sentou.

John assentiu com elegância.

– Um ferimento de guerra. Alguns de nós permanecemos com o batalhão durante os ataques. Para onde você foi, Spencer? França? Suíça?

As mãos de Spencer seguraram a mesa com força, e ele quase se levantou do assento em um ímpeto de fúria.

– Maldito seja, Blackwood. Sabe muito bem que foi você que me forçou a desertar. Tem ideia do que é voltar para a Inglaterra em desonra? Meu pai teve que subornar as autoridades para que eu não fosse preso.

John teve que se esforçar para conter a própria fúria.

– E você acha que não merece ser preso depois do que fez? – sibilou. – Deveria ter sido enforcado.

– Poupe-me das suas suscetibilidades, Blackwood. Aquela moça não era nada. Uma camponesa estúpida, nada mais. Ela provavelmente já havia revelado seus encantos a uma dezena de homens antes de mim.

– Eu vi o sangue nos lençóis, Spencer. E ouvi os gritos da moça.

– Pelo amor de Deus, Blackwood, fiz um favor àquela moça. Ela teria que se livrar daquilo mais cedo ou mais tarde.

Foi a vez de John segurar a mesa com força para não estrangular o homem à sua frente.

– Ela se matou três dias depois, Spencer.

– É mesmo?

Spencer não pareceu nem um pouco preocupado.

– Você não sente remorso?

– Aquela maldita cidade tinha gente demais, de qualquer modo.

Spencer ergueu a mão e examinou preguiçosamente as unhas.

– Aqueles espanhóis se reproduzem como coelhos.

– Ela era uma jovem inocente – insistiu John.

– Nunca deixo de me impressionar com o seu cavalheirismo. Mas a verdade é que você sempre teve uma queda por damas. Permita-me parabenizá-lo pelo seu casamento vantajoso. Lamento demais que venha a ser uma união tão curta.

– Deixe a minha esposa fora disso – avisou John, em um tom ameaçador. – Não é digno nem de mencioná-la.

– Meu Deus, como estamos ficando dramáticos! Espero que o amor não o tenha tornado um fraco, Blackwood. Ou talvez o seu joelho tenha feito isso anos atrás.

John respirou fundo e se forçou a contar até cinco antes de voltar a falar.

– Qual é o seu plano exatamente, Spencer?

– Ora, matá-lo. Achei que, a esta altura, você já tivesse notado.

– Posso perguntar por quê? – indagou ele, a voz muito fria e educada.

– Ninguém me faz de tolo, Blackwood, ninguém. Está entendendo?

Spencer ficava cada vez mais agitado, a testa franzida e úmida de transpiração.

– O que você fez...

– O que eu fiz foi dar um tiro no seu traseiro.

John se recostou na cadeira e se permitiu o primeiro sorriso do dia.

Spencer apontou o dedo para ele.

– Vou matá-lo por isso. Venho sonhando com esse momento há anos.

– Por que demorou tanto?

Os modos calmos de John só serviam para irritar ainda mais Spencer.

– Sabe o que acontece quando um homem deserta? Ele não é exatamente bem-vindo na Inglaterra. A noiva dele decide que pode conseguir coisa melhor. O nome dele é riscado de todas as listas que importam. Você fez isso comigo. Você.

– E, do nada, a Inglaterra passou a recebê-lo de braços abertos? Ouvi dizer que você não é bem-vindo nos melhores eventos sociais.

Por um momento, John achou que Spencer iria se jogar por cima da mesa para esganá-lo. Então, abruptamente, o homem loiro se acalmou.

– É claro que matá-lo não vai resolver todos os meus problemas. Mas vai trazer grande alegria à minha vida.

John suspirou.

– Escute, acho que não preciso lhe dizer que prefiro que não me mate.

Spencer deixou escapar uma gargalhada baixa.

– Você se expressou de forma muito elegante, mas a verdade é que eu também preferiria que você não tivesse arruinado a minha vida.

– Por que veio até aqui hoje? Por que está sentado aqui, conversando tranquilamente?

– Talvez eu estivesse curioso. E você? Seria de imaginar que hesitasse em se encontrar com seu assassino.

Spencer se inclinou para trás e brindou John com um sorriso jovial.

John começava a se perguntar se Spencer teria enlouquecido. O homem estava obcecado. Ao mesmo tempo, contudo, parecia inclinado a manter a aparência de normalidade, sentado ali, conversando como se os dois fossem velhos amigos.

– Talvez *eu* estivesse curioso – respondeu John. – É uma situação única. Só um homem de sorte tem a oportunidade de se encontrar com seu assassino sob circunstâncias tão civilizadas.

Spencer sorriu e inclinou a cabeça, aceitando com elegância o que entendeu como um elogio.

– Imagino que não vá me dizer o que está planejando. Você não iria querer se privar de um desafio, não é mesmo?

– Não me importo nem um pouco se vai ser um desafio ou não. Só o quero morto.

John abriu um sorriso tenso. Spencer não fora fisgado pela indireta.

– Alguma dica do que devo esperar?
– Algo rápido e fácil, eu acho. Não há necessidade de sofrimento.
– Muito gentil da sua parte.
– Não sou um monstro, apenas um homem de princípios.

Enquanto John tentava assimilar aquela declaração inacreditável, a atenção de Spencer se voltou para outro ponto.

– É a sua adorável esposa que estou vendo, Blackwood? Devo cumprimentá-lo por seu sucesso.

John sentiu um frio no estômago, se virou no assento e olhou ao redor até encontrar Belle, que acabara de entrar no salão de chá com Emma e Persephone. Respirou fundo, tentando se conter. Ia matá-la. Ia colocá-la sobre os joelhos e deixar seu traseiro ardendo. Ia trancá-la no quarto por uma semana. Ia...

– Vejo que não está muito empolgado em vê-la.

John se virou de volta para Spencer.

– Mais uma palavra e eu o estrangularei aqui mesmo.

Spencer se recostou na cadeira e riu, divertindo-se imensamente.

– Nossa conversa acabou – determinou Blackwood.

John se levantou e atravessou o salão sem olhar para trás. Alex e Dunford garantiriam que Spencer não o atacasse. John pegou Belle pelo braço antes mesmo que ela pudesse se sentar e sussurrou, furioso, no ouvido dela:

– Você vai ser uma mulher muito infeliz em pouco tempo.

Belle teve o bom senso de se manter calada. Ou talvez não tenha dito nada porque queria muito dar uma boa olhada em George Spencer, que se levantara logo depois de John. Ele passou por eles enquanto saía do salão de chá, tocou a aba do chapéu e murmurou:

– Milady.

O único ponto positivo no pesadelo de John foi a expressão enraivecida no rosto de Belle. Ele não tinha dúvida de que, se não estivesse segurando seu braço, àquela altura ela teria uma boa porção do rosto de Spencer sob as unhas.

Depois de se certificar de que Spencer realmente saíra do salão de chá, John virou Belle para si.

– Que diabo você pensa que está fazendo?

Antes que ela tivesse a chance de responder, Alex apareceu ao lado de John, segurou Emma pelo braço da mesma forma e sussurrou, irritado:

– Que diabo você pensa que está fazendo?

Persephone olhou para Dunford e sorriu, esperando que ele fizesse o mesmo com ela, mas, para seu desapontamento, o rapaz ficou parado encarando as três mulheres com severidade.

– John – disse Belle –, acho sinceramente que este não é o momento.

Ela se virou para o resto do grupo e deu um sorriso largo de constrangimento.

– Peço desculpas, mas temos que ir.

John grunhiu. Persephone viu aquilo como um sinal de aprovação e acenou para ele.

– Espero vê-lo logo – disse, animada.

John grunhiu de novo e, dessa vez, Persephone não disse uma palavra sequer.

Belle se virou para o marido.

– Vamos?

Ele saiu e, como ainda a segurava pelo braço, Belle foi junto. Quando chegaram à rua, John se virou para ela e perguntou apenas:

– Você veio de carruagem?

Ela balançou a cabeça.

– Chamamos um coche de aluguel – explicou.

Aquilo não pareceu agradar a John, e Belle não disse mais nada enquanto ele chamava outro.

Voltaram para casa no mais absoluto silêncio. Ela olhava de relance de vez em quando para o perfil do marido e percebeu que um músculo em seu rosto saltava. John estava furioso.

Ela se virou discretamente para ele mais uma vez. O músculo saltava ainda mais. Ele só estava esperando até entrarem em casa, pois não a constrangeria diante do cocheiro.

Belle supôs que deveria ser grata pelas pequenas bênçãos.

O coche parou diante da mansão Blydon, e Belle desceu, apressada, enquanto John pagava o cocheiro. Ela subiu correndo os degraus da frente, atravessou o saguão e entrou na sala de visitas que ficava nos fundos. Não era para evitar o marido – bem, talvez tivesse tentado evitá-lo se achasse que teria alguma chance de se safar. Porém, como sabia que aquilo não era possível, tentava apenas escolher um cômodo que ficasse o mais distante possível dos criados.

John seguiu apenas alguns passos atrás dela, tão furioso que mal mancava. Bateu a porta ao entrar na sala.

– Que raios você achou que estava fazendo?

– Eu estava preocupada com você.

– E por isso me seguiu até o encontro com Spencer? Perdoe-me se não a elogio pelo seu bom senso.

– Mas...

– Você compreende que tipo de homem é Spencer? – explodiu John. – Ele *estupra* mulheres. Estupra. Você compreende o significado da palavra "estupro"?

Belle cruzou os braços.

– Odeio quando você é sarcástico assim.

– Lide com isso.

Ela cerrou os dentes diante do tom áspero e deu as costas ao marido.

– Maldição, mulher! Você se colocou em uma situação perigosa. E ainda arrastou Emma e Persephone junto. Não pensou nisso?

– Achei que você poderia precisar de mim – insistiu Belle.

– Precisar de você? É claro que eu preciso de você. A salvo, em casa. Não desfilando na frente de assassinos.

Belle se virou novamente para ele.

– Não sou uma mocinha indefesa que está disposta a ficar sentada em casa enquanto você circula pela cidade. E, se pensa que não vou fazer tudo o que estiver em meu poder para mantê-lo em segurança, então seu cérebro não está funcionando direito.

– Escute, Belle – disse John em voz baixa. – Não sabíamos muito sobre Spencer. Não tínhamos ideia do que ele faria. Ele poderia ter decidido que a melhor forma de me atingir era através de você. E poderia tê-la capturado esta tarde.

– Achei que você tivesse dito que Spencer não tentaria nada em um estabelecimento comercial cheio. Estava mentindo para mim? Estava? Estava mentindo para evitar que eu me preocupasse com você?

– Que diabo! É claro que eu não estava mentindo para você. Eu *não* achei que Spencer faria nada no Hardiman's. Ainda assim, não tinha cem por cento de certeza e não vi razão para colocá-la em perigo.

– Vou ajudá-lo, John, queira você ou não.

– Santo Deus, mulher, pare de ser tão teimosa! Essas coisas exigem planejamento e sutileza. Se continuar a se intrometer sem tomar o mínimo de cuidado, vai acabar atrapalhando.

– Ah, por favor, John. Eu não teria me intrometido em nada se você tivesse me incluído.

– Eu não a colocarei em uma situação da qual você não conseguiria escapar.

– Faça-me um favor, John. Preocupe-se consigo mesmo. Sou capaz de correr rápido. Mais rápido do que você.

John se encolheu como se tivesse sido golpeado.

– Não tinha ideia de que a minha deficiência me tornava tão menos homem aos seus olhos.

– Ah, John, você sabe que não foi isso que eu quis dizer.

Belle o abraçou com força.

– Só estou assustada e muito furiosa. Sim, furiosa com esse homem.

Ela fez uma pausa e prendeu a respiração, surpresa ao perceber que se sentia muito mais furiosa do que com medo.

– Estou furiosa e descontei em você, o que não foi justo. É que eu o amo tanto...

– Belle, por favor.

Ela o soltou e o empurrou, irritada.

– Por favor o quê? Por favor, não diga que me ama? Por favor, não me *ame*?

– Não posso aceitar isso, Belle.

– Qual é o problema com você? – explodiu ela. – Por que não pode...

– O problema comigo – disse ele em um tom duro, segurando os braços dela com força – é que eu estuprei uma moça.

– Não – disse Belle, a voz embargada. – Você não fez isso. Você me disse que não fez.

– Mas é como se tivesse sido eu – falou ele, repetindo inconscientemente as palavras da mãe de Ana.

– John, não diga uma coisa dessas. Não foi culpa sua.

Ele a soltou e foi até a janela.

– O tempo que levei para me levantar e subir até aquele quarto teria sido suficiente para que eu fosse lá umas mil vezes.

Belle cobriu a boca, horrorizada.

– Ah, John, o que isso fez com você? – perguntou em um sussurro.

– Tornou-me menos homem? Sim. Manchou a minha alma? Sim. E...

– Pare!

Ela cobriu os ouvidos, incapaz de escutar as palavras dele.

– Não quero ouvir isso.

John se virou para ela.

– Mas vai ter que ouvir, maldição!

Como Belle permaneceu imóvel, John foi até ela e tirou suas mãos dos ouvidos.

– Este é o homem com quem se casou, Belle. Para o bem e para o mal. Não diga que não lhe avisei.

– Quando você vai compreender que não me importo com o que aconteceu na Espanha? Sinto muito que tenha acontecido e rezo pela alma daquela pobre moça, mas, a não ser por isso, não me importo. O que aconteceu não fez de você uma pessoa má e não me faz amá-lo menos!

– Belle – falou John, sem rodeios. – Não quero o seu amor. Não posso aceitá-lo.

Antes que se desse conta do que iria fazer, Belle ergueu a mão e acertou uma bofetada no rosto dele.

– Como se atreve? – O corpo inteiro dela tremia de fúria. – Como se atreve a me menosprezar dessa forma?

– De que diabo você está falando?

– Eu nunca, jamais na minha vida, dei meu amor a qualquer outro homem. E você o despreza como se fosse uma ninharia.

John a segurou pelo pulso.

– Você me entendeu mal. É porque eu valorizo tanto o seu amor que não posso aceitá-lo.

– Você não aceita o meu amor porque não quer. Está atolado em uma culpa equivocada e na autopiedade. Como vou construir uma vida com um homem que não pode deixar o passado no lugar a que pertence?

John deixou cair a mão, sentindo-se o mais vil dos homens apenas por tocá-la.

– Como posso me permitir continuar amando um homem que jamais será capaz de retribuir o meu amor?

Ele a encarou, sentindo o corpo subitamente estranho.

– Mas, Belle – sussurrou John –, eu amo você.

Ele não sabia o que esperar da esposa, mas com certeza não era a reação que ela tivera. Belle recuou como se tivesse sofrido uma agressão física e, por um instante, pareceu incapaz de falar. Ela apontou um dedo na direção dele enquanto sua garganta se movimentava convulsivamente.

– Não – disse por fim em um arquejo. – Não. Não diga isso. Não me diga isso.

Ele apenas a fitou, e cada emoção que sentia por ela estava escrita em seu rosto. Amor, culpa, esperança, anseio, medo... Estava tudo ali.

– Você não pode fazer isso – determinou ela, cada palavra soando com uma punhalada dolorosa. – Não tem permissão para isso. Não pode dizer isso e não me deixar fazer o mesmo. Não é justo.

John estendeu a mão para ela.

– Belle, eu...

– Não!

Ela recuou em um pulo.

– Não me toque. Eu... Não me toque.

– Belle, não sei o que dizer.

Ele abaixou os olhos.

– Não posso falar com você – disse ela, parecendo desesperada. – Não agora. Não posso falar com você. Eu... eu... eu...

As palavras se atrapalharam na garganta de Belle. Seu corpo inteiro estava tão dominado pela emoção que ela não era mais capaz de falar. Ainda engolindo convulsivamente, Belle abriu a porta e saiu correndo da sala.

– Belle! – chamou John.

Ela não o escutou. Ele se deixou afundar em uma cadeira.

– Eu amo você.

Mas as palavras soaram patéticas até mesmo para ele.

CAPÍTULO 20

Belle não imaginava aonde iria quando saiu da sala de visitas, mas, assim que esbarrou em Mary, sua camareira, no corredor, percebeu o que precisava fazer.

– Vista sua capa, Mary – falou, incomumente ríspida. – Preciso sair.

Mary desviou os olhos para a janela.

– O céu está muito escuro, milady. Tem certeza de que não pode esperar até amanhã para resolver o que precisa na rua?

– Não tenho nada para resolver na rua. Só quero sair.

Mary percebeu o soluço engasgado na voz da patroa e assentiu.

– Volto em um instante.

Belle envolveu mais o corpo na própria capa. Nem tivera chance de tirá-la depois que ela e John entraram tempestuosamente em casa.

Mary voltou correndo pela escada em um instante. Belle nem esperou que ela chegasse ao último degrau para abrir a porta da frente. Precisava de ar fresco. Precisava sair.

Elas andaram pela Upper Brook Street em direção à Park Lane. Mary automaticamente fez menção de ir para o sul.

– Não quer pegar a Rotten Row? – perguntou quando Belle continuou seguindo para o oeste sem ela.

Belle balançou a cabeça.

– Quero ficar longe de aglomerações.

– Eu não me preocuparia com isso, milady.

Mary olhou ao redor. Toda a aristocracia de Londres se apressava a deixar o Hyde Park. O céu parecia estar prestes a se abrir a qualquer momento.

– Acho mesmo que a senhora deveria considerar a possibilidade de voltar para casa. Tenho certeza de que logo vai chover. E está ficando escuro. Sua mãe vai pedir a minha cabeça. Ou seu marido.

Belle se virou na mesma hora para a camareira.

– Não o mencione.

Mary recuou um passo.

– Está certo, milady.

Belle deixou escapar um suspiro contrito.

– Desculpe, Mary. Não tive a intenção de ser tão rude com você.

A camareira pousou a mão no braço dela em um gesto de consolo. As duas já estavam juntas havia muitos anos, e Mary conhecia bem a patroa.

– Está tudo bem, milady. Ele a ama demais.

– É esse o problema – murmurou Belle.

Ela respirou fundo e adentrou mais o parque. Não tinha ideia da distância que haviam percorrido. Provavelmente não muito grande, mas o vento e o frio a cansaram. Por fim, Belle voltou a falar:

– Vamos para casa, Mary.

A jovem deixou escapar um suspiro alto de alívio. Elas caminharam por algum tempo até que de repente Belle estendeu o braço na frente da camareira.

– Espere – sussurrou.

– O que houve?

Belle estreitou os olhos para o homem loiro a cerca de trinta metros delas. Seria Spencer? Como a visão dela era ruim, era impossível ter certeza. Maldição, por que tinha sido tão tola? Se estivesse pensando direito, jamais teria ido até o parque apenas com uma camareira como acompanhante. Uma gota pesada de chuva aterrissou em seu nariz, arrancando-a da imobilidade.

– Para trás – sussurrou para Mary. – Bem devagar. Não quero chamar atenção.

Elas recuaram pé ante pé na direção das árvores. Belle achava que o homem loiro não as vira, mas seus nervos ainda estavam em alerta. Provavelmente não era Spencer, tentou se convencer. Contudo, se fosse, com certeza seria muita coincidência que ele também estivesse caminhando no Hyde Park em um dia frio e de muito vento, apenas para tomar um pouco de ar fresco. A única razão para Spencer estar ali seria segui-la, e o homem loiro não parecia estar seguindo-a.

Ainda assim, precisava ser cuidadosa. Belle entrou mais fundo no bosque.

O ar vibrou com um trovão e a chuva começou a cair com fúria. Em segundos, tanto Belle quanto Mary estavam encharcadas.

– Precisamos voltar – gritou Mary acima do barulho da tempestade.

– Não até o homem loiro...

– Ele se foi!

Mary a puxou pelo braço e começou a arrastá-la na direção da clareira.

Belle se desvencilhou da camareira.

– Não! Eu não posso! Não se ele...

Ela olhou para a frente. Nenhum sinal do homem. Não que conseguisse ver muita coisa. Já estava ficando escuro e a chuva completara o serviço.

Um estampido súbito soou nos ouvidos de Belle. Ela arquejou e deu um pulo para trás. Um trovão? Ou um tiro?

Ela começou a correr.

– Milady, nããão! – gritou Mary, disparando atrás de Belle.

Dominada pelo pânico, Belle atravessou correndo o bosque, o vestido se prendendo nos galhos, os cabelos cobrindo os olhos. Ela tropeçou, caiu e se levantou. Estava ofegante, desorientada. Obviamente não viu o galho baixo à sua frente.

O galho a atingiu na testa.

Ela caiu.

– Ah, meu bom Deus! – gritou Mary.

Ela se ajoelhou e sacudiu Belle.

– Acorde, milady, acorde!

A cabeça de Belle rolou de um lado para o outro.

– Ah, não. Ah, não – repetia Mary sem parar.

Ela tentou arrastar a patroa pelo caminho, mas a roupa de Belle estava ensopada pela chuva, tornando-a pesada demais para a camareira.

Com um grito de frustração, Mary apoiou Belle no tronco de uma árvore. Precisava decidir se ficava ali com ela ou voltava para casa em busca de ajuda. Não gostava da ideia de deixar a patroa sozinha, mas a alternativa... Mary olhou ao redor. Estavam cercadas por árvores. Ninguém jamais as veria ali.

Decisão tomada, Mary endireitou o corpo, ergueu as saias e começou a correr.

John estava sentado na biblioteca com um copo de uísque na mão. Havia alcançado aquele estado de angústia em que nem mesmo o álcool garante o esquecimento, por isso a bebida permanecia intocada.

Ele estava absolutamente imóvel, vendo o sol desaparecer no horizonte, ouvindo as gotas de chuva caírem no vidro, a princípio leves, mas logo se transformando em grossos pingos.

Deveria ir até Belle. Deveria se desculpar. Deveria permitir que ela dissesse que o amava. *Ele* sabia que não merecia aquele amor, mas se a aborrecia ouvir a verdade... Nada doía mais em seu coração do que uma lágrima nos olhos de Belle.

Ele suspirou. Havia tantas coisas que deveria fazer. Mas era um cretino, um covarde, e estava apavorado com a possibilidade de afastar ainda mais a esposa se tentasse tomá-la nos braços.

John finalmente pousou o copo e se levantou com um suspiro resignado. Iria até ela. E, se a esposa o mandasse embora... Ele balançou a cabeça. Era doloroso demais considerar aquela possibilidade.

John foi até o quarto deles, mas não havia sinal de que Belle estivera ali depois da briga. Confuso, ele começou a descer a escada e passou pelo mordomo.

– Com licença – disse John. – Por acaso viu lady Blackwood?

– Não, lamento, milorde – respondeu Thornton. – Achei que ela estivesse com o senhor.

– Não – murmurou John. – Lady Worth está em casa?

Com certeza Caroline saberia do paradeiro da filha.

– Lady e lorde Worth foram jantar com Suas Graças, o duque e a duquesa de Ashbourne, esta noite. Eles saíram há mais de uma hora.

John ponderou as informações por um instante.

– Muito bem. Obrigado. Estou certo de que encontrarei minha esposa.

Ele desceu os últimos degraus e estava prestes a procurar no salão favorito de lady Worth quando a porta da frente foi aberta de supetão.

Mary estava ofegante, os cabelos castanhos colados ao rosto, o corpo pesado de exaustão. Ela arregalou os olhos ao vê-lo.

– Ah, milorde!

As garras geladas do medo apertaram o coração de John.

– Mary? Onde está Belle?

– Ela caiu – falou a jovem, arquejante. – Caiu. Bateu com a cabeça. Tentei arrastá-la. Tentei. Juro que tentei.

John já vestia o casaco.

– Onde ela está?

– No Hyde Park. Ela... eu...

Ele agarrou a camareira pelos ombros e a sacudiu.

– Onde, Mary?

– No bosque. Ela...

Mary apertou o estômago e tossiu violentamente.

– O senhor não vai conseguir encontrá-la. Eu vou junto.

John assentiu, pegou a mão da moça e a puxou para a noite.

Minutos depois, ele estava montado em seu garanhão. Mary e um cavalariço o seguiam montados em Amber, a égua de Belle. John atravessou as ruas a galope, com o vento fustigando suas roupas. A chuva caía com força agora, muito fria, e a ideia de Belle sozinha em uma tempestade tão violenta o deixava entorpecido de medo.

Eles logo chegaram aos arredores do Hyde Park. John fez sinal para que o cavalariço se aproximasse com Amber.

– Por onde? – perguntou.

Ele mal conseguiu ouvir as palavras de Mary acima do vento uivante. Ela apontou para o oeste, na direção do bosque. John colocou Thor a galope.

A lua fora obscurecida pelas nuvens pesadas de chuva, por isso ele teve que contar com o lampião que levara e que tremulava com o vento. John desacelerou o cavalo enquanto procurava pelo bosque, dolorosamente consciente de como seria difícil encontrar a esposa na floresta escura.

– Belle! – gritou, torcendo para que sua voz conseguisse ser ouvida acima da tempestade.

Não houve resposta.

Belle permaneceu inconsciente por quase uma hora. Quando acordou, estava escuro e ela tremia incontrolavelmente, a roupa antes tão elegante agora estava encharcada. Ela tentou se sentar, mas foi dominada pela vertigem.

– Santo Deus! – gemeu.

Segurou com força a cabeça para afastar a dor na têmpora que quase a cegava. Então olhou ao redor. Mary não estava à vista e Belle se sentia completamente desorientada. Para que lado ficava Mayfair?

– Inferno, maldição... – praguejou.

Dessa vez, não sentiu culpa pela linguagem vulgar.

Ela se agarrou ao tronco de uma árvore próxima para se apoiar, esforçando-se para ficar de pé, mas a vertigem a atingiu de novo e ela caiu no chão. Lágrimas de frustração marejaram seus olhos e escorreram pelo rosto, misturando-se à chuva inclemente. Ciente de que não tinha opção, Belle começou a rastejar. Então, pedindo perdão em silêncio por todas as vezes que arrumara uma desculpa para não ir à igreja, rezou.

– Por favor, Deus, por favor, Deus, permita que eu volte para casa. Permita que eu volte para casa antes que congele. Antes que desmaie de novo, porque minha cabeça está doendo demais. Ah, por favor. Prometo que vou começar a prestar atenção nos sermões. Não vou me distrair olhando para os vitrais. Não vou praguejar, vou ouvir os meus pais e vou até tentar perdoar John, embora ache que o Senhor saiba como isso vai ser difícil.

A ladainha fervorosa de Belle continuou enquanto ela se arrastava por entre as árvores, guiada pelo instinto agora, já que o sol havia se posto. A chuva caía muito gelada e as roupas se colavam ao corpo dela, envolvendo-a em um impiedoso abraço de gelo. Belle tremia cada vez mais e seus dentes começaram a tilintar. Suas preces se intensificaram, e ela parou de pedir a Deus que a guiasse para casa e começou a rezar apenas para permanecer viva.

Suas mãos estavam enrugadas da lama da trilha. Então ela ouviu o som de alguma coisa se rasgando e viu que o vestido ficara preso em um arbusto espinhoso que surgira no caminho. Belle se esforçou para se desvencilhar, mas já estava quase sem forças. Seu rosto se franziu por causa da dor latejante na cabeça e ela reuniu o pouco de energia que lhe sobrava para arrancar o vestido dos espinhos.

Belle mal voltara a rastejar lentamente quando um relâmpago iluminou o céu. O terror a dominou e ela se perguntou, desesperada, onde o raio caíra. Um trovão se seguiu rapidamente, sobressaltando-a e fazendo-a tombar para trás, em pânico.

Belle ficou sentada no meio da trilha enlameada por alguns segundos, tentando recuperar o controle do corpo que tremia sem parar. Em um movimento hesitante, ela afastou do rosto alguns cachos de cabelo e os prendeu atrás da orelha. Mas a chuva e o vento impiedosos logo os jogaram de volta no rosto. Sentia-se tão absurdamente cansada... com tanto frio, tão fraca...

Outro relâmpago riscou o céu, mas dessa vez iluminou a silhueta de um cavalo e um cavaleiro que se aproximavam.

Seria possível?

Belle prendeu o ar e se esqueceu da raiva que sentira pelo homem que vinha em sua direção.

– John! – gritou, rezando para que ele conseguisse ouvi-la acima das rajadas de vento, porque, se não conseguisse, ela logo seria pisoteada pelos cascos de Thor.

O coração de John quase parou de bater quando ele ouviu um grito. Em seguida, seus batimentos dispararam. Ele mal conseguia ver a silhueta de Belle no caminho, cerca de dez metros à frente, mas os cabelos dela eram tão claros que capturavam até o menor raio de luar, iluminando-a como um halo. John atravessou depressa a distância que os separava e desmontou do cavalo.

– John? – disse Belle, a voz falhando.

Mal conseguia acreditar que o marido estivesse ali, na frente dela.

– Shh, meu amor, estou aqui agora.

Ele se ajoelhou na lama e segurou o rosto dela entre as mãos.

– Onde dói?

– Estou com tanto frio...

– Eu sei, meu bem. Vou levá-la para casa.

O alívio de John por encontrá-la logo se transformou em medo quando ele a ergueu nos braços e percebeu que ela tremia violentamente. Santo Deus, Belle passara pelo menos uma hora exposta àquela chuva fria, e suas roupas estavam ensopadas.

– Eu estava... estava tentando me ar-arrastar para casa – conseguiu dizer Belle. – Estou com tanto frio...

– Eu sei, eu sei – falou ele, tentando acalmá-la.

Diabo, por que ela se arrastara pela lama? Mas John não tinha tempo para pensar naquilo. Os lábios de Belle ganhavam um perigoso tom azulado, e ele sabia que precisava aquecê-la imediatamente.

– Consegue se sentar na sela, meu bem? – perguntou, pondo-a em cima do cavalo.

– Não sei. Estou com tanto frio...

Belle começou a deslizar pela sela enquanto John montava e ele teve que colocá-la de volta.

– Segure no pescoço de Thor até eu estar atrás de você. Prometo que a manterei firme durante todo o caminho até em casa.

Belle assentiu, ainda batendo os dentes, e se agarrou ao pescoço do garanhão com todas as suas forças. John montou e passou o braço forte ao redor da cintura da esposa. Belle se aconchegou a ele e fechou os olhos.

– N-não consigo p-parar de tremer – disse ela, a voz débil, sentindo-se como uma criança que precisava se explicar. – Estou com tanto frio.

– Eu sei que está, meu bem.

Mary e o cavalariço surgiram à vista.

– Sigam-me de volta – gritou John.

Ele não tinha tempo para repassar a eles os detalhes sobre a condição de Belle. John instigou Thor a pleno galope e eles passaram em alta velocidade entre as árvores.

Aninhada com firmeza contra o torso de John, Belle permitiu que a determinação que a levara até ali se esvaísse pouco a pouco. Ela sentiu a mente se distanciando do corpo e, na verdade, estava tão cansada, com tanto frio, tão dolorida, que essa sensação foi uma bênção. Ela foi ficando entorpecida, estranhamente satisfeita por suas dores e seus incômodos parecerem ceder.

– Não estou mais com tanto frio – murmurou em uma voz assustadora.

– Jesus Cristo! – disse John, torcendo para ter escutado mal.

Ele sacudiu a esposa com força.

– Faça o que fizer, não adormeça. Está me ouvindo, Belle? *Não adormeça!*

Como Belle não respondeu de imediato, John voltou a sacudi-la.

Belle nem sequer abriu os olhos.

– Mas estou tão cansada...

– Não importa – disse John com severidade. – Você vai permanecer acordada. Está me entendendo?

Belle demorou alguns segundos para processar a ordem.

– Se você está dizendo – falou por fim.

Pelo resto do caminho, John se dividiu entre atiçar Thor para que o cavalo continuasse em alta velocidade e sacudir Belle para evitar que ela adormecesse. Precisava chegar logo em casa e aquecê-la. Estava apavorado com a possibilidade de ela adormecer e não ter energia para acordar.

Depois do que pareceram horas, eles saíram das árvores e ganharam velocidade através dos gramados do Hyde Park e então pelas ruas de Londres. Os cavalos pararam diante dos degraus da frente da casa Blydon, e John desmontou depressa, carregando Belle. O cavalariço que montara Amber com Mary pegou as rédeas e levou Thor de volta para os estábulos. Depois de gritar um agradecimento rápido, John entrou apressado no saguão com a esposa nos braços.

– Thornton! – gritou.

Em segundos, o mordomo se materializou diante dele.

– Prepare imediatamente um banho morno. No meu quarto.

– Sim, milorde. Imediatamente, milorde.

Thornton se virou para a Sra. Crane, a governanta, que o seguira até o saguão. Antes que pudesse dizer uma palavra, ela assentiu e subiu correndo a escada.

John a seguiu o mais rápido que pôde, a perna boa eliminando dois degraus por vez. Ele disparou pelo corredor, com Belle delicadamente aconchegada ao seu peito.

– Estamos quase lá, meu bem – murmurou. – Prometo que vamos aquecê-la.

A cabeça de Belle se moveu ligeiramente. John torceu para que ela o tivesse escutado e estivesse assentindo, mas tinha a terrível sensação de que o movimento fora apenas por causa da rapidez com que ele subira a escada. Quando eles chegaram ao quarto, duas criadas já estavam atarefadas enchendo uma banheira.

– Estamos aquecendo a água o mais rápido possível, milorde – disse uma delas, inclinando-se em uma cortesia.

John assentiu e deitou Belle sobre uma toalha que tinha sido aberta em cima da cama. Os cabelos dela se espalharam pela toalha, revelando o hematoma feio na testa. John prendeu a respiração e sentiu uma raiva profunda dominá-lo. Não sabia de que sentia raiva... provavelmente de si mesmo.

– John? – chamou Belle, a voz muito fraca, querendo abrir os olhos.

– Estou aqui, meu amor. Estou aqui.

– Estou me sentindo estranha, muito estranha. Estou com frio, mas não estou. Acho que estou... acho que estou...

Belle estava prestes a dizer "morrendo", mas seu último pensamento racional antes de perder a consciência foi que não queria preocupá-lo.

John praguejou baixinho ao perceber que ela desmaiara. Mesmo com os dedos entorpecidos de frio, ele começou a abrir rapidamente os botões congelados do traje dela.

– Não me deixe, Belle! – gritou. – Está me ouvindo? Você não pode me deixar agora!

A Sra. Crane entrou apressada no quarto, carregando mais dois baldes de água bem quente.

– Milorde – chamou ela. – Tem certeza de que quer fazer isso? Quer dizer, talvez uma mulher...

Ele se virou para a governanta e disse em um tom seco:

– Ela é minha esposa. Eu cuidarei dela.

A Sra. Crane assentiu e saiu do quarto.

John voltou novamente a atenção para os botões do traje de Belle. Quando terminou, abriu as laterais do casaquinho e tirou os braços dela das mangas. Depois de murmurar um pedido de desculpas baixinho, ele rasgou a frente da camisa de baixo. Do modo como estava colada ao corpo dela, demoraria demais para despi-la sem rasgar. Além do mais, daquela forma ela poderia permanecer deitada. John passou a mão silenciosamente pelo torso de Belle. A pele dela estava pálida, fria e úmida. O medo de John se tornou mais profundo. Ele redobrou seus esforços e acabou de despi-la das roupas encharcadas.

Quando Belle estava nua em seus braços, ele a carregou até a banheira, que àquela altura estava quase cheia. John se ajoelhou, colocou o dedo na água e franziu o cenho. Estava um pouco quente demais, mas ele não sabia se tinha tempo para esperar que esfriasse. Rezando pelo melhor, colocou Belle dentro da banheira.

– Pronto, amor. Prometi que iria aquecê-la.

Ela não reagiu ao calor.

– Acorde, Belle – gritou ele, sacudindo-a pelos ombros delgados. – Você não pode dormir até estar aquecida.

Belle murmurou algo ininteligível e o afastou com a mão.

John encarou a irritabilidade dela como um bom sinal, mas ainda assim achou que precisava despertá-la. Ele a sacudiu de novo e, como aquilo não funcionou, fez a única coisa em que conseguiu pensar: afundou a cabeça dela na água.

Belle voltou à tona cuspindo água e, por um instante, John viu uma expressão de absoluta clareza nos olhos dela.

– Que diabo?! – gritou.

– Só estou aquecendo você, meu bem – explicou John com um sorriso.

– Ora, não está se saindo muito bem. Estou congelando.

– Estou indo o mais rápido que posso.

– A água me machuca.

– Lamento, mas não há nada que eu possa fazer a respeito disso. Vai incomodar um pouco até você ficar aquecida.

– Está quente demais.

– Não, meu bem, você é que está fria demais.

Belle resmungou com a voz cansada, como uma criança. Então ela olhou para baixo, viu as mãos grandes de John esfregando gentilmente sua pele nua e desmaiou.

– Cristo Todo-Poderoso! – exclamou John.

Belle voltara a ser um peso morto. Caso ele a soltasse por um momento sequer, ela com certeza afundaria.

– Thornton! – gritou.

O mordomo, que já esperava do lado de fora da porta fechada do quarto, apareceu na mesma hora. Ele olhou de relance para a jovem aristocrata nua na banheira, engoliu nervosamente e desviou os olhos.

– Sim, senhor?

– Peça a alguém que acenda a lareira aqui. Este quarto está frio como um maldito necrotério.

– Sim, senhor, eu mesmo cuidarei disso.

Na mesma hora Thornton correu para a lareira e começou a acender o fogo, tendo o cuidado de se manter sempre de costas para a banheira.

Depois de alguns minutos, John ficou satisfeito ao notar que a pele de Belle não estava mais gelada, mas não duvidou nem por um momento que ela ainda se sentisse congelada por dentro. Ele a tirou da água, a secou carinhosamente e a deitou na cama. Então a cobriu, prendendo bem as cobertas ao seu redor, como se ela fosse uma criança. Depois de um momento, no entanto, Belle começou a tremer de novo. John pousou a mão em sua testa. Estava quente, mas, se ele não estava enganado, em uma hora estaria quente demais.

Ele suspirou e afundou em uma cadeira. Aquela seria uma noite terrivelmente longa.

Estava com tanto frio. Por que não conseguia se aquecer? Belle se debateu e se virou na cama grande, instintivamente roçando o corpo contra os lençóis para gerar calor.

Que sensação terrível! A dor voltara. Todos os músculos e juntas de seu corpo pareciam latejar. E o que era aquele som estranho? Seria possível que fossem seus dentes batendo? E por que sentia tanto frio?

Belle cerrou os dentes à força e se forçou a abrir os olhos. Um fogo forte ardia na lareira. Fogo. O fogo deveria ser quente. Ela afastou as cobertas e rastejou até o pé da cama. Ainda estava longe demais. Com uma lentidão agoniante, jogou as cobertas para o lado da cama. E olhou para o próprio corpo, confusa. Por que não estava vestida? Não importava, decidiu Belle, deixando a questão de lado. Só precisava se concentrar naquele fogo. Ela deixou os pés tocarem o chão, sentiu imediatamente as pernas bambas e caiu sobre o carpete com um baque doloroso.

John, que havia cochilado na cadeira que puxara para perto da cama, acordou na mesma hora. Ele viu a cama vazia e ficou de pé em um pulo.

– Belle?

John olhou ao redor, ansioso. Onde ela poderia ter ido na condição em que estava? E nua.

Ele ouviu um gemido de dor do outro lado cama e correu até lá. Belle caíra no chão. John se abaixou e a pegou no colo.

– O que você está fazendo no chão, pelo amor de Deus, meu bem?

– Fogo – disse ela, com dificuldade.

John a encarou sem entender.

– Fogo! – repetiu Belle com um pouco mais de urgência, empurrando-o em um movimento débil.

– O que tem o fogo?

– Estou com frio.

– Estava tentando se aquecer?

Belle suspirou e assentiu.

– Acho melhor você ficar na cama. Vou pegar mais mantas.

– *Não!* – gritou Belle.

John foi pego de surpresa pela intensidade do grito.

– Quero o fogo.

– Vamos fazer o seguinte, então: vou colocá-la na cama e trarei uma vela para perto de você.

– Estúpido.

Que Deus o ajudasse, mas ele quase riu.

– Venha, meu bem. Vamos voltar para a cama.

John a deitou e puxou as cobertas, engolindo em seco nervosamente enquanto a aconchegava de novo na cama. Belle parecera tão engraçada e adorável que, por um momento, ele tinha esquecido como o estado dela era grave.

Porém não conseguiu se enganar por mais tempo. Só um milagre impediria a febre de dominar o corpo exausto dela, e John não tinha muita fé em milagres. Ela com certeza pioraria antes de melhorar.

Belle ainda estava inquieta.

– Água – pediu, meio rouca.

John levou o copo aos lábios dela e usou uma toalha para secar a água que escorreu por seu queixo.

– Está melhor assim?

Belle umedeceu os lábios ressecados.

– Não me deixe.

– Não vou deixá-la.

– Estou com medo, John.

– Sei que está, mas não há nada com que se preocupar – mentiu John. – Você vai ver.

– Não está mais tão frio.

– Isso é bom – disse ele, tentando encorajá-la.

– Minha pele ainda está um pouco fria, mas por dentro...

Belle tossiu e seu corpo se sacudiu com espasmos. Quando ela finalmente se acalmou, completou o pensamento.

– Por dentro estou quente.

John tentou conter o desespero. Precisava ser forte por Belle. Precisava lutar aquela batalha ao lado da esposa. Não tinha certeza de que ela conseguiria sair daquela situação sozinha.

– Shh, meu bem – falou ele, tranquilizador, passando a palma da mão de modo suave na testa dela. – Agora durma. Precisa descansar um pouco.

Belle começou a cochilar.

– Esqueci de lhe dizer – murmurou. – Esqueci de lhe dizer esta tarde.

Naquela tarde? Deus, pensou John, aquilo tudo parecia ter acontecido havia uma eternidade.

– Esqueci de lhe dizer – insistiu Belle.

– O quê? – perguntou John baixinho.

– Sempre amarei você. Tanto faz se você também me ama ou não.

E, ao menos dessa vez, John não sentiu aquela estranha sensação sufocante.

CAPÍTULO 21

De onde estava, ao lado da cama, John baixou os olhos para Belle, o rosto marcado pela preocupação. Já haviam se passado várias horas desde que ela acordara e tentara se arrastar até o fogo. E Belle ainda tremia, a febre cada vez mais alta.

Ela estava mal.

Ele ouviu uma batida rápida à porta, que logo foi aberta. Caroline entrou, a preocupação evidente no rosto.

– O que aconteceu? – perguntou ela em um sussurro urgente. – Acabamos de chegar e Thornton nos contou que Belle está doente.

John soltou a mão de Belle com relutância e acompanhou Caroline até o corredor.

– Belle saiu para uma caminhada e foi pega pela chuva. Ela bateu com a cabeça.

Ele resumiu os detalhes, deixando de fora a discussão que a fizera sair correndo de casa. John conhecera os sogros na véspera. Se Belle quisesse contar aos pais sobre seus problemas no casamento, tudo bem. Ele ainda era quase um estranho, não faria isso.

Caroline levou a mão ao pescoço, nervosa.

– Você parece bastante cansado. Por que não dorme? Eu ficarei ao lado dela.

– Não.

– Mas John...

– A senhora pode ficar comigo no quarto, mas não sairei do lado de Belle.

Ele deu as costas e voltou para a cabeceira da cama da esposa. A respiração dela estava regular, o que era um bom sinal. John pousou a mão em sua testa. Maldição. Estava ainda mais quente do que antes. Ele duvidava que ela estaria respirando tão suavemente dali a uma hora.

Caroline o seguiu para dentro do quarto e parou ao lado dele.

– Ela está assim a noite toda? – perguntou em um sussurro.

John assentiu, depois pegou um pedaço de pano que colocara dentro da água fria e o torceu.

– Vamos, meu bem – sussurrou enquanto pousava o pano na testa quente de Belle.

Ela murmurou algo no sono e se agitou. Então se debateu mais um pouco e abriu os olhos com uma expressão de puro pânico.

– Shh, estou aqui – disse John, baixinho, e acariciou o rosto dela.

Belle pareceu se acalmar um pouco e deixou as pálpebras se fecharem devagar. John teve a impressão de que ela não o vira.

Caroline torceu as mãos, nervosa.

– Acho que devemos chamar um médico.

– A esta hora da noite?

Ela assentiu.

– Vou cuidar disso.

Enquanto permanecia sentado à cabeceira de Belle, observando-a com atenção e preocupação, John não conseguia evitar que sua cabeça voltasse ao comentário devastador que a esposa fizera algumas horas antes.

Tanto faz se você também me ama ou não.

Seria possível que ela o amasse incondicionalmente? Mesmo com o passado dele?

Sempre amarei você.

Então ocorreu a John que ninguém jamais lhe dissera aquelas palavras.

Ele tirou o pano da testa dela e o esfriou de novo na bacia com água. Não tinha tempo para ficar sentado ali sentindo pena de si mesmo por causa de uma infância infeliz. Não tinha passado fome nem sofrido abusos. Só não fora amado, e desconfiava que milhares de crianças por toda a Inglaterra compartilhavam sorte semelhante.

Na cama, Belle voltou a se inquietar. John focou toda a sua atenção nela na mesma hora.

– Pare – disse ela em um gemido.

– Pare o quê, meu bem?

– Pare!

Ele se inclinou sobre ela e a sacudiu com gentileza pelos ombros.

– Está tendo um pesadelo.

Santo Deus, era desesperador vê-la naquele estado. O rosto de Belle estava ruborizado e febril; o corpo, coberto por uma camada de transpiração. Ele tentou tirar os cabelos do rosto dela, mas Belle afastou a mão dele. John desejou saber como usar um daqueles malditos acessórios de cabelo que ela sempre tinha por perto. Ficaria mais confortável sem as mechas pesadas coladas ao rosto.

– Fogo – gemeu Belle.

– Não há fogo aqui a não ser o da lareira.

– Quente demais.

John se apressou em pegar o pano úmido.

– Não, não, pare... – gritou Belle, sentando-se de repente.

– Não, meu bem, deite-se de novo.

John começou a secar o suor do corpo dela, torcendo para que o gesto a acalmasse. Os olhos de Belle estavam abertos e ela o encarava, mas John não viu o mínimo lampejo de reconhecimento em seu olhar.

– Pare, pare! – gritou ela, afastando as mãos dele. – Não me toque! Está quente demais.

– Estou só tentando...

– Que diabo está acontecendo? – indagou Caroline, entrando, agitada, no quarto.

– Ela está delirando – explicou John, tentando cobrir Belle com o lençol.

– Mas ela estava gritando.

– Eu disse que ela está delirando – repetiu John com rispidez, tentando manter o lençol sobre o corpo agitado da esposa. – Veja se temos láudano. Precisamos acalmá-la.

Ele suspirou ao se lembrar de que estava falando com a sogra.

– Perdoe-me, lady Worth, é que...

Ela ergueu a mão.

– Eu compreendo. Vou procurar o láudano.

Belle começou a se debater com mais vigor, com a força ampliada pela febre. Mas ela não era páreo para John, cujo corpo de músculos firmes fora torneado por anos no exército.

– Acorde, pelo amor de Deus – disse ele com determinação. – Se acordar, o fogo vai embora. Eu lhe prometo.

A única resposta de Belle foi se debater ainda mais.

John não se afastou nem um milímetro.

– Belle – implorou ele, com a garganta muito apertada. – Por favor.

– Saia de perto de mim! – gritou Belle.

Caroline escolheu aquele momento inoportuno para entrar no quarto com um frasco de láudano.

– O que você está fazendo com ela?

John respondeu à pergunta dela com outra.

– Onde está o láudano?

Caroline derramou um pouco em um copo e entregou a ele.

– Vamos, Belle – disse ele baixinho, tentando colocá-la sentada e mantê-la parada ao mesmo tempo.

Levou o copo aos lábios da esposa.

– Só um pouquinho – pediu.

Os olhos de Belle se fixaram em algo atrás dele e ela gritou de novo. Então levou as mãos à cabeça de repente, fazendo voar o copo das mãos dele e cair no chão, derramando o remédio.

– Eu darei o remédio dessa vez – determinou Caroline. – Segure-a.

Ela levou o copo aos lábios da filha e a forçou a tomar um gole.

Depois de alguns minutos, Belle se acalmou e tanto a mãe quanto o marido deixaram escapar um suspiro de cansaço.

– Shh – sussurrou John. – Pode dormir agora. O pesadelo foi embora. Descanse, meu amor.

Caroline afastou os cachos pesados do rosto da filha.

– Deve haver algum modo de deixá-la mais confortável.

John foi até a cômoda e pegou algo.

– É um dos acessórios de cabelo dela – explicou John. – Será que consegue prender as mechas longe do rosto?

Caroline sorriu.

– Isto é uma presilha, John.

Ela juntou os cabelos de Belle e os prendeu em um coque frouxo.

– Tem certeza de que não quer dormir por algumas horas?

– Não consigo – disse ele.

Caroline compreendia. Assentiu.

– Eu vou dormir, então. Você vai estar exausto pela manhã. Vai precisar de ajuda.

Ela foi em direção à porta.

– Obrigado – disse John antes que ela saísse.

– Ela é minha filha.

John engoliu em seco, lembrando-se de quando ficava doente na infância.

A mãe nunca aparecia para ver como ele estava. Abriu a boca para dizer algo, mas acabou por apenas fechá-la e assentir.

– Sou eu que devo lhe agradecer – continuou Caroline.

John levantou a cabeça depressa, a confusão clara em seu rosto.

– Por quê?

– Por amá-la. Eu não poderia pedir mais. Não poderia desejar mais.

Ela deixou o quarto.

Belle logo caiu em um sono profundo. John a passou para o outro lado da cama, onde os lençóis não estavam tão úmidos de suor. Ele se inclinou e beijou a têmpora da esposa.

– Você consegue vencer isso – sussurrou para ela. – Você consegue fazer qualquer coisa.

Ele voltou para a cadeira e se deixou afundar nela. Provavelmente cochilou, porque, quando abriu os olhos, já amanhecera, embora fosse difícil garantir isso, uma vez que chovia forte. O tempo estava muito fechado e a tempestade não dava o menor sinal de que iria diminuir. Os olhos de John observaram o cenário tentando encontrar alguma coisa do lado de fora que pudesse deixá-lo minimamente otimista. Então ele fez algo que não fazia havia muitos anos.

Começou a rezar.

Tanto a condição de saúde de Belle quanto o clima permaneceram inalterados por vários dias. John continuou vigilante ao lado da cama da doente, forçando-a a tomar água e caldo de carne sempre que possível e ministrando láudano quando ela ficava histérica. No fim do terceiro dia, ele soube que a situação da esposa se complicaria se a febre não baixasse logo. Ela não vinha ingerindo nada sólido e estava magra, magra demais. Na última vez que John a banhara com o pano úmido, percebera que suas costelas estavam proeminentes.

O médico a visitava todos os dias, mas não se mostrara de grande ajuda. Não havia nada que pudessem fazer a não ser esperar e rezar, dissera à família.

John engoliu a preocupação que sentia e estendeu a mão para tocar a testa de Belle. Ela parecia alheia à presença dele. Na verdade, parecia ignorar qualquer coisa que não fossem os pesadelos que atormentavam sua mente dominada pela febre. John se mantivera calmo e determinado quando começara a cuidar da esposa, mas agora até a raiva que sentia da situação começava a se dissolver. Ele mal dormira nos últimos três dias e não comera muito mais do que Belle. Seus olhos estavam injetados; o rosto, fundo. Bastava uma olhada no espelho para perceber que sua aparência estava quase tão ruim quanto a da paciente.

Estava ficando desesperado. Se Belle não se curasse logo, John não sabia o que iria fazer. Ao longo de sua vigília, várias vezes ele apoiara a cabeça nas mãos sem nem ao menos tentar conter as lágrimas que escorriam por seu rosto. Ele não sabia como conseguiria seguir com a própria vida, dia após dia, se ela morresse.

Com uma expressão desolada no rosto, John contornou a cama e se deitou ao lado de Belle. Ela dormia tranquila, mas ele percebeu uma ligeira mudança em seu estado. Belle parecia imóvel demais, imóvel de forma pouco natural, e sua respiração se tornara superficial. O pânico o dominou como se uma mão apertasse seu coração, e ele se inclinou e a segurou pelos ombros.

– Você está desistindo de mim? – perguntou, a voz rouca de desespero. – Está?

A cabeça de Belle rolou para o lado e ela gemeu.

– Maldição! Você não pode desistir de mim!

John a sacudiu com mais força.

Belle ouviu a frase como se estivesse chegando através de um túnel muito longo. Parecia a voz de John, mas ela não conseguia imaginar por que ele estaria no quarto dela. E ele parecia zangado. Estava zangado com ela? Belle suspirou. Sentia-se cansada. Cansada demais para ter que lidar com um homem zangado.

– Está me ouvindo, Belle? – dizia ele. – Jamais vou perdoá-la se desistir de mim.

Belle se encolheu ao sentir as mãos grandes dele apertarem seus braços. Quis gemer de dor, mas não tinha energia para isso. Por que ele não a deixava em paz? Ela só queria dormir. Nunca se sentira tão cansada. Só queria se aconchegar e dormir para sempre. Belle reuniu todas as suas forças e conseguiu dizer:

– Vá embora.

– Isso! – John soltou um grito triunfante. – Você continua aqui comigo. Aguente firme, Belle. Está me ouvindo?

É claro que ouvia, pensou Belle, irritada.

– Vá embora – repetiu, com um pouco mais de determinação.

Ela se agitou, inquieta, debatendo-se sob as cobertas. Talvez ele a deixasse em paz se ela se escondesse embaixo das mantas. Se pudesse só ficar ali e dormir, se sentiria tão melhor...

John percebeu que a determinação da esposa estava cedendo, embora ela tivesse conseguido falar. Ele já vira aquilo antes, no rosto de homens que conhecera durante a guerra. Não os sortudos, que haviam morrido em batalha, mas as pobres almas que combateram a febre e a infecção por semanas. Ver Belle abandonando lentamente a vida era mais do que John conseguia suportar, e algo dentro dele se partiu. A fúria cresceu e ele esqueceu todas as juras que fizera de ser gentil e atencioso enquanto cuidava dela ao longo daquele tempo.

– Maldição, Belle! – gritou, furioso. – Não vou ficar sentado aqui, vendo você morrer. Isso não é justo! Você não pode me deixar agora. Não vou permitir.

Belle não respondeu. John tentou a chantagem.

– Sabe quão furioso vou ficar se você morrer? Vou odiá-la para sempre por me deixar. Você quer isso?

Ele examinou as feições de Belle, desesperado, em busca de algum sinal de que ela estivesse voltando a si, mas não encontrou nada. Toda a dor, a raiva e a preocupação que sentia foram de mais para John e ele acabou agarrando Belle com força, puxando-a para seus braços e aconchegando-a junto a si enquanto falava.

– Belle – disse com a voz embargada. – Não há esperança para mim sem você.

Ele fez uma pausa enquanto um tremor sacudia seu corpo.

– Quero vê-la sorrindo, Belle. Sorrindo, feliz, com seus olhos azuis cheios de luz e de bondade. Lendo um livro e rindo do que está escrito. Quero tanto que você seja feliz. Desculpe por eu não ter sido capaz de aceitar seu amor. Mas serei. Eu prometo. Se você, em suas infinitas bondade e sabedoria, encontrou algo em mim que vale a pena amar, ora, então... ora, então acho que não sou tão mau como eu pensava.

Era doloroso demais vê-la daquele jeito.

– Ah, Deus, Belle – falou John, a voz saindo como um apelo desesperado. – Por favor, por favor, aguente firme. Se não puder fazer isso por mim, faça pela sua família. Eles amam tanto você. Não iria querer magoá-los, não é mesmo? E pense em todos os livros que ainda não leu. Eu lhe prometo que conseguirei a próxima obra de Byron para você, se o livro não for vendido na sua livraria. Você ainda tem tanto para fazer, meu amor. Não pode partir agora.

Durante todo o discurso apaixonado de John, o corpo de Belle permaneceu flácido em seus braços, a respiração superficial. Finalmente, entregue ao desespero, ele perdeu o controle e desnudou a alma.

– Belle, *por favor* – implorou. – Por favor, por favor, não me deixe. Belle, *eu amo você*. Eu amo você e não conseguiria suportar se morresse. Que Deus me ajude, eu amo você demais.

A voz dele falhou e, como um homem que tivesse subitamente descoberto a inutilidade da sua situação, ele deixou escapar um suspiro entrecortado e a pousou com gentileza de volta na cama.

Incapaz de conter a lágrima solitária que correu por seu rosto, John puxou as mantas e cobriu a esposa com carinho. Então respirou fundo e se inclinou para a frente. Deus, era uma tortura estar tão perto dela. Ele roçou os lábios na orelha dela e sussurrou:

– Eu amo você, Belle. Lembre-se sempre disso.

Então John deixou o quarto rezando para que "sempre" durasse mais do que a próxima hora.

Algumas horas mais tarde, Belle estava deitada na cama quando sentiu um calor agradável envolver seu corpo. Era engraçado que os dedos dos seus pés tivessem ficado frios por tanto tempo, mesmo quando o resto do corpo dela parecia arder em chamas. Mas agora seus dedos dos pés estavam com uma sensação quentinha, uma sensação... cor-de-rosa. Ela se perguntou se seria possível sentir os dedos dos pés cor-de-rosa, então decidiu que provavelmente sim, porque aquela era a palavra exata para descrever a sensação que experimentava nos dedos dos *seus* pés.

Na verdade, a sensação percorria todo o seu corpo. Cor-de-rosa, aconchegante e um pouco nebulosa. Mas, de modo geral, apenas se sentia bem. Pela primeira vez em... Belle franziu o cenho ao notar que não tinha ideia de quanto tempo se passara desde que adoecera.

Ela ergueu o corpo na cama com cuidado até conseguir se sentar, e a fraqueza de seus músculos a surpreendeu. Piscou algumas vezes e olhou ao redor. Estava na casa dos pais, no quarto que ela e John haviam ocupado na noite de núpcias. Como voltara para lá? Só conseguia se lembrar da chuva e do vento. Ah, e da briga. Da briga terrível com John.

Belle suspirou, exausta. Não se importava mais que ele não quisesse ouvi-la dizer que o amava. Estava disposta a aceitá-lo de qualquer forma, desde que pudesse tê-lo. Só queria dar um fim àquele problema desagradável com George Spencer e voltar para o campo, voltar para a mansão Bunford.

Mansão Bunford? Não, aquilo não estava certo.

Inferno. Nunca conseguia lembrar o nome do lugar. Belle inclinou a cabeça para o lado. Dolorida. Flexionou os dedos das mãos. Doloridos. Esticou os dedos dos pés e gemeu. O corpo inteiro doía.

Enquanto ela estava sentada ali, testando o funcionamento de várias partes do corpo, a porta foi aberta em silêncio e John entrou no quarto. Ele finalmente havia se forçado a fazer uma pausa de quinze minutos para poder jogar um pouco de água no rosto e empurrar um pouco de comida garganta abaixo. Agora estava apavorado com a possibilidade de o tênue fio que prendia Belle à vida ter arrebentado em sua ausência.

Para sua grande surpresa, quando ele chegou perto da cama, viu que o objeto do seu desespero estava sentado, movimentando os ombros. Para cima e para baixo, para cima e para baixo.

– Olá, John – disse Belle, com a voz fraca. – Qual é o nome da sua casa em Oxfordshire?

John ficou tão surpreso, tão absolutamente perplexo com a pergunta absurda, que levou alguns instantes para responder.

– Mansão Bletchford – disse por fim.

– É um nome *horrível* – retrucou Belle, com uma careta.

Ela bocejou, já que fora necessária muita energia para dizer a frase.

– Eu... tenho a intenção de mudar – comentou ele.

– Sim, bem, é melhor fazer isso logo. O nome não combina com você. Nem comigo, por sinal.

Belle bocejou de novo e voltou a se aconchegar na cama.

– Se me der licença, estou me sentindo muito cansada. Acho que gostaria de dormir um pouco.

John se lembrou das inúmeras vezes que implorara para que ela acordasse de algum pesadelo e se pegou assentindo.

– Sim – disse baixinho. – Sim, é melhor você dormir um pouco.

Ainda perplexo, ele se deixou afundar na cadeira que fora sua casa durante a longa e dedicada vigília à cabeceira da esposa.

A febre dela cedera. Estranhamente, felizmente, supreendentemente, a febre cedera. Ela ficaria bem.

John se pegou estupefato com a intensidade da emoção que o dominou. Ao menos daquela vez, as preces dele haviam sido respondidas.

Então algo estranho aconteceu. Uma sensação cálida e diferente surgiu em algum lugar próximo ao coração dele e começou a se espalhar.

Ele salvara a vida de Belle.

Conseguia sentir um peso saindo de seus ombros. Era uma sensação física. Salvara a vida da esposa.

Uma voz ressoou no quarto. *Você está perdoado.*

John olhou rapidamente para Belle. Ela não parecia ter ouvido a voz. Que estranho. Parecera tão alta para ele... Uma voz feminina. Bastante parecida com a de Ana.

Ana. John fechou os olhos e, pela primeira vez em anos, não conseguiu se lembrar do rosto dela.

Teria finalmente expiado seus pecados? Ou talvez seus pecados nunca tivessem sido uma condenação eterna, como ele imaginara?

John voltou a olhar para Belle. A esposa sempre acreditara nele. Sempre.

Ele era tão mais forte tendo Belle a seu lado. E talvez ela também fosse. Juntos, eles haviam encarado o inimigo mais brutal de todos e venceram. Belle sobreviveria, e ele nunca mais teria que encarar o futuro sozinho.

John respirou fundo, pousou os cotovelos nas coxas e afundou o rosto nas mãos. Um sorriso insano se abriu em seu rosto, e ele começou a gargalhar. Todo o nervosismo e a angústia dos últimos dias acabaram se transformando naquela risada estranha que sacudia o seu corpo.

Belle se virou na cama e abriu os olhos ao ouvir a gargalhada do marido. Embora não conseguisse ver o rosto dele, ela percebeu que John estava com uma aparência cadavérica. A pele de seus braços parecia muito esticada, e alguns dos botões do alto da camisa estavam fora das casas.

John ergueu lentamente a cabeça e voltou a fitar a esposa, os olhos castanhos cheios de uma emoção que ela não conseguiu nomear. Sem se intimidar, Belle continuou a examiná-lo. Os olhos de John estavam fundos, e o queixo, coberto por uma barba de vários dias. E os cabelos, normalmente cheios e brilhantes, pareciam sem vida. Ela franziu o cenho e cobriu a mão do marido.

– Você está com uma aparência péssima – comentou.

John demorou um longo tempo para conseguir responder:

– Ah, Belle – disse ele com a voz embargada. – E você está maravilhosa.

Dois dias depois, Belle já estava muito melhor. Ainda se sentia um pouco fraca, mas seu apetite voltara e ela vinha recebendo visitas frequentes que a entretinham.

Quanto a John, não o via fazia mais de um dia. Assim que se certificara de que ela não corria mais perigo, ele tivera um colapso de exaustão. Caroline sempre dava notícias a Belle da condição dele, mas até ali os relatórios não iam além de:

– Ele ainda está dormindo.

Finalmente, no terceiro dia depois que a febre dela cedera, o marido entrou no quarto, com um sorriso meio envergonhado no rosto.

– Eu já havia perdido a esperança de vê-lo de novo – disse Belle.

John se sentou na beira da cama.

– Lamento, estava dormindo.

– Sim, eu soube.

Ela estendeu a mão e tocou o maxilar dele.

– É tão bom ver o seu rosto.

Ele sorriu.

– Você lavou os cabelos – comentou John.

– O quê?

Ela abaixou os olhos e pegou um cacho loiro entre os dedos.

– Ah, sim. Estava muito necessitada, eu acho. John, eu...

– Belle, eu...

As palavras saíram ao mesmo tempo que as dela.

– Você primeiro – pediu ele.

– Não, pode falar.

– Eu insisto.

– Ah, isso é tolice – falou Belle. – Estamos casados, afinal. Ainda assim, nos sentimos tão nervosos um com o outro.

– Em relação a que exatamente você se sente nervosa?

– Spencer.

O nome pairou no ar por alguns segundos antes que ela continuasse.

– Precisamos tirá-lo das nossas vidas. Você contou aos meus pais sobre a nossa situação?

– Não. Deixei isso ao seu critério.

– Não vou contar a eles. Só serviria para preocupá-los.

– Como você preferir.

– Tem algum plano?

– Não. Enquanto você estava doente...

Ele engoliu em seco várias vezes. Bastava a lembrança para aterrorizá-lo.

– Enquanto você estava doente, eu não consegui pensar em nada além de você. E depois eu dormi.

– Bem, andei pensando sobre ele.

John levantou a cabeça.

– Acho que devemos confrontá-lo na festa dos Tumbleys – disse ela.

– De jeito nenhum.

– Minha mãe insistiu que comparecêssemos. Ela quer aproveitar a ocasião para nos apresentar à sociedade.

– Belle, vai estar muito cheio. Como vou conseguir ficar de olho em você se...

– É a aglomeração que vai nos proteger. Alex, Emma e Dunford poderão permanecer ao nosso lado sem levantar suspeitas.

– Eu proíbo...

– Vai ao menos pensar a respeito? Vamos enfrentar isso juntos. Acho que... juntos... podemos fazer qualquer coisa.

Ela umedeceu os lábios, ciente de que se embaralhara nas palavras.

– Está certo – concordou John, porque queria mudar de assunto, mas principalmente porque ver a esposa umedecendo os lábios afastara qualquer pensamento racional da sua mente.

Belle pousou a mão sobre a dele.

– Obrigada por cuidar de mim.

– Belle, eu te amo – deixou escapar John.

Ela sorriu.

– Eu sei. Também amo você.

John pegou a mão dela, levou à boca e depositou um beijo demorado.

– Ainda não consigo acreditar nisso, mas...

Ao perceber que a esposa estava prestes a interrompê-lo, ele pousou a mão com carinho sobre a sua boca.

– Mas me dá mais alegria do que eu já imaginei ser possível – prosseguiu ele. – Mais alegria do que supus existir neste mundo.

– Ah, John.

– Você me ajudou a me perdoar. Foi quando eu vi que você não morreria, quando percebi que havia salvado sua vida.

Ele fez uma pausa, a expressão atordoada, como se ainda não conseguisse acreditar no milagre que acontecera exatamente naquele quarto.

– Foi então que eu soube.

– Soube o quê? – perguntou Belle.

– Que havia pagado minha dívida. Uma vida por outra. Não pude salvar Ana, mas salvei você.

– John – disse Belle com gentileza. – Salvar a minha vida não compensou o que aconteceu na Espanha.

Ele a encarou, horrorizado.

– Não era *preciso* compensar o que aconteceu na Espanha. Quando vai aceitar que aquilo não foi responsabilidade sua? Você vem se torturando há cinco anos, e tudo por causa das ações de outro homem.

Ele continuou a encará-la. Fitou com intensidade aqueles olhos azuis muito vivos e, pela primeira vez, as palavras de Belle começaram a fazer sentido.

Ela apertou a mão dele.

John finalmente despertou de seu devaneio.

– Talvez a verdade esteja em algum ponto entre o que eu penso e o que você pensa. Sim, eu deveria ter protegido Ana e fracassei nisso. Mas não a estuprei.

Ele balançou a cabeça e seu tom foi mais determinado quando disse:

– Não fui eu.

– Seu coração está livre agora.

– Não – sussurrou John. – Ele é seu.

CAPÍTULO 22

John puxou a gravata com irritação.

– Isso é uma estupidez, Belle – sussurrou, aborrecido. – Uma estupidez.

Belle andou com cuidado ao redor do criado – o homem soltara um gemido de aflição ao presenciar a morte do seu meticuloso trabalho com a gravata.

– Quantas vezes teremos que voltar a esse assunto? Eu já lhe disse que não há como escaparmos de ir à festa dos Tumbleys esta noite. Mamãe pediria a minha cabeça se eu não aparecesse diante da aristocracia como uma dama devidamente casada.

John dispensou o criado com um movimento breve de cabeça, pois queria falar em particular com a esposa.

– É exatamente esta a questão, Belle. Você é uma dama casada agora. Não precisa obedecer a cada ordem dos seus pais.

– Ah, então agora, em vez de seguir as ordens dos meus pais, tenho que seguir as suas. Perdoe-me se não estou pulando de alegria.

– Não seja sarcástica, Belle. Não combina com você. Só estou dizendo que você não tem mais que fazer o que seus pais mandam.

– Tente dizer isso à minha mãe.

– Você é uma mulher adulta.

John foi até o espelho e começou a refazer o nó da gravata.

– Tenho uma notícia para lhe dar: os pais não deixam de ser pais quando os filhos se casam. E as mães, em especial, não deixam de ser mães.

John puxou o tecido da gravata da forma errada e praguejou.

– Você deveria ter deixado como Wheatley arrumou. Achei bastante elegante.

John lhe lançou um olhar que dizia que não queria ouvir aquilo.

– Veja da seguinte forma – continuou Belle, ajeitando as saias para que não amassassem quando ela se sentou na cama. – Os meus pais ainda estão conhecendo você. E vão ficar desconfiados se nos recusarmos a aparecer em público juntos. Não quer uma relação ruim com seus sogros pelo resto da vida, quer?

– Também não quero morrer.

– Isso não foi nem de longe engraçado, John. Gostaria que não fizesse piada com esse assunto.

John abandonou a gravata por um momento e se virou para poder fitar a esposa nos olhos.

– Não estou brincando, Belle. Vai ser uma loucura esta noite. Não tenho ideia de como vou conseguir manter qualquer de nós em segurança.

Belle mordeu o lábio.

– Alex e Dunford estarão lá. Tenho certeza de que vai ser uma tremenda ajuda.

– Acredito que sim. Mas isso não garante nossa segurança. Não entendo por que não contou a verdade aos seus pais.

– Ah, *isso* faria uma boa impressão – disse Belle em um tom sarcástico. – Eles realmente irão amá-lo se descobrirem que colocou minha vida em risco.

Ao ver a expressão do marido, ela acrescentou:

– Não por querer, é claro.

John desistiu de tentar arrumar a gravata.

– Wheatley! – chamou, então se virou para Belle e disse rapidamente: – Eu valorizo muito mais as nossas vidas do que a opinião dos seus pais, e seria bom que você se lembrasse disso.

– John, acho de verdade que vamos ficar bem, desde que permaneçamos perto de Alex e Dunford. Talvez até tenhamos a chance de embos... Ah, olá, Wheatley. Seu patrão parece estar tendo problemas com a gravata. Temo que o mau humor tenha drenado toda a destreza de seus dedos. Poderia ajudá-lo na empreitada?

O rosto de John ficou quase roxo.

Belle respondeu o olhar de ira com um sorriso animado e se levantou.

– Vou ver se a carruagem está pronta.

– Faça isso.

Belle se virou e deu um passo na direção da porta.

John arquejou.

– Santo Deus, mulher, o que está usando? Ou melhor, o que não está usando?

Belle sorriu. Havia escolhido o vestido azul-escuro que comprara poucas semanas antes, quando planejava seduzir John.

– Não gostou? – perguntou ela, mantendo-se de costas para que o marido não visse seu sorriso.

Aquilo foi um erro, já que o vestido não tinha costas, ou tinha muito pouco.

– É indecente – declarou John.

– Não é, não – afirmou Belle, sem conseguir dar à voz o tom de protesto que desejava. – Muitas mulheres usam vestidos assim. Algumas até usam um tecido fino para cobrir as costas e molham na hora de usar, para que fique transparente.

– Não vou permitir que outros homens fiquem olhando para as suas costas. Está decidido!

Belle não se incomodava nem um pouco com o jeito possessivo dele.

– Ora, se é assim...

Ela foi correndo até seu quarto de vestir, onde Mary já a esperava com outro vestido recém-passado. Belle pressentira que teria que trocar de roupa. Contudo, alcançara seu objetivo. Conseguira tirar Spencer da cabeça de John ao menos por alguns minutos.

Depois de trocar de roupa, ela desceu a escada no momento em que a porta da frente era aberta para que Alex, Emma, Dunford e Persephone entrassem. O quarteto vinha conversando muito alto.

– O que estão fazendo aqui? – perguntou Belle.

Emma olhou para trás, para se certificar de que a porta da frente ainda estava aberta, e gritou:

– VAMOS LEVÁ-LOS AO BAILE DESTA NOITE!

– Vão?

– AH, SIM!

– Mas por quê?

Emma viu que o mordomo estava prestes a fechar a porta.

– Não feche ainda – sussurrou ela antes de se virar para Belle e responder: – PORQUE VOCÊ NOS PEDIU.

– Ah, é claro. Que tolice a minha.

Lady Worth apareceu no saguão.

– Por que essa comoção toda, pelo amor de Deus?

– Não tenho a menor a ideia – murmurou Persephone, fitado Emma com surpresa.

– VAMOS LEVAR BELLE E JOHN AO BAILE! – berrou Emma.

– Ótimo. Fiquem à vontade, mas pare de gritar.

Alex fechou rapidamente a porta e disse:

– Já pedi a Emma que avaliasse os ouvidos. Ela vem gritando assim há três dias.

Emma puxou Belle para o lado e sussurrou:

– Só queria deixar o nosso, hum, inimigo saber que vocês vão na nossa carruagem esta noite.

– Imaginei.

– Ele não vai tentar nada se estivermos todos juntos na carruagem.

– Ele poderia quebrar um eixo do veículo ou alguma coisa assim. Então todos estaríamos encrencados.

– Acho que não. Haveria uma chance muito grande de que John não se ferisse. Ele vai esperar até mais tarde.

– O que vocês duas estão sussurrando? – perguntou Caroline. – E o que aconteceu com o problema nos seus ouvidos, Emma? Achei que você só conseguisse gritar. Venha até aqui, onde está mais claro. Quero dar uma olhada eu mesma nos seus ouvidos. Provavelmente só estão precisando de uma boa limpeza.

Emma fez uma careta e se permitiu ser levada até a sala ao lado.

– Acho que vou com vocês – disse Persephone. – Emma está agindo de modo estranho a noite toda.

– Obrigada – disse Belle quando a mãe já não podia mais ouvi-las.

– Não é nada – retrucou Alex com um aceno de mão. – Embora esteja sendo muito difícil esconder tudo isso de Persephone.

– Ela é muito esperta.

– Estou descobrindo isso.

– Persephone não vai deixar que você a despache de volta para Yorkshire depois de se divertir tanto em Londres.

Alex encolheu os ombros antes de abordar assuntos mais prementes.

– Onde está o seu marido?

– Lá em cima, de mau humor.

– Problemas no paraíso? – perguntou Dunford com um sorriso irônico.

– Nem pense em fazer graça com a minha aflição, seu traquinas.

– Considere um cumprimento. A aflição de mais ninguém me diverte tanto.

– Fico feliz por você, Dunford – falou Belle e se voltou para Alex. – Ele está um pouco irritado por ter que ir ao baile. Não acha seguro.

– E não é. Mas vocês não podem ficar presos aqui para sempre. A festa dos Tumbleys provavelmente é a saída mais segura que poderíamos conseguir. Se

Spencer tentar alguma coisa, teremos uma centena de testemunhas. Assim vai ser mais fácil pegá-lo.

– Eu quis explicar isso a John, mas ele não me escuta. Acho que está preocupado comigo.

Alex sorriu.

– Maridos devem mesmo se preocupar com as esposas. Essa foi uma das coisas que aprendi logo. Não há nada que você possa fazer a respeito, além de evitar qualquer comportamento excessivamente estúpido, é claro. Mas quando acha que ele vai descer? Já deveríamos estar a caminho.

– A qualquer minuto, eu espero.

Como se seguindo a deixa, John apareceu no topo da escada.

– Ah, que bom, aí está você – disse Belle.

– Não fique tão animada.

Belle olhou, contrita, para os companheiros para tentar compensar a rabugice do marido. Como os dois homens pareciam estar achando tudo muito divertido, ela apenas balançou a cabeça e esperou que John se juntasse ao grupo. A escada sempre tornava seu passo mais lento. No entanto, assim que desceu o último degrau, ele atravessou o saguão com uma rapidez surpreendente.

– Ashbourne. Dunford – cumprimentou John fazendo um gesto rápido de cabeça.

– Achamos que seria mais seguro se vocês fossem conosco – explicou Dunford.

– Boa ideia. Onde está Emma? Ela não vai?

– Estão examinando os ouvidos dela – disse Belle.

– O quê?

– É uma longa história.

– Tenho certeza disso – comentou John, sarcástico.

Belle pegou a mão dele e o puxou com força para mais perto.

– Estou ficando cansada dessa sua atitude, John.

– Não espere que eu seja agradável por pelo menos uma semana – sussurrou ele. – Você sabe o que penso de tudo isso.

Belle cerrou os lábios com força e se virou para Alex e Dunford. O primeiro olhava para o teto e assobiava. O segundo sorria de orelha a orelha.

– Ah, fiquem quietos – disse ela por fim.

– Eu não disse nada! – falaram Dunford e Alex ao mesmo tempo.

– Homens. Estou cansada de todos vocês. Emma! Emma! Preciso de você! Agora!

Emma voltou ao saguão de entrada com surpreendente rapidez.

– Sinto muito, tia Caroline! – gritou por cima do ombro. – Belle precisa de mim.

Ela não parou até quase colar em Belle.

– Graças a Deus e a você também, Belle. Achei que ela fosse me matar.

– Vamos? – chamou Alex com calma. – Onde está Persephone?

– Ela decidiu ir para a festa com tia Caroline e tio Henry – contou Emma. Ela deu o braço à prima e deixou os homens por conta própria.

– Sua mãe colocou alguma coisa horrível nos meus ouvidos – sussurrou. – Disse que estavam sujos.

Belle sorriu e balançou a cabeça.

– Ela estava só brincando com você. Mamãe odeia quando as pessoas não dividem os segredos com ela.

Emma permitiu que Alex a ajudasse a subir na carruagem.

– Lady Worth seria capaz de fazer Napoleão chorar.

Aquele comentário fez John soltar um grunhido baixo, concordando.

Belle lançou um olhar irritado ao marido enquanto se acomodava ao lado de Emma. John deixou o corpo afundar no assento diante delas, mas a postura relaxada não enganou Belle. Ela sabia que cada centímetro do corpo dele estava em alerta, pronto para se colocar em ação se necessário. A atitude vigilante de John contagiou Alex e Dunford, e os dois também mantiveram um olho nas portas e outro nas damas.

Belle tentou evitar olhar para os homens. Eles a estavam deixando nervosa e, apesar da fachada de bravura que exibira para John, ela estava um pouco apreensiva com aquela noite. Por sorte, Emma tinha uma ampla gama de assuntos a abordar, e elas conversaram tranquilamente enquanto seguiam em direção ao seu destino.

– E o enjoo matinal se foi por completo – dizia Emma. – Ao menos tenho esperança de que tenha acabado. Não me sinto nauseada há uma semana.

– Isso é bom. A barriga já começou a aparecer?

Belle mantinha a voz baixa. Aquele assunto não era adequado na presença de cavalheiros.

– Um pouco, mas esse modelo de vestido esconde muito bem. E é claro que ninguém consegue ver nada por baixo desta capa, mas... Pelo amor de Deus!

A carruagem cambaleou para a direita.

Em segundos, John estava em cima de Belle, movendo-se instintivamente para protegê-la de qualquer perigo.

– Está machucada? – perguntou em um tom urgente.

– Estou bem. Estou bem, é só... Oh!

A carruagem oscilou um pouco, então se inclinou para a esquerda.

– Que diabo está acontecendo? – perguntou Alex, saindo de onde estava, em frente a Emma, e indo até a janela.

– Alex, não! – gritou Emma. – Se a carruagem virar, você será esmagado.

Alex voltou relutante a seu lugar. Não pareciam correr nenhum risco. O veículo estava balançando e se inclinando, mas de uma forma que quase poderia ser descrita como gentil.

Logo depois, porém, a carruagem rangeu alto, como se deixasse escapar um grande suspiro de alívio, e tombou para a esquerda, fazendo com que todos caíssem contra a lateral do veículo.

Quando por fim ficou claro que não estavam mais se movendo, Belle fez uma prece silenciosa de agradecimento por ter ficado por cima de todos e começou a desvencilhar o braço do pescoço de Alex.

– Parece que tombamos contra uma árvore – disse ela, arrastando-se até a janela. – Por isso a carruagem não virou completamente.

– Ai! – gemeu Emma. – Cuidado com esses joelhos, Belle!

– Desculpe. É que está um pouco apertado aqui. Estão todos bem?

Ela olhou para baixo.

– Onde está Dunford?

– Huuuunfff gruuuunfff.

Belle arregalou os olhos. Embaixo dos quatro? Aquilo não devia ser nada confortável.

– Eu, hum, vou sair agora mesmo. Acho que vamos ter que sair pela outra porta, a que está no alto agora. Se abrirmos esta aqui, vamos cair todos no chão e bater com a cabeça.

Ela voltou a olhar pela janela.

– Na verdade, acho que a porta nem abriria o bastante para que passássemos. A árvore está bloqueando o caminho.

– Apenas saia, Belle – disse Alex com certo esforço.

– John, você está bem? Ainda não disse nada.

– Estou bem, Belle, só um pouquinho desconfortável. Há três pessoas em cima de mim.

– Brunnnnfff trunfff – foi a resposta elegante de Dunford.

Belle olhou, nervosa, para a pilha de pessoas zangadas e emaranhadas e se arrastou na outra direção, ignorando os grunhidos frequentes de dor e ultraje de Emma. Suas saias se enroscavam ao seu redor, até que ela decidiu deixar de lado o decoro e levantá-las acima dos joelhos para conseguir subir no assento da carruagem e alcançar a maçaneta da porta.

– Estou quase lá... pronto! Agora, se eu conseguir empurrar a porta...

Belle girou a maçaneta e deu um empurrão na porta. Mas a gravidade estava contra ela e vencia. Toda vez que Belle tentava, a porta voltava na direção dela.

– Lamento muito, mas preciso de uma posição melhor. Vou ter que ficar de pé.

Ela saiu do assento da carruagem e firmou o pé direito no ponto de apoio mais próximo, que por acaso era a cabeça de Alex. Emma deixou escapar uma risadinha, o que fez Belle se virar.

– Algum problema?

– Nenhum – garantiu o próprio Alex, em um tom que dizia claramente "volte ao trabalho".

Belle girou de novo a maçaneta e empurrou a porta com todas as suas forças. Dessa vez conseguiu que passasse do ponto crítico e abrisse. Ela soltou um gritinho de comemoração e voltou a subir no assento da carruagem, para colocar a cabeça para fora pela abertura.

– Ah, olá, Bottomley – chamou, reconhecendo o cocheiro de Alex e Emma. – O que está acontecendo?

– A roda se soltou, milady. Não tenho ideia do que aconteceu.

– Hummm, que estranho.

– Se não se importarem em continuar a conversa mais tarde – disse John, do meio da pilha de passageiros –, gostaríamos de sair da carruagem.

– Opa. Desculpe. Bottomley, poderia me amparar quando eu escorregar pela lateral?

O cocheiro assentiu, então Belle passou pela abertura e deslizou até o chão.

– Espere aqui por Emma. Acho que ela é a próxima.

Belle contornou a carruagem para avaliar o dano. A roda esquerda se soltara e descera a rua rolando até encontrar um grupo de moleques que já tomara posse dela.

– O que descobriu? – indagou Emma, que também contornara a carruagem.

– Parece que alguém simplesmente afrouxou a roda. Não parece ter sido cortada, nem parece haver nenhum dano permanente.

– Hum – murmurou Emma, erguendo as saias e agachando-se para dar uma olhada.

– Pode sair da rua? – chegou Alex, que fora o próximo a sair da carruagem e também queria examinar o veículo.

Ele enfiou a mão por baixo do braço da esposa e a ergueu.

– Parece que nosso inimigo foi bastante gentil – comentou Emma. – Ou é alguém que não sabe usar uma serra.

John apareceu no canto da carruagem. Parecia furioso.

– O que ele serrou?

– Nada – respondeu Alex. – Ele só afrouxou a roda.

John praguejou baixinho.

– Peço perdão por colocar você e sua esposa em perigo. Belle e eu vamos voltar imediatamente para casa, e pagarei a você os custos do conserto da carruagem.

Antes que Belle pudesse protestar, Alex ergueu a mão e disse:

– Tolice. Não houve dano permanente ao veículo. Só precisamos de outra roda.

– Que história é essa de roda? – perguntou Dunford, que finalmente emergira da carruagem e parecia bem amassado.

– Ela se soltou! – responderam os outros quatro em uníssono.

– Não precisam ficar tão irritados. Acabei de chegar aqui.

– Desculpe – falou Belle. – Tenho a sensação de estar parada aqui há uma hora.

– Isso provavelmente é verdade – retrucou Dunford de modo seco. – Lembre-se de que teve a sorte tremenda de ficar no topo da pilha. A propósito, mandei Bottomley de volta à sua casa, Ashbourne, para buscar ajuda para resolver a situação. Acho que ele não deve demorar, já que estamos a poucas ruas de lá.

Dunford foi até o lugar onde deveria estar a roda traseira esquerda.

– Devo dizer que Spencer fez um péssimo trabalho. Se queria provocar um acidente com a carruagem, havia maneiras muito mais inteligentes de agir. Ele não conseguiu quebrar nem um osso de nenhum de nós cinco.

Belle revirou os olhos.

– Você gosta tanto de encontrar o lado bom das coisas...

John pareceu irritado e a puxou para perto.

– Fico grato por ninguém ter se ferido, mas você há de me perdoar, porque não vejo o lado bom das coisas. Não vou ser a causa da morte de nenhum de vocês. Venha, Belle. Vamos para casa.

– Para que ele possa acertar um tiro em você enquanto caminhamos? Acho que não.

– Belle está certa – falou Alex. – Vocês estão muito mais seguros conosco do que longe de nós.

– Sim – retrucou John, em um tom amargo. – Mas *vocês* estão muito mais seguros longe de nós do que conosco.

– Podem nos dar licença por um momento? – pediu Belle e se afastou alguns metros com o marido. – Você precisa me ouvir, John – sussurrou. – Não foi você mesmo quem disse que não podemos passar o resto das nossas vidas nos desviando desse homem? Ele parece louco o bastante para tentar alguma coisa esta noite, na festa dos Tumbleys. Se o pegarmos, teremos centenas de testemunhas. Spencer vai passar o resto da vida preso.

– Talvez. E se ele tiver sucesso? Ou, pior, e se ele errar o tiro em mim e acertar em você? Belle, eu lhe prometo que não vamos passar a vida fugindo desse homem. Cuidarei dele, mas não vou fazer isso de modo a colocá-la em perigo. Você precisa confiar em mim... Spencer não é um homem com quem mulher alguma queira ficar a sós.

John segurou os ombros da esposa com força antes de continuar:

– Belle, não posso viver sem você. Não percebe que ele agora tem dois alvos? Se Spencer matar você, seria como se me matasse.

Belle ficou com os olhos marejados diante das palavras aflitas.

– Eu também amo você, John. E você sabe como me preocupo com a sua segurança. Mas não posso passar a vida olhando por cima do ombro. E não vamos ter oportunidade melhor de emboscar Spencer do que esta noite.

– Eu irei, então – decretou John e levou as mãos ao quadril. – Mas você volta para casa.

– Não vou ficar esperando no meu quarto, como um ratinho apavorado – declarou Belle, com os olhos brilhando. – Juntos, somos capazes de conquistar qualquer coisa. Sozinhos, não somos nada. Tenha fé em mim, John.

– Acho que me lembro de você implorando que eu não corresse riscos desnecessários. Conceda-me a mesma cortesia. Vá para casa, Belle. Já tenho bastante com que me preocupar sem também precisar ficar de olho em você.

– John, pela última vez, escute o que estou dizendo. Você me ama?

– Meu Deus, Belle – disse ele com a voz atormentada. – Você sabe que sim.

– Pois bem, a mulher por quem se apaixonou não é do tipo que fique sentada pacientemente em casa enquanto o homem que ela ama está em perigo. Acho que podemos emboscar Spencer se tivermos bastante gente ao nosso lado. Ele obviamente não é muito inteligente. Não conseguiu nem sabotar uma carruagem direito. Se nós cinco trabalharmos juntos, vamos poder vencê-lo. E esta noite nos dá a oportunidade perfeita.

– Belle, se alguma coisa acontecer com você...

– Eu sei, meu bem. Sinto o mesmo em relação a você. Mas nada vai acontecer. Amo você demais para permitir que aconteça.

John fitou os olhos muito azuis que reluziam de amor, fé e esperança.

– Ah, meu bem – disse ele com a voz rouca. – Você me cura. E me faz acreditar que eu mereço toda essa felicidade.

– Você merece.

John pousou as mãos com gentileza nos ombros da esposa.

– Fique imóvel por um momento – disse ele baixinho. – Só quero olhar para você. Quero carregar essa imagem sua comigo pelo resto da minha vida. Acho que você nunca pareceu tão linda quanto neste momento.

Belle enrubesceu de prazer.

– Não seja tolo. Meu vestido está amassado, tenho certeza de que meus cabelos estão uma bagunça e...

– Shh. Não diga nada. Só olhe para mim. Nesta luz, seus olhos são quase violeta. Como framboesas negras.

Belle riu baixinho.

– Você deve viver em um estado de fome permanente. Está sempre me comparando a alguma fruta.

– É mesmo?

John não conseguia tirar os olhos dos lábios dela, que acabara de achar parecidos com cerejas maduras.

– Sim, uma vez você disse que as minhas orelhas parecem abricós.

– É verdade. Acho que você está certa. Vivo faminto desde que a conheci.

O rubor dela se tornou mais intenso.

– Eeeei! Jovens amantes!

John e Belle desviaram os olhos um do outro e se viraram, meio atordoados, para Dunford, que caminhava na direção deles.

– Se vocês dois puderem parar de trocar carícias verbais, podemos nos colocar a caminho. Caso não tenham percebido, a nova carruagem chegou.

John respirou fundo antes de se virar para Dunford e comentar:

– Pelo que percebo, tato não foi o ponto forte da sua criação.

Dunford deu um sorriso animado.

– De forma alguma. Vamos?

John se virou para a esposa e lhe ofereceu o braço.

– Meu bem?

Belle aceitou o gesto dele com um sorriso. Quando passaram por Dunford, ela se virou e sussurrou:

– Vou matá-lo por isso.

– Estou certo de que vai tentar.

– Esta carruagem não é tão bem-aquecida quanto a outra – informou Alex com um sorriso contrito. – Não costumo usá-la no inverno.

Em poucos minutos estavam todos acomodados na segunda carruagem, a caminho do baile de inverno dos Tumbleys. Belle e John se aconchegaram em um dos cantos, protegendo-se do frio. John pousou a mão sobre a da esposa e ficou tamborilando distraidamente os dedos sobre os dela. Belle se sentiu aquecida com o toque do marido e levantou os olhos para ele. John também a fitava com os olhos castanhos cálidos, de uma suavidade aveludada.

Belle não conseguiu se conter e deixou escapar um som baixo de contentamento.

– Ah, pelo amor de Deus! – exclamou Dunford, virando-se para Alex e Emma. – Estão vendo esses dois? Nem vocês eram tão nauseantes.

– Um dia – interrompeu-o Belle, em voz baixa, apontando o dedo para o amigo – você vai conhecer a mulher dos seus sonhos, e tornarei a sua vida um inferno.

– Temo que não, minha cara Arabella. A mulher dos meus sonhos é um modelo de perfeição tamanho que não é possível que exista.

– Ah, por favor – zombou Belle. – Aposto que em um ano você estará amarrado, acorrentado e adorando isso.

Ela se recostou no assento com um sorriso de satisfação. John se sacudia de tanto rir.

Dunford se inclinou para a frente e apoiou os cotovelos nos joelhos.

– Aceito a aposta. Quanto está disposta a perder?
– Quanto *você* está disposto a perder?
Emma se virou para John.
– Parece que você se casou com uma apostadora.
– Se eu soubesse, pode ter certeza de que teria pesado melhor as minhas ações.
Belle deu uma cotovelada brincalhona nas costelas dele enquanto encontrava o olhar de Dunford e perguntava:
– E então?
– Mil libras.
– Feito.
– Está louca? – interferiu John e apertou com força considerável os dedos da esposa.
– Devo presumir que apenas os homens podem apostar?
– Ninguém faz uma aposta tão tola, Belle – declarou John. – Você fez uma aposta com o homem que controla o resultado. Só pode perder.
– Não subestime o poder do amor, meu caro. Embora, no caso de Dunford, talvez seja necessário apenas luxúria.
– Você me magoa ao presumir que não sou capaz de ter emoções mais elevadas – retrucou Dunford, levando a mão dramaticamente ao coração.
– Você é?
John, Alex e Emma observavam a conversa com interesse considerável, todos se divertindo muito.
– Eu não imaginei que você fosse uma adversária tão assombrosa, minha cara – comentou John.
– Você não sabe muitas coisas a meu respeito – disse Belle com um ar afetado e se recostou no assento com um sorrisinho satisfeito. – Espere só até a noite terminar.
Uma sensação estranha revirou o estômago de John.
– Estou temendo cada momento dela.

CAPÍTULO 23

— Santo Deus! – gritou a mulher em um terrível tom agudo. – O que aconteceu com vocês?

Belle se encolheu. Havia se esquecido da voz peculiar de lady Tumbley, que soava permanentemente aguda.

– Um acidente de carruagem – respondeu Alex com tranquilidade. – Mas estávamos ansiosos para vir ao seu baile esta noite, por isso decidimos não voltar para casa para nos trocarmos. Estamos só um pouco amassados. Espero que nos perdoe.

Ainda na carruagem, eles haviam decidido que Alex, por ter o título de nobreza mais alto entre os membros do grupo, deveria ser o porta-voz de todos. A explicação dele, que fora acompanhada pelo sorriso mais atraente, conseguiu o efeito desejado, e logo lady Tumbley estava se derretendo por ele, da forma menos atraente possível.

– Ora, é claro que *eu* não me importo, Vossa Graça – disse com entusiasmo. – Estou muito honrada por ter aceitado meu convite. Há muitos anos não o vejo aqui.

Belle percebeu que o sorriso de Alex ficou tenso.

– Um erro que preciso retificar – disse ele.

Lady Tumbley começou a bater as pestanas de uma forma nada adequada a uma dama, considerando que Alex era um cavalheiro casado. Quando suas pestanas finalmente se acalmaram, a anfitriã encarou John.

– E quem temos aqui?

Belle se adiantou.

– Meu marido, milady.

– Seu o quê?

Belle recuou um passo. A voz aguda voltara.

John pegou a mão de lady Tumbley e beijou seus dedos.

– John Blackwood, a seu dispor, milady.

– Mas lady Arabella, minha cara, quero dizer, lady Blackwood, eu... bem, não ouvi nada sobre seu casamento. Quando ocorreu? E, hum, foi um evento grande?

Em outras palavras: por que ela não fora convidada?

– Foi um evento bem pequeno, lady Tumbley – respondeu Belle. – Há duas semanas.

– Duas semanas? E como eu não soube a respeito?

– O anúncio foi publicado no *The Times* – informou John.

– Talvez, mas eu...

– Talvez a senhora devesse ler o jornal com mais frequência – sugeriu Belle em um tom doce.

– Talvez eu deva mesmo. Se me dão licença...

Lady Tumbley deu um sorriso constrangido, se inclinou em uma cortesia e sumiu no meio dos convidados.

– Nosso primeiro objetivo foi atingido – anunciou Belle. – Em cinco minutos, todos vão saber que: um, nossa aparência toda amassada é por causa de um acidente de carruagem; e dois, eu me casei com um homem misterioso sobre o qual ninguém sabe nada.

– Em outras palavras – disse John –, todos vão saber que estamos aqui. Inclusive Spencer.

– Se ele estiver aqui – comentou Emma, pensativa. – Duvido que tenha sido convidado.

– É muito fácil entrar sem ser visto em um baile tão grande – ressaltou Dunford. – Eu mesmo já fiz isso algumas vezes.

Emma o encarou com certo espanto.

– O que fazemos agora? – indagou ela.

– Acho que devemos nos misturar aos outros convidados – respondeu Belle. – Mas vamos tentar ficar próximos uns dos outros. Um de nós pode precisar de ajuda.

Belle olhou ao redor. Lady Tumbley se superara naquele ano, e o lugar brilhava com velas, joias e sorrisos. O salão de baile dela era um dos mais impressionantes de Londres, com uma galeria no segundo andar que o contornava. Belle sempre achara que as crianças Tumbley deviam passar noites e noites acordadas, espiando ali de cima as damas e os lordes elegantes. Belle suspirou baixinho, rezando para que ela e John conseguissem atravessar ilesos aquela noite, para que seus filhos pudessem se comportar de forma semelhante algum dia.

Ao longo da hora e meia seguinte, os cinco fizeram o papel de convidados inocentes. Belle e John receberam inúmeros cumprimentos pelo matrimônio, sendo que a maior parte dos convidados que os abordavam não se deu ao trabalho de esconder uma curiosidade insaciável sobre John e a união apressada. Alex e Emma ficaram por perto, sua mera presença sinalizando a aprovação ao casamento. Mas, o mais importante, os dois ficaram atentos, procurando por Spencer, enquanto John e Belle estavam ocupados trocando amabilidades com quem os abordava. Dunford agia como espião itinerante, andando por todo o salão de baile e monitorando as entradas e saídas.

Depois de quase duas horas, Caroline, Henry e Persephone finalmente chegaram e foram direto até Belle e John.

– Vocês não vão acreditar no que aconteceu conosco! – exclamou Caroline.

– Um acidente de carruagem? – sugeriu John.

– Como você sabe?

– Vocês sofreram um acidente de carruagem? – disse Belle, horrorizada.

– Ora, não foi nada grave. A roda esquerda se soltou e tombamos um pouco para o lado. Foi um pouco desconfortável, mas ninguém se feriu. No entanto, é claro que tivemos que voltar para casa para nos trocarmos e por isso nos atrasamos.

Caroline encarou, confusa, o estado ligeiramente desalinhado da filha.

– Belle, esse vestido não era para ser de veludo *amassado*, era?

– Também fomos vítimas desafortunadas de um acidente de carruagem – falou John.

– Não diga! – exclamou Persephone e logo se encaminhou à mesa posta com acepipes.

– Isso é estranho – comentou lorde Worth. – Muito estranho.

– Realmente – concordou John com uma expressão sombria.

Dunford apareceu ao lado deles.

– Boa noite, lady Worth, lorde Worth. Devo dizer que esperava vê-los mais cedo. Hum, Blackwood, eu poderia falar com você por um momento?

John pediu licença e se afastou alguns metros com Dunford.

– O que aconteceu?

– Ele está aqui. E parece furioso. Entrou por uma porta lateral há poucos minutos. Meu palpite é que não foi convidado. Ou teme que o mordomo anuncie seu nome em voz alta. Spencer está usando um traje de noite completo. Ninguém vai olhar duas vezes para ele, já que está se misturando bem aos convidados.

John assentiu brevemente.

– Ele vai tentar alguma coisa.
– Precisamos de um plano – salientou Dunford.
– Não há nada que possamos fazer até que ele dê o primeiro passo.
– Tenha cuidado, então.
– Terei. Ah, Dunford, pode ficar de olho em Belle, por favor?

John engoliu em seco várias vezes, à procura das palavras certas.

– Seria difícil demais para mim se alguma coisa acontecesse a ela.

Os lábios de Dunford se curvaram em um leve sorriso e ele assentiu.

– Também vou ficar de olho em você. Seria difícil demais para ela se alguma coisa acontecesse a você.

John olhou nos olhos dele. Os dois não se conheciam muito bem, mas seus sentimentos por Belle os uniam – Dunford como um amigo de longa data e John como o marido apaixonado e devotado.

John se virou para Belle e para os sogros, que estavam ocupados falando com um casal corpulento que se aproximara para cumprimentá-los pelo casamento recente e expressar seu pesar por não terem podido comparecer à cerimônia. John pegou o fim da conversa e precisou morder o lábio para não rir enquanto observava Belle cerrando os dentes, obviamente tentando não dizer aos dois que eles não haviam sido convidados. Os olhos dela se acenderam ao vê-lo retornar.

– Nosso amigo chegou – informou ele, baixinho.
– Ah, quem é esse amigo? – perguntou Caroline.
– Só um conhecido de John do exército – improvisou Belle, consolando-se com o fato de não estarem exatamente mentindo.
– Vocês precisam ir procurá-lo, então.
– Ah, acho que ele vai nos encontrar – retrucou John, com certa ironia.

A atenção de Caroline foi capturada por uma amiga que ainda não vira depois de retornar da Itália, e Belle se voltou para John.

– O que vamos fazer agora?
– Nada. Vamos apenas permanecer atentos.

Belle respirou fundo e torceu os lábios. Não estava se sentindo particularmente paciente.

– Já contou a Alex e Emma?
– Dunford fez isso.
– Então vamos só ficar parados aqui como cordeirinhos enquanto Spencer coloca em prática seu plano nefasto?

– Mais ou menos isso, sim.

Belle fez uma careta e deixou escapar um barulho muito estranho.

John a encarou, surpreso.

– Você acabou de grunhir?

– Talvez.

– Santo Deus, é melhor nos livrarmos logo de Spencer, ou minha esposa vai se transformar em uma fera.

– Uma fera particularmente furiosa, também, se depender de mim.

Belle suspirou e olhou ao redor do salão de baile.

– John, não é ele, ali?

Ela apontou de forma discreta para um homem loiro que tomava um gole de champanhe.

John seguiu o olhar da esposa e assentiu brevemente, sem afastar os olhos de Spencer. Naquele exato momento, Spencer levantou a cabeça e os olhares dos dois homens se encontraram. John sentiu um arrepio percorrer seu corpo e se viu mais convencido do que nunca de que fora uma péssima ideia irem àquele baile. Precisava tirar Belle dali. Teria que lidar com Spencer à sua maneira.

– Ele está vindo na nossa direção! – sussurrou Belle.

John estreitou os olhos. Spencer pousara o copo em uma mesa próxima e atravessava o salão de baile. John percebeu que o olhar do outro deixara o dele e agora estava fixo em Belle. A fúria e o medo o dominaram e a mão dele apertou a da esposa.

– Boa noite, lorde Blackwood, lady Blackwood – cumprimentou Spencer em um tom zombeteiro.

– Que diabo você quer? – perguntou John, furioso.

Ele precisou usar todo o seu autocontrole para não pular em cima de Spencer ali mesmo e passar as mãos ao redor do pescoço do homem.

– Nossa, Blackwood, por que está tão mal-humorado? Só vim cumprimentar você e sua esposa. É o que se deve fazer em eventos como este, certo? É claro que a minha memória pode estar me pregando peças. Já faz muito tempo que não venho a um baile em Londres. Estive fora do país por um longo período, como sabe.

– Aonde está querendo chegar?

– Já faz muito tempo que não danço. Tinha a esperança de que lady Blackwood me desse essa honra.

John puxou Belle para mais perto.

– Com certeza, não.

– É a dama quem decide, não acha?

Belle engoliu com dificuldade, tentando umedecer um pouco a garganta, que ficara muito seca.

– Seu convite é muito gentil, Sr. Spencer – conseguiu dizer. – No entanto, decidi não dançar esta noite.

– É mesmo? Que estranho.

Os olhos de um azul prateado de Spencer brilhavam com malícia.

– Em deferência ao meu marido – improvisou Belle. – Ele não dança, como o senhor sabe.

– Ah, sim, ele é aleijado. Sempre me esqueço disso. Mas não acho que isso deva impedir milady de se divertir.

Ele se adiantou e encostou um revólver na barriga de John. Empurrou a arma com força para cima, dificultando a respiração dele.

Belle abaixou os olhos. Seu estômago se revirou de terror e, por um momento, ela achou que passaria mal ali mesmo. O baile estava cheio, muito cheio. Ninguém perceberia que um convidado acabara de ameaçar outro com uma arma. Se ela gritasse, Spencer com certeza atiraria em John antes que conseguissem desarmá-lo.

– Eu adoraria dançar, Sr. Spencer – sussurrou ela.

– Não, Belle – disse John em voz baixa.

– Meu marido... ele é muito ciumento – tentou brincar Belle. – Não gosta que eu dance com outros homens.

– Tenho certeza de que, desta vez, ele não vai se importar.

Spencer guardou o revólver, pegou a mão de Belle e a levou para a pista de dança. John permaneceu imóvel onde estava, tentando recuperar o fôlego. Ele cerrou os punhos e nem conseguiu sentir as unhas machucando as palmas das mãos. Toda a sua atenção, toda a sua energia, toda a sua alma estavam concentradas nas duas cabeças loiras na pista. John sabia que Spencer não faria mal a Belle. Ao menos não no meio de um salão de baile lotado. Se alguma coisa acontecesse a Belle diante de tantas testemunhas, Spencer nunca teria a oportunidade de eliminar seu verdadeiro alvo. E John sabia que era ele que Spencer queria matar.

– O que aconteceu? Por que Belle está dançando com ele?

John se virou e viu Emma, com o rosto marcado de medo e preocupação.

– Ele me ameaçou com um revólver e convidou Belle para dançar.

John balançou a cabeça.

– Maldição. Seria melhor se tivéssemos uma testemunha fora da família – ralhou Alex e pegou a mão de Emma. – Venha, meu bem, vamos dançar também.

Em passo acelerado e sem muita graciosidade, o duque e a duquesa de Ashbourne se encaminharam para a pista de dança.

– O que o senhor quer? – perguntou Belle em um sussurro, seus pés seguindo automaticamente os passos da valsa.

Spencer abriu um largo sorriso.

– Ora, apenas o prazer da sua companhia, milady. Acha tão difícil de acreditar?

– Acho.

– Talvez eu só queira conhecê-la melhor. Afinal, nossas vidas se tornaram, vamos dizer... entrelaçadas.

Belle sentiu a raiva crescer dentro de si mais rápido do que o medo.

– Eu agradeceria se o senhor as desentrelaçasse.

– Ah, pretendo fazer isso, não se preocupe. Esta noite mesmo, se tudo der certo.

Belle pisou no pé dele e logo se desculpou com elegância. Ela viu Alex e Emma dançando bem atrás de Spencer e soltou o ar lentamente, sentindo-se muito mais tranquila com a presença deles.

– Mas devo admitir – continuou Spencer – que estou me deleitando com a expressão no rosto do seu marido. Acho que ele não gosta de vê-la em meus braços.

– Imagino que não.

Belle pisou de novo no pé dele, dessa vez com força suficiente para fazer o homem franzir o rosto de dor.

– A senhora parece ser uma boa pessoa – comentou ele, ignorando mais uma vez o pisão dela. – Lamento pela inconveniência de matar seu marido, mas não há nada que possa ser feito a respeito.

Santo Deus, pensou Belle, o homem com certeza era louco. Ela não conseguiu pensar em nada para dizer, por isso voltou a pisar no pé dele, daquela vez com força considerável.

– Vejo que os comentários sobre sua graciosidade foram bastante exagerados – disse Spencer, finalmente externando sua irritação.

Belle deu um sorrisinho doce.

– O senhor não deveria acreditar em metade das coisas que a aristocracia lhe diz. Ah, é o fim da dança? Preciso ir.

– Não tão rápido – determinou ele e a segurou pelo braço. – Lamento, mas ainda não posso deixá-la ir.

– Mas a dança terminou, senhor. As regras de conveniência ditam que...

– Cale-se! – ordenou Spencer. – Vou usá-la para levar seu marido para uma sala lateral. Não seria bom matá-lo no meio de um salão de baile lotado. Eu jamais conseguiria escapar.

– Se o matar, nunca conseguirá escapar – sussurrou Belle. – Muitas pessoas já sabem que o senhor o quer morto. Será preso em questão de minutos. E, se não for, jamais poderá voltar à Inglaterra.

– Mulher estúpida. Acha mesmo que eu acredito que posso atirar em um nobre e esperar viver livre e tranquilo? Passei os últimos cinco anos no exílio. Estou acostumado. Seria bom ter meu lugar na sociedade, mas prefiro minha vingança. Agora venha comigo.

Ele deu um puxão doloroso no braço dela e a levou em direção a um conjunto de portas que davam para o resto da casa.

Belle agiu por puro instinto. Ele não a machucaria naquele momento. Não antes de fazer o que planejava com John. Desvencilhou-se de Spencer e correu de volta para John, que já avançava na sua direção.

– Rápido, temos que fugir dele. O homem está louco!

John agarrou a mão dela e começou a abrir caminho pela multidão. Belle olhou para trás. Spencer cobria depressa a distância entre eles. Alex e Emma estavam logo atrás dele, mas não conseguiam progredir na mesma velocidade que Spencer.

– Estamos devagar demais – falou Belle, nervosa. – Ele vai nos alcançar antes de chegarmos à porta.

John não respondeu, apenas acelerou o passo, a perna se ressentindo profundamente da tortura.

– John, não estamos indo rápido o bastante. Precisamos chegar lá.

Belle apontou para as portas do outro lado do salão de baile. Entre eles e a possibilidade de escaparem havia uma centena de lordes e damas dançando.

– E como propõe que cheguemos lá? Dançando?

Belle se animou.

– Ora, sim!

Assim, com uma força nascida da fúria e do terror, ela fez John parar, pousou a mão no ombro dele e começou a valsar.

– Está louca, Belle?

– Valse. Vamos atravessar o salão. Chegaremos rápido ao outro lado. Nem mesmo Spencer ousaria atravessar correndo a pista de dança.

John colocou a perna ferida em ação e começou a dançar, a cada passo adiantando-se mais em direção ao outro lado do salão.

Em sua pressa, Belle cravou os dedos no ombro dele, tentando fazê-lo acelerar o passo.

– Vai me deixar conduzir? – sussurrou John, irritado. – Sinto muito – disse a seguir, quando esbarraram em outro casal.

Ela esticou o pescoço.

– Consegue vê-lo?

– Ele está tentando dar a volta no perímetro do salão. Nunca vai conseguir nos alcançar. Devo dizer que foi um plano esplêndido, meu bem.

Eles rodopiaram freneticamente, os movimentos muito fora do ritmo, mas em instantes chegaram ao outro lado do salão de baile.

– O que faremos agora? – perguntou Belle.

– Vou levá-la para casa. Então irei até as autoridades. Deveria ter feito isso há muito tempo, mas achei que eles não tomariam nenhuma providência diante de ameaças apenas verbais. Mas uma arma encostada na minha barriga... isso deve colocá-lo fora de circulação ao menos por algum tempo.

Belle assentiu e o acompanhou em direção à porta.

– Posso ser sua testemunha. E tenho certeza de que Alex, Emma e Dunford também testemunhariam.

Ela deixou escapar um suspiro de alívio, satisfeita por John não estar planejando fazer justiça com as próprias mãos. Se matasse Spencer, ele seria enforcado.

Os dois haviam acabado de sair para a noite fria quando Dunford apareceu de repente.

– Esperem! – gritou e parou para recuperar o fôlego. – Ele pegou a sua mãe, Belle.

– O quê? – disse ela e ficou muito pálida no mesmo instante. – Como?

– Não tenho ideia, mas vi Spencer deixar o salão com a condessa há poucos segundos. Ele a segurava bem junto ao corpo.

– Ah, John, temos que fazer alguma coisa. Ela deve estar apavorada.

– Não consigo pensar em ninguém mais capaz do que sua mãe – comentou John, tentando acalmar a esposa. – Em questão de minutos, ela provavelmente já o terá amarrado e estará à espera da polícia.

– John, como pode fazer graça em uma hora dessas? – reclamou Belle. – É da minha mãe que estamos falando!

– Desculpe, meu bem – falou John, apertando de leve a mão da esposa para reanimá-la. – Dunford, para onde eles foram?

– Sigam-me.

Ele os levou até uma porta lateral e, dali, desceram por um corredor escuro, onde Alex e Emma os esperavam.

– Sabem em que porta ele entrou? – perguntou John em um sussurro.

Alex confirmou com um aceno de cabeça.

– Emma – chamou. – Quero que você e Belle voltem para o salão de baile.

– De jeito nenhum! – foi a resposta acalorada de Belle.

Os três homens voltaram os olhos para ela.

– Minha mãe está em perigo! – retrucou ela em um tom inflamado. – Não vou abandoná-la!

– Está certo – concordou Alex com um suspiro, dando-se conta de que uma ordem direta seria perda de tempo. – Mas fiquem atrás de nós!

As duas mulheres assentiram, e os cinco seguiram pelo corredor espiando dentro de cada porta, sempre que possível tomando cuidado para não deixar as dobradiças rangerem.

Eles por fim chegaram a uma sala em que a porta estava parcialmente aberta. John seguia na frente e reconheceu na mesma hora a voz de Spencer. Ele se virou e levou o dedo aos lábios, em um sinal para que todos fizessem silêncio. Sem dizer nada, os três homens sacaram seus revólveres.

– Seu tolo – ouviram Caroline dizer com desdém. – O que pensa que vai conseguir com isso?

– Fique quieta.

– Não vou ficar quieta – foi a resposta imperiosa. – Você me arrastou para fora da festa, para uma sala deserta, está me apontando uma arma que suponho que esteja carregada e espera que eu fique quieta? Está lhe faltando inteligência, meu caro, e...

– Eu disse para ficar quieta!

– Humpf.

Belle mordeu o lábio. Já ouvira aquele tom antes. Se não estivesse tão apavorada, teria achado engraçado.

John, Alex e Dunford trocaram olhares. Se não se adiantassem, alguém acabaria morto, embora não estivessem necessariamente convencidos de que a vítima seria Caroline. John ergueu a mão e contou em silêncio, erguendo os dedos. Um. Dois.

Três! Os homens entraram na sala e se espalharam pela parede dos fundos, as pistolas apontadas para Spencer.

– Demoraram demais! – zombou ele.

Spencer segurava Caroline com brutalidade e pressionava o cano da pistola contra a têmpora dela.

– Sua atitude é absurdamente rude – comentou ela com escárnio. – É muito feio da sua...

– Mamãe, por favor – pediu Belle, entrando na sala também. – Não o provoque.

– Ah! – disse Spencer em um tom de aprovação. – Vocês trouxeram as damas. Que prazer.

Belle não conseguia ver o rosto de John, mas, pela postura de seus ombros, soube que o marido estava furioso com ela por não ter permanecido do lado de fora.

– Solte a minha mãe – pediu Belle a Spencer. – Ela não lhe fez nada.

– Posso até soltar, se estiver disposta a trocar de lugar com ela.

Belle deu um passo à frente, mas John esticou o braço diante dela com a força de uma barra de ferro.

– Não, Belle.

– Sinceramente, Belle, não seja tola – falou Caroline. – Sou capaz de lidar com este nosso amigo tonto aqui.

– Para mim já chega! – explodiu Spencer, e deu um tapa em Caroline.

Belle deixou escapar um gritinho de horror e correu para a mãe, desvencilhando-se da barreira que era o braço de John.

– Deixe minha mãe em paz!

Spencer esticou o braço, passou-o ao redor da cintura de Belle e a puxou para si. Ela sentiu o estômago se revirar, mas engoliu o medo.

– Agora solte a minha mãe.

Spencer empurrou com força Caroline, que tropeçou. Ela abriu a boca para fazer um comentário mordaz, mas acabou ficando calada – já não se sentia mais tão corajosa, agora que sua única filha estava nas mãos do homem.

Naquele momento, John perdeu toda a capacidade de respirar. Era como se a mão de Spencer estivesse apertando a traqueia dele. Belle estava ao lado do homem, tentando parecer corajosa, mas John podia ver o medo nos olhos da esposa. Ele deixou o revólver no chão, ergueu os braços e se adiantou um passo.

– Solte-a, Spencer. É a mim que você quer.

Spencer acariciou o rosto de Belle com as costas da mão.

– Talvez eu tenha mudado de ideia.

John perdeu o controle e teria saltado em cima do homem na mesma hora se Alex não o tivesse agarrado pela camisa.

– Eu disse para soltá-la – repetiu John, trêmulo de fúria.

Spencer levou a mão ao traseiro de Belle e o apertou.

– Ainda estou pensando a respeito.

Belle franziu o rosto e se esforçou para permanecer em silêncio. A vida de John estava em jogo ali e, se ela fosse capaz de salvar a vida do homem que amava deixando Spencer apalpá-la, por Deus, ele podia fazer aquilo quanto quisesse. Só rezava para que não tentasse nada mais íntimo. A bile já começava a subir pela garganta dela.

O corpo de John estava rígido de fúria.

– Pela última vez, Spencer, solte-a ou eu...

– Você o quê? – retrucou Spencer de modo zombeteiro. – O que poderia fazer? Estou armado. Você não. Além do mais, estou com sua esposa.

Ele soltou uma gargalhada insana.

– E você não – completou.

– Não se esqueça de nós – disse Dunford, lentamente, indicando Alex com a cabeça.

As pistolas de ambos estavam apontadas para o peito de Spencer.

Spencer olhou de um para o outro e riu.

– Não consigo imaginar que um de vocês faria algo tão estúpido como atirar em mim enquanto tenho um revólver carregado apontado para a encantadora lady Blackwood. No entanto, ela não é meu objetivo principal e terei que trocá-la. Blackwood.

305

John deu outro passo à frente.

– Solte-a.

– Ainda não.

Spencer arrancou a própria gravata e a entregou a Belle.

– Amarre as mãos dele atrás das costas.

– O quê? Não pode estar imaginando que...

– Faça o que estou mandando!

Ele ergueu o revólver e apontou para a testa de John.

– Não posso amarrá-lo e mirar nele ao mesmo tempo.

– Ah, John... – disse Belle, angustiada.

– Faça o que ele está dizendo – falou John.

Ele percebeu que, atrás dele, Alex e Dunford se preparavam para entrar em ação.

– Não consigo – disse Belle enquanto as lágrimas queimavam seus olhos. – Simplesmente não consigo.

– Amarre as mãos dele – alertou Spencer –, ou juro por Deus que vou contar até três e atirar.

– Posso amarrar as mãos dele na frente? Atrás parece tão bárbaro...

– Pelo amor de Deus, amarre-o do jeito que quiser. Só amarre bem apertado e acabe logo com isso.

Com as mãos trêmulas, Belle passou a gravata ao redor dos pulsos de John, tentando amarrar o mais frouxo possível sem levantar suspeitas em Spencer.

– Para trás! – ordenou o homem.

Belle deu um pequeno passo para longe de John.

– Mais para trás.

– O que vai fazer com ele? – perguntou ela.

– Ainda não deduziu?

– Sr. Spencer, eu imploro!

Ele a ignorou.

– Vire-se, Blackwood. Prefiro atirar na sua nuca.

Belle sentiu as pernas bambas e teria caído se não tivesse esbarrado na extremidade de uma mesa. Pelo canto do olho ela viu Dunford adiantar-se lentamente, mas não teve muita esperança de que o amigo conseguisse salvar John. Spencer podia ver todos os movimentos de Dunford; não havia como surpreendê-lo. Quando Dunford conseguisse derrubá-lo, o tiro fatal já teria atingido John. Além do mais, a sala tinha um excesso de móveis – parecia que os Tumbleys haviam enfiado ali todas as poltronas, sofás e mesas desgarrados. Dunford teria que pular por cima de duas cadeiras e pela extremidade de uma mesa se quisesse uma rota direta.

– Você! – bradou Spencer, indicando Belle com a cabeça, sem olhar para ela. – Recue mais. Tenho certeza de que está ansiando por bancar a heroína, mas não terei o sangue de uma dama na minha consciência.

Belle se moveu para o lado, já que a extremidade da mesa bloqueava seu caminho. Ela respirou fundo e sentiu o aroma de violetas. Que estranho.

– Mais para trás!

Belle deu outro passo e esbarrou em algo sólido. Algo sólido e... humano. Alex, Dunford, Emma e a mãe dela estavam totalmente à vista do outro lado.

– Pegue isto! – sussurrou alguém.

Santo Deus, era Persephone! E estava colocando uma pistola na palma da mão de Belle.

Spencer ergueu o revólver e mirou.

Belle se sentiu morrendo. Teria que atirar em Spencer e rezar para acertar a mira. Não conseguiria entregar a arma a John. Maldição, por que não deixara Emma ensiná-la a atirar direito?

John virou a cabeça o máximo que foi capaz.

– Tenho direito a um último desejo?

– Qual?

– Gostaria de dar um beijo de despedida na minha esposa. Com a sua permissão, é claro.

Spencer assentiu brevemente, e Belle se adiantou, apressada, escondendo a arma nas dobras da saia. Com a mão livre, ela tocou o rosto de John garantindo que Spencer notasse esse movimento. John abaixou os olhos para os próprios punhos e Belle viu que ele conseguira soltar as mãos do nó frouxo da gravata.

– Ah, John – disse ela em um sussurro alto. – Amo você. Você sabe disso, não é?

Ele assentiu e pediu apenas com o movimento dos lábios que ela lhe entregasse a arma.

– Ah, John! – lamentou-se Belle, sabendo que quanto mais dramática fosse a cena, mais tempo eles teriam para se posicionar.

Ela levou a mão livre à nuca do marido e o puxou para um beijo ardente. Depois pressionou o corpo contra o dele, rezando para que Spencer não conseguisse ver o que acontecia no espaço estreito entre seus corpos. Belle colocou a arma na mão do marido e aproveitou para acabar de soltar a gravata dos pulsos dele.

– Continue a me beijar – sussurrou ele.

Belle sentiu a mão do marido encaixar-se nos contornos do revólver. Então traçou o contorno da boca dele com a língua, saboreando o gosto ligeiramente salgado.

– Abra a boca, meu amor – falou John, baixinho.

Ela fez o que ele pediu e foi a vez de John usar a língua para aprofundar o beijo. Belle reagiu com ardor semelhante ao do marido, ao mesmo tempo que mantinha um olho aberto e fixo em Spencer, que os observava com fascínio. Ele abaixara ligeiramente o braço e Belle percebeu que o beijo que trocava com John desviara a atenção do homem de sua obsessão de matar o antigo companheiro de batalha. Ela resolveu distraí-lo ainda mais e gemeu de prazer.

John começou a traçar uma trilha de beijos pelo maxilar dela, e Belle arqueou o pescoço para facilitar o acesso do marido. Mas ela percebia que a atenção de John estava concentrada em outro lugar. Ela o sentiu assentir, então das sombras veio um grito terrível, que mal parecia humano. O som foi aterrorizante. Belle se sentiu nauseada só de ouvir.

– Que diabo foi isso? – sibilou Spencer, que se sobressaltou e saiu de seu devaneio de voyeur.

Instintivamente, ele virou a cabeça na direção do som horrível.

John soltou Belle depressa e, antes que ela se desse conta do que estava acontecendo, foi empurrada e caiu no chão. John se virou, a arma na mão, e arrancou com um tiro o revólver que Spencer segurava. Alex e Dunford agiram na mesma hora e derrubaram o homem atordoado.

Persephone se adiantou também e cruzou os braços com um sorriso satisfeito no rosto.

– Às vezes é bom ter um pouco de idade e de sabedoria.

– Persephone, o que está fazendo aqui? – perguntou Alex enquanto prendia os pulsos de Spencer às costas.

– Que bela maneira de me cumprimentar depois de eu salvar o dia.

– Ah, Persephone – falou Belle, muito emocionada. – Obrigada!

Ela ficou de pé e passou os braços ao redor da mulher mais velha.

– Mas o que foi aquele som terrível?

– Fui eu.

Persephone abriu um largo sorriso.

Caroline ergueu as sobrancelhas, incrédula.

– Com certeza aquilo não era humano.

– Ah, era, sim!

– Sem dúvida, funcionou – disse John, juntando-se às mulheres depois de se certificar de que Spencer estava bem amarrado. – Embora eu deva admitir que nunca sonhei que a senhora fosse emitir um som daqueles quando fiz sinal para que provocasse uma comoção.

– Você sabia que ela estava aqui? – perguntou Belle.

– Só descobri quando a vi pôr o revólver na sua mão. Muito bem, Persephone!

John ajeitou os cabelos para trás e percebeu que sua mão tremia. Levaria um longo tempo até que a imagem de Spencer mantendo Belle como refém saísse de sua cabeça.

– Como entrou aqui? – perguntou Belle à ex-acompanhante.

– Eu sabia que alguma coisa sinistra estava acontecendo, só que ninguém parecia disposto a confiar em mim – contou Persephone com uma fungadela de desdém. – Mas descobri. Também ouvi muito atrás das portas. Então percebi...

– Com licença! – chamou Dunford.

Seis cabeças se viraram na direção dele.

– Talvez seja melhor notificarmos as autoridades sobre ele.

Dunford indicou Spencer, que estava deitado no chão, amarrado e amordaçado.

Belle o dispensou com um aceno. Estava interessada demais na história de Persephone.

– Ele não vai a lugar nenhum desse jeito – desdenhou Belle.

Dunford ergueu as sobrancelhas diante da tranquilidade da amiga e, para garantir, plantou a bota no meio das costas de Spencer, o que também serviu para lhe dar certo prazer.

– Se me permitem continuar – falou Persephone, deleitando-se com seu papel de heroína do dia.

– Por favor – respondeu Belle.

– Como eu dizia, ouvi Alex e Emma conversando sobre o baile e percebi que John e Belle poderiam estar em perigo. Por isso insisti que me trouxessem – narrou ela, então se virou para Belle. – Veja bem, sei que não fui a mais severa das acompanhantes, mas levei meu papel muito a sério e achei que estaria sendo negligente com os meus deveres se não viesse em seu socorro.

– E sou profundamente grata por isso – sentiu-se impelida a declarar Belle.

Persephone deu um sorriso carinhoso.

– Percebi que vocês iriam precisar de uma arma secreta esta noite. Secreta até para vocês mesmos. Estavam todos tão ocupados com seus planos que não perceberam que desapareci no momento em que cheguei à festa. Fiquei no segundo andar para conseguir ter uma visão geral do salão de baile e observar. Vi o homem abordá-la, Belle, e depois forçar sua mãe a sair do salão.

– Mas como chegou aqui? – perguntou Belle.

Persephone abriu um sorriso astuto.

– Vocês deixaram a porta aberta. Eu só me esgueirei para dentro. Ninguém reparou em mim. E esta sala é generosamente mobiliada. Eu apenas me desloquei entre cadeiras e poltronas.

– Não consigo acreditar que não a vimos – murmurou John. – Meus instintos devem estar enferrujados.

– Está escuro aqui – ressaltou Persephone, tentando tranquilizá-lo. – E sua atenção estava comprometida o tempo todo. Eu não me preocuparia com seus instintos, milorde. Além do mais, foi o primeiro a reparar em mim. Depois de Belle, é claro.

John balançou a cabeça, admirado.

– Você é uma maravilha, Persephone. Uma verdadeira maravilha. Não tenho como lhe agradecer o bastante.

– Talvez possam batizar a primeira filha de vocês em homenagem a ela – sugeriu o travesso Dunford. – Persephone é um ótimo nome.

Belle o encarou com severidade. Podia ser um ótimo nome, mas não para uma filha dela. No entanto... os olhos dela se acenderam quando uma ideia surgiu em sua mente. Uma ideia perfeita e oportuna...

– Também quero lhe oferecer minha gratidão – falou Belle, dando o braço à mulher mais velha. – Porém não acho que batizar minha primeira filha em sua homenagem seja a forma certa de agradecer.

– Por que não? – questionou Dunford, seu sorriso alargando-se.

Belle deu um sorrisinho astuto e beijou o rosto da antiga acompanhante.

– Ah, Persephone, tenho planos mais grandiosos para você.

CAPÍTULO 24

Poucas semanas depois, John e Belle estavam aconchegados na cama, na propriedade que agora se chamava Parque Persephone, aproveitando imensamente as relativas paz e tranquilidade. Belle folheava um livro, como sempre fazia antes de dormir, e John estava debruçado sobre alguns documentos.

– Você ficou muito bem com seus óculos novos – comentou ele com um sorriso.

– Acha mesmo? Acho que eles me fazem parecer inteligente.

– Você é inteligente.

– Sim, mas os óculos me dão um ar mais sério, não concorda?

– Talvez.

John deixou os documentos sobre a mesa de cabeceira, inclinou-se e deu um beijo molhado em uma das lentes.

– Jo-ohn!

Belle tirou os óculos para limpá-los na colcha.

Ele os pegou da mão dela.

– Fique sem eles.

– Mas não consigo ler sem...

John tirou o livro da mão dela.

– Também não vai precisar disso.

O livro escorregou para o chão e John cobriu o corpo dela com o dele.

– Está na hora de dormir, não acha?

– Talvez.

– Só talvez?

Ele deu uma mordidinha no nariz dela.

– Ando pensando... – começou a dizer Belle.

– Torço por isso.

– Pare de brincadeira – ralhou Belle e fez cócegas nas costelas dele. – Estou falando sério.

John fitou os lábios da esposa pensando em mordê-los.

– O que tem em mente, meu bem?

– Ainda quero um poema.
– O quê?
– Um poema de amor seu para mim.

John suspirou.

– Eu fiz o pedido de casamento mais romântico que uma mulher já recebeu. Subi em uma árvore por você. Fiquei de joelhos. Para que precisa de um poema?

– É algo que posso guardar. Algo que nossos bisnetos vão descobrir bem depois de estarmos mortos e vão dizer: "Nosso bisavô sem dúvida amava nossa bisavó." Não acho assim tão tolo.

– *Você* também vai escrever um poema para *mim*?

Belle pensou a respeito por um instante.

– Vou tentar, mas não tenho a mesma veia poética que você.

– Ora, como sabe disso? Eu lhe garanto que a minha veia poética é lamentável.

– Eu não gostava de poesia antes de conhecê-lo. Ao passo que você sempre amou poesia. Assim, deduzo que tenha uma mente mais poética do que a minha.

John abaixou os olhos para ela. O rosto da esposa brilhava de amor e devoção sob a luz das velas, e ele sabia que não seria capaz de lhe negar nada.

– Se eu prometer escrever um poema para você, promete que vai me deixar beijá-la loucamente sempre que eu desejar?

Belle riu.

– Você já faz isso.

– Mas em todos os cômodos da casa? Posso fazer isso no meu escritório, na sua saleta íntima, no salão verde e no salão azul e...

– Pare! Pare! Eu imploro – disse Belle às gargalhadas. – Aliás, qual deles é o salão verde?

– O que tem a mobília toda azul.

– Então qual é o azul?

John ficou desconcertado.

– Não sei.

Belle conteve um sorriso.

– Mas posso beijá-la nele?

– Suponho que sim, mas só se me beijar agora.

John gemeu de prazer.

– Às suas ordens, milady.

⁂

Alguns dias depois, Belle estava passando a tarde em sua saleta íntima, lendo e escrevendo cartas. Ela e John haviam planejado ir até Westonbirt para visitar Alex e Emma, mas o clima inclemente frustrara seus planos.

Belle estava diante da escrivaninha, observando a chuva bater contra a janela, quando John entrou, as mãos enfiadas nos bolsos feito um menino.

– Que surpresa agradável – disse ela. – Achei que você estivesse avaliando aqueles investimentos que Alex mandou.

– Senti saudades de você.

Belle sorriu.

– Você poderia trazer os documentos e ler aqui. Prometo não distraí-lo.

John deu um beijo nas costas da mão da esposa.

– Sua mera presença me distrai, meu bem. Eu não conseguiria ler nem uma palavra. Você prometeu que eu poderia beijá-la em todos os cômodos da casa, lembra-se?

– Falando nisso, não ia escrever um poema de amor para mim, em troca?

John balançou a cabeça com um ar inocente.

– Acho que não.

– Eu me lembro perfeitamente da parte sobre o poema. Talvez eu tenha que limitar seus beijos aos cômodos do andar de cima.

– Você joga sujo, Belle – acusou ele. – Essas coisas levam tempo. Acha que Wordsworth cria um poema de uma hora para outra porque lhe fazem uma encomenda? Acho que não. Os poetas lapidam cada palavra. Eles...

– Você escreveu um poema para mim?

– Ora, eu comecei um, mas...

– Ah, por favor, por favor, leia para mim!

Os olhos de Belle se iluminaram de tanta expectativa, e John achou que ela parecia uma menina de 5 anos que recebera permissão para comer mais um doce.

– Tudo bem.

Ele suspirou.

– Ainda estou trabalhando no poema, mas adianto que é uma ode aos cabelos loiros do meu amor, ao rosa em seu rosto corado, à brisa que sopra, ao fogo do amor que brilha em seus olhos... Só precisa ser um pouco mais lapidado.

Belle estreitou os olhos.

– Se não estou enganada, alguém escreveu algo muito semelhante a isso séculos antes de você. Spenser, creio eu.

Com um sorriso, ela ergueu a obra que vinha lendo. *Poemas reunidos de Edmund Spenser.*

– Você teria conseguido me enganar uma hora atrás.

John ficou emburrado.

– Eu teria escrito esse poema se Spenser não tivesse pensado nele primeiro.

Belle esperou pacientemente.

– Ah, você venceu – falou John. – Lerei o meu. Ram-ram. "Ela caminha em beleza..."

– Pelo amor de Deus, John, você já tentou esse!

– É mesmo? – murmurou ele. – Tentei, não foi?

Belle assentiu.

Ele respirou fundo.

– "Em Xanadu, o Kubla Khan palácio de esplendor construiu..."

– Você está ficando desesperado, John.

– Ah, pelo amor de Deus, Belle, vou ler o meu. Mas já estou lhe avisando, é... bem, é... Ah, você vai ver.

Ele enfiou a mão no bolso e pegou uma folha de papel dobrada muitas vezes. De onde estava sentada, Belle pôde ver que o papel estava riscado em vários lugares e que o texto fora muito editado. John pigarreou e levantou os olhos para ela.

Belle sorriu de tanta expectativa e porque queria encorajá-lo.

Ele pigarreou de novo.

– Meu amor tem olhos azuis como o mar/ Seu cálido sorriso me faz querer tentar/ o mundo lhe oferecer/ E quando ela se aconchega em meus braços,/ onde sinto seu toque e vejo como é bela/ Me dou conta mais uma vez do meu enorme amor por ela/ Meu mundo agora é brilhante/ Beijando sob as estrelas, deleitando-me ao sol,/ dançando à meia-noite.

John levantou a cabeça e, hesitante, encarou a esposa.

– Precisa de alguns ajustes, mas acho que consegui ajeitar a maior parte das rimas.

Belle o encarava e seu lábio inferior tremia de emoção. O que faltava em habilidade no poema era mais do que compensado pela emoção e pelo significado. O fato de John ter se dedicado por tanto tempo a uma tarefa para a qual obviamente não tinha aptidão, só porque ela lhe pedira que fizesse aquilo... Belle não conseguiu se conter e começou a chorar, as lágrimas pesadas rolando pelo rosto.

– Ah, John. Você realmente, realmente me ama.

John foi até ela, fez com que se levantasse e a puxou para os braços.

– Eu amo, meu amor. Acredite em mim, realmente, realmente amo.

CARTA DA AUTORA

Querido leitor,

"O que vem primeiro", alguém me perguntou certa vez, "os personagens ou a trama?" Acho quase impossível de responder a perguntas como essa, já que parecem sugerir que haja algum tipo de método na loucura que é a minha carreira de escritora. A verdade é que varia de livro para livro. No entanto, no caso de *Brilhante*, meu segundo romance, sem dúvida o que surgiu primeiro foram os personagens.

Comecei com Belle Blydon, que tivera um papel tão importante no meu primeiro romance, *Esplêndida*. Eu já sabia quem ela era – uma intelectual reservada que só queria encontrar o amor verdadeiro. O par de Belle, no entanto, foi um pouco mais complicado. Eu já tinha escrito uma história alegre e animada e queria experimentar algo novo. Assim, criei John Blackwood, um herói de guerra assombrado por lembranças violentas e que acreditava não merecer uma chance de ser feliz. Ele era um homem torturado em todos os sentidos da palavra.

E, de repente, me vi diante de um novo desafio: eu conseguiria escrever um livro com temas sérios e sombrios e ainda assim torná-lo envolvente e divertido? Seria capaz de criar personagens com problemas muito reais e obstáculos a serem superados e ainda fazer os leitores rirem?

Espero que sim e espero que você tenha se divertido lendo *Brilhante*.

Com carinho,

Julia Q.

CONHEÇA OUTROS LIVROS DA AUTORA

Uma dama fora dos padrões

Os Rokesbys

Às vezes você encontra o amor nos lugares mais inesperados...
Esta não é uma dessas vezes.
Todos esperam que Billie Bridgerton se case com um dos irmãos Rokesbys. As duas famílias são vizinhas há séculos e, quando criança, a levada Billie adorava brincar com Edward e Andrew. Qualquer um deles seria um marido perfeito... algum dia.
Às vezes você se apaixona exatamente pela pessoa que acha que deveria...
Ou não.
Há apenas um irmão Rokesby que Billie não suporta: George. Ele até pode ser o mais velho e herdeiro do condado, mas é arrogante e irritante. Billie tem certeza de que ele também não gosta nem um pouco dela, o que é perfeitamente conveniente.
Mas às vezes o destino tem um senso de humor perverso...
Porque quando Billie e George são obrigados a ficar juntos num lugar inusitado, um novo tipo de centelha começa a surgir. E no momento em que esses adversários da vida inteira finalmente se beijam, descobrem que a pessoa que detestam talvez seja a mesma sem a qual não conseguem viver.

História de um grande amor

Trilogia Bevelstoke

Aos 10 anos, Miranda Cheever já dava sinais claros de que não seria nenhuma bela dama. E já nessa idade, aprendeu a aceitar o destino de solteirona que a sociedade lhe reservava.

Até que, numa tarde qualquer, Nigel Bevelstoke, o belo e atraente visconde de Turner, beijou solenemente sua mãozinha e lhe prometeu que, quando ela crescesse, seria tão bonita quanto já era inteligente. Nesse momento, Miranda não só se apaixonou, como teve certeza de que amaria aquele homem para sempre.

Os anos que se seguiram foram implacáveis com Nigel e generosos com Miranda. Ela se tornou a mulher linda e interessante que o visconde previu naquela tarde memorável, enquanto ele virou um homem solitário e amargo, como consequência de um acontecimento devastador.

Mas Miranda nunca esqueceu a verdade que anotou em seu diário tantos anos antes. E agora ela fará de tudo para salvar Nigel da pessoa que ele se tornou e impedir que seu grande amor lhe escape por entre os dedos.

CONHEÇA OS LIVROS DE JULIA QUINN

OS BRIDGERTONS
O duque e eu
O visconde que me amava
Um perfeito cavalheiro
Os segredos de Colin Bridgerton
Para Sir Phillip, com amor
O conde enfeitiçado
Um beijo inesquecível
A caminho do altar
E viveram felizes para sempre

Os Bridgertons, um amor de família

Rainha Charlotte

QUARTETO SMYTHE-SMITH
Simplesmente o paraíso
Uma noite como esta
A soma de todos os beijos
Os mistérios de Sir Richard

AGENTES DA COROA
Como agarrar uma herdeira
Como se casar com um marquês

IRMÃS LYNDON
Mais lindo que a lua
Mais forte que o sol

OS ROKESBYS
Uma dama fora dos padrões
Um marido de faz de conta
Um cavalheiro a bordo
Uma noiva rebelde

TRILOGIA BEVELSTOKE
História de um grande amor
O que acontece em Londres
Dez coisas que eu amo em você

DAMAS REBELDES
Esplêndida – A história de Emma
Brilhante – A história de Belle
Indomável – A história de Henry

Os dois duques de Wyndham – O fora da lei / O aristocrata

A Srta. Butterworth e o barão louco

editoraarqueiro.com.br